Oferta final
PARA O AMOR

Oferta final
PARA O AMOR

LAUREN ASHER

TRADUÇÃO:
GUILHERME MIRANDA

Copyright © Lauren Asher, 2022.
Os direitos morais da autora foram garantidos.
Copyright © Editora Planeta do Brasil, 2024
Copyright da tradução © Guilherme Miranda, 2024
Todos os direitos reservados.
Título original: *Final Offer*

Coordenação editorial: Algo Novo Editorial
Preparação: Wélida Muniz
Revisão: Barbara Parente e Ligia Alves
Projeto gráfico: Beatriz Borges
Diagramação: Anna Yue e Francisco Lavorini
Adaptação de capa: Renata Spolidoro
Capa: Books and Moods
Imagens de miolo: David Maier/Unsplash, Shutterstock e Freepik

Dados Internacionais de Catalogação na Publicação (CIP)
Angélica Ilacqua CRB-8/7057

Asher, Lauren
    Oferta final / Lauren Asher ; tradução de Guilherme Miranda. - São Paulo : Planeta do Brasil, 2024.
    496 p. : il

    ISBN 978-85-422-2691-1
    Título original: Final Offer

    1. Ficção norte-americana I. Título II. Miranda, Guilherme

24-1449   CDD 813

Índice para catálogo sistemático:
1. Ficção espanhola

 Ao escolher este livro, você está apoiando o manejo responsável das florestas do mundo

2024
Todos os direitos desta edição reservados à
EDITORA PLANETA DO BRASIL LTDA.
Rua Bela Cintra, 986 – 4º andar
01415-002 – Consolação – São Paulo-SP
www.planetadelivros.com.br
faleconosco@editoraplaneta.com.br

PLAYLIST

⏪ ▷ ⏸ ☐ ⏩

- ♡ in my head – *Ariana Grande*
- ♡ Hate Myself – *NF*
- ♡ Forever Winter (Taylor's Version) – *Taylor Swift*
- ♡ Bad Habits (Acoustic Version) – *Ed Sheeran*
- ♡ justified – *Kacey Musgraves*
- ♡ If I Ever Feel Better – *Phoenix*
- ♡ Unmiss You – *Clara Mae*
- ♡ Broken (Acoustic) – *Jonah Kagen*
- ♡ Wishful Thinking – *Gracie Abrams*
- ♡ Brown Eyes Baby – *Keith Urban*
- ♡ favorite crime – *Olivia Rodrigo*
- ♡ Clarity – *Vance Joy*
- ♡ Break My Heart Again – *Danielle Bradbery*
- ♡ This Time Is Right – *CVBZ & American Authors*
- ♡ Labyrinth – *Taylor Swift*
- ♡ One Life – *James Bay*
- ♡ You Let Me Down – *Alessia Cara*
- ♡ No Se Va – *Morat*
- ♡ Goodbye – *Mimi Webb*
- ♡ Time – *NF*
- ♡ When We Were Young – *Adele*
- ♡ I Won't Give Up – *Jason Mraz*
- ♡ ADMV – *Maluma*

*A todos que foram subestimados.
Espero que prove que todos, até mesmo você, estavam errados.*

CAPÍTULO UM

Se eu soubesse que morreria hoje, teria usado uma calcinha mais sexy. Ou, pelo menos, teria vestido algo mais bonito do que um pijama descombinado cheio de furos e manchas de alvejante.

Minha mãe deve estar me repreendendo lá do céu agora, se perguntando onde errou na minha criação.

Perdóname, Mami. Debería haberle escuchado.

Faço um rápido sinal da cruz antes de apontar a pistola para a sombra parada à porta. Meu coração bate violentamente no peito, o intervalo entre os batimentos fica menor a cada segundo.

— Vou contar até cinco para você sair da minha casa antes que eu atire. Um... dois...

— Merda. — Algo pesado bate na parede antes de um interruptor se acender, iluminando a entrada da casa.

Minha mão segura a arma com mais firmeza quando me vejo cara a cara com a pessoa que pensei que nunca mais veria de novo. Nossos olhares se encontram. Seus olhos azuis traçam os contornos de meu rosto como uma carícia invisível, fazendo uma onda de calor perpassar meu corpo.

Apesar do alarme berrando na minha cabeça, alertando-me para fugir dele, não consigo resistir a admirar o um metro e noventa e três de Callahan Kane. Tudo nele é familiar, até a dor em meu peito que nunca foi embora, mesmo depois que ele se foi.

O sorriso descontraído.

O cabelo loiro-escuro desgrenhado, sempre despenteado e implorando para ser domado.

Os olhos azuis da cor do céu mais claro, brilhando como a superfície do lago sob o sol do meio-dia.

Faz seis anos que não o vejo. Seis longos anos que me fizeram criar uma casca grossa o suficiente para saber o que está por trás de seu charme.

Uma armadilha.

Se olhar com atenção, consigo ver as rachaduras em sua fachada que ele tenta esconder atrás de sua beleza e charme. Ele sempre tomou cuidado para não deixar as pessoas olharem de perto o bastante para ver a pessoa destroçada que há por trás da máscara. Foi o que chamou minha atenção a princípio, e o que resultou em minha derrocada.

Eu tinha vinte e três anos quando ele partiu meu coração, mas sinto como se a dor tivesse acontecido ontem. Em vez de ignorá-la, pego a mágoa e a uso para alimentar minha raiva.

— O que é que você está fazendo aqui? — ataco.

Seu sorriso vacila antes de voltar ao lugar.

— Feliz em me ver?

Faço sinal com a mão livre para ele se aproximar.

— Animadíssima. Por que não chega mais perto para eu ter uma mira melhor? Odiaria errar um órgão importante.

Seus olhos se voltam de meu rosto para a arma em minha mão.

— Você lá sabe usar essa coisa?

Meus olhos se estreitam.

— Está a fim de descobrir?

— De onde você tirou isso?

— Um presente da minha mãe. — Meu peito se aperta.

Suas sobrancelhas se erguem.

— A *señora* Castillo comprou uma arma para você? Por quê?

Abaixo a arma e encaixo a trava de segurança.

— Ela sempre dizia que uma mulher precisava ser duas coisas: armada e perigosa.

Seu queixo cai.

— Pensei que ela estivesse brincando sobre ter uma arma para nos manter na linha.

— Nem todos cresceram num bairrinho rico e seguro de Chicago com babás indo e vindo e uma equipe de empregados.

— Dá para dizer o mesmo de quem nasceu numa cidadezinha de veraneio onde o policial pode ser comprado com uma bebida e uma nota de cem.

Fecho a cara.

— Fique você sabendo que o xerife Hank se aposentou oficialmente no ano passado.

— Uma pena para todos os delinquentes juvenis. — Seu sorriso brilhante se alarga.

Borboletas levantam voo em minha barriga. Pela maneira como meu estômago revira, é como se milhares delas estivessem acordando depois de passar os últimos seis anos em seus casulos.

Ele partiu seu coração. Não se esqueça disso.

Os músculos em meus ombros ficam mais tensos.

— Pretende explicar por que está invadindo a minha casa ou vai ficar parado aí a noite toda?

— Sua casa? — Ele franze a testa. — Acho que você está enganada. Meu avô pode ter deixado sua família ficar aqui porque sua mãe cuidava da propriedade, mas você não é a dona.

Minha mãe não *apenas* cuidava da casa Kane, ela a amava como se fosse sua desde que foi contratada por Brady Kane para administrar a propriedade e ajudar a cuidar dos netos dele.

Mas ele deixou a propriedade para você, *não para ela.*

Meu coração dispara.

— Segundo a escritura da casa de seu avô, sou sim.

O corpo dele fica tenso.

— O que você quer dizer?

— Isso é entre mim e ele.

— Como não posso exatamente pedir para ele explicar, porque está a sete palmos de terra e tudo mais, vou precisar que você elabore.

A dor acima do meu peito se intensifica.

— Ele disse que esta propriedade é minha e que tenho o direito de atirar em quem quer que questione isso.

Ele cruza os braços, atraindo meus olhos para os músculos fortes sob a camisa.

— Agora eu sei que você está mentindo. Meu avô sempre odiou armas.

— Então como você explica a coleçãozinha dele lá no sótão?

Ele coça o queixo.

— Que coleção?

Inclino a cabeça.

— Vai ver você não conhecia seu avô tão bem quanto pensa.

— Ah, e você conhecia? — Sua risada sai condescendente.

Ergo o queixo.

— Ele passou todos os verões aqui até o acidente, então, sim, acho que o conhecia melhor do que a pessoa que nem se dava ao trabalho de ligar para ele no aniversário.

Ele desvia o olhar.

— Eu e ele não estávamos nos falando antes do coma dele.

— Por que será? — Sarcasmo cobre minha voz.

Ele coça a nuca.

— Cometi muitos erros na última vez em que estive aqui.

— Tipo ficar comigo?

O músculo em seu maxilar se contrai.

— Eu não deveria ter corrido atrás de você daquele jeito.

Sinto como se Cal tivesse passado uma faca serrilhada em meu peito, mas meu rosto permanece desprovido de emoção, uma habilidade aperfeiçoada ao longo dos anos.

— Não, não deveria. — Meus dedos apertam a coronha da arma.

— Eu me arrependo de estragar nossa amizade.

A faca invisível se torce, cravando-se mais fundo em minha carne.

— Não foi o relacionamento que destruiu nossa amizade. Foram seus vícios.

Anestésicos. Álcool. *Sexo*. Cal usava tudo para escapar dos demônios em sua cabeça, e eu estava estupidamente apaixonada demais para enxergar isso.

Você não pode se culpar por ele ser um mestre em esconder os fatos.

Mas ainda tenho dificuldade para acreditar nas palavras que digo a mim mesma. Minha garganta se fecha pelos anos de emoções reprimidas, ficando difícil engolir.

Seu maxilar se cerra, e sua estrutura óssea bem desenhada se destaca ainda mais.

— Acredite ou não, não dirigi até aqui para brigar com você por causa do nosso passado.

— Então por que exatamente você veio? — Das centenas de perguntas que quero fazer a ele, essa é a que parece mais segura.

— Vim para dar uma olhada na casa.

— Depois de seis anos? Por quê?

— Porque pretendo vendê-la.

Pisco duas vezes.

— Não. De jeito nenhum.

— Lana... — Ele usar meu antigo apelido faz meu coração morto soltar uma faísca de reconhecimento.

Não é de admirar ele ter te achado tão fácil na última vez. Bastou um apelidinho bobo para você baixar a guarda.

— Não me chame assim. — Mostro os dentes.

— *Alana* — ele se corrige, com a testa franzida. — Não sei o que o meu avô falou para você, mas você deve ter entendido mal.

— Certo. Claro, você parte do princípio de que *eu* devo ter entendido mal.

Seus olhos se estreitam.

— Agora você só está sendo difícil.

— Em vez de quê? Ingênua e idiota como na última vez?

Ele ignora meu rompante e continua:

— Podemos esclarecer isso com bastante facilidade. Cadê a escritura?

Paro e considero os contras de ceder a seu pedido.

Quanto antes você mostrar a escritura para ele, antes ele vai embora.

— Vou buscar. — Eu me dirijo à escada e lanço a ele um olhar por sobre o ombro. — Não saia daí.

— E correr o risco de dar motivo para você atirar em mim? Estou de boa.

Minha resposta fica na ponta da língua, mas me contenho. Esse é o lance de Cal. Basta ele lançar uma piada ou abrir um sorriso para fazer qualquer pessoa esquecer que está brava com ele. É seu maior superpoder e minha kryptonita particular.

Você está mais preparada agora.

Pelo menos, *torço* para estar.

Subo a escada correndo e guardo a pistola no cofre antes de procurar a escritura entre meus documentos. Levo apenas um minuto para encontrá-la enfiada entre outros com assuntos jurídicos importantes.

Cal olha minhas mãos enquanto desço a escada.

— Nenhuma arma desta vez?

Dou de ombros.

— Conheço cinco formas diferentes de matar um homem com minhas próprias mãos, então nem preciso dela.

Sua pele dourada fica pálida.

— Por favor, diga que você está brincando.

Bem que eu queria. Certo verão, minha mãe me mandou para a Colômbia para visitar meu tio, e ele não fazia ideia de como me entreter além de me fazer trabalhar em sua fazenda e me ensinar artes marciais mistas. Voltei um mês depois com uma faixa preta em surrar pessoas e habilidades de sobrevivência suficientes para competir num daqueles *reality shows* de vida na selva.

Coloco a escritura no aparador perto da porta e aponto para a assinatura de Brady.

— Pronto. Como eu disse.

Cal para a meu lado enquanto examina a escritura. Ele toma cuidado para manter distância enquanto lê, mas, quando passa o peso de um pé para o outro, nossos braços se roçam sem querer. Uma corrente de energia perpassa meu corpo. Ele é rápido ao colocar os braços atrás das costas, embora o efeito prolongado de seu toque permaneça. Faz seis anos, mas meu corpo reage como se esse homem tivesse ido embora ontem.

Minha testa se franze ainda mais.

Cal abana a cabeça depois de ler a página inteira.

— Desculpa, mas qualquer escritura que ele tenha te dado está desatualizada. — Ele aponta para a data ao lado da assinatura de Brady. — Isso foi assinado antes de o testamento ser atualizado.

— Que testamento?

— O que ele reescreveu antes do acidente.

Sinto como se Cal tivesse colocado as mãos em volta de minha garganta e a apertado.

Não. Não é possível.

— Vou ligar para o advogado dele agora para esclarecermos tudo. — Sigo na direção da escada, desesperada para subir e olhar o telefone.

Cal olha o relógio chique dele.

— É quase meia-noite. Duvido que Leo atenda uma ligação a essa hora.

Xingo baixinho.

Ele coloca as mãos no bolso.

— Vou falar com ele de manhã para podermos resolver isso antes de o corretor passar por aqui.

— Que corretor?

— O que contratei para me ajudar a vender a casa.

— Exatamente que parte de "Não vou vender minha casa" você não está entendendo?

— O fato de que você está se referindo à casa como se fosse sua.

Meus dedos se curvam, fechando os dois punhos com firmeza para não apertar o pescoço grosso dele.

Seus olhos se voltam para os meus punhos cerrados antes de seguirem para o meu rosto.

— Acho que, até recebermos uma explicação válida do advogado, precisamos adiar essa discussão. Está tarde e não estamos chegando a lugar nenhum. — A porta da frente range quando ele a abre.

— Espere. — Estendo a mão. — Me dá a sua chave.

Ele me ignora enquanto puxa sua bagagem para dentro.

— Não vou a lugar nenhum.

— Bom, aqui é que você não vai ficar — balbucio.

— Aonde você espera que eu vá?

— O hotel perto da Main Street deve ter um quarto vago, além de Wi-Fi e TV em cores a essa altura.

Seus lábios se entreabrem.

— Você não pode estar falando sério. Pegaram um assassino em série lá uma vez.

Reviro os olhos.

— Ele não chegou a cometer nenhum assassinato no estabelecimento.

— Ah, isso torna tudo melhor, então.

— Mamãe, quem é esse? — Camila grita do alto da escada. Seus olhos azuis arregalados dão uma olhada em Cal antes de se voltarem para os meus.

Sem pensar, faço sinal para ela voltar para o quarto.

— Ninguém importante. Volte para a cama, por favor.

Os olhos de Cal se voltam de Cami para mim.

— Puta que pariu, quem é essa e por que ela está te chamando de *mamãe*?

— Não fale palavrão na frente da minha filha. — Meu sussurro sai mais como um chiado.

— Filha? Quantos anos ela tem? — Cal tropeça nos próprios pés na tentativa de se afastar de mim, mas não demora para recuperar o equilíbrio.

— Cinco! — Cami ergue a mão como se estivesse esperando que alguém desse um toquinho nela.

Toda a cor se esvai do rosto de Cal enquanto ele leva a mão à parede.

— Cinco. Isso é... Ela é... Nós...

— Não é... — Minha resposta é interrompida quando seus olhos se reviram.

As pernas dele cedem, e todo o seu corpo cai para a frente.

— Merda! — Estendo as mãos para pegá-lo.

Nossos braços e pernas se entrelaçam enquanto caímos. Perco o ar quando caio no assoalho duro de madeira. A cabeça de Cal bate em meu estômago, o que dói mais do que o esperado, mas suaviza sua queda. Não consigo segurar a cabeça dele antes que ela role do meu colo e bata no chão. Cal nem se crispa enquanto fica caído no chão, completamente inconsciente.

— Cacete. Isso vai doer. — Puxo seu corpo inerte de volta para mim antes de colocar a cabeça dele em meu colo.

— Aaah. Mamãe vai ter que pôr dinheiro no pote do palavrão.

Tenho a impressão de que o pote do palavrão vai ser a menor de minhas preocupações agora que Callahan Kane voltou para minha vida com um sorriso fatal e um grande problema.

CAPÍTULO DOIS
Cal

Pisco para o teto e espero o candelabro turvo entrar em foco. Demora um minuto para minha visão clarear, embora meu cérebro continue um caos difuso.

Por que estou no chão?

— Ah, graças a Deus você acordou. Está tudo bem? — Lana se debruça para a frente. As ondas escuras roçam meu rosto, fazendo cócegas em minha pele. Ela cheira a biscoitos de canela, fazendo-me lembrar das noites em que ficávamos acordados até depois da hora de dormir, comendo massa crua de biscoito sentados na doca. Minha tentativa de me segurar para não respirar fundo outra vez fracassa, e sou atingido por uma segunda inalada de seu aroma de canela.

Não consigo me lembrar da última vez que sonhei com Lana. Meses? *Anos?* Este é mais vívido que os outros, acertando detalhes como a marquinha de nascença em formato de coração que ela tem no pescoço e a cicatriz acima do arco do cupido.

Estendo a mão para tocar a marca branca desbotada sobre seus lábios, o que faz as pontas de meus dedos formigarem. O mundo deixa de existir ao meu redor quando seu olhar encontra o meu.

Meu Deus. Esses olhos.

Seus olhos castanhos lembram a terra logo depois da chuva; por serem tão escuros, eles parecem pretos sob certos tipos de luz. É uma cor subestimada que está à altura de todas as outras, embora Lana sempre discordasse.

Meu polegar roça seu lábio inferior sem querer, tirando uma respiração abrupta dela.

— O que você está fazendo? — Ela recua.

Eu me encolho com a dor abrupta que está furando um buraco atrás de meu crânio.

Você não está sonhando, imbecil.

— Desculpa por isso. Não queria piorar a dor. — Ela tira minha cabeça do colo. — Quantos dedos você está vendo?

— Três — gemo.

— Que dia é hoje?

— Três de maio.

— Onde estamos agora? — Suas unhas raspam meu couro cabeludo, fazendo faíscas percorrerem o meu corpo.

— No inferno — digo, com um silvo de dor.

— Doeu? — Ela repete o movimento. Minha pele arde pelo seu toque, e calor se espalha por minhas veias como um incêndio florestal.

— Para. Estou bem. — Eu me afasto e escorrego pelo chão até minhas costas darem com a parede oposta a ela. Apesar da distância, o cheiro forte de canela de seu sabonete líquido impregna minhas roupas. É o mesmo aroma viciante que ela usa há anos.

Inspiro fundo mais uma vez, porque claramente devo gostar de me torturar.

Nossa, como você é patético. Bato a cabeça na parede, e ela lateja em retaliação.

— Toma, moço. Pro seu dodói.

Ai, merda.

Alana tem uma filha. Uma filha de cinco anos com cabelo loiro-escuro e olhos azuis grandes como os meus. Comigo sentado, temos quase a mesma altura, embora ela seja alguns centímetros mais alta do que eu desse ângulo.

A filha de Alana, possivelmente *minha* filha, me encara com os olhos arregalados e pijamas abotoados fora de ordem. A cor de seu cabelo é quase castanho-clara, e a maioria das mechas onduladas escapa de seu rabo de cavalo malfeito.

Ela é minha?

Nossa, tomara que não.

É um pensamento escroto, mas sincero. Ainda não estou pronto para ser pai. Caramba, não sei se um dia vou estar. Até agora, estive satisfeito em ser o tio descolado que nunca deu um jeito na vida a tempo de ter filhos. Como eu poderia se mal consigo fazer o mínimo por mim mesmo?

A menina chacoalha uma bolsa de gelo na frente de meu rosto enquanto balança na ponta dos pés. Ergo a mão sem pensar e a pego dela.

— Você está bem?

Eu me crispo com o som da voz da menina. Me faz lembrar da voz de Lana, até a leve rouquidão. Sou tomado por outro acesso de vertigem.

Lana se levanta e beija o topo da cabeça da filha.

— Obrigada, amor. É muita gentileza sua ajudar.

— A gente precisa chamar um médico?

— Não. Ele só precisa descansar.

— E de uma bebida forte — resmungo.

Lana se vira para a filha.

— Viu? Ele está bem o bastante para tomar más decisões de novo. Está tudo certo.

O nariz dela se franze.

— Não faz sentido.

Lana suspira.

— Amanhã de manhã eu explico, *mi amor*.

— Mas...

Lana aponta para a escada.

— *Vete a dormir ahora mismo.*

Nossa. Ela está igual à mãe.

Talvez porque ela *seja* uma mãe.

Meu corpo fica dormente.

Estou tendo um ataque cardíaco?

Pela maneira como meu braço esquerdo formiga e pela sensação de que meu coração vai saltar para fora do peito, eu não descartaria essa possibilidade.

A menina aponta para mim com o dedo gorducho.

— Ele não está com uma cara boa.

— Ele vai ficar bem. Só está com dor de cabeça.

— Talvez seu beijo melhore, como nos meus dodóis.

— *Não* — eu e Lana dizemos ao mesmo tempo.

— Certo. Sem beijinho. — A menina cruza os braços e faz bico.

Os olhos de Lana descem para minha boca. Sua língua traça seu lábio inferior, deixando as pontas das minhas orelhas cor-de-rosa.

Você é um caso perdido. Completa e absolutamente perdido.

— Você vai ler uma historinha para mim? — A criança nos interrompe, a voz dela é um balde de água fria em meu humor.

Será que ela poderia mesmo ser minha? Será que Lana esconderia uma filha de mim por anos só porque me odeia?

A sala gira ao meu redor. Fecho os olhos para evitar olhar para minha minimim e Alana.

— *Camila* — Lana adverte.

— Vocês dois ainda estão devendo para o pote do palavrão — a filha a lembra.

Consigo imaginar Lana revirando os olhos ao dizer:

— Me lembra amanhã cedo.

— Tá! — O som de pés pisando nos degraus de madeira ecoa pelos pés-direitos altos.

Lana só volta a falar quando uma porta se fecha ao longe.

— Ela já foi embora; pode parar de fingir que está dormindo.

Ergo os olhos para o lustre.

— Ela é... — Por mais que eu me esforce, não consigo terminar a frase. Lana nunca pareceu o tipo que esconderia um segredo como esse, mas as pessoas fazem loucuras para proteger quem amam, mais ainda de alguém que faria mal a elas.

Talvez seja por isso que vovô deu a escritura da casa para Lana. Ele podia ter pensado que eu não seria capaz de sustentar a minha filha, então assumiu a responsabilidade.

Supondo que ele tenha mesmo deixado a casa para ela.

— Ela é o quê? — Lana insiste.

— Minha?

Ela pisca.

— É sério que você acabou de me perguntar isso?

— Só me responda. — Meu medo se transforma em agitação. Não sou de ceder à raiva, mas, entre os primeiros sinais de uma dor de cabeça e descobrir sobre uma criança que eu não sabia que existia, minha paciência está se esgotando.

— Importaria se fosse?

A pergunta de Lana parece uma armadilha, mas ainda assim caio nela de livre e espontânea vontade.

— Sim. Não. Talvez. Caralho! Não sei. Ela é? — Passo as mãos no cabelo e puxo os fios, fazendo a pele sensível latejar.

— Se está me perguntando isso, não deve me conhecer nem um pouco.

Eu me levanto com dificuldade, ignorando meu desequilíbrio quando termino a tarefa.

— O que você espera de mim? Não é como se tivesse ficado tudo bem na última vez em que nos vimos.

— Então você pressupõe que eu esconderia uma filha de você por causa de meus sentimentos pessoais?

— Ou isso ou você seguiu em frente bem rápido, pelo visto. — É uma coisa horrível de se dizer. Uma afirmação raivosa, julgadora e idiota pra caralho da qual me arrependo no momento em que sai. Nem posso culpar o álcool dessa vez, o que só torna meu rompante ainda pior.

A temperatura na sala despenca.

— Sai — ela sussurra.

Fico paralisado.

— Merda. Desculpa. Não sei por que eu disse isso. Quer dizer, sei por que eu disse, mas não deveria ter dito...

— Some da minha casa antes que eu chame a polícia para botar você para fora. — Ela vira as costas para mim. A maneira como seus ombros tremem com um suspiro profundo piora a sensação revolta em meu estômago.

— Alana...

Ela se vira e aponta para porta.

— ¡Lárgate!

Não preciso do Google Translate para me ajudar com essa.

Ergo as mãos em sinal de rendição.

— Certo. Estou indo agora.

Você vai simplesmente sair sem nenhuma resposta?

Em vez do quê? A Lana que eu conhecia precisa se acalmar antes de conseguir falar. Aprendi há muito tempo que, se eu forçasse cedo demais, ela só me afastaria ainda mais.

Pego a alça de minha mala e saio pela porta.

— Espere.

Paro no capacho, com os pés pisando nas letras desbotadas *sin postre no entran*.

— Me dá a chave reserva. — Ela dá um passo à frente e estende a mão.

A mão esquerda *sem aliança*.

De que importa? Ela não vai querer você de volta.

Eu me concentro nesse pensamento, repetindo-o duas vezes antes de voltar a abrir meu sorriso de sempre.

Suas narinas se alargam.

— A chave, Callahan.

Demoro um segundo para tirar a chave prateada do bolso. Quando Lana a pega, seus dedos roçam em minha pele, fazendo um raio de eletricidade percorrer meu corpo. Ela recua a mão e a guarda junto ao peito.

Ela deve ter sentido a mesma coisa.

Ótimo. Pelo menos posso dormir esta noite sabendo que, embora ela me odeie, seu corpo não está na mesma página.

Você é ridículo por acreditar que isso é algum feito.

Ela bate a porta na minha cara. Dou um pulo para trás para evitar um potencial nariz quebrado e derrubo a mala.

Bato a cabeça na porta e solto um gemido.

— O que você estava pensando ao me mandar aqui, vovô?

O trinco se fecha antes de a luz em cima de mim se apagar.

— Você não poderia ter esperado até eu entrar no carro? — Não espero uma resposta, mas digo as palavras em voz alta mesmo assim.

Uma a uma, as luzes da varanda que cerca a casa se apagam, dando ênfase ao comando de Lana.

Suma.

Solto um longo suspiro enquanto volto para o meu Aston Martin DBS. O motor ruge, e prendo a respiração por alguns segundos, quase achando que Lana vai sair com uma arma em punho, ameaçando chamar a polícia. Um minuto inteiro se passa sem que a porta se abra, então considero seguro ligar a luz do teto e buscar a carta do vovô no porta-luvas.

O envelope está escondido no fundo, bem onde o deixei quase dois anos atrás, quando ele faleceu. Enquanto meus irmãos corriam para completar as tarefas do nosso avô para receberem a herança e as ações da Companhia Kane, incluindo Rowan trabalhar no parque temático de contos de fada da família e Declan se casar, eu fiz o que faço de melhor.

Evitar o que me dá medo.

Procrastinar nunca te rendeu nada além de problemas.

Traço o selo de cera partido do castelo de Dreamland antes de tirar a carta. Meus olhos se fecham, e inspiro fundo algumas vezes antes de desdobrar o papel.

Callahan,

Se estiver lendo esta versão de minha última carta, significa que devo ter morrido antes de resolvermos nossas diferenças e nos perdoarmos pelo que dissemos. Embora eu fique devastado por ser este o caso, quero acertar as coisas entre nós com meu testamento. Dizem que dinheiro não resolve tudo, mas tenho certeza de que pode motivar você e seus irmãos a saírem da zona de conforto e encararem algo novo. Dos meus três netos, você sempre foi o que mais assumia riscos, então espero que aceite mais esse desafio por mim.

Aqui entre nós, tentei não ter favoritos, mas você tornava isso quase impossível. Há algo de especial em você – algo que seus irmãos e seu pai não têm – que atrai as pessoas. Você sempre teve uma luz dentro de si que não podia ser apagada.

Ao menos não por ninguém além de você.

Me doía ver o que tornava você especial desaparecer à medida que o álcool e as drogas se tornavam sua muleta. No começo, achei que era porque você era jovem e imaturo. Pensei que talvez mudasse com o tempo. Depois da reabilitação, você parecia melhor. Foi só alguns anos depois, quando realmente passamos tempo juntos no lago, que entendi que você só aprendeu a esconder melhor.

Sempre vou me arrepender das coisas que falei para você durante nossa última conversa. Na época, eu estava bravo comigo mesmo por não intervir antes – por nem ao menos perguntar como você estava depois que foi afastado permanentemente do hóquei; fiz nem o mínimo, porque estava consumido demais por meu trabalho para encontrar tempo. Você estava sofrendo depois de sua lesão de uma forma que nenhum de nós conseguia entender, embora eu devesse ter feito um esforço para tentar.

Queria ter engolido meu orgulho e pedido desculpas antes para que você não tivesse que ler isso nesta carta. Melhor ainda, queria nunca ter usado seu vício contra você e dito todas aquelas coisas horríveis que eu disse, pensando que seriam um empurrãozinho na direção certa.

Você nunca foi um fracasso, garoto.

Eu, sim.

Garras invisíveis se cravam em meu peito, perfurando anos de cicatrizes até chegarem ao meu coração. Vovô pode ter se arrependido do que disse, mas ele estava certo. Sou, *sim*, um fracasso. Como mais chamar alguém que tentou ficar sóbrio em duas ocasiões diferentes, mas sofreu recaídas pouco tempo depois? Fraco. Patético. Deplorável. As opções são infinitas, mas acho que fracasso resume perfeitamente.

Respiro fundo e continuo lendo.

Ficar sóbrio não é um objetivo, é uma jornada. A SUA jornada. E, por mais que eu quisesse que você ficasse saudável, abordei o assunto da maneira errada. Não há um dia que passe que eu não me pergunte o que poderia ter acontecido se apoiasse você em vez de virar as costas. Você teria se interessado por encontrar seu lugar na empresa porque não teria mais raiva da relação dela comigo? Ou teria ficado animado em se casar com Alana e se esforçar para dar todos os netos que a señora Castillo queria?

Quero demonstrar meu arrependimento de centenas de maneiras diferentes, mas minhas opções são limitadas no além. Espero que um dia, se você conseguir se recuperar e tudo mais, possamos nos reencontrar. Mas, até lá, meu testamento é o melhor que posso fazer.

Portanto, para meu pequeno que gosta de correr riscos, tenho uma coisa a pedir em troca de 18% das ações da empresa e uma herança de vinte e cinco bilhões de dólares.

Passe um último verão em Lake Wisteria antes de vender a casa no segundo aniversário de minha morte.

Releio a frase duas vezes até tudo se encaixar.

Ai, caralho.

Ele quer que eu more aqui *com* Lana.

Claro. E, para piorar ainda mais a situação, meu avô crava o último prego em meu caixão com um único pedido.

Peço que ninguém além de seus irmãos e meu advogado saibam o verdadeiro motivo para a venda da casa até que ela seja vendida.

Fantástico. Qualquer chance que eu tivesse de apelar à humanidade ou à carteira de Lana é tirada de mim com um último pedido de meu avô. Juro que ele deve estar tomando uma margarita de morango no além, todo alegre enquanto observa a minha vida implodir.

Parece que tudo que preciso fazer para ganhar minhas ações da empresa e vinte e cinco bilhões de dólares é convencer Lana, a única mulher do mundo que preferia atirar em mim a salvar minha pele, a me deixar vender a casa.

Hora de investir num colete à prova de balas.

CAPÍTULO TRÊS
Alana

Fecho a cortina com a mão trêmula enquanto os faróis de Cal desaparecem pela estradinha. Qualquer aparência de controle que eu tinha sobre minhas emoções se desfaz, e a realidade acerta minha cara com um soco-inglês.

Cal voltou.

Quero chorar. Quero gritar. Quero botar o homem para correr de volta a Chicago.

Machuca demais voltar a vê-lo. Como se alguém pulverizasse meu coração até virar pó.

Odeio como ele ainda faz meu peito doer com um simples sorriso, quase tanto quanto odeio como eu queria puxá-lo para os meus braços e implorar para ele nunca mais ir embora.

A última vez não te ensinou nada?

Tento ser compreensiva comigo mesma. Cal virou minha vida de ponta-cabeça, e minha mente ainda está tentando se recuperar. Para aliviar o enjoo crescente que não foi embora desde que ele apareceu à minha porta, puxo algumas golfadas de ar.

Era para ele nunca mais voltar. Foi o que ele me prometeu na última vez que o vi.

Você está mesmo surpresa? Desde quando ele é um homem de palavra?

Pensei que ele me respeitaria e respeitaria nosso passado a ponto de honrar a promessa.

Você foi uma idiota.

Não. Eu estava desesperada para acreditar nele, mesmo quando ele estava partindo meu coração.

— Cal?

Ele me ignora enquanto continua a enfiar roupas na mala aberta em cima da cama.

Entro em seu quarto e fecho a porta.

— *Aonde você vai?*

Ele nem me cumprimenta.

— Qual é o problema? — *Coloco a mão em seu ombro e dou um aperto. Ele fica tenso e estrangula a camisa no punho cerrado.*

— Agora não, Alana.

Alana? Desde quando ele me chama pelo meu nome?

Dou a volta ao redor dele e me sento na cama.

— Por que você está fazendo a mala?

— Estou indo embora. — *Sua voz é inexpressiva.*

Minhas sobrancelhas se franzem.

— Aconteceu alguma coisa em Chicago?

— Não.

Algo na tensão em seu corpo e na maneira como ele evita contato visual faz meu coração acelerar dentro do peito.

— Certo... — *Coloco as pernas embaixo de mim.* — Vai ficar quanto tempo fora?

Ele para a arrumação errática da mala.

— Não vou voltar.

Minha risada logo se enfraquece diante da sua cara fechada.

Eu me ajoelho para ficarmos na altura dos olhos um do outro.

— O que foi? Aconteceu alguma coisa no jantar com seu avô?

Seu punho aperta uma camisa.

— Não consigo mais fazer isso.

— Não consegue mais fazer o quê?

Seu olhar se volta da mala para meu rosto.

— Nós.

Sinto como se um raio tivesse partido meu peito no meio.

— Quê? — *O sussurro fraco mal escapa de meus lábios.*

Meu Deus. É a mesma desculpa que meu pai deu pra minha mãe no dia em que abandonou nossa família. Exceto que, em vez de ver meu pai fazer as malas, eu vejo Cal.

Balanço a cabeça.

Não. Cal não é seu pai. Ele nunca a abandonaria assim, muito menos depois de ter jurado que amaria você para sempre.

— A gente nunca deveria ter ficado — *ele diz, baixinho.*

Meus olhos ardem como se eu os tivesse mantido abertos enquanto estava submersa em água salgada.

— O que você disse?

— Eu e você... Foi idiota da minha parte pensar que faríamos um bom casal.

Perco o fôlego. Ele apanha uma garrafa de vodca da mesa de cabeceira e a vira até o líquido transparente escorrer por seu queixo. Meu estômago revira quando ele bebe, mas ignoro a sensação ácida que sobe por minha garganta.

Ele está sofrendo, *justifico para mim mesma.*

É temporário, só enquanto ele lida com o fim da carreira, *repito a desculpa pela milionésima vez nesse verão.*

Envolvo a cabeça dele entre as mãos, ignorando a maneira como elas tremem em suas bochechas.

— Você não está falando sério.

— Estou.

Meus dedos apertam as laterais do seu rosto.

— Fala comigo e me conta o que está acontecendo.

Ele desvia os olhos vermelhos.

— Não tenho mais nada a dizer.

— Pensei que a gente estivesse... feliz.

— Não, Alana. Eu estava chapado. — O lábio superior dele se curva.

Recuo.

— Como assim?

Não é possível. Cal sabe como me sinto em relação a drogas. Tenho a mesma postura negativa em relação a elas desde a primeira overdose da minha irmã.

— De que outra forma você acha que eu teria passado por esse verão deprimente me recuperando de minha lesão enquanto meu time celebrava a vitória deles?

Verão deprimente?

Ignoro a pontada lancinante que reverbera por meu corpo, sabendo que ele não pode estar falando sério depois de tudo que compartilhamos.

— Você parecia bem sempre que eu perguntava.

— Porque eu tomava oxicodona suficiente para me sentir assim.

Respiro fundo.

— Certo. Bom, agora que sei, posso ajudar você a buscar ajuda. Você não é a primeira pessoa a sofrer com vício em opioides depois de uma lesão. — Minha voz se mantém leve apesar do peso que cai sobre mim.

— Não quero ajuda. — Ele recua antes de levar a garrafa de vodca de volta aos lábios e beber mais um pouco.

Eu a tiro das mãos dele.

— Você é melhor do que isso.

Ele cerra o maxilar.

— Sou? Ou o amor te cegou a ponto de você não ver o meu verdadeiro eu?

Minha visão se turva.

— Não sou cega. — *Esperançosa, sim, mas não ignoro os problemas que estão acontecendo aqui. Só pensei que poderíamos resolver um de cada vez, a começar pela depressão dele.*

— Por favor, não torne isso mais difícil que o necessário, Alana.

O buraco em meu peito se alarga quando ele usa meu nome inteiro, aquela única letra aumentando a distância entre nós.

— Não. Não me venha com essa de Alana. Não vou desistir porque você está com medo. Podemos passar por isso juntos.

Ele balança a cabeça.

— Você não está me entendendo. Acabou.

— O que acabou?

— Nós.

Ergo o queixo trêmulo.

— Não.

Ele solta um longo suspiro.

— O que fizemos nessas férias… foi tudo um erro. Um erro imenso que cometi porque estava bêbado e chapado demais para pensar direito.

A rachadura em meu coração se alarga até eu ficar com medo de que ela possa se partir ao meio.

— Você não está falando sério. — *Minha voz estremece.*

— Estou. — *Ele fecha o zíper da mala e a coloca no assoalho, deixando algumas peças de roupa espalhadas sobre a cama.*

— Eu me recuso a acreditar nisso. — *Saio da cama e fico entre ele e a porta.*

— Ignorar a verdade não a torna menos real.

— Então diga a verdade! Pare com essa palhaçada de que nossa relação é um erro! Sei o que você sente por mim. Por nós.

Ele podia estar drogado durante parte daquela experiência, mas sei que foi sincero em todas as coisas que confessou. O futuro que traçou para a nossa vida juntos. As promessas de amor que me fez. Os desejos que tinha para nós e para a família que queria ter um dia.

Ele fecha os olhos.

— Eu não deveria ter voltado aqui. Foi egoísta da minha parte, considerando que você era a última pessoa que eu gostaria de magoar — ele sussurra enquanto aperta a alça da mala.

— Você me disse que jamais me deixaria. — Ele prometeu. É o único motivo por que o deixei destruir nossa amizade com um único beijo. Porque eu estava tão empenhada em nosso futuro como casal quanto ele parecia estar.

Ele ergue os olhos turvos para mim.

— Desculpa.

Perco a vontade de brigar junto com qualquer esperança de que ele fique.

— Quer ir embora?

Diga não.

Ele faz que sim com a cabeça. Dessa vez, a sensação latejante em meu peito é atenuada por algo muito mais forte.

Raiva.

Meus punhos se cerram.

— Tudo bem. Então nem pense em voltar. — Não sei bem o que aconteceria comigo se ele voltasse, então prefiro não descobrir.

Seu maxilar se cerra de novo.

— É o que você quer?

— Sim. — A pontada em meu peito não concorda.

— Tudo por você. — Ele suspira.

— Jure — digo com uma voz dura, apesar da forma como minha visão se turva pelas lágrimas não derramadas.

— Juro que não vou mais voltar. — Ele puxa a mala na direção da porta. Sua mão hesita na maçaneta antes de ele olhar para trás. — Desculpa por magoar você. Queria ser diferente. Mais forte. Sóbrio.

Eu me envolvo em meus braços e viro as costas, escondendo as lágrimas que escorrem por minhas bochechas. Com um último suspiro, Cal fecha a porta do quarto, deixando-me sozinha para desabar. Puxo as pernas para o peito e choro até meus olhos incharem e eu sentir que minha cabeça explodiria.

Não sei bem por quanto tempo fico no quarto dele, chorando até ficar rouca, desejando que Cal volte e diga que foi tudo uma piada de mau gosto.

Brady Kane entra no quarto com as sobrancelhas brancas franzidas.

— Aonde Cal foi?

Ergo os olhos para ele, com as bochechas riscadas de lágrimas.

— Foi embora.

A pele enrugada ao redor de seus olhos azuis se suaviza enquanto ele me observa.

— Ah, Alana. — Ele me puxa para seus braços. — Sinto muito. Pensei que algo assim poderia acontecer.

— Como?

Ele comprime os lábios.

Mais lágrimas escapam de meus olhos.

— Por que não fui o suficiente? — Para o meu pai. Para a Antonella. Para o Cal. Sempre sinto que estou lutando para todos ficarem quando tudo que eles querem é partir.

Ele acaricia minhas costas.

— Isso não tem nada a ver com você.

— Não? Se Cal me amasse, teria ficado. Teria lutado por nós.

— Ele não consegue nem lutar por si mesmo agora, muito menos por você.

Balanço a cabeça.

— Eu não queria que ele fosse embora.

— Todo mundo que conviveu com vocês dois saberia disso.

A dor em meu peito se intensifica.

— Mas eu o fiz prometer nunca mais voltar.

Sua mão se move em círculos pequenos e reconfortantes.

— É isso que você quer?

Choro de soluçar no peito de Brady.

— Sim? Não? Não sei.

— Vai ficar tudo bem. Vou cuidar disso.

Exceto que aqui estou eu, seis anos depois, e ainda sem me sentir nada bem.

Você é diferente agora. Não é mais a mesma menina de coração partido.

Será que não? Porque basta uma interação com Cal para eu me lembrar de tudo que passei nos últimos seis anos tentando esquecer.

A curva de seus lábios quando ele me abre um sorriso.

O aperto no peito que sempre me atrai na direção dele apesar dos anos de mágoa.

O calor que se espalha por meu corpo sempre que ele faz uma piada, ameaçando derreter o gelo que envolveu meu coração.

Parte de você ainda o ama.

Saio correndo do sofá e escapo para meu quarto, embora o pensamento indesejado me persiga como uma nuvem escura e ameaçadora de tempestade.

Não é porque você o ama que está apaixonada *por ele*, a voz da razão aponta.

A verdade é que parte de mim sempre vai amar Cal. É impossível não amar depois de duas décadas de história em comum, mas nunca vou estar *apaixonada* por ele – ao menos não de novo. Cometi esse erro uma vez e perdi meu coração no processo.

Mas, ao contrário da última vez em que Cal apareceu em Lake Wisteria, agora é diferente.

Eu sou diferente.

E nada que ele diga ou faça vai mudar isso.

CAPÍTULO QUATRO
Cal

Durante o caminho para o hotel, observo a cidade pacata. Os prédios de tijolos ao longo da Main Street são os mesmos de minha infância, embora as pinturas, os toldos e as decorações tenham sido atualizados ao longo dos anos. Desde o armazém geral que foi aberto no auge da Lei Seca à farmácia que não é reformada desde os anos cinquenta, tudo em Lake Wisteria é familiar. Aconchegante. *Feliz.*

Pensei que não voltaria a ver essa cidade. Quando prometi que não retornaria mais, aceitei que nunca mais voltaria ao único lugar em que sempre me senti em casa.

Não era o lugar em si, mas uma pessoa que me dava essa sensação.

Embora Lake Wisteria e seus trezentos habitantes fossem cordiais e acolhedores, Lana Castillo era o único motivo para eu retornar à casa à beira do lago todo verão.

Ao menos até ela me fazer prometer que nunca mais voltaria.

Com razão.

Meu peito se aperta. Passo em alta velocidade pelas lojas no fim da rua e viro à esquerda, indo na direção do hotel vagabundo inspirado por aqueles à beira da Route 66, com uma placa iluminada anunciando telefones, TV em cores e ar-condicionado. É como ser transportado de volta a um tempo em que mulheres não tinham direito ao voto.

Fantástico.

O zumbido da luz néon vintage enche o silêncio enquanto saio do carro e caminho na direção do escritório no canto do andar de baixo.

Uma mulher que acho que nunca cheguei a conhecer me dá uma olhada torta e uma chave para o quarto mais imundo que existe, tenho quase certeza de que ambos foram de propósito. Se não fosse pelo frigobar abastecido com uma seleção decente de álcool, eu teria deixado para trás toda essa experiência traumática. Viro até a última gota de vodca de meu cantil antes de pegar a minigarrafa de vodca do frigobar.

Costumo tomar más decisões quando estou sob pressão. Escolhas que normalmente me deixam tão bêbado que esqueço o motivo por que comecei a beber. É um péssimo mecanismo de enfrentamento, mas normalmente só funciono de dois jeitos: tomando golinhos do meu cantil ao longo do dia para aliviar a ansiedade ou enchendo a cara porque não consigo parar de beber. A segunda normalmente acontece apenas uma ou duas vezes por semana, dependendo dos fatores de estresse, mas, quando acontece, fico desmaiado.

Consigo sentir dentro de mim que esta vai ser uma dessas noites. Num último esforço de conter um ataque de pânico, ligo para Iris.

— Ei. E aí? — O bocejo de Iris faz o telefone estalar. Sempre posso confiar que minha cunhada vai atender minhas ligações a qualquer hora do dia ou da noite. Isso pode deixar meu irmão mais velho louco da vida, mas Iris era minha melhor amiga muito antes de se tornar esposa de Declan um ano atrás, então tenho privilégios exclusivos.

— Estou hospedado num hotel saído de um episódio de uma série de *true crime*. Literalmente. — Fecho os olhos como se isso pudesse apagar a memória das manchas no carpete.

— Você não ia dormir na casa do lago hoje?

— Parece que vovô esqueceu de mencionar que Lana ainda mora lá.

— Você está falando *da* Lana?

— A primeira e única. Reviravolta: ela tem uma criança sobre a qual eu não fazia ideia. — Bebo o resto de vodca da minigarrafa.

Desde quando beber resolve algum de seus problemas?

Não estou tentando resolvê-los. Estou tentando *anestesiá-los*.

Iris inspira fundo.

— Quando foi a última vez que você transou com ela?

— Mais ou menos quando ela ficou grávida... eu diria que em torno de um mês antes ou depois. Não deu para abrir um calendário e perguntar o aniversário da criança antes de Lana me botar para fora.

— Espera. Você não sabe se a criança é sua ou não?

Esfrego os olhos para afugentar o sono.

— Quando tentei esclarecer, ela não ficou exatamente aberta a falar do assunto.

Iris murmura um palavrão.

— A criança se parece com você?

— O cabelo da menina é um pouco mais escuro, mas os olhos são quase iguaizinhos aos meus.

Ela prende o fôlego.

— É uma menina?

— Surpresa. — Jogo a garrafa na direção da lata de lixo, mas, graças à minha péssima mira, cai a uns trinta centímetros de distância. Há um motivo por que eu jogava hóquei, e não basquete, e esse arremesso é prova disso.

— Não precisa surtar ainda. Você nem sabe se ela é sua filha.

— Lana não levou na boa quando insinuei que poderia ser. — Sugerir uma coisa dessas não foi legal da minha parte. Muito menos o comentário sobre ela ir para a cama com alguém tão pouco tempo depois do término, mas me deixei levar pelas emoções.

Você não tem direito de ficar bravo com ela pelo que ela fez depois que vocês terminaram.

Falar é fácil. Não sou o tipo de pessoa que costuma sentir ciúme, mas sinto que isso está me envenenando, buscando uma forma de extravasar.

— Por favor, não me diga que você perguntou para ela desse jeito.

— Tá. Não vou dizer. — Vasculho o frigobar em busca de outra garrafa. Como já acabei com a vodca, só me resta escolher entre tequila e Fireball.

E você aqui pensando que sua noite não poderia ficar pior.

Pego a garrafa de plástico de Fireball e fecho a porta com o pé.

Iris resmunga.

— Às vezes me pergunto se você é ou não um gênio de verdade.

— Somos dois. — Se não fosse pelos meus pais me obrigando a fazer aulas para superdotados durante toda a minha vida, eu teria pensado que eles mentiram apenas para eu ter desafios suficientes na escola para não me meter em encrenca.

— Deve haver uma explicação para isso. Pelas histórias que você contou de Lana, duvido que ela esconderia uma filha de você, por mais que o odeie.

— Bom, pretendo tirar uma resposta dela amanhã de manhã nem que seja a última coisa que eu faça.

— O que vai fazer se ela for sua?

— Além de beber até entrar em coma alcoólico? — Torço a tampa vermelha e cheiro o licor com aroma de canela. Ao contrário do aroma quente de Lana, esse faz meu estômago revirar. Ignoro a náusea enquanto bebo, louco pelo alívio que apenas o álcool pode oferecer.

Iris bufa.

— Não tem a mínima graça.

Paro de beber para responder.

— *Se* ela for minha, vou abordar o assunto com o advogado do vovô quando ligar para ele amanhã.

— Por que você precisa falar com Leo?

— Há uma... complicação.

— Que tipo de complicação? — Uma preocupação transparece em sua voz, fazendo-me me sentir péssimo por ligar para ela, só para estressá-la.

— Não se preocupe. — Minha voz enrola no fim da frase.

— Você está bêbado?

— Não. — Certo, estou um pouco bêbado, mas não quero preocupar Iris com meus problemas.

Seu suspiro profundo ecoa pelo telefone.

— Pensei que você tivesse melhorado.

Se por melhorar ela quer dizer ficar melhor em esconder meus problemas dos outros, sim, melhorei.

— Na verdade, estou em clima de comemoração.

— Cal. — É incrível como uma única palavra consegue transmitir tanta decepção.

Cutuco o rótulo da garrafa.

— Você esperava o quê? Eu estou surtando.

— Dá mesmo para chamar de surto se acontece o tempo todo? — Declan resmunga do outro lado da linha.

— Droga, Iris. Ele estava ouvindo a gente esse tempo todo?

— Não tenho muita escolha se é você quem liga às duas da madrugada — responde Declan.

— Preciso de apoio moral.

— Ou um parabéns, considerando a notícia.

— Você acabou de fazer uma piada sobre eu talvez ser pai? — Horror transparece em minha voz.

— Ou isso ou grito com você por fazer sexo sem proteção.

— Eu preferia essa. — Falando sério, topo qualquer coisa *menos* meu irmão fazendo piadas sobre eu virar pai. Não sei o que causou uma mudança tão grande em sua personalidade, mas só consigo imaginar que tenha sido por causa de Iris.

Declan sussurra algo que não entendo. Iris ri antes de a linha ficar muda.

— Iris? — Olho a tela para ver se a ligação caiu. Ela ainda parece estar na linha, mas não vem nenhum som do lado dela.

Ela colocou você no mudo.

— Não se preocupem comigo. Só estou à beira de um colapso mental.

— Desculpa! Declan precisava me perguntar uma coisa. — Sua voz esbaforida faz um calafrio perpassar meu corpo todo.

— Deixa que ligo amanhã de manhã quando meu irmão não estiver ocupado fazendo o que quer que deixe você com *essa* voz.

— Espera! — Ela precisa colocar a ligação no mudo de novo antes de voltar trinta segundos depois. — Pedi para Declan me dar dez minutos.

Eu me jogo de cara na cama, desejando que a queda me fizesse apagar.

— Não sei por que pensei que ligar para você seria uma boa ideia, mas estou imensamente arrependido.

— Porque sou sua melhor amiga e você precisava de mim. — Ela tem a pachorra de fazer vozinha.

— O que é questionável depois dos últimos minutos dessa conversa.

Ela bufa.

— Não gosto quando você fica resmungão. Me faz lembrar dos seus irmãos.

— Desculpa, meus arco-íris e unicórnios acabaram por hoje. Volta amanhã para ver se estou com o humor de quem para pra cheirar flores.

— Como posso ajudar?

— Não acho que haja muito que você possa fazer. Está tudo virando um grande pé no saco. — Depois de ver meus irmãos sofrerem com suas tarefas, eu sabia que a minha não seria fácil, mas não pensei que meu avô obrigaria Lana a morar comigo de novo depois da última vez que eu e ele nos falamos.

Estou furioso por não ter ligado os pontos antes. Em vez disso, prolonguei o inevitável e tornei o processo mais difícil, considerando meu prazo limitado.

E é por isso que você não deveria procrastinar.

— Se vender a casa fosse mesmo tão simples, você a teria esvaziado e vendido muito tempo atrás. Nós dois sabemos que você adiou realizar o pedido de seu avô porque algo estava te impedindo.

Não algo, mas *alguém*.

* * *

Um alarme de celular que esqueci de desligar me faz resmungar no travesseiro. O gosto de más decisões e bebida vagabunda continua em minha língua, fazendo meu estômago já nauseado se revirar.

Você não deveria ter bebido tanto ontem à noite.

É a mesma coisa que digo quase toda manhã ao acordar, embora a seleção do frigobar não tenha ajudado muito.

Em vez de ficar obcecado com minhas más escolhas, saio do quarto de hotel barato e escapo para a cidade. Como não quero atrair atenção desnecessária para mim esta manhã ao passar em uma lanchonete movimentada, entro no pequeno café perto da prefeitura. O Angry Rooster tem uma única barista dando duro atrás do balcão, anotando pedidos e preparando bebidas sem nem suar.

Basta um gole de minha xícara de café para eu deixar uma nota de vinte no pote em que está escrito: *Em uma escala de US$1 a US$10, qual é o tamanho do seu...?* A pessoa que escreveu o rótulo cobriu o palavrão com um emoji de pintinho. Isso me faz rir, o que, por sua vez, faz minha cabeça latejar.

A barista se engasga com sua inspiração súbita, então deixo outra nota de vinte no pote só para me divertir com a forma como o rosto dela fica vermelho.

— A gente tem que admitir essas coisas. — Dou uma piscadinha.

— Obrigada! — ela ofega.

Bato continência para ela antes de sair pela porta. Meu celular vibra no bolso com uma mensagem no grupo da família. Com um resmungo, desbloqueio a tela e leio uma mensagem de meu irmão caçula.

Rowan: E aí, descobriu se a filha é sua?

Iris nunca contaria a Rowan o meu problema, portanto só resta uma pessoa.

Declan está oficialmente morto para mim. Aquele filho da puta.

> Quem falou de filha?

> **Rowan:** Declan contou a novidade quando me ligou hoje cedo e me passou um sermão sobre camisinhas e sexo seguro.

Alguma coisa ainda é segredo nessa família? Desde que meus irmãos conheceram o amor da vida deles, parece que todo mundo sabe tudo que acontece na minha.

> **Decretino:** Não passei sermão nenhum.

> **Iris:** Para mim, pareceu.

> **Rowan:** Concordo. Rowan ficou tão perturbado que saiu correndo em pânico para a Costco para comprar um pacote de mil camisinhas. — Zahra

> Mil? Você vai morrer antes de terminar a caixa.

Rowan manda um emoji de dedo do meio.

> **Iris:** AH! Por que a Zahra ainda não está no grupo?

> **Decretino:** Porque é apenas para os Kane.

> Olhe, Declan agindo como um cretino de novo. *finge estar chocado*

> **Rowan:** ...

Uma notificação aparece nos avisando que Zahra, a namorada de Rowan e uma adulta obcecada por Dreamland, foi adicionada à conversa por Iris. Se eu não me sentia cronicamente solteiro antes, ser vela num maldito grupo teria me levado ao limite.

> **Zahra:** Oi, pessoal!!!

Ela manda outra mensagem com uma variação de corações e carinhas sorridentes.

> **Zahra:** Cal, quando você vai trazer sua filha para Dreamland?

> **Zahra:** A gente vai adorar conhecer a menina!!!

Não é de admirar que Declan não a quisesse no grupo. Se tem alguma coisa que ele odeia mais do que trocar mensagens, são pessoas que mandam várias de uma vez.

Fecho os olhos e respiro fundo antes de responder.

> Preciso ir.

Coloco o celular no silencioso e ignoro o resto das mensagens deles. Virei mestre em evitar os dois casais nos últimos meses, especialmente porque Rowan e Zahra estão ocupados trabalhando em Dreamland enquanto Declan e Iris estão sobrecarregados com a reforma na casa e concentrados em engravidar.

Se alguém me perguntasse anos atrás se eu seria o último de meus irmãos a ficar solteiro, eu teria rido na cara da pessoa. Eles têm a inteligência emocional de crianças de colo e personalidades equivalentes à tinta bege, mas os dois conquistaram algo que eu jamais conseguiria.

Eles encontraram felicidade e amor com outra pessoa.

Por um tempo, pensei que também tinha feito essa conquista. Ao menos até estragar tudo, arruinando qualquer chance de ter a mesma experiência.

Você parece estar com inveja.

Talvez porque eu *esteja*.

CAPÍTULO CINCO
Alana

Em vez do café coado de todas as manhãs, tomo um expresso duplo, na esperança de que uma boa dose de cafeína me salve da exaustão absoluta com que acordei. Depois de passar a noite inteira me revirando na cama por causa da aparição surpresa de Cal no meio da noite, fico tentada a voltar para o quarto e dormir pelo resto do sábado. Eu com certeza faria isso se não tivesse uma filha para cuidar.

Cami adora atenção e afeto constantes, e fico feliz em mimá-la com isso. Depois de crescer com um pai que abandonou minha irmã e eu, que não dava a mínima para mim, não há nada que eu queira mais para Cami do que se sentir amada.

Normalmente, não me incomodo de fazer *arepas con queso* do zero, mas, hoje, arrasto os pés até a despensa. São dias como este que me fazem desejar comprar cereais coloridos cheios de açúcar, como faz a maioria das famílias, e chamar de refeição.

Mal consigo terminar de preparar o café da manhã. Quando acabo de cortar algumas frutas e servir um copo de suco para Cami, estou quase caindo de sono.

— Está se sentindo bem, mamãe?

— Só estou cansada. — Eu me recosto na bancada.

Ela franze a testa.

— Ainda quer assistir ao jogo?

Aponto para as nossas blusas amarelas combinando, que são parte do uniforme do time de futebol.

— Claro. Sua vovó não esperaria menos. — O amor de minha mãe por nossa seleção nunca diminuiu mesmo depois que nos mudamos de Barranquilla para os Estados Unidos quando eu tinha sete anos. Eu e Cami honramos a memória dela continuando a tradição de assistir aos jogos juntas enquanto comemos uma das comidas favoritas dela, *pandebonos*.

— Eba! — O sorriso brilhante de Cami com o dente da frente faltando aquece meu coração.

— Combinado então. Agora coma enquanto arrumo seu cabelo. — Trançar o cabelo de Cami é uma atividade relaxante para manter minha mente ocupada. Ao longo do dia, devo arrumar o cabelo dela pelo menos umas três vezes. Independentemente do estilo de penteado que eu tente ou dos produtos que use, só demora uma hora para tudo virar um emaranhado de nós e fios rebeldes.

Ela enche a boca de pedacinhos de comida enquanto penteio seu cabelo. Quando estou terminando a trança francesa, meu estômago ronca, então estendo a mão para roubar uma das frutas dela.

Ela dá um tapinha para afastar minha mão.

— Ei! Pega para você.

Faço cócegas em Cami até ela desistir de ficar com os morangos só para si. Seu leve suspiro atrevido me faz sorrir quando ela espeta um pedaço de morango cortado e me oferece o garfo. Estou prestes a dar uma mordida, mas a campainha toca, interrompendo-me.

— Eu atendo! — Cami salta da banqueta.

— Não tão rápido. — Eu a seguro antes que ela saia correndo da cozinha e a coloco de volta no assento. — O que falei sobre atender a porta?

— Não abra a porta para estranhos. — Suas pernas balançam para trás e para a frente, ainda curtas demais para tocar o chão.

Toco seu nariz.

— Exatamente. Por que não termina enquanto vou ver quem é? — Aponto para o prato dela antes de sair da cozinha.

No caminho até a porta da casa, olho o aplicativo da campainha no celular. Cal anda de um lado para o outro na varanda. Ele alterna entre colocar as mãos no bolso, passá-las no cabelo bagunçado e examinar as tábuas de madeira do lugar, tudo em um minuto. Não sei se é o TDAH ou a ansiedade o responsável por todos os movimentos súbitos, mas, nossa, ele não consegue ficar parado nem se sua vida depender disso.

Por mais que eu deteste a ideia de falar com Cal depois de ontem, tenho que reconhecer o mérito dele por aparecer tão cedo em busca de respostas. O cara ganha um pouquinho do meu respeito.

Talvez ele se importe, afinal.

Expulso esse pensamento rapidamente. Sua visita hoje não tem nada a ver comigo e tudo a ver com descobrir quem é o pai de Cami. É provável que ele nem estivesse aqui se eu não tivesse deixado as coisas no ar como deixei ontem à noite. Por ter escolhido evitar encarar Cal e as emoções que ele provocou, agora tenho de enfrentar as consequências. Não agi com maturidade, mas não fazia ideia de como lidar com ele pensando que eu transaria com alguém tão pouco tempo depois de terminarmos.

Sei que só namoramos por alguns meses, mas eles foram importantíssimos para mim. E, por um tempo, pensei que ele sentia o mesmo.

Eu deveria ter imaginado.

Embora eu fique tentada a deixá-lo lá fora por mais alguns minutos para que ele possa sofrer com seus pensamentos, é melhor eu dar logo o tiro de misericórdia.

O movimento de seus lábios chama minha atenção, e aumento o volume do aplicativo o suficiente para conseguir escutá-lo.

— E se eu for um péssimo pai? — ele pergunta a si mesmo. — Bom, pior que seu pai não dá para ser — ele se responde. — Ele é um psicopata narcisista. O nível de comparação não é lá muito alto.

Não quero achar fofo, nem mesmo um pouco, mas noto o canto de meus lábios se erguerem ao ver que ele está tendo toda uma conversa consigo mesmo.

Por que você está sorrindo logo para ele?

O pensamento é um balde de água fria, e bloqueio o celular para não olhar mais para ele às escondidas.

Jogo os ombros para trás antes de abrir a porta. Cal ergue a cabeça ao ouvir o rangido das dobradiças, o que revela seus olhos vermelhos e sua aparência desgrenhada. Eu apostaria que é mais provável que ele esteja de ressaca do que só tenha dormido mal como eu. Isso fica óbvio pela forma como ele se crispa com a luz forte pendurada sobre mim, iluminando a entrada.

Cravo as unhas nas palmas das mãos diante da evidência de seu vício.

Não é problema seu.

Então por que a dor penetrante em meu peito se intensifica com a ideia de que ele ainda está sofrendo?

— A gente precisa conversar — ele diz rapidamente.

Olho para ter certeza de que Cami não está escondida em algum canto antes de fechar a porta às minhas costas.

— Agora?

— Sim, agora. Eu gostaria de ter tido essa conversa ontem à noite, mas alguém me expulsou antes de esclarecermos uma coisa.

Um suspiro escapa de mim antes que eu tenha a chance de me conter.

— Certo. — Entreabro a porta. — Cami! Vou pegar a correspondência, volto daqui a alguns minutos! — Minha voz ecoa pelos pés-direitos altos.

Ela grita sua resposta, mas sai abafada, muito provavelmente porque está com a boca cheia de panqueca.

— Só vou ter alguns minutos para uma conversa como essa?

— Não posso deixar Cami sozinha por muito tempo. Na última vez em que estava fazendo coisas aqui fora, ela roubou meu rímel e acabou com uma infecção depois de espetar o olho.

— Certo. — Ele nem abre um sorriso, o que é raro para ele.

Ele está nervoso. Sem ele beber para aliviar a ansiedade, a verdade fica óbvia enquanto caminhamos em silêncio até a caixa de correio. A mansão se assoma atrás de nós, projetando uma sombra imensa sobre a grama alta do jardim da frente, fazendo-a parecer ainda maior do que seus mil e trezentos metros quadrados.

Parte de mim deseja que ele comece a conversa e arranque uma resposta, mas meus lábios continuam selados enquanto pego a correspondência.

O que você está esperando? Conte logo a verdade a ele.

Aí é que está. Não sei bem como fazer isso sem ter uma crise por causa da minha irmã. Por mais que o tempo tenha passado, ainda não consigo falar de Antonella sem meus olhos se encherem de lágrimas ou ficar furiosa. Espero que um dia eu consiga relembrar o que vivemos juntas e sorrir.

Mas hoje não é esse dia.

Em vez disso, estou dominada por uma onda de emoções negativas. Dor. Preocupação. *Mágoa.* Cada uma delas bate mais forte do que a anterior. Normalmente, eu as controlo bem, mas sempre fui fraca quando o assunto eram minha irmã e suas dificuldades.

Sofrer com drogas não é uma dificuldade, Alana. É um vício.

Minha mão segurando a correspondência treme, fazendo os envelopes balançarem.

Cal coloca a mão sobre a minha, impedindo que eu continue.

— Ei.

Não consigo nem cogitar olhar em seus olhos, então sigo encarando a caixa de correio. Todas as respostas ficam entaladas em minha garganta.

— Camila é minha filha? — A maneira como ele pergunta, baixo e sem julgamento, quase me quebra.

Eu me pergunto por um brevíssimo segundo o que ele faria se fosse. Ele é o tipo de homem que assumiria a responsabilidade e ofereceria ajuda ou fugiria como sempre, provando mais uma vez o desgosto que é?

Nada disso importa.

Endireito a coluna e olho no fundo de seus olhos.

— Não. Não é.

Ele solta minha mão como se sua pele pudesse pegar fogo se me tocasse por mais um segundo. Uma expressão sombria perpassa seu rosto, completamente diferente do habitual.

— Quem é o homem com quem você foi para a cama? — Sua pergunta é afiada.

Inspiro fundo.

— É sério que você está me acusando disso *de novo*?

— Sei como bebês são feitos e, se não sou o pai, alguém tem que ser. Então fico curioso sobre quem chamou sua atenção nem um mês depois que fui embora.

Não penso enquanto avanço e aponto o indicador no meio de seu peito.

— Tem razão. Alguém tem que ser o pai de Cami, embora eu não saiba quem porque minha irmã passou a maior parte da gravidez drogada. — As palavras saem altas e claras apesar do zumbido em meus ouvidos.

Seus lábios tensos se entreabrem, e as rugas em sua testa se suavizam até desaparecerem.

— Desculpa, Alana. Foi idiotice minha supor que você tinha ido para a cama com...

Qualquer que seja a expressão em meu rosto o faz recuar alguns passos.

— Desculpa? Você pensou que fui para a cama com alguém logo depois que você foi embora e aí engravidei dele? — Minha voz sai alta.

Ele ergue as mãos em sinal de rendição.

— Se você tivesse feito isso, não caberia a mim julgar.

— Você realmente menospreza tanto o que tivemos? — Acho que levar mil agulhadas no coração seria menos doloroso do que essa conversa. Tenho o cuidado de não deixar minhas emoções transparecerem, mas, por dentro, me permito sentir todas as pontadas de mágoa. Se eu me agarrar à dor, não vou correr o risco de cair em suas palhaçadas de sempre, o tipo que me deixa de coração mole e faz meus joelhos fraquejarem com um único sorriso.

Ele dá um passo à frente.

— De jeito nenhum. Mas você tinha todo o direito de fazer o que quisesse depois que fui embora.

— O que inclui transar com alguém nem um mês depois? Você está falando sério?

Seus olhos se arregalam.

— Falei para você me superar.

— Quanto mais você repete isso, mais me questiono se não era o que *você* queria.

Ele dá um grande passo para trás.

— Como assim? Não. Quer dizer... — Ele solta um suspiro frustrado. — Não foi assim para mim.

— Então como foi? — Meu coração bate forte no peito.

Sua testa se franze, confuso.

— Como foi o *quê*?

Baixo a voz para pouco mais do que um sussurro:

— Me superar. — Sou tomada pelo arrependimento no mesmo instante, e desejo nunca ter aberto a boca e feito a pergunta.

Ele evita olhar para mim enquanto se concentra em algo sobre meu ombro.

— Não sei como responder.

Meu coração palpita no peito.

— Por que não?

Ele superou, não?

É claro que sim. Foi ele quem terminou com você, não o contrário. Enquanto você esperava que ele voltasse, ele estava pegando geral em Chicago.

— Quer saber? Esquece que perguntei. — A ideia de ele ficar com outra pessoa me deixa enjoada, e fico subitamente desesperada para escapar dessa conversa. — Fiquei fora por mais de cinco minutos, então é melhor voltar.

Ele me segura pelo cotovelo enquanto seus olhos atormentados se voltam para meu rosto.

— Você sempre mereceu coisa melhor que eu.
Eu me desvencilho de sua mão.
— Não. Eu merecia coisa melhor *de* você.

CAPÍTULO SEIS
Cal

Lana me deixa sem palavras. Ela não fica à espera de uma resposta que provavelmente não vai vir. Todo alívio que senti ao descobrir que nem Lana nem eu somos os pais de Cami parece ter vida curta, substituído pela dor em meu peito ao vê-la dar as costas para mim de novo.

Eu merecia coisa melhor de *você.*

É claro que merecia. Ela merecia a porra do mundo todo, mas eu era, sou, doente demais para proporcionar algo além de mágoa para ela.

E de quem é a culpa?

Não sei bem quanto tempo fico parado refletindo sobre a conversa que tive com Lana, mas só me mexo quando minha pele arde pelo sol se movendo no horizonte. Dou um passo na direção de meu carro e quase tropeço na pessoa pequena parada a minha frente.

— Oi! — Cami abre um sorriso para mim e acena.

Meu coração bate mais forte.

— Oi?

— Você é o moço de ontem à noite. — A pele morena ao redor de seus olhos azuis se franze quando seu sorriso se alarga. Seu pai deve ter genes fortes, Cami mal lembra a irmã de Lana exceto pela cor da pele e pelo formato dos lábios.

— Sim?

— Sou a Cami. — Ela estende a mão para eu apertar.

— Cal. — Estou no piloto automático quando aperto a palminha dela. A diferença de tamanho é cômica, mas sua mão é firme enquanto balança meu braço como a um macarrão de piscina.

— Oi, Cau-l.

— *Cal* — repito, mais devagar dessa vez, enfatizado o som de *a*.

— *Camiii*. — A menina prolonga o nome enquanto aponta para o próprio peito, me fazendo sentir como um idiota por tentar ensinar a ela como dizer meu nome corretamente.

Quem liga para como ela diz? Só dá o fora daí.

— Bom, foi um prazer conversar com você... — Dou um passo ao redor dela.

— Espera.

Jesus, pegue o volante e me conduza até o precipício mais próximo, por favor.

Ela corre e para na minha frente, bloqueando meu caminho até o carro.

— Você me deve um dólar.

Eu a encaro.

— Por quê?

— O pote do palavrão. — Ela estende a mão. — *Diñero*, por favor.

— O pote do palavrão? Que porra é essa?

Seus olhos grandes se arregalam.

— Opa. Agora você me deve dois.

— Pelo visto, estão ensinando extorsão desde cedo.

— O que é extor-chão?

Balanço a cabeça.

— Esquece. — Dou a volta por ela e mal me afasto cinco passos até ela correr atrás de mim.

— Ei! E o meu dinheiro?

Fecho os olhos e conto até cinco. Suor começa a escorrer por meu pescoço com o aumento da temperatura interna. Não tenho absolutamente nenhuma experiência com crianças além das poucas com quem cruzo em público e de quem desvio. Até Declan e Iris terem uma, estou pouquíssimo preparado para lidar com isso.

Dê logo o dinheiro para ela e vá embora. Procuro notas de um na carteira e não encontro nenhuma.

— Desculpa, garota, mas não tenho trocado.

— E essas aqui? — Ela aponta aqueles olhos grandes para a pilha de notas de cem dólares.

— Você sabe quanto elas valem?

Seu olhar inexpressivo não responde muita coisa.

— Beleza. Vai. Toma. — Dou uma das notas para ela.

— Mas você disse dois palavrões.

— Essa vale mais do que um dólar. — Aponto para os números para enfatizar. — Isso é um cem. Está vendo?

É sério que você está tentando argumentar com uma criança?

Suas sobrancelhas se franzem enquanto ela encara a nota.

— Espera. Preciso contar para ter certeza... Um... dois... três... — Ela traça cada número no ar como se escrevesse numa folha de papel invisível.

Puta que pariu. Pelo ritmo da contagem dela, vou passar a manhã inteira aqui.

Pego outra nota de cem e a entrego para ela.

— Pronto.

Ela passa a língua na janelinha onde era para estar um de seus dentes da frente.

— Aaah.

— Tchau. — Bato uma continência fraca para ela e volto a andar em direção ao carro.

— Você vai brincar comigo? — Ela me segue como uma sombra.

— Não posso.

Quase lá. Os números turvos na placa vão ficando mais claros a cada passo na direção de meu carro.

Ela corre para acompanhar minhas passadas longas.

— Por que não?

— Tenho compromisso. — *Você está perto.* Tiro as chaves do bolso e destravo a porta.

Talvez se jogar outra nota de cem no chão, consigo distraí-la por tempo suficiente para escapar.

— Aonde você vai?

Qualquer lugar menos aqui é preferível no momento.

— Uma reunião.

— Ah. — O sorriso dela se fecha. — Você vai voltar?

— Humm... talvez? — Minha pele coça.

— Eba! Na próxima vez, você vai brincar comigo. — Ela bate palmas.

Essa criança precisa de remédios ou de uma focinheira. Isso está óbvio. Ela é muito parecida comigo nessa idade, saltitante de energia e falando sem parar. É um mistério os meus irmãos não terem tentado me sufocar durante o sono.

— Desculpa, garota. Não estou aqui para brincar com você.

— Ah. Mas o Wyatt brinca comigo.

Meus pés chutam o cascalho quando paro de repente.

— Quem?
— Wyatt? Escreve assim: U-A-I-A-T.
— Como é o sobrenome dele?
Ela encolhe os ombros.
— Humm... Subdelegado?
Esse é o trabalho dele, não o nome, mas é toda a confirmação de que eu precisava. Ele e Lana viviam brigando feito irmãos sempre que estavam juntos e, durante muito tempo, pensei que se odiassem.
E pensar que você o via como amigo.
Minhas orelhas zunem pelo sangue correndo pelo meu corpo, borbulhando sob a superfície da pele. De todas as pessoas em que pensei que poderia confiar, Wyatt estava bem no alto da lista. Passávamos a maioria dos verões juntos, e ele até me visitou duas vezes em Denver enquanto eu estava na faculdade. Quando eu e Lana estávamos juntos, quer fôssemos apenas amigos evitando o inevitável ou começando a namorar oficialmente, ele nunca pareceu nem um pouco interessado nela.
Provavelmente porque ele estava aguardando o momento em que você estragaria tudo para sempre.
Meus músculos tensionam sob a camisa enquanto me permito reconhecer a emoção que não tenho direito de sentir.
Ciúme. O sentimento tem mente própria, devorando todos os pensamentos racionais. No fundo, sei que não tenho nenhum direito de ter ciúme se fui eu que parti. Por mais que eu tenha confiado que Wyatt cuidaria dela por mim.
Parece que ele fez muito mais do que isso.
Que bom que não sou mais amigo de Wyatt. Vai ficar mais fácil dar uma surra nele quando o reencontrar.
E se tiver sido ele o homem que estava beijando Lana na frente do Last Call Bar dois anos atrás?
— Filho da puta — penso alto.
Cami leva um susto.
Eu me crispo.
— Merda.
Sua boca se abre.
— Droga? — Minha voz fica esganiçada.

Ela balança a cabeça de um lado para o outro. Suspiro enquanto tiro a carteira do bolso de novo e entrego mais três notas de cem para ela. Até que é fofa a forma como seus olhos se iluminam ao pegar o dinheiro.

Você gosta de criança agora?

Não, mas o fascínio dela por dinheiro é engraçadinho.

— Você está bem, Cau-l?

Controle-se.

Descerro os punhos.

— Preciso ir.

Ela vem atrás de mim como uma sombra.

— Camila! — Lana grita.

Nós dois erguemos os olhos e vemos Lana descendo os degraus da frente.

— Já era — Cami murmura baixo. Ela é idêntica a Lana na forma como desvia o olhar quando está encrencada.

Lana corre até nós e coloca as mãos no quadril como sua mãe fazia sempre que a flagrava fazendo algo que não devia. O que, não graças a mim, era comum.

— Por que você insiste em falar com estranhos depois de tudo que a gente conversou?

Não deveria machucar ser chamado de estranho, mas machuca, ainda mais depois de descobrir que Wyatt está envolvido na vida da filha de Lana agora que estou fora de cena. Isso prova que, por mais história que eu e Lana tenhamos, é apenas isso.

História.

— Desculpa, mamãe. — Cami balança de um lado para o outro nos calcanhares.

Lana se agacha e olha nos olhos de Cami.

— Você não pode falar com todas as pessoas que encontra, mesmo se forem simpáticas ou responderem a suas perguntas.

— Você me acha simpático? — Estampo meu sorriso habitual, torcendo para que, se eu fingir estar feliz por tempo suficiente, consiga apagar os sentimentos desconfortáveis que giram dentro de meu peito.

Essa é sempre sua esperança.

Os olhos de Lana se estreitam enquanto ela me olha de cima a baixo. Minha pele se aquece quando seu olhar se demora em meus braços, fazendo o calor arder no meu ventre.

— Já vi melhores. — A pele em seu nariz se franze.

— Você sempre mentiu mal para cacete, Alana. — Toco a ponta de meu nariz para enfatizar meu argumento.

Os olhos de Lana e Cami se arregalam ao mesmo tempo. Tiro a carteira do bolso com um suspiro e passo mais uma nota para Cami.

Seiscentos dólares mais pobre e você ainda não aprendeu a lição.

— Você criou o hábito de distribuir notas de cem? — Uma única sobrancelha de Lana se ergue.

— Apenas para crianças persistentes de cinco anos que não sabem contar até cem.

Lana lança um olhar imperscrutável para a filha.

— Quanto é cinco vezes cem?

— Quinhentos! — Cami ergue a mão cheia de dinheiro no ar.

Mas que pirralhinha...

— O que você estava dizendo? — Os cantos dos lábios de Lana se erguem em um sorriso muito discreto quando ela se volta para mim. É o primeiro que vejo em seu rosto desde que cheguei, e deixa meu estômago todo leve e borbulhante, como se eu tivesse acabado de virar um refrigerante com vodca em menos de dez segundos.

Reconheço a sensação no mesmo instante.

Ah, não. Nem pense nisso.

— É melhor eu ir.

Não me atrevo a lançar um último olhar para as duas, embora sinta os olhos de Lana cravados em minhas costas enquanto entro no carro.

É só quando deixo a casa do lago em meu retrovisor que finalmente consigo voltar a respirar.

* * *

A viagem de volta de três horas até Chicago passa que eu nem vejo. Liguei com antecedência para a assistente de Leo para pedir uma reunião de emergência, e ele conseguiu me encaixar em sua agenda antes do almoço.

Mexo na tampa de meu cantil pela terceira vez nos últimos vinte minutos. Estou prestes a ligar para a assistente dele quando as portas atrás de mim se abrem e o advogado de idade avançada entra. Leo parece ter sido retirado dos anos 1920 com seu terno, seu chapéu fedora e seu relógio de pulso dourado. Tudo de que o homem precisa é um charuto para completar o visual.

— Callahan! — Ele me envolve em um abraço esmagador. — Que surpresa agradável!

— Sério? — Fico com as mãos esticadas para os lados.

Ele se senta atrás da escrivaninha.

— Sim. Faz um tempo que eu queria conversar com você. Como você está?

Considero dar uma resposta básica e simples, mas decido ser sincero.

— Já vi dias melhores.

Seu sorriso se fecha uma fração de centímetro.

— Uma pena. Sinto muito por isso. Há algo que eu possa fazer para melhorar um pouco a situação?

Eu me empertigo na cadeira.

— Na verdade, sim.

— Do que você precisa?

— Tenho algumas dúvidas sobre o testamento de meu avô, e queria saber se você poderia me ajudar.

Ele coloca o chapéu em cima da escrivaninha e se recosta na cadeira.

— Em quê?

— Preciso saber quem é o proprietário da casa do lago.

— Claro. Posso responder isso para você. Só me dê um segundo para eu encontrar o documento. — Leo vai até a parede de armários de arquivos e abre a gaveta de cima. Meu coração acelera à medida que ele folheia vários arquivos de informações até fazer um barulho confirmatório.

Ele volta à mesa segurando uma pasta com meu nome escrito.

— Segundo a escritura, é você.

Meus pulmões se esvaziam pela minha forte expiração.

— Que alívio, porque a pessoa que está morando lá no momento acredita que meu avô deixou a casa para ela.

Leo entrelaça as mãos na frente dele.

— Bom, é essa a parte complicada.

Sinto um frio na barriga.

Não. Não me diga que ele fez isso.

Leo continua com um sorriso, como se não estivesse prestes a estilhaçar meu mundo e qualquer chance que eu tenha de vender a casa.

— Segundo a escritura mais recente, você está listado como coproprietário da casa junto com a srta. Alana Castillo.

Puta que pariu.

— Você só pode estar de brincadeira. Nunca vou conseguir vender aquela casa enquanto Lana for dona de parte da propriedade.

— Quanto a isso...

Ergo a mão.

— Deixe-me adivinhar. Não posso comprar a porcentagem dela.

Seu sorriso nem vacila.

— Correto.

— Óbvio.

— Seu avô foi muito específico sobre como você e a sra. Castillo deviam concordar em todos os aspectos jurídicos relativos à propriedade.

— E se ela não quiser vender?

— Nesse caso, eu recomendaria que vocês dois contratassem advogados.

Não tenho tempo para falar com a equipe jurídica de Declan, muito menos esperar que Lana arranje um advogado.

Ótimo.

Meus molares rangem.

— Mais alguma surpresa sobre a qual eu deva saber antes de voltar a Lake Wisteria?

Ele folheia a pasta, passando os olhos por páginas de documentos legais.

— Acho que é só isso. Apenas se lembre de que qualquer interferência de seus irmãos relativa à venda da propriedade podem ter repercussões graves.

Todos os meus músculos ficam rígidos embaixo da camisa.

— Que tipo de repercussões?

Ele fecha a pasta com um sorriso tenso.

— Acho que você já tem preocupações demais considerando sua tarefa. Não precisa exagerar tudo pensando no pior.

— Eu poderia perder minhas ações? — questiono.
— Melhor não deixar que isso aconteça, sim?
Merda.

* * *

Dou um último gole no meu cantil antes de guardá-lo no bolso interno do terno e abrir a porta da sala de Declan. Sua vista panorâmica da cidade é insuperável com as janelas do chão ao teto que deixam entrar muita luz solar. Por mais que eu deteste o prédio da Companhia Kane, a vista de Chicago é inigualável.

Meu irmão está sentado atrás de sua escrivaninha, digitando com tanta força que o teclado até escorrega para a frente.

— Vá embora, Todd. Estou ocupado.
— Sério? Tim já trabalha aqui há meses, e você ainda não sabe o nome dele?

Meu irmão ergue a cabeça na minha direção.

— O que está fazendo aqui?
— Voltei para esclarecer algumas coisas sobre o testamento.

Suas sobrancelhas escuras se unem.

— E?

Eu me sento à frente dele, do outro lado da mesa. Com um movimento rápido, abro o botão do paletó para ter um pouco mais de espaço para respirar. Toda vez que visito a sede da empresa Kane, é sempre a mesma coisa. Uma pressão opressiva cresce em meu peito, obrigando-me a dar mais goles no meu cantil do que o normal. O escritório me faz lembrar da minha incapacidade de corresponder a meu sobrenome e às expectativas criadas em função de quem é minha família.

Não importa.

Tamborilo os dedos nas coxas.

— Você e Rowan precisam ficar bem longe da minha tarefa.
— Como assim? — Ele se recosta na cadeira.
— Quando passei no escritório de Leo para ver a escritura atualizada, ele fez um comentário enigmático.
— O que ele disse exatamente?

Repito minha conversa com Leo.

Declan se levanta e começa a andar de um lado para o outro, criando um buraco no carpete.

— O que ele poderia querer dizer com *interferência*?

— Não sei. Quando tentei perguntar se tinha alguma coisa a ver com minhas ações, ele ficou quieto.

— Merda.

— Exatamente o que pensei. — O único motivo para eu não estar em pânico é por causa do fluxo constante de vodca bombeando em meu sistema, dando-me uma falsa sensação de calma.

Ele passa as mãos no cabelo escuro, desarrumando os fios perfeitamente penteados para trás.

— Vovô sabia que eu interviria para ajudar você.

Provavelmente porque Declan arruma minhas bagunças desde que nasci. Ele não consegue evitar sofrer do complexo de salvador de irmão mais velho, quase sufocando Rowan e eu com sua superproteção.

— O que quer que faça, não ajude.

Ele baixa os olhos castanhos.

— Declan...

Ele tira o celular do bolso, parecendo mais pálido do que o normal.

— Preciso fazer algumas ligações.

Os passos de Declan aceleram enquanto ele anda de um lado a outro de sua sala.

— Você já tinha um comprador em vista, não é? — Eu ranjo os dentes.

— Sim. — Sua mão segurando o celular fica mais tensa.

— Por quê?

Por que você não poderia simplesmente confiar que eu faria uma única coisa por conta própria? A pergunta verdadeira fica na ponta de minha língua.

Seu maxilar se cerra, fazendo a veia perto de sua têmpora latejar.

— Por que você acha? Eu não daria uma chance ao azar.

— Parece mais que você não daria uma chance a *mim*.

Ele ergue a mão livre.

— Por que eu daria? Você não andou se esforçando muito para completar sua parte no testamento. Você dá a mínima quanto a ferrar comigo e com Rowan?

Eu me levanto de um salto.

— Depois desse seu menosprezo, talvez eu devesse desistir das minhas ações e sair dessa merda com a dignidade intacta.

Ele solta uma risada amargurada.

— É claro que essa é sua primeira solução. Não sei por que eu esperaria algo diferente do cara que se supera em questão de fracasso.

— Porra, essa foi boa, hein. Aprendeu com o pai?

Você tem algum interesse em ser algo além de um fracasso para essa família? A memória da gargalhada bêbada de meu pai entra em primeiro plano na minha mente; a lembrança dele rejeitando minha necessidade de um professor particular de cálculo é rapidamente substituída por uma memória mais tenebrosa.

Por que não fico surpreso por você não ter sucesso nem empurrando um disco de borracha de um lado para o outro? — as palavras duras que meu pai disse durante meu pós-operatório depois que rompi o ligamento cruzado anterior.

O único motivo para você não estar no conselho desta empresa é porque seu avô sabia que você não conquistaria nada sozinho. Os olhos vermelhos de meu pai se voltam para minha cadeira na mesa de conferência.

A única coisa que ele conseguiu foi encontrar umas cem formas diferentes de fazer eu me sentir um fracasso.

E agora Declan...

Foda-se ele.

— Merda. Cal... — O olhar duro de Declan se suaviza.

Declan que vá à merda por usar minha fraqueza contra mim. Não é que eu não queira ser melhor. *Fazer* melhor.

Eu só não sei como.

Abro meu sorriso mais falso para ele que faz seu olho se contrair.

— Não precisa se desculpar, irmão. Já ouvi essas palavras muitas e muitas vezes. Até parece que não passei a vida toda ouvindo exatamente isso sem parar.

As palavras de Declan me seguem por muito tempo depois que saio do prédio da Companhia Kane, alimentando minhas inseguranças como um parasita que só pode ser curado com uma garrafa de vodca.

Você poderia buscar ajuda de novo. Minha mão treme enquanto me sirvo de uma dose. Um pouco é derramado pelo meu movimento súbito, encharcando minha mão e a área ao redor do copo.

Balanço a cabeça, ignorando a voz em minha cabeça que me pede para parar antes de dar o primeiro gole.
Sempre uma decepção.
Hesito quando meus lábios tocam a borda do copo.
Você é melhor do que isso.
Não. Não sou.
Viro o primeiro copo em poucos goles antes de me servir de um segundo. Declan tenta me ligar duas vezes durante a noite. Ele até deixa uma mensagem de voz, que deleto imediatamente porque estou bêbado demais para me importar.
Eu gosto assim.

CAPÍTULO SETE
Alana

— Sinto muito, srta. Castillo. — O advogado de Brady Kane se desculpa pela segunda vez hoje, embora o gesto faça pouco para aliviar o ardor em minha garganta.

Isso não pode estar acontecendo. Levo a mão ao balcão da cozinha para estabilizar minhas pernas trêmulas.

Leo pigarreia, o som crepita pelo telefone em meu ouvido.

— Entendo que tudo isso deva ser um choque, mas tenho certeza de que Brady desejava o melhor para você. Ele falou de você com muito carinho durante todas as tratativas.

A pressão que cresce atrás de minhas têmporas se intensifica por mais que eu as massageie.

— Não é o que parece.

— Se serve de consolo, Callahan expressou uma frustração parecida durante nossa conversa hoje.

— Ele também mencionou que quer vender a casa?

— Sim.

Meus dedos apertando a bancada ficam brancos por causa da pressão.

— E se eu não quiser vendê-la?

— Todas as decisões relativas à propriedade devem ser tomadas em conjunto. Callahan só conseguirá vender a propriedade se você concordar e vice-versa.

Solto um suspiro pesado.

— Finalmente, uma notícia boa.

Leo hesita por um momento antes de falar:

— Dito isso...

Ah, não.

— Se você insistir em ficar com a casa apesar do interesse de Callahan de vender a propriedade, vai ter que comprar a porcentagem dele do imóvel.

Hijueputa.

* * *

Depois do telefonema com o advogado, mando para Delilah e Violet uma mensagem pedindo uma noite de garotas emergencial. As duas chegam à minha casa armadas com lanchinhos e produtos para a pele como se um pouco de comida e autocuidado pudesse resolver todos os meus problemas. Violet até fez a gentileza de trazer alguns pirulitos Bon Bon Bum, o arqui-inimigo de meu dentista e meu doce predileto.

Subo a escada correndo para ver como Cami está e confirmar se ela já pegou no sono. Meu coração se aperta ao vê-la dormindo profundamente, com sua ovelha de pelúcia favorita esmagada entre os braços. Ainda me lembro da assistente social que a deu para ela. Cami era apenas uma neném, então ela não se lembra, mas eu, sim. Foi o mesmo dia em que voltei para Michigan com uma bebê nos braços e um novo propósito na vida.

Antes de apagar a luz de Cami, tiro os cabelos dela dos olhos e beijo sua testa.

— *Buenas noches, mi amorcito.*

Volto à sala e encontro Violet e Delilah já acomodadas em seus lados habituais do enorme sofá em L.

Violet tira meus pirulitos preferidos da bolsa e os atira para mim.

— Toma. Para relaxar.

Arranco a embalagem e coloco na boca.

— Obrigada. Estava precisando disso.

— Tem certeza de que não quer beber nada? Posso sair para comprar alguma bebida e voltar em dez minutos. — Violet revira o saco de doces em busca de seu sabor favorito.

Delilah atira uma almofada bem na cara dela, bagunçando seus cachos loiros.

— Você sabe que ela não bebe.

Não tomo uma gota de álcool há mais de dez anos, desde que Cal foi à reabilitação logo antes de eu fazer dezoito anos. No começo, foi em apoio a ele e a sua promessa de continuar sóbrio. Nunca gostei de beber, e se não beber o ajudava, ótimo.

Quando ele foi embora seis anos atrás, tentei beber. Até saí e comprei uma garrafa do vinho branco mais caro que consegui encontrar com toda a intenção de quebrar minha promessa. De traí-lo como ele fez comigo.

O plano parecia bom na época, considerando o estado de minhas emoções. No entanto, eu estava tão transtornada que nem pensei em comprar um saca-rolha. Minha única tentativa de beber foi destruída rapidamente, e prometi nunca mais tentar.

Violet bufa.

— Eu estava brincando!

Delilah revira os olhos castanhos.

— Não me admira que sua carreira em comédia stand-up não tenha dado certo.

— Não é culpa minha que ninguém nesta cidade entendia meu senso de humor. A média de idade por aqui remonta ao período jurássico.

Eu e Delilah soltamos uma gargalhada. Lake Wisteria pode tender a uma população mais velha, mas não faltam pessoas jovens morando aqui agora que a cidade vem ganhando popularidade entre pessoas de Chicago em busca de um ritmo de vida mais tranquilo.

Delilah coloca uma mecha de cabelo atrás da orelha.

— Então, qual é o motivo da reunião de emergência?

Faço um resumo básico da situação para Delilah e Violet. Elas ficam em silêncio, embora haja diferentes momentos em que os olhos castanho-esverdeados de Violet se arregalem ou a testa de Delilah se franza mais.

Violet tira o pirulito da boca para dizer:

— Puta merda.

— Pois é.

— O que você vai fazer? — Delilah ajeita as pernas embaixo do corpo.

— Não é essa a pergunta de um milhão de dólares?

— Ou dois, considerando o quanto essa casa deve valer. — Violet aponta para a sala ao redor, com o pirulito pela metade.

— Você está pensando mesmo em vender? — As sobrancelhas escuras de Delilah se erguem.

Eu me afundo no sofá com um suspiro pesado.

— Não acho que eu tenha muita opção.

Violet bufa.

— Por quê? Porque o Ken Malibu mandou?

Disparo um olhar para ela.

— Ele é dono de metade da casa, queira eu ou não.

— Mas você também é.

— Verdade, mas o advogado de Brady me disse que, se eu não quiser vender, preciso comprar a porcentagem dele.

— Isso é... — O rosto escuro de Delilah fica pálido.

— Um milhão de dólares? — Meus ombros afundam. — Mesmo se eu arranjasse um segundo emprego servindo mesas ou coisa assim, eu nunca teria como pagar.

Violet estala os dedos.

— Tenho certeza de que Mitchell do banco estaria disposto a conceder um empréstimo.

— Depois que me recusei a sair com ele? Acho que não, hein.

— E se a cidade fizer uma vaquinha...

Eu a interrompo com a mão.

— De jeito nenhum.

A pele entre as sobrancelhas de Delilah se franze.

— Deve haver outro jeito. Talvez alguma brecha legal que possibilite que você fique com a casa independentemente de quem seja o dono.

Meu peito se aperta.

— Não tem nenhuma. Consultei o advogado e, querendo ou não, Cal tem direito de vender a propriedade. — Por mais que eu ame a casa e as memórias que criei aqui, não há nada que eu possa fazer para impedir que ela seja colocada à venda.

A sombra de um sorriso perpassa os lábios de Violet.

— E se...

— Ah, não. Lá vem. — Delilah faz uma careta.

Violet é conhecida por seus planos malucos e por ser a autora intelectual de estratagemas que nos levaram para a delegacia uma ou duas vezes. O xerife Hank nunca chegou a nos prender de fato porque achava que o sistema judicial não era nada comparado com a fúria de nossos pais.

Violet limpa a garganta enquanto lança um olhar cortante na direção de Delilah.

— E se você acabar não vendendo a casa?

Minhas sobrancelhas se franzem.

— Como assim?

— Você pode sugerir um preço tão alto que ninguém em sã consciência se disporia a pagar. — Os olhos castanho-esverdeados de Violet brilham, cintilando pelos inúmeros planos que passam por sua cabeça.

Com seus cachos loiro-escuros e os traços arredondados e angelicais, ninguém imaginaria a diabinha que existe sob aquela pele de porcelana.

— Isso é... — Delilah perde a voz.

— Genial, na verdade — completo por ela.

Violet se empertiga.

Delilah olha para mim.

— Sabe, até que o plano de Violet pode funcionar.

— Será mesmo? Parte de mim tem medo de ter esperança de que funcione porque Cal pode arruinar as chances de eu ficar com a casa.

Melhor tentar e fracassar do que nem tentar.

Ergo as mãos no ar com ar de derrota.

— Dane-se. Não tenho muito a perder mesmo.

CAPÍTULO OITO
Alana

Cal não me deu mais do que um fim de semana para processar a notícia sobre a casa do lago antes de me mandar uma mensagem na segunda de manhãzinha pedindo para almoçar comigo na Early Bird Diner. Por nós dois, decidi aceitar.

Como se segundas-feiras já não fossem ruins o bastante, minha manhã toda antes do encontro no almoço é um completo e absoluto desastre. Normalmente, meu trabalho como professora de espanhol na escola de Cami segue uma rotina previsível. Mas é óbvio que, considerando minha sorte hoje, tudo deu errado, desde um alarme de incêndio quebrado interrompendo as apresentações finais de meus alunos do ensino médio a um aluno do primeiro ano do fundamental vomitando no fundo da sala logo antes do almoço. A única coisa que me motiva a atravessar o dia de hoje é o fato de que só faltam duas semanas para as férias de verão.

Já estou atrasada quando chego à lanchonete, então o estacionamento está lotado. Dou duas voltas pela Main Street para encontrar uma vaga, e nada. A cidade está começando a anunciar o Festival do Morango de meio de junho, o maior evento do ano de Lake Wisteria, então quase todas as vagas de estacionamento estão ocupadas pelo prefeito e seus ajudantes que estão pendurando cartazes de divulgação para atrair turistas.

Demoro cinco minutos para encontrar uma vaga. Considerando como meu dia foi péssimo, é lógico que encontrei uma bem ao lado de meu sonho fracassado.

A loja está vazia há anos; o senhorio é incapaz de ocupar o lugar permanentemente por mais de alguns anos por vezes. Negócio após negócio tentou emplacar ali, mas nenhum teve sucesso. Abriram até uma confeitaria certa vez, o que foi uma tortura ainda maior considerando meu sonho de abrir a minha própria loja no espaço. Eles fecharam nem um ano depois.

O que faz você pensar que teria sucesso, então?

Sinto um nó na garganta, e dou as costas para a fachada.

Você tem problemas maiores para resolver agora.
Ergo a cabeça enquanto entro na lanchonete.
— Ei — Cal chama, me assustando.
Eu me viro na direção de sua voz. Ele está apoiado na parede de tijolos do lado da entrada, parecendo completamente deslocado com sua camisa de linho perfeitamente passada e a calça sob medida. Sua roupa me faz lembrar dos outros turistas ricos que vêm de visita, parecendo combinar mais com iates em Ibiza do que com nosso lago.

Ele desce os óculos escuros sobre a ponte do nariz para me olhar melhor.
— Vestido bonito. Foi sua mãe que fez?
A menção da minha mãe faz minha garganta se fechar. O luto é uma coisa estranha. Ele vem e vai, normalmente nos momentos mais inconvenientes, virando nossa vida de cabeça para baixo enquanto processamos a perda de novo e de novo.

Por instinto, levo a mão ao colar de ouro que ela me deu em minha *quinceañera*, esfregando o metal frio entre os dedos de um lado para o outro.
— Foi. — Minha voz embarga.
— Como vai sua mãe, aliás? Não vi o carro dela na casa. Ela está passando o verão com sua família na Colômbia ou coisa assim?
Meu coração bate forte na minha caixa torácica enquanto paro no meio do passo.
— Você realmente não sabe.
Ele inclina a cabeça.
— Não sei o quê?
Meu olhar se volta à entrada da lanchonete.
— Ela faleceu alguns anos atrás, enquanto seu avô ainda estava em coma. Câncer no pâncreas em metástase. — Fico surpresa por conseguir dizer as palavras sem que minha voz embargue.
Você só demorou dois anos para conseguir fazer isso.
No primeiro ano depois que minha mãe faleceu, era difícil falar dela sem chorar. Toda memória era dolorosa, física e mentalmente. Foi preciso que Cami fizesse muitas perguntas sobre a avó para que eu me acostumasse a falar dela de novo com um sorriso em vez de lágrimas no rosto.

— Merda, Alana. Eu não fazia ideia sobre sua mãe. — Cal coloca a mão em meu ombro e dá um aperto. O calor de sua palma age como um bálsamo, afastando o frio que se infiltra em meus ossos.

— Pensei que você soubesse. — *E tivesse escolhido não vir ao funeral mesmo assim.*

Sua cabeça chacoalha com tanta força que bagunça seu cabelo.

— É claro que eu não sabia. Se eu soubesse... Puta que pariu. Proibi meus irmãos de mencionarem... este lugar.

Fico mais ofegante a cada vez que inspiro.

— Meus pêsames. — Ele aperta com mais força. — Eu queria... — Ele hesita, como se estivesse considerando se deveria ou não falar. — Eu deveria ter estado aqui para apoiar você. — A maneira como Cal diz isso com absoluta certeza me faz acreditar nele.

Nossos olhares se encontram. Algo tácito passa entre nós antes de ele colocar os braços ao redor de mim e me aninhar em seu peito. Meu corpo relaxa no mesmo instante em seu abraço, e sou consumida pela sensação de que este é o meu lugar. Todas as raivas, frustrações e mágoas dos últimos dias se dissolvem como se nunca tivessem nem existido.

Sei que o alívio é apenas temporário. Que, no momento em que ele soltar, a realidade vai cair com tudo ao meu redor.

Só mais alguns segundos, prometo a mim mesma enquanto pressiono a bochecha em seu peito. Eu me esqueci de como sinto que é *certo* ser envolvida por seus braços. Ou do conforto que me domina quando escuto a batida rápida de seu coração.

Ignoro a voz no fundo de minha mente me importunando e me permito aproveitar ser cuidada.

Por que as coisas que nos fazem nos sentir bem sempre são as que mais nos machucam?

— E sua irmã? — Ele passa a mão em meu cabelo, fazendo minha espinha formigar pelo gesto íntimo.

— O que tem ela?

— Ela está... — Sua voz se perde.

— Morta? Meu Deus, não, mas às vezes vou dormir preocupada que seja o caso.

— Mas Cami...

Não deixo que ele termine sua linha de raciocínio.

— É minha em todos os sentidos que importam. Anto assinou a papelada e tornou oficial depois que ela nasceu.

Seus braços apertam mais, como se ele sentisse que estou me preparando para me afastar.

— Você nunca deixa de me impressionar.

Afundo o rosto em seu peito.

— Não tive escolha.

— É claro que teve. Você só escolheu a mais altruísta porque é esse tipo de pessoa. — Ele estilhaça o pouco controle que tenho das minhas emoções enquanto me segura em seus braços.

Um carro buzina perto. Seus braços se afrouxam quando dou um pulo para trás, pondo um fim ao momento. Minhas bochechas coram no que dou um segundo passo para longe dele.

Seus punhos descem para o lado do corpo antes de se cerrarem. A frustração emana dele em ondas, atingindo-me na cara com o poder de um lança-chamas.

— Vamos entrar. — Eu me viro para a porta.

Cal me segue em silêncio para dentro da lanchonete.

— Olhe quem finalmente decidiu aparecer. — Isabelle pega dois cardápios do balcão da recepção.

As bochechas de Cal ficam coradas.

— É bom ver você de novo, Isa...

Isabelle o ignora completamente ao me envolver em seus braços. Seu cabelo grisalho roça em minha bochecha, fazendo-me inspirar laquê e massa de panqueca.

— Senti sua falta na semana passada quando as meninas vieram para o *brunch*.

— Cami pegou uma virose, então tive que faltar.

— Ah, não. Como ela está?

— Melhor e de volta à escola. Ela não queria perder mais aulas antes das férias.

As sobrancelhas de Isabelle se franzem.

— Mas ainda é a segunda semana de maio.

— Todos os dias contam, segundo Cami.

Ela ri.

— Aquela menina adora a escola mais do que qualquer pessoa que eu conheça.

Cal limpa a garganta, e Isabelle olha para ele.

— Quem é esse? — Ela o olha de cima a baixo.

Cal ergue as sobrancelhas.

— Como assim, Isabelle? Você me conhece desde que eu era pequeno.

— Ah. — Ela estreita os olhos. — Como você se chama mesmo? Mal?

— *Cal*. — Ele sorri apesar da contração em seu olho direito.

Algumas pessoas às mesas erguem os olhos. Burburinhos se espalham pela lanchonete, fazendo minha pele corar. Isabelle me poupa de mais constrangimento ao nos guiar para uma mesa de canto longe dos fofoqueiros idosos do outro lado da lanchonete. Eles podem estar longe, mas isso não os impede de olhar para nós e cochichar detrás de seus cardápios.

— Vocês não podem ser mais discretos? — grito.

A cabeça de Beth, a líder do clube de bridge, parece que vai cair do pescoço de tão rápido que ela se vira no assento.

— Se você quiser, a gente bota esse cara para fora para você — Cindy, a atual campeã de shuffleboard e ex-professora do jardim de infância de Cami, oferece.

Faço um joinha para ela.

Isabelle pega o bloquinho antes de tirar a caneta de trás da orelha.

— O que vão querer beber?

— Milk-shake de chocolate — eu e Cal dizemos ao mesmo tempo.

— Que bom que certas coisas não mudaram. — O sorriso dele retorna a pleno vapor, e desvio os olhos para não ser cegada temporariamente.

Isabelle anota.

— Dois milk-shakes de chocolate saindo. Já sabem o que vão comer ou volto daqui a pouco?

— Pode nos dar mais alguns minutos? — Cal pergunta.

— Sem problemas, Al. — Ela me dá um aperto no ombro antes de desaparecer na cozinha.

— Ela me odeia, não é?

Encolho os ombros em resposta.

— Por quê? — ele pergunta.

Porque você partiu meu coração.

Volta a cair um silêncio sobre a mesa enquanto nós dois fingimos avaliar os cardápios à nossa frente. Visito a Early Bird Diner desde que era criança, então consigo recitar a coisa toda de trás para a frente sem nem olhar. Houve um tempo em que Cal conseguia fazer o mesmo, embora não pareça mais ser o caso.

Meu coração se aperta com o lembrete.

Cal se remexe no assento por um minuto inteiro antes de recuperar a coragem para voltar a falar.

— Já sabe o que vai pedir?

— Um milk-shake para mim já está bom. — Fecho o cardápio com força.

— Pensei que pelo menos pediria a coisa mais cara do cardápio para me atingir.

— Se eu quisesse atingir você, miraria em algum lugar melhor do que sua carteira.

— Onde, por exemplo?

— Um chute no saco é sempre um bom lugar para começar.

Ele baixa a cabeça de tanto rir. O som é caloroso e alto, atraindo os olhares de todos para nossa mesa. Até eu me pego encarando-o. A culpa é da capacidade que esse homem tem de seduzir todos como se ele fosse o centro de nosso sistema solar. Porque, se Cal é o sol, então o resto de nós não passa de planetas sem rumo girando em volta dele, presos tragicamente em sua órbita.

Isabelle deve sentir meu desespero, pois nos interrompe com nossos milk-shakes e anota o pedido de Cal.

Entrelaço as mãos na minha frente.

— Vamos ao verdadeiro motivo por que você pediu este encontro.

Ele fica mexendo nas mãos.

— Precisamos vender a casa antes do fim do verão.

Meu coração acelera com essa ideia.

— Mas não quero vender a casa.

— Você tem o dinheiro para comprar a minha metade? — A maneira como ele faz a pergunta sem um pingo de altivez me faz me perguntar se ele realmente acha que posso.

Um gosto metálico enche minha boca de tanto morder a língua.

— Não, mas, se você me der um ano ou dois, tenho certeza de que posso encontrar um jeito.

Ele balança a cabeça.

— Não tenho todo esse tempo.

— Para que a pressa?

Ele engole em seco.

— Preciso seguir em frente com a minha vida, e não posso fazer isso se tenho essa casa pairando sobre minha cabeça como um fantasma dos verões passados.

Sinto como se meu peito pudesse se partir ao meio por conta das suas palavras.

— Então, você quer que eu simplesmente saia daqui?

— Sei que não é o ideal, mas estou torcendo para que o dinheiro compense pelo menos parte disso. Pelo que aquele lugar deve valer, você pode comprar uma casa nova e abrir uma boa poupança.

— E você se importa com isso porque...

Seu olhar se volta para o meu.

— Quero o melhor para você e não há tempo nem distância que mude isso.

Solto um barulho no fundo de minha garganta porque não confio em minha voz. Suas palavras têm o poder extraordinário de derreter parte do gelo em meu coração. Lascas e pedacinhos de gelo se quebram, derretendo pela maneira como Cal me olha, como se eu ainda pudesse significar algo para ele.

Se significasse, ele teria ficado sóbrio e voltado para lutar por você.

Ele tamborila na mesa num ritmo distraído.

— Não estou pedindo para você se mudar amanhã. Pode passar um último verão lá com Cami antes de fecharmos a venda.

— Que atencioso da sua parte.

— Temos um acordo, então?

— Pare de fazer parecer como se eu realmente tivesse escolha — retruco.

Ele ergue as mãos na frente do corpo.

— Não estou aqui para causar problemas.

— Exceto que você *é* o problema, Cal. Sempre foi e sempre será.

— Pelo menos em alguma coisa sou consistente. — Ele se atreve a sorrir.

Minhas unhas se cravam nas coxas.

— Você mudou alguma coisa nos últimos seis anos?
— Claro. — Ele ergue o queixo.
— Mas ainda está bebendo. — E usando sabe Deus o que mais.

Não há por que fingir que Cal não tem um problema. Já tentei uma vez, e isso só me causou mágoa no fim. Levei muito tempo para entender que amar alguém não significa aceitar essa pessoa com todos os seus defeitos, mas chamar a atenção dela para os próprios problemas porque você se importa com ela o bastante para não querer que ela sofra.

Eu era jovem demais quando eu e Cal ficamos juntos para entender esse conceito.

— Ao contrário do que pensam, meu vício não constitui toda a minha personalidade, embora meus irmãos e a mídia gostem de fazer parecer que sim. — Sua voz é leve, apesar da tensão em seu maxilar.

— Eu sei disso. — Exatamente por isso que assistir de camarote à ruína dele foi ainda mais doloroso. Eu sabia que a pessoa que ele era quando estava sob efeito de opioides e álcool não chegava aos pés do homem que eu sabia que ele poderia ser.

Cal suspira.

— Não acho que vamos retomar de onde paramos considerando nosso passado e o fato de que você está num relacionamento.

Num relacionamento? Do que...

Antes que eu possa perguntar, ele continua:

— Mas espero que possamos pelo menos ser civilizados um com o outro.

— Por quê? Você não pretende ficar por muito tempo. — Mantenho o rosto inexpressivo apesar da pontada de dor em meu peito.

— Quanto a isso...

Não.

— Como pretendo ficar muito envolvido na venda da casa do começo ao fim, e todos os imóveis de temporada ao redor do lago já estão reservados de maio a setembro, vou precisar ficar na casa até ela ser vendida.

Hijo de puta.

— Não.

— Você não pode me manter fora da minha própria casa.

Meus dedos coçam para apertar seu pescoço.

— Qual é o problema do hotel?

— Você quer a lista curta ou a longa? Pense bem, porque posso passar o dia todo aqui.

Respire fundo, Alana.

— Você não pode esperar que moremos juntos.

Ele balança a cabeça com tanta força que faz parte de seu cabelo cair na frente dos olhos.

— É claro que não. Pretendo ficar na casa de hóspedes. Dessa forma, posso ter acesso à casa principal sempre que precisar sem tirar sua privacidade.

Em teoria, a ideia de Cal não é terrível. A casa de hóspedes fica nos fundos da propriedade, tem entrada particular para a estrada. Daria facilmente para fingir que Cal não está lá, desde que não nos encontremos no lago.

Você não pode estar considerando isso.

Que escolha tenho eu? Cal tem razão. Não posso mantê-lo fora da própria casa se ele é coproprietário, e a ideia dele de ficar na casa de hóspedes é muito melhor do que se pedisse para morar na casa principal.

— Por que você precisa de acesso à casa?

— Porque preciso encaixotar todas as coisas deixadas por minha família, incluindo aquela coleçãozinha especial que você mencionou que tem no sótão.

Quase sinto pena dele. O sótão é o sonho dos acumuladores, cheio até o teto de coisas que Brady colecionou ao longo das décadas. Seria preciso pelo menos duas semanas para organizar tudo aquilo.

Mas, se ele encaixotar tudo, você não vai ter que fazer isso.

O acordo é tentador. Nunca tive força de vontade nem para tentar, então posso aproveitar a presença de Cal para liberar espaço e me livrar de algumas das tralhas deixadas pelos Kane. Depois, posso apagar todas as lembranças dessa família e tornar a casa completamente minha.

Somado ao plano que tenho definido, pode funcionar, sim. Mesmo se Cal for proprietário de metade, ele nunca vai conseguir vender com o preço que tenho em mente.

Ergo o queixo.

— Tá. Mas não quero você dentro da casa a menos que eu esteja lá.

— Por quê? Para ficar de olho em mim?

Meus olhos se estreitam.

— Como se eu confiasse em você perto de minhas coisas.

— Sábio da sua parte, ainda mais depois daquele incidente com o seu vibrador. — Ele me abre um sorriso irônico.

Minhas bochechas ardem, o calor se espalha rapidamente pelo resto de meu rosto.

Você mereceu essa.

Saio da mesa.

— Já vai fugir? As coisas estavam começando a ficar interessantes. — Seu sorriso brilhante é cheio de promessa.

— *Tchau.*

— Tem certeza de que quer ir embora? Nem comentei da vez em que encontrei aqueles...

Tampo a boca dele com a mão. A fala de Cal sai abafada enquanto ele olha para mim com os olhos arregalados.

Chego perto e murmuro:

— Vamos deixar uma coisa clara. Aconteça o que acontecer, não vamos falar do que aconteceu no último verão em que você esteve aqui. — Não sei se eu sobreviveria à presença dele aqui se tocássemos no assunto.

Seus olhos se estreitam.

Aperto sua boca com mais força.

— Você entendeu?

Ele mordisca a pele sensível da palma de minha mão, e resisto ao arrepio que atravessa o meu corpo todo quando o solto.

— Não falar não muda o que fizemos.

— Não estou tentando mudar. Estou tentando *esquecer*. — Saio com uma rebolada extra de quadril, escutando um gemido baixo do homem atrás de mim.

Cal: 0. Alana: 1.

CAPÍTULO NOVE
Cal

Se não tivesse que voltar a Chicago para buscar meu gato, Merlin, e mais algumas peças de roupa, eu não teria me dado ao trabalho de comparecer à reunião da diretoria da Companhia Kane. Minha presença não é necessária a menos que haja uma votação, já que não tenho um cargo ativo dentro da empresa.

O único motivo por que me dou ao trabalho de suportar as reuniões entediantes é para encher o saco do meu pai. Ele sempre odiou que eu fizesse parte da diretoria desde que meu avô me nomeou seis anos atrás, depois que rompi o ligamento, por isso faço questão de aturar todas as reuniões horríveis só para irritá-lo.

E pensar que as pessoas me acusam de não ter um propósito de vida.

Toda vez que entro no escritório corporativo da Companhia Kane para uma reunião, sou atingido pelo mesmo impulso de fugir pela porta da frente. É como se meus sentidos entrassem em curto-circuito por sobrecarga de estímulos. Apesar de todos esses anos lidando com minhas questões de processamento sensorial, ainda sofro para não me fixar na sensação de que minha gravata está apertada demais ou que meu terno coça demais.

É por isso que não fui feito para a vida corporativa. Meus irmãos são o completo oposto, emanam confiança ao falar durante toda a reunião da diretoria. Os dois parecem clones corporativos com o cabelo escuro penteado para trás, ternos de risca de giz impecáveis e barbas perfeitamente aparadas. Fica óbvio que sempre foram feitos para a política empresarial e trabalhos pavorosos de escritório enquanto tento bater o recorde de pontos em Candy Crush por debaixo da mesa.

O diretor de Aquisições e Vendas de uma divisão de nosso serviço de streaming, DreamStream, se levanta e vai até a frente da sala. Ele passa pelos primeiros slides de maneira atrapalhada, o que chama minha atenção. Posso não ter o tino empresarial de meus irmãos, mas sou uma pessoa sociável que presta atenção em tudo. Há uma leve camada de suor em sua pele que só parece piorar quanto mais meu pai o encara com olhos escuros penetrantes e a cara constantemente fechada.

O homem da apresentação usa seu ponteiro laser para destacar um gráfico.

— As inscrições mensais para nossa plataforma DreamStream diminuíram doze por cento no último trimestre.

— Doze por cento? Além da queda de seis por cento do trimestre anterior? — Abro a boca pelo que deve ser a primeira vez no ano.

Todas as pessoas na sala de conferência olham para mim, incluindo meus irmãos. As sobrancelhas escuras de Declan se erguem enquanto os olhos castanhos de Rowan se arregalam. Meu pai continua olhando à frente com o maxilar cerrado, uma expressão permanente em seu rosto desde que respirei pela primeira vez.

O homem mais velho à frente da sala que está fazendo a apresentação mexe no controle remoto antes de avançar para o próximo slide.

— Exato. Continuando... Nossa pesquisa mostra que as famílias estão diminuindo os serviços de assinatura mensal por causa do aumento da concorrência e da supersaturação do mercado. Com base em nossas pesquisas, fomos votados como o segundo serviço de assinatura com potencial de ser cortado do orçamento familiar.

— Vocês perguntaram o porquê? — insisto.

— Bom... sim. Tudo se resume a duas coisas principais: preço acessível e conteúdo.

— Mas, se fosse mesmo uma questão de preço acessível, outros streamings estariam passando pela mesma dificuldade.

Rowan se vira, fixando os olhos escuros em mim.

— O que deu em você?

Encolho os ombros com indiferença.

— Despertou meu interesse.

— Então é melhor aproveitar antes que ele durma de novo. — Seus olhos castanhos brilham.

Sei que meu irmão tem boas intenções, mas tudo que ele faz é me dissuadir a seguir minha linha de questionamento. A última coisa que quero é dar às pessoas um motivo para querer mais de mim. Ser o rejeitado da família é fácil, e o comentário de Rowan me faz lembrar disso.

Sem expectativas. Sem decepções.
O lema da minha vida.

* * *

Depois da reunião da diretoria, Declan me chama para conversar, mas alguém o distrai, o que me dá tempo para fugir. Não estou a fim de lidar com ele depois de nossa briga na semana passada. Minha caminhada até os elevadores é rápida, sem que ninguém se importe em me parar para bater papo.

As portas começam a se fechar, mas uma mão se estende, impedindo-as. Elas se reabrem para revelar a única pessoa com quem eu não gostaria de passar nem um segundo, que dirá a viagem de um minuto até o saguão.

Você sabia que havia o risco de isso acontecer.

A cara fechada de meu pai se intensifica quando ele me olha com seus olhos escuros e atentos.

— Já está indo embora?

— Agora que risquei *irritar você* da lista de afazeres do dia, estou realizado. — Reajusto o terno pela enésima vez.

— Você tem alguma intenção de fazer algo útil da vida?

— Não sei. Considerei aprender malabarismo, mas daí vi um vídeo sobre ukuleles, então estou começando a tocar durante meu tempo livre.

Ele bufa.

— Sua vida toda é considerada tempo livre. Você não tem trabalho, não tem propósito, não tem *nada* além de um fundo de herança que não era nem para ser seu.

— Pelo visto, você ainda guarda rancor por minha mãe ter criado aquele fundo para mim sem você saber, mas você precisava superar isso. Minha terapeuta diz que não é bom guardar tudo dentro da gente.

— O único rancor que guardo de sua mãe é o ponto fraco que ela tinha por *você*.

Aperto o ombro dele, com a mesma intensidade com que meu peito se aperta por suas palavras.

— Ah, papai. Não guarde rancor dela. Afinal, ela acreditava em você, e nós sabemos o monstro que você se tornou.

Suas narinas se alargam.

— Você é uma decepção.

— Pelo menos estou fazendo alguma coisa certa.

— Você acha que isso é engraçado? Que ser a piada da família é uma conquista? Acorda. Você é um desperdício de espaço que não deveria nem ter o direito de entrar neste prédio, considerando a decepção que você é para nosso sobrenome.

Meu peito lateja, mas escondo a dor com um sorriso.

— Acho que esse foi o maior número de palavras que você falou para mim este ano.

Meu pai solta um barulho no fundo da garganta. Desdém emana dele em ondas, mas ignoro. Aprendi há muito tempo que me irritar e mostrar que suas palavras importam significa que ele vence.

Mal posso esperar para ganhar minhas ações e estragar a chance de meu pai de voltar a controlar a empresa. Qualquer que seja a carta e a herança que meu avô deixou para ele, nunca vão superar a porcentagem de ações que eu e meus irmãos temos combinadas. Mesmo se herdar os 6% de ações que ainda não foram contabilizados, ele nunca vai ter poder suficiente para nos derrubar de novo.

A tensão cresce entre nós sem que nenhum dos dois diga uma palavra sequer. Ele me encara como se eu fosse a cruz de sua existência, e faço de tudo para manter um sorriso no rosto.

Responda com bondade, minha mãe dizia.

Espero que meu pai se engasgue de tanta bondade.

O elevador apita, e as portas se abrem para o movimentado décimo andar. Um grupo entra no elevador, acabando com nossa interação tóxica. Meu pai vai até um canto enquanto me coloco perto das portas para minha fuga.

Embora eu ignore a maioria dos comentários de meu pai, às vezes é difícil. Sou apenas humano, afinal. Ele sempre foi bom em cutucar minhas fraquezas. Não é difícil para ele, ainda mais depois que me lesionei jogando hóquei e perdi a única coisa que me tornava especial.

Ele provocou e provocou até eu surtar, transformando-me numa cópia da pessoa de quem eu mais me ressentia.

Ele.

* * *

— Vou sentir sua falta, rapazinho. — Iris abraça Merlin junto ao peito. Meu gato levou apenas dois anos para pegar carinho por ela, e agora eles são melhores amigos. O pelo dele contrasta com sua pele marrom, destacando os tons escuros nos dois.

— Ele vai voltar daqui a poucos meses. — Fecho o zíper da mala antes de colocá-la em pé no chão.

Seu sorriso se fecha.

— Meses? Não sei se aguento tanto tempo sem você aqui.

— E dizem que *eu* sou dependente demais...

Ela me dá um tapa no braço.

— Cala a boca. E se eu e Declan formos visitar você? Sempre quis ver o lago depois de todas as suas histórias, e foi você quem disse que os verões eram sempre a melhor época.

— Humm...

— Tenta não parecer tão horrorizado, tá? — Ela belisca a pele entre minhas costelas.

— Só me deixa me acomodar primeiro e aí podemos falar sobre vocês visitarem. Pode ser?

— Beleza. — Ela solta Merlin antes de se afundar em meu sofá. — Como foi estar de volta?

— Ainda estou processando tudo.

As contas douradas nas pontas de suas tranças tilintam uma na outra quando ela inclina a cabeça.

— Tão ruim assim?

— Eu sabia que Lana estava brava comigo...

— Mas você fugiu antes de ter que lidar com isso.

Baixo o queixo.

— Exatamente.

— Bom, você tem que enfrentar seu passado em algum momento.

— Sinto como se meu passado estivesse me dando vários tapas na cara.

Ela ri.

— Talvez tudo isso seja bom para você. Pode ajudar você a seguir em frente.

Eu me deixo cair na poltrona de couro na frente dela.

— Quem disse que preciso seguir em frente?

— O fato de que você não tem um relacionamento romântico há seis anos.

Meu rosto se franze, o que é raro.

— Não estava interessado. — A mentira sai facilmente, aperfeiçoada depois de dominar a arte de ligar o foda-se.

É claro que estou, mas isso não torna possível. Pelo menos não quando ainda sou um caco destroçado.

Iris me encara com os olhos estreitados.

— Tem certeza?

— Sim.

— Você poderia ter me enganado pela maneira como me chamou para sair.

Atiro um travesseiro bem na cara dela.

— Foi uma piada.

— Disse o homem que me beijou.

— E vomitou logo na sequência.

Ela tem um calafrio.

— Não me lembre.

Não sei de quem foi a ideia bêbada, mas nosso beijo foi um erro assim que aconteceu. Nossa falta de química romântica deixou claro que eu e Iris nunca seríamos mais do que amigos.

Ela abana a cabeça.

— Tirando eu, você nunca vai conseguir seguir em frente com uma pessoa nova se continuar apegado à memória de outra pessoa.

Meu estômago revira.

— Não estou apegado a memória de outra pessoa.

— Jura? Então me mostra sua carteira. — Ela estende a mão.

— Não.

Ela cruza os braços diante da camiseta rosa.

— Exatamente o que pensei.

Meus olhos se estreitam.

— Guardar uma foto não é um crime.

— O que importa não é a foto, mas o que ela simboliza.

— E o que ela simboliza?

— Que uma parte de você sempre vai amar uma parte dela, por mais que você tente negar.

— É impossível não amar a Lana.

Iris se inclina para a frente.

— Então admita que a ama.

— Para começo de conversa, nunca neguei. Esses sentimentos não desaparecem, por mais que eu queira.

— Não tenho um bom pressentimento em relação a isso. — Ela massageia a têmpora.

— Não precisa se preocupar. Sei que não há a mínima chance de voltarmos.

Deixei isso claro no momento em que me afastei dela, transformando o medo de abandono dela numa realidade.

E nunca me perdoei.

* * *

É só quando Iris vai embora à noite que pego a carteira e tiro a foto de que ela falou. As bordas estão corroídas por anos de desgaste e inúmeras transferências de carteira.

Faz mais de uma década que a foto foi tirada, mas me lembro do dia como se fosse ontem. A mãe de Lana a tirou no verão seguinte àquele em que voltei da reabilitação. Nós dois estávamos na doca, tomando *cholados* colombianos para celebrar meu aniversário de vinte e um anos. Lana fita o fundo da lente da câmera, com os olhos brilhantes e o rosto radiante, enquanto meu foco está todo nela.

Era óbvio que eu a amava, já naquela época, embora nunca tenha tomado a iniciativa. Eu me contentava em continuarmos amigos enquanto encontrávamos nosso rumo na vida. Lana tinha acabado de fazer dezoito anos, e eu mal saíra da reabilitação e ainda sofria com os estressores da vida. Depois, fui selecionado para a Liga Nacional de Hóquei no Gelo quando Lana não tinha nem vinte anos. Nenhum de nós estava pronto para os sacrifícios que precisávamos fazer para ficarmos juntos, então, em vez disso, mantivemos a relação platônica. Isso quase me matava por dentro, mas eu sabia que valia a pena esperar.

Pelo menos até você estragar tudo para sempre.

Viro a foto e traço as palavras que ela escreveu no verso.

Fique bêbado com a vida, não com álcool.
Amor,
Lana

Naquele verão, ela me deu a foto como um presente de despedida, e a guardo desde então.

No começo, foi o empurrãozinho de que eu precisava para continuar sóbrio. Toda hora que eu ficava tentado a beber, pegava a mensagem e olhava para ela até os demônios me deixarem em paz. Isso me ajudou a continuar nos trilhos por alguns anos apesar de todas as tentações ao meu redor. Mas então rompi o ligamento e dei adeus à minha carreira no hóquei, o que tornou mais fácil recair nos hábitos destrutivos.

A verdade é que perdi mais do que meu trabalho naquele ano. Eu *me* perdi. Minha vida se tornou uma série de más decisões enquanto eu tentava consertar o buraco enorme em meu peito.

Foi preciso o acidente do vovô para me colocar nos eixos. Mas, quando entrei no caminho certo, era tarde demais. A menina que prometeu ficar comigo para sempre estava com os braços ao redor de outro, e eu...

Eu cheguei tarde demais.

CAPÍTULO DEZ
Cal

Estico o pescoço enquanto contemplo todos os três andares da casa do lago. Em plena luz do dia, não há como esconder as imperfeições que assolam o imóvel. A tinta lascada e o revestimento de madeira apodrecida não são bons sinais, ainda mais quando somados à lona que cobre a maior parte do teto. A maioria das janelas parece desatualizada e os caixilhos de madeira estão decrépitos de tão velhos. Trepadeiras escalam em completo descontrole as paredes externas, como se quisessem engolir a casa toda.

Talvez seja melhor assim.

A casa está em ruínas. Em seu estado atual, vou ter sorte se encontrar alguém disposto a comprar o lugar.

Você só precisa encontrar alguém disposto a correr o risco. Apenas isso.

Solto uma expiração tensa antes de tocar a campainha. Lana demora um minuto para atender a porta, os olhos mal abertos e o cabelo desgrenhado ao sair para a varanda sem usar nada além de uma camiseta larga que mal chega ao meio da coxa. O tecido cai folgado sobre suas curvas, acentuando o formato de seus seios.

Sangue percorre meu corpo, diretamente na direção da fonte de meu mais novo problema. Passo a palma da mão no rosto.

— Por favor, me diga que você não criou o hábito de abrir portas vestida desse jeito.

— Qual é o problema com a minha roupa? — Ela olha para baixo.

— O fato de que você mal está usando uma.

Ela cruza os braços, o que só faz seus seios empinarem mais ainda.

— É você que está aparecendo numa manhã de sábado sem avisar.

— Preciso das chaves da casa de hóspedes. — Eu ranjo os molares.

— Ah. — Ela franze os lábios. — Me dá um segundo. — E desaparece dentro da casa antes de voltar um minuto depois com um chaveiro.

Estendo a mão para pegá-lo, mas ela o segura junto ao peito.

— Espera.

— Quê?

— Quanto tempo você pretende ficar?

Sorrio.

— Já está tentando se livrar de mim?

— Não, embora eu tenha certeza de que os camundongos na casa de hóspedes farão isso por mim.

— Camundongos? — Meus olhos se arregalam.

— Uma família inteira. — Ela tem um brilho extra no olhar.

Dou de ombros como se a ideia de camundongos não me desse nojo.

— Sem problemas. Merlin vai adorar o desafio.

— Quem é Merlin?

— Meu gato.

Ela inclina a cabeça para o lado.

— Você tem um gato?

— Surpresa?

— Que você consiga cuidar de um ser vivo? Claro. — Ela diz as palavras cobertas de veneno com um sorriso perverso que faz maravilhas pelo meu pau. Sangue corre diretamente para lá, deixando a parte da frente da minha calça desconfortável de tão justa.

Tento pegar as chaves de novo, mas ela as aperta no punho.

— Espera.

— Para quê? Para você poder me insultar mais um pouco?

Ela respira fundo.

— Tenho uma coisa para pedir a você.

— O quê? — Paro de bater o pé.

— Não comente sobre vender a casa quando Cami estiver por perto.

Minha testa se franze.

— Ela não sabe?

— Não, e pretendo manter assim. — Seu olhar desce para as unhas vermelhas do pé.

O que você está escondendo, Lana?

— Ela vai descobrir em algum momento, especialmente quando eu estiver encaixotando as coisas — insisto.

O maxilar dela se cerra.

— Como resolvo as coisas com minha filha não é da sua conta.

— Certo. Não vou contar a Cami sobre a casa. Mas, se ela me fizer perguntas...

Ela nem me deixa terminar a frase.

— Desconverse, como você sempre faz. É uma das poucas coisas em que você é bom.

— Acho que me lembro de ser bom em mais coisas do que apenas isso. — Abro um sorriso para não fazer uma careta, embora suas palavras perfurem a pouca confiança que ainda tenho.

Suas narinas se abrem enquanto suas bochechas ficam rosadas. Ela praticamente joga as chaves na minha cara antes de bater a porta.

Valeu totalmente a pena.

* * *

Lana é uma mentirosa descarada. Revirei a casa de hóspedes duas vezes para ver se encontrava algum camundongo e não vi nenhum. A casa está em condições muito melhores do que eu imaginava depois de ficar abandonada por alguns anos. Meu avô a construiu para visitas muito depois de ter vindo morar aqui, então a planta modesta de cem metros quadrados é mais moderna comparada à casa principal. Com três quartos e sua doca particular, é o refúgio perfeito.

Solto Merlin da caixa de transporte e arrumo a caixa de areia e o pote de água dele antes de passar o dia todo limpando a casa de cima a baixo. Embora eu tenha considerado contratar funcionários para me ajudar, decidi fazer tudo sozinho para manter a cabeça ocupada. Afinal, eu não trabalho nem tenho nenhuma responsabilidade real além de completar minha parte do testamento.

Perco a noção do tempo. É só quando minha barriga ronca que finalmente paro de limpar e dirijo até a cidade para jantar. A maioria dos restaurantes está fechada, então só me resta uma opção.

A lanchonete.

O sino acima toca quando abro a porta.

— Você de novo? — Isabelle suspira de trás do balcão. Um casal se vira nos banquinhos para procurar com quem ela está falando e, então, fecha a cara quando seus olhos pousam em mim.

— É bom ver você também, Isabelle.

— O sentimento não é mútuo. — Ela caminha até o balcão da recepção na entrada da lanchonete.

— Sabe, estou começando a achar que cidades pequenas não são tão simpáticas e charmosas quanto as pessoas fazem parecer.

— Ah, somos, sim... para qualquer pessoa, menos você.

— Assim você me magoa. — Fazendo beicinho, esfrego o ponto acima do coração.

Ela bate em minha cabeça com um dos cardápios antes de me guiar até uma mesa de canto perto dos fundos. Há apenas algumas pessoas sentadas no lugar, e todas elas me observam enquanto me sento.

— Vai querer beber o quê, Hal? — Ela bate no bloco de notas com a ponta da caneta.

— É *Cal*.

— Fique por mais tempo desta vez que talvez eu acabe acertando.

— É por isso que você me odeia agora?

Seus lábios se curvam para baixo.

— Não te odeio.

— Tem certeza?

— Minha mãe me educou para não odiar ninguém, nem mesmo riquinhos como você.

Inclino a cabeça.

— Então por que não gosta de mim?

— Pelo mesmo motivo que a maioria da cidade não gosta.

Bom, pelo menos ela é sincera.

— É por causa da bebida?

Ela ri com desdém.

— Não, embora isso não ajude muito.

— Por quê, então?

— Porque você partiu o coração da Alana.

Meu sorriso se fecha.

— Somos uma cidade pequena. Quando um de nós se machuca, todos nos machucamos. — Ela inclina a cabeça na direção de um homem que entra na lanchonete numa cadeira de rodas elétrica. — Quando Fred enfrentou dificuldades para comprar uma cadeira de rodas nova, todos fizemos uma vaquinha para comprar uma elétrica sofisticada para ele. — Ela aponta a caneta para a mulher que limpa o balcão com um pano. — Betsy ali se casou com um forasteiro rico com um punho pesado e a incapacidade de entender a palavra *não*. E sabe o que fizemos com ele?

— Fizeram picadinho dele e espalharam seus restos pela floresta? Os lábios dela se contorcem.

— Bem que a gente queria. Wyatt e o xerife novo nos mantêm na linha, então fomos obrigados a fazer tudo dentro da lei. Nós o botamos para fora da cidade contratando um advogado caro da cidade grande. Todos se juntaram para pagar os honorários, e valeu cada centavo, porque agora Betsy e os filhos estão livres para seguir com a vida.

Engulo em seco.

— Que bom.

— A questão é que cuidamos uns dos outros aqui. Se Alana não quer você por aqui, quem somos nós para fazer você se sentir à vontade?

Meus lábios se apertam.

— Não é nenhum esforço para nós depois que vimos o que aconteceu com ela na última vez que você foi embora.

Merda.

Meu estômago embrulha, ácido sobe pela garganta.

Você precisa dar o fora daqui.

Meus olhos se voltam para a porta.

Isabelle entra em meu campo de visão, obrigando-me a erguer os olhos para ela.

— Fomos nós que precisamos ver Alana sofrer com o coração partido na última vez em que você foi embora. Ela parou de sair, perdeu peso e quase não andava com ninguém além da mãe e das duas melhores amigas. Era como se ela estivesse definhando bem diante de nossos olhos. Não que ela vá te contar isso. Aquela menina é boazinha demais para alguém como você.

O desespero de fugir arranha minha garganta. Levo a mão ao cantil em meu bolso, mas paro quando Isabelle nota o movimento.

Sua sobrancelha se arqueia.

— Não sei por que você voltou ou o que quer com a nossa garota, mas a cidade toda está de olho. Qualquer deslize e você vai se arrepender de ter voltado.

Sinto a língua pesada no céu da boca.

— Não vim aqui para causar mal a ela.

— Pelo seu bem, é melhor mesmo. Já trago a sua água. — Ela se vira, deixando-me para processar tudo que disse.

Meus olhos se apertam enquanto resisto ao impulso de dar um gole do cantil.

Você não precisa beber toda vez que alguém diz algo de que não gosta.

Minhas mãos tremem em meu colo.

O álcool não vai mudar sua realidade.

Não estou buscando mudá-la, mas lidar com ela. Só que não importa quantas respirações profundas eu faça nem o que diga a mim mesmo, as palavras de Isabelle corrompem minhas chances de passar pela refeição sem beber.

Ela estava definhando diante de nossos olhos.

O ácido em minha barriga sobe a cada lembrança de como Lana sofreu depois que fui embora. Como ela sofreu para viver por minha causa.

Você achou mesmo que ela superaria da noite para o dia?

Não, mas eu queria mais para ela do que eu e meus problemas.

Pego o cantil e dou um gole antes de guardá-lo de volta no bolso.

Meu celular vibra.

> **Iris:** Ei! Como foi seu dia?

> Tão bom quanto eu imaginava. O que você está aprontando?

A mensagem dela volta um minuto depois que Isabelle passa para anotar meu pedido.

> **Iris:** Assistindo a Declan preparar o jantar.

Pelo menos um de nós vai comer comida caseira esta noite.

Você parece estar com inveja.

Talvez porque eu esteja mesmo. Não de Iris e Declan em si, mas de como minha situação se compara à deles. Sei que não é certo. Fico enjoado por sentir qualquer coisa além de felicidade por eles. Mas há uma parte de mim, uma parte que quase nunca reconheço, que deseja ter o que eles têm.

Quero ser feliz. Tento com todas as minhas forças, mas, por mais largos que sejam meus sorrisos ou mais altas que sejam minhas gargalhadas, sempre me sinto vazio. É uma sensação fria e arrepiante que me consome tarde da noite, até eu ser forçado a acolher meu velho pior aliado.

O vício.

Meu celular vibra com uma mensagem nova.

> **Iris:** Ele acabou de se queimar enquanto tirava o pão do forno e daí xingou em cinco línguas diferentes.

Minha tristeza se dissipa com a risada.

> Você não deveria estar ajudando o coitado?

> **Iris:** Somos um casal moderno, Cal. Ele cozinha. Eu observo. Ele limpa. Eu também observo.

> É esse o segredo de um casamento bem-sucedido?

> **Iris:** Isso e uma rola grande.

Engasgo com uma inspiração súbita de ar.

— Achei que fosse você sentado aí, mas quis confirmar.

Ergo os olhos para Wyatt, cujo corpo projeta uma sombra sobre meu celular. Seu cabelo escuro, que roça o alto da gola do uniforme, escapa do chapéu de subdelegado.

— Wyatt. — Eu rilho os dentes.

Ele inclina a ponta do chapéu como um cavalheiro, me deixando tentado a derrubá-lo de sua cabeça.

— Fiquei sabendo que você tinha voltado.

— Alana te contou?

— Não. — Ele balança a cabeça. — Cami.

É claro que contou.

— O que você quer?

— Só pensei em passar e te oferecer as calorosas boas-vindas de Lake Wisteria.

Ergo uma sobrancelha.

— Isso lá existe?

— Todo mundo aqui é gente boa.

— A menos que você os irrite — resmungo.

O crepitar do rádio policial de Wyatt nos interrompe, e ele ajusta o volume com um giro rápido do botão.

— Por falar nisso... queria alertar você para ficar longe de Alana e Cami.

— Um alerta? Que falta de originalidade.

Ele se inclina para a frente enquanto segura o coldre com a mão firme.

— Você não tem medo de morrer?

— Tenho, mas também tenho certeza de que você estaria mais do que disposto a dar um tiro na minha cabeça. Afinal, você não viu mal nenhum em me apunhalar pelas costas assim que fui embora.

Seus olhos se estreitam.

— Do que você está falando?

— Você e Alana.

— O que tem a gente? — Ele nem pisca.

— Quanto tempo você levou para correr atrás da minha garota?

— Ela não é *nada* sua.

Meus dedos se cravam na pele macia das palmas das mãos.

— Alana pode até ser sua agora, mas sempre vou ser o primeiro dela em todos os sentidos que importam. — Primeiro beijo. Primeiro amor. Primeiro coração partido. Por mais que Wyatt tente, ele nunca vai conseguir apagar nossa história, mesmo muito depois de eu ir embora dessa cidade maldita pela última vez.

A olhada que ele me dá faz parecer que o homem está lendo a minha alma.

— Você está... com ciúme?

— Ciúme de você? Por quê? — Olho para ele de cima a baixo, pouco impressionado.

— É exatamente essa a minha dúvida. — Seus lábios se curvam para cima, apenas atiçando minha irritação como um ventilador faria com uma chama.

Isabelle chega com meu hambúrguer, salvando-me de Wyatt e seu olhar perspicaz.

Aponto para meu prato.

— Se não se importa, prefiro comer em paz, sem a sua masculinidade tóxica empesteando o lugar.

— Claro. Bom ver você, Percival. — Ele inclina o chapéu.

Ele me chamar pelo meu nome do meio me faz lembrar de muitas coisas, todas de uma vez. Meu estômago embrulha, e a comida à minha frente se torna intragável.

Aponto o dedo do meio para ele.

— Vai se foder, Eugene.

— Acho que vou foder Alana em vez disso, mas obrigado pela oferta. — Ele pisca.

Filho da puta. Meu olho direito se contrai.

— Talvez eu vá hoje à noite mesmo. — Seus olhos brilham. — Você não deve conseguir nos ouvir lá da casa de hóspedes, né?

Sempre mantenho meu lado violento controlado e longe dos outros, mas basta Wyatt sorrir para mim e falar sobre foder Lana, para me fazer perder as estribeiras.

Eu me levanto de um salto e parto para cima dele. Ou estou enferrujado ou ele aprendeu alguns golpes novos, porque acabo sendo empurrado contra uma mesa, e minhas mãos são algemadas atrás das costas em menos de cinco segundos. É vergonhosa a rapidez com que ele me derruba, tanto que fico grato por apenas cinco pessoas testemunharem isso.

Como se lesse minha mente, Isabelle ergue o celular e tira uma foto. Se isso for parar na internet, Declan vai me pendurar pelo mastro de Dreamland à vista de todos os visitantes.

Wyatt me levanta e me empurra na direção da entrada da lanchonete.

— Bem-vindo de volta, otário.

CAPÍTULO ONZE
Alana

— Você o quê?! — Coloco a mão no batente para me equilibrar. As luzes azuis e vermelhas piscando em cima da viatura de Wyatt iluminam a casa. Mesmo tendo tirado as lentes de contato antes de dormir, consigo distinguir a silhueta de Cal na traseira do veículo da polícia, olhando furiosamente para as costas do subdelegado.

— Eu só queria irritar o cara. — Wyatt baixa os olhos para as próprias botas.

— Wyatt Eugene Williams Terceiro. O que você tinha na cabeça?

Ele passa o peso de um pé a outro.

— Desculpa.

Derrubo o chapéu de sua cabeça, já que não posso dar um tapa em sua cara.

— Delilah vai ficar muito puta com você por insinuar que transaria comigo.

— Já ouvi um sermão de Dee quando liguei para avisar que voltaria tarde hoje. Ela me disse para dormir na sacada como um cachorro se eu estava tão determinado a agir como um.

— Dá para entender. Você disse que iria... — *Não. Não vou nem terminar essa frase.*

Meu estômago embrulha em protesto. Eu jamais encostaria a mão em Wyatt, muito menos transaria com ele, considerando que ele não apenas é um bom amigo como é marido da minha melhor amiga.

Ele cruza os braços.

— Acho que ele ficou com ciúme.

Rio alto.

— Até parece.

— Ele tentou me enforcar, Alana.

— O *Cal*?

— Sim, o Cal! Acho que nunca o vi tão irritado antes. Isso me pegou de surpresa.

A ideia de Cal atacando alguém não entra na minha cabeça. A única vez em que já o vi descontrolado foi quando ele jogava hóquei, e o comportamento nunca saía do gelo. *Nunca*.

Abano a cabeça.

— Ele tem a personalidade de um golden retriever.

— Sim, raivoso. Entrei em pânico por um momento antes de o treinamento assumir.

Esfrego os olhos.

— Ele está sob custódia?

— Nem fodendo. Eu é que não arriscaria meu emprego por isso.

Claro que não. Prender um Kane por algo menos do que uma acusação de evasão fiscal ou assassinato seria motivo para demissão imediata.

Suspiro.

— Por que você o trouxe para cá em vez de para a casa de hóspedes?

Wyatt tira do cinto as chaves da algema.

— Como não posso prendê-lo, pensei que seria uma forma divertida de torturá-lo. — Ele se inclina para a frente e coloca as duas mãos no batente. Da perspectiva de Cal, pode parecer que ele está me beijando.

— Você está pedindo. — Empurro seu ombro.

— Estou fazendo isso para impedir que ele fique bisbilhotando.

Espio por sobre o ombro de Wyatt e encontro Cal com um olhar fulminante.

— Cuidado ao tirar as algemas dele. Ele parece bem irritado.

Wyatt ri enquanto volta correndo para o carro e abre a porta traseira. Ele é rápido ao abrir as algemas e se despedir de Cal com mais uma inclinada do chapéu.

— Até amanhã, Alana! — Wyatt grita a plenos pulmões.

Cal olha para trás. Não consigo distinguir a expressão em seu rosto porque ele está virado na direção oposta, mas noto seus punhos cerrados. Ele mantém os olhos em Wyatt até os faróis traseiros da viatura desaparecerem rua afora.

Cal caminha devagar na direção da casa, prolongando o processo. Ele ainda não olhou diretamente para mim, então, quanto mais perto ele chega, mais forte meu coração bate.

— É... primeira noite aqui e você já foi preso. — Eu me apoio no batente e cruzo as pernas na altura dos tornozelos.

Ele ergue os olhos estreitados.

— Tecnicamente, fui detido. — Ele esfrega os punhos.

Balanço a cabeça.

— O que você tinha na cabeça ao tentar agredir um policial?

— Você está trepando com ele? — ele pergunta entre dentes.

Meu coração acelera. Uma coisa é me acusar de dormir com outra pessoa, mas outra completamente diferente é ele pensar que eu dormiria com seu velho melhor amigo. Em vez de permitir que minha irritação guie minha resposta, escolho uma tática diferente.

— Importaria se fosse o caso?

Ah, Alana. Você sabe que é melhor não provocar.

Suas narinas se alargam.

— Ô se importa. Você deveria ouvir como ele fala de você.

Wyatt, tomara que Delilah acabe com a sua raça quando você voltar.

— Não é da sua conta com quem transo ou deixo de transar.

Ele coça o maxilar cerrado, como se isso pudesse relaxar o músculo.

— Você consegue coisa melhor que ele.

— Ele não é *tão* ruim assim.

— Que crítica brilhante para um cara que provavelmente não conseguiria encontrar seu clitóris nem se estivesse marcado com uma placa em néon.

Engasgo com uma gargalhada, contendo-a antes que ele tenha a chance de ouvir.

— Cal.

Suas narinas se alargam.

— Quê?

— Wyatt tinha razão. Você está, *sim,* com ciúme.

Ele bufa.

— Não estou com ciúme.

— Que bom, porque, se pretende continuar aqui, vai ver Wyatt com frequência. Eu odiaria que as coisas ficassem... desconfortáveis.

Pare de atormentá-lo.

É difícil não o atormentar quando ele está claramente com ciúme mesmo que não admita.

E daí se ele estiver? Não que isso importe.

Cada um de seus dedos se flexiona antes de voltarem a se curvar.

— Tudo bem.
— Tem certeza? Você tentou enforcá-lo menos de vinte minutos atrás.
— E faria tudo de novo se ouvisse alguém falar de você como ele falou.

Meu coração bate mais forte contra minha caixa torácica.

— E como foi?
— Como se não te desse valor.

Meu controle sobre a situação escapa, bem como a casca protetora em que guardo meu coração.

— Cal...

Era exatamente disso que eu tinha medo se ele voltasse. Sempre foi fácil retomarmos todo verão de onde tínhamos parado, como se nenhum tempo tivesse sido perdido entre nós.

Mas perdemos mais do que tempo nos últimos seis anos desde que ele partiu.

Perdemos todo e qualquer futuro que poderíamos ter tido juntos.

Ele rompe o contato visual.

— Enfim. Foi idiotice da minha parte me irritar. Se ele fizer você feliz, é o que importa.

É *esse* o Cal por quem me apaixonei. O homem generoso que não pararia por nada para me fazer feliz, mesmo se isso significasse sacrificar a própria felicidade no processo. Me faz lembrar muito de como ele era antes das pílulas, do álcool e das mentiras.

Antes da *traição*.

— Não estou com o Wyatt. — A confissão escapa de mim.

Suas sobrancelhas se erguem.

— Como assim?
— Ele se casou com a Delilah quase um ano atrás. Os dois vão celebrar o primeiro aniversário de casamento em setembro.
— Wyatt se casou com a *Delilah*?

Cruzo os braços diante do peito.

— Pois é. Acho que você estava ocupado demais tentando enforcar o cara para notar a aliança brilhante no dedo dele.
— Putz. Você tem razão. — Suas bochechas coram. — Mas se você não está com o Wyatt... — Ele perde a voz.
— Se não estou com Wyatt, *o quê?*

Ele pigarreia.

— Nada.

— Tem certeza?

Ele ergue o queixo para mim.

— Tenho. Boa noite.

— Boa noite.

Ele sai a passos duros do alpendre e desaparece pela trilha na direção da casa de hóspedes.

O que acabou de acontecer?

Fecho a porta e me apoio nela. Minhas pernas tremem, o peso de nossa conversa me deixa sem firmeza nos pés. Se esse é o primeiro dia de Cal morando aqui, nem posso imaginar o que está por vir.

* * *

Estou ocupada dobrando roupas em meu quarto no segundo andar quando alguma coisa pesada cai acima de mim, bem onde fica o sótão. Cami sabe que não tem autorização para subir lá, portanto só resta uma pessoa que poderia ter causado um barulho tão alto. A mesma que passou as últimas três horas no andar de cima fazendo sabe-se lá o quê.

Não vejo Cal desde que ele subiu com uma única caixa de papelão. Ele me dirigiu apenas cinco palavras, muito provavelmente porque ainda está chateado depois de tudo que aconteceu com Wyatt ontem.

Um segundo estrondo, dessa vez muito mais alto, me faz correr até a escada no fim do corredor. Meus pulmões ardem pela exaustão enquanto subo correndo dois degraus de cada vez.

Entro com tudo no sótão. É impossível ver muita coisa depois das pilhas de caixas que quase alcançam as vigas de sustentação.

— Cal? — chamo.

Um gemido de algum lugar à minha esquerda me faz ir naquela direção. O sótão é um labirinto de caixas, baús e embalagens, então demoro mais do que gostaria até encontrar Cal estatelado no chão, como uma estrela-do-mar.

Ele não se mexe ao som de meus passos, embora seus dedos se contraiam ao lado do corpo. Seus olhos continuam fechados enquanto me ajoelho ao lado dele e examino seu corpo em busca de ferimentos.

— O que aconteceu? — pergunto.

Ele não se senta.

— Eu caí.

— E não pensou em se levantar?

— O quarto não para de girar — ele diz com a voz enrolada.

A preocupação me faz agir. Ele está tendo um derrame? Ou talvez algo no cérebro?

— O quê... — Minha pergunta é interrompida ao ver a garrafa meio vazia de vodca cara derramando ao lado dele.

Claro.

Eu não deveria ficar surpresa. Já vi essa história se repetir vezes e mais vezes com Cal, mas o enjoo que atravessa meu estômago me faz cerrar os punhos com força. Anos de raiva sobem à superfície ao vê-lo esparramado no chão, sem conseguir nem se sentar de tanto que bebeu.

Uma vez viciado, sempre viciado.

Visto a máscara, mantendo a voz indiferente enquanto pergunto:

— Você se machucou?

— Só aqui. — Ele aponta para o peito, bem sobre o coração.

Meu Deus. É tão triste ver um adulto sofrer como ele sofre. Durante a infância e o começo da vida adulta, ele era sempre tão cheio de vida. Vê-lo reduzido a essa versão despedaçada só atiça a protetora dentro de mim.

Cal tem tanto a oferecer para o mundo, mas sua autoaversão e seu comportamento destrutivo o atrapalham toda vez. Parte de mim torcia para que ele tivesse encontrado a felicidade nos seis anos que passamos separados.

Não com outra pessoa, mas com *ele mesmo*.

Ele não melhorou desde o dia em que partiu.

Pego a garrafa de vodca para que pare de entornar antes de olhar ao redor. Alguns dos antigos troféus de hóquei de Cal estão espalhados pelo chão, bem como um antigo uniforme dele da Liga Nacional de Hóquei e algumas caixas abertas.

Era por isso que ele estava bebendo. Revirar esse tipo de memórias, essas que representam os pontos mais altos e os pontos mais baixos, entristeceriam qualquer um. O único problema é que a maneira de Cal de lidar com isso é a pior possível.

— O que aconteceu? — Minha voz sai muito mais suave desta vez.

Ele pisca para o teto.

— Eu caí.

— Isso você já disse. Mas como?

— Perdi o equilíbrio quando tentei pegar a garrafa. — Ele tropeça nas próprias palavras. Apesar da poça no chão, Cal deve ter bebido uma quantidade razoável se caiu de maduro e está tropeçando nas próprias palavras.

Eu o ajudo a se apoiar em um dos baús de viagem, resmungando pelo peso dele.

— O que aconteceu antes disso?

Pare de fazer perguntas e saia.

Mas, quando penso em sair, a imagem de Cal apontando para o peito e dizendo que dói se repete em minha cabeça.

Não continuo aqui por causa do bêbado a minha frente. Fico pelo homem que já amei mais do que qualquer coisa.

Ele pega a garrafa de vodca de volta e a derrama sobre uma caixa aberta ao lado dele.

— Pare! — Arranco a garrafa de suas mãos e a coloco fora de seu alcance antes de avaliar o estrago. — Ah, não. — Levo a mão à boca. — O que você fez?

Vodca encharca centenas de fotos da família Kane. A de cima mostra a mãe de Cal, que sorri para a câmera. O cabelo loiro dela parece ser de fios de ouro e é um pouco mais claro do que o de Cal. O pai dele está com um braço ao redor dela. Ele tem a mesma cara de que me lembro, severo, com um indício de algo espreitando atrás dos olhos escuros e atentos. Os três irmãos Kane sorriem para a câmera, com Cal um pouco mais alto do que Declan. Rowan é o menor, embora não devesse ter nem dez anos aqui.

— Quem liga? Já está tudo arruinado mesmo.

Tento salvar algumas das fotos, secando a vodca na parte de baixo de minha camisa.

— São memórias.

— Memórias do quê? De uma família que nem existe mais? — ele retruca.

Continuo minha tarefa com todas as intenções de salvar o máximo de fotos possível.

— Entendo que esteja triste.

— Por que você acha que entende? — Ele fecha a cara.

— Você não é o único que perdeu a mãe. As circunstâncias podem não ter sido as mesmas, mas entendo como é a sensação de perder alguém que a gente ama para algo que a gente não tem como controlar.

Seus olhos lacrimejantes acompanham meus movimentos.

— Ela teria vergonha de mim.

Recuo.

— Como assim? Por que você diz isso?

— Porque olhe só para mim. — Ele pega um troféu e o atira na direção oposta. O troféu bate em uma torre de caixas antes de cair com estrépito no chão.

— Pare com isso!

— Por quê? Eles não significam mais nada. — Ele repete a mesma coisa com outro troféu, mas, desta vez, o troféu bate na parede antes de se partir ao meio.

— Chega! — Empurro os outros dois troféus para trás antes que ele os destrua também. — Pode ficar com raiva. Pode fazer barulho, mas não fique violento. Você é melhor do que isso.

Ele joga as mãos para cima.

— Sou? Ou só estou esperando até me transformar nele?

Ele não precisa explicar a quem *ele* está se referindo porque já sei. Está estampado em seu rosto.

Meu peito se aperta, a sensação tensa comprime cada respiração que dou.

— A única coisa que vocês dois têm em comum é a questão da dependência química.

— Você tem razão. Porque, ao contrário de mim, meu pai é bem-sucedido. Ele tem um legado. O que eu tenho?

— Para começar, um coração.

Ele franze a testa.

— Quem se importa? O que isso me proporcionou no final? Dor? Angústia? Decepção? — Ele olha para o teto e suspira. — Não consigo acertar em nada. Toda a minha vida se resumiu a um fracasso atrás do outro, e estou cansado pra caralho de fingir que isso não me incomoda.

Neste momento, Cal arranca um fragmento do meu coração, e uma única lágrima escorre por sua bochecha. Uma lágrima que derruba todo resquício de raiva que ainda tenho dele hoje.

Amanhã vou ter raiva dele por se embebedar dentro desta casa.

Mas hoje...

Hoje ele precisa de uma amiga.

Eu o envolvo em meus braços e seco a lágrima, eliminando a existência dela como se nunca tivesse existido.

— Você não fracassou em tudo.

— Cite uma coisa.

Não paro para pensar.

— Você entrou para a Liga Nacional de Hóquei.

Ele bufa.

— Para perder minha vaga alguns anos depois.

— E daí? Não é muita gente que consegue nem chegar tão longe.

— Sequer ganhei um campeonato. — Sua voz sai tão baixa. Tão insegura. *Tão frágil.*

Me dilacera saber que alguém tão vibrante e vivaz como ele possa ser cheio de tantas inseguranças.

Às vezes são as vozes mais altas que mais sofrem.

— A vida é uma questão de perspectiva. Até você mudar a sua, sempre vai estar preso a isso. — Devolvo a vodca para ele.

Ele a segura com todas as forças.

Fixo essa imagem em minha cabeça, lembrando-me de que nada de bom pode vir de mim e Cal perto um do outro. Mesmo depois de todos esses anos separados, ele ainda não fez um esforço para mudar.

Por mais que eu o ame, isso nunca foi e nunca vai ser o suficiente para fazer com que ele se ame.

Isso ao menos eu sei que é verdade.

* * *

Cal deve ter comprado um monte de coisas enquanto estava bêbado ontem, porque não há explicação para os dez pacotes que aparecem à minha porta na tarde do dia seguinte. Os rótulos nas caixas variam desde a loja de departamento mais cara dos Estados Unidos até alguns nomes franceses que não consigo pronunciar, muito menos reconhecer.

— Por favor, assine aqui. — O entregador me entrega uma prancheta. Mando mensagem para Cal assim que o cara sai.

> Chegou entrega para você.

Sua resposta é instantânea.

> Já chego aí.

Perfeito. Pelo menos assim podemos conversar sobre o que aconteceu ontem e deixar uma coisa clara.

Eu tinha planejado conversar com Cal quando ele viesse à tarde para trabalhar no sótão, mas ele não apareceu desde que voltei do trabalho.

Não demora para ele estacionar na garagem com seu carro chique. Não sei como ele pretende fazer todas aquelas caixas caberem no porta-malas, mas desejo toda a sorte do mundo para ele mesmo assim.

— E aí? — Ele não tira os óculos escuros.

Cruzo os braços.

— Oi.

Ele coça a nuca.

— Sobre ontem... Obrigado por ir cuidar de mim.

Meus lábios se curvam para baixo.

— Não quero que você se embebede dentro da minha casa de novo.

— Tudo bem.

— Estou falando sério. Se eu voltar a encontrar você daquele jeito, vou chamar uma empresa de mudança para empacotar todas as suas coisas para você.

Ele baixa a cabeça e seus óculos escuros escorregam sobre a ponte do nariz, revelando seus olhos vermelhos.

— Desculpa.

— Pedir desculpas não significa nada se você não tiver nenhuma intenção de resolver o problema.

Suas mãos se cerram ao lado do corpo.

— Você tem razão.

— Tenho?

Ele olha para cima, e a maneira como cerra o maxilar faz meu coração se apertar.

Não quero magoá-lo, mas tenho uma filha em que pensar. Não posso permitir que Cami encontre Cal cambaleando pela casa, bêbado e incapaz de controlar as próprias emoções.

Ela merece coisa melhor.

— Tenho um problema. Um *vício*.

Minha boca se abre e se fecha um segundo depois.

— Sei que não tenho força em relação ao álcool. Me ensinaram isso na reabilitação e no AA. Mas não consigo ignorar a vergonha que sinto, sabendo que estou só um pouco melhor do que estava seis anos atrás.

Meus olhos ardem.

Ele respira fundo.

— Ainda não consigo parar de beber completamente, mas vou me limitar por você. Não quero machucar você mais do que já machuquei, e o que aconteceu no sótão foi inaceitável e ridículo.

Ai, Deus. Meu peito todo dói.

— Tudo bem? — ele pergunta.

— Tudo — respondo com a voz rouca.

Ele solta um suspiro pesado antes de soltar a caixa maior da pilha e se voltar para o carro. Pelo tamanho de seu porta-malas, ele só consegue colocar mais três caixas antes de sair acelerando.

Em vez de ficar, volto a entrar, deixando que ele se vire com o restante dos pacotes e com seja lá o que for que planeja fazer para enfrentar o sótão sem voltar a beber.

CAPÍTULO DOZE
Alana

Cal demorou apenas dois dias depois do incidente no sótão para agendar uma reunião com o avaliador. Eu não tive a opção de dizer não, ainda mais porque Cal fez todo o possível para planejar que acontecesse fora de meu horário na escola.

Cami prometeu ficar em seu quarto no andar de cima e brincar com os brinquedos dela, desde que eu pedisse pizza para o jantar hoje. É um preço justo a pagar pela cooperação dela. Não estou pronta para minha filha me encher de perguntas sobre a casa, ainda mais considerando que existe o risco de meu plano dar errado.

Dúvidas sobre a ideia de Violet me assolam, corroendo minha confiança enquanto me aproximo da porta da casa.

Tudo que preciso fazer é tornar impossível que Cal venda a casa.

Mais fácil falar do que fazer, responde a voz antagonista que sempre dá as caras nos momentos mais inconvenientes.

Jogo os ombros para trás e abro a porta.

— Olá.

— Oi. Sou o sr. Thomas — o homem mais velho se apresenta. Dos óculos de armação de casco de tartaruga ao suspensório, não sei de onde Cal tirou esse homem. Pelo terno de risca de giz e pelos sapatos sociais branco e preto, desconfio que dos anos 1920.

O sr. Thomas ergue os óculos sobre o nariz.

— Srta. Castillo?

— Sou eu.

Ele olha para a prancheta com uma sobrancelha arqueada.

— O sr. Kane está?

Não o vejo desde que ele desapareceu dentro do sótão há uma hora. Uma ideia se acende.

Faço uma cara triste.

— Na verdade, Cal não pode vir hoje, então talvez seja melhor reagendar.

— Ah. Tudo bem, então. Para quando a senhora está pensando?
— Dezembro é bom para você?
Ele olha para o calendário do celular.
— Deste ano?
— Não — respondo. — Do próximo.
Uma das sobrancelhas do sr. Thomas se ergue em dúvida.
— Minha agenda do ano que vem ainda não está aberta.
— Uma pena, então. Vou pedir para Cal ligar para o senhor daqui a um ano.

Falando no diabo, seus passos ecoam pelo teto abobadado enquanto ele desce a escada correndo, dois degraus por vez.

— Ignore. Ela só está brincando. — Ele para na frente do sr. Thomas e estende a mão. — Por favor, pode me chamar de Cal.

— É um prazer finalmente conhecer você. — O sr. Thomas dá um bom aperto na mão de Cal. — Agora, se não se importa, gostaria de começar. Considerando o tamanho do imóvel e minha agenda apertada, gostaria de não me atrasar para meu próximo compromisso.

— Sem problemas. — Cal fecha a porta e aponta para a escadaria dupla. — Gostaria de começar por cima ou por baixo?

— Podemos começar por baixo. — O sr. Thomas tira uma caneta do bolso interno do terno.

Enquanto ele anota algo na prancheta, Cal faz questão de chegar perto e sussurrar em meu ouvido:

— Comporte-se, senão... — Sua voz sensual faz meu coração saltar.

Viro para olhar feio para ele.

— Senão *o quê*?

— Não me provoque. — Ele se esforça ao máximo para parecer intimidador, mas não consegue. Seria de imaginar que, depois de crescer com um irmão como Declan, Cal tivesse dominado a arte de parecer inacessível a essa altura.

Rio comigo mesma, o que me rende outra encarada de Cal.

— Se não se importam, vou dar uma olhada rápida por aqui sozinho. — O sr. Thomas nos encara com uma sobrancelha erguida.

— Fique à vontade. — Abro um sorriso tenso para ele.

O homem desaparece por um corredor, deixando-me a sós para encarar Cal.

Ele cruza os braços, atraindo meu olhar para suas mangas arregaçadas. Seus antebraços dourados sempre foram uma fraqueza minha.

— Qual é o seu problema?

— Não está na cara? Falei que não quero vender a casa.

— E *eu* falei que isso vai acontecer quer você queira quer não.

Seus olhos descem para meus lábios, fazendo-os formigar com um único olhar de relance.

— O que você está planejando?

— Por que arruinar toda a diversão estragando a surpresa?

— Você sabe como me sinto em relação a surpresas.

— Do mesmo jeito que se sente em relação a palhaços. *Animadíssimo*.

Nunca consegui jogar fora a foto que tenho de Cal chorando no circo. É uma das poucas coisas que me trazem alegria num dia ruim, logo depois dos abraços de Cami e bolos recém-saídos do forno.

— Você me conhece tão bem — ele responde com a voz seca.

— Agora, se me der licença, preciso ver se o querido sr. Thomas está bem. Eu odiaria que ele se perdesse entre o jardim de inverno e a sala de visitas.

Dou meia-volta, mas então sou detida por Cal, que me pega pelo cotovelo. Seu aperto é suave, embora suas palavras sejam incisivas.

— O que quer que esteja fazendo precisa parar agora. Só vai prolongar o processo.

Está aí uma ideia...

Sua cabeça se inclina enquanto ele examina meu rosto.

— Nem tente.

Balanço sobre os calcanhares.

— Não sei do que você está falando.

Ele dá um passo à frente. O cheiro dele me envolve como um abraço aromático, fazendo minha cabeça girar por causa dos feromônios.

— Você está tramando alguma coisa. Consigo ver pelo brilhinho em seus olhos. É o mesmo que você sempre tinha logo antes de me convencer a fazer alguma coisa de que eu sabia que me arrependeria.

— Não é culpa minha que você não conseguisse recusar um desafio.

— Era o que eu fazia você pensar. Eu só estava me esforçando terrivelmente para impressionar você, mesmo que isso significasse correr o risco de alguns ossos quebrados e uma ficha criminal para alcançar esse feito.

Minha boca se abre.

— Você... — Todas as respostas se perdem na confusão de minha mente enquanto tento processar a confissão de Cal.

Ele murmura um palavrão.

— Esqueça que falei alguma coisa.

Certo. Como se eu tivesse a chance de apagar a marca que suas palavras deixaram em meu coração coberto de cicatrizes.

Foi exatamente assim que me meti em problemas da primeira vez.

Sem nem olhar para trás, ele desaparece pelo corredor por onde o sr. Thomas seguiu.

Paro um momento para me recuperar antes de acompanhar Cal e o avaliador no tour pelo imóvel. Em vez de me concentrar em minha conversa com Cal, passo o resto da reunião fazendo perguntas ao avaliador sobre a casa e o terreno ao redor. Tento manter o rosto neutro e evitar qualquer olhar suspeito ou sorriso furtivo. Cal me lança olhares estranhos de esguelha durante a conversa toda, muito provavelmente porque desconfia que há algo de errado com meu interesse.

Você deveria ter mantido a boca fechada.

Não há como voltar atrás agora.

Com base nas anotações do avaliador, a casa tem muitos problemas. Desde o vazamento no telhado a cupins no porão, o imóvel precisa de uma reforma profunda. O único lugar que parece relativamente decente é a casa de hóspedes, mas principalmente porque foi construída há apenas dez anos.

Sempre soube que a casa precisava de reforma, mas nunca soube o *quanto* até agora. Posso levar a vida toda para resolver todos os problemas.

O avaliador faz mais algumas anotações na prancheta antes de erguer os olhos para nós.

— Resumindo: duvido que consigam mais de um milhão pela casa.

Cal dá de ombros.

— É mais do que meu avô pagou quando a comprou.

Olho feio para ele.

— Duvido que a gente consiga só um milhão por ela.

— Vocês têm um grave problema com cupins, um telhado que precisa ser completamente refeito, janelas de cinquenta anos atrás que precisam desesperadamente ser substituídas e tantos trabalhinhos de reforma que daria para manter um empreiteiro ocupado por um ano inteiro.

— Quanto custaria consertar isso tudo? — pergunto.

— Imagino que uns duzentos mil dólares, mais ou menos, nos acabamentos. Os preços podem variar se conhecerem pessoas no ramo que possam dar um bom desconto.

— Não deve ser um problema. Conheço pessoas que fariam o serviço pelo preço dos materiais se eu pedisse. — E estariam dispostas a prolongar o processo pelo tempo que eu quisesse, o que é uma vitória para mim.

O olhar de Cal faz arder a lateral de meu rosto.

— Não vamos reformar a casa.

Viro para olhar para ele.

— Bom, não vamos colocá-la à venda por um milhão se a maioria das casas ao redor do lago está sendo vendida pelo triplo do valor.

— Elas parecem o Ritz comparadas com esta.

— Vamos dar uma renovadinha nela, então.

— Com que dinheiro?

Lanço um olhar para ele.

— Você ficou com problemas financeiros de repente?

Ele solta uma risada abrupta.

— Então você espera que eu banque? Claro.

Os olhos do avaliador se alternam entre nós dois como se estivesse acompanhando uma partida de tênis.

— Podemos dividir os custos — ofereço.

— De onde você vai tirar uma grana dessas?

— Você pode deduzir da minha parte quando vendermos a casa. — *O que significa nunca.*

Se fosse qualquer outra pessoa, eu me sentiria culpada por convencê-la a fazer isso, mas esse é Callahan Kane. O fundo de herança dele é tão cheio de dinheiro que tornaria os tataranetos dele bilionários algum dia. Duzentos mil dólares não é nada para o cara.

O avaliador alterna o peso entre um pé e o outro.

— Em teoria, ela tem razão. — *E não é que amamos ouvir isso?* — Quanto mais se investe num imóvel, mais justificável é um preço mais elevado. Reformar uma casa especial como essa aumentaria a margem de lucro significativamente. Ainda mais porque muitas pessoas estão procurando casas de veraneio em condições de uso imediato nas cidades ao redor.

Aponto para o avaliador.

— Viu?

Cal coça a barba rala.

— Desde quando você se importa com lucro? Pensei que não queria vender a casa.

— Estou pensando no futuro, Callahan. Sei que é difícil, mas tente acompanhar.

Suas narinas se alargam.

— Eu *estou* pensando no futuro. É só que minha versão é realista.

— Podemos vender a casa por mais do que o sugerido? — pergunto.

O olhar do sr. Thomas alterna entre nós dois.

— Tecnicamente falando, sim. Como a casa está quitada e não tem uma hipoteca, vocês podem vendê-la por quanto quiserem.

— Essa não é uma resposta de verdade — Cal resmunga.

— Só porque não é a resposta que você quer ouvir, não significa que seja menos verdadeira. — Coloco as mãos no quadril e o encaro.

Cal me ignora enquanto se volta para o avaliador.

— Até quanto dá para aumentar?

O homem folheia as páginas em sua prancheta.

— Se vocês consertarem os problemas mais gritantes que encontrei, podem conseguir um milhão a mais nela.

— Não — digo. — Quero vender por três.

O rosto do avaliador fica pálido.

— Milhões?

— Claro. Se os vizinhos que tinham menos terreno conseguiram vender o imóvel por esse preço, por que não conseguiríamos?

— Porque a casa deles era novinha em folha e tinha tudo ultramoderno — Cal responde pelo homem a minha frente, e me encara como se eu tivesse perdido a cabeça.

Talvez eu tenha.

Olho pela janela que dá para o lago sereno.

— Temos mais terreno e uma vista melhor do lago. Tenho certeza de que alguém estaria disposto a pagar três milhões por ela.

O avaliador puxa a gravata, afrouxando o nó como se o estivesse sufocando.

— Bom... a escolha de vender a casa pelo preço que acharem melhor é de vocês.

Ergo o queixo.

— Perfeito.

Os olhos de Cal se estreitam.

— Não é possível que você está pensando seriamente que podemos encontrar alguém que compre esta casa por tanto dinheiro.

— É claro que podemos. Basta encontrar o comprador certo. Não é? — Volto a olhar para o avaliador.

— Tecnicamente, sim. Mas pedir um preço alto demais pode afastar alguns compradores...

Eu o interrompo.

— Ótimo. É tudo que eu precisava escutar.

Ele reajusta os óculos com um bufo. Em qualquer outra situação, eu não seria tão presunçosa e grosseira, mas deixar que ele fale fora de hora pode se voltar contra mim.

Cal coça o queixo.

— Agora tudo faz sentido.

Olho para ele.

— Tudo o quê?

— Todas as suas perguntas ao avaliador, sua insistência em fazer uma reforma e o motivo por que você quer pedir um preço tão alto.

Droga. Ele descobriu antes do que eu previa.

CAPÍTULO TREZE
Cal

Deixo Lana na cozinha enquanto acompanho o avaliador até a porta. Quando volto, vejo que ela não saiu do seu lugar perto da janela com vista para o lago. Seus dedos tamborilam na bancada no ritmo da música que ela cantarola.

Aproveito a oportunidade para admirá-la sem ser julgado por isso. Ela parece enviada pelos céus, com o brilho dourado do sol cercando-a como uma auréola, destacando os tons quentes de seu cabelo e o contorno de suas curvas.

Aquelas benditas curvas.

Lana é arredondada em todos os lugares certos. Seu amor por assar bolos e tudo que é culinário transformou seu corpo numa obra de arte, com um quadril feito para ser apertado e uma bunda feita para ser adorada.

Não pense na bunda dela.

Tarde demais. Meus olhos descem, cravando um buraco em sua legging.

— Por mais que minha bunda adore a atenção, gostaria de seguir com meu dia. Tenho muitos trabalhos a corrigir para amanhã.

Minha boca fica seca e qualquer resposta que eu poderia dar morre enquanto meu olhar sobe de suas pernas para o rosto. A sobrancelha de Lana se ergue. Ela sempre foi direta, algo que eu valorizava até este momento.

Há quanto tempo está me vendo olhar fixamente para ela?

Considerando a sorte que você anda tendo, talvez um minuto inteiro. Há um motivo por que meus irmãos tiravam sarro de mim por ser o Cal, o viajante do espaço. Tenho a propensão a divagar e esquecer onde estou até alguém me puxar de volta à realidade, normalmente com uma bronca.

Limpo a garganta, forçando um pouco de oxigênio a entrar em minhas vias aéreas.

— Vamos vender a casa daqui a três meses por um milhão de dólares quer você queira, quer não.

Ela dá um passo à frente, invadindo meu espaço.

— Ah, por quê? Só porque você mandou?

— *Porque* é a única opção. Quanto antes você aceitar, mais fácil vai ser o processo.

— Ou eu poderia contratar um advogado. — Ela bate os cílios.

Os pelos em minha nuca se arrepiam. *Caralho.*

— Mas você não vai fazer isso.

Seu riso sai condescendente enquanto seu queixo se ergue.

— Não recebo ordens suas.

— Uma pena. Lembro que houve um tempo em que você imploraria por elas. — Meu polegar traça seu lábio inferior, o que me rende uma doce inspiração dela.

Ela se inclina na direção de meu toque antes de balançar a cabeça e empurrar meu peito.

— Você só está tentando me distrair.

— Do quê? De me apunhalar pelas costas?

Os olhos dela soltam *fagulhas*.

— Só covardes vão pelas costas.

Se eu já não soubesse que estava um pouco enlouquecido, meu pau ficando duro pela maneira como ela me ameaça com um sorriso perverso me motivaria a ir fazer um exame de cabeça.

Fixo o olhar nela.

— Você quer colocar a casa à venda por mais dinheiro do que ela vale para que ninguém a compre, não é?

— Quê? Por que eu faria uma coisa dessas? — O brilho em seus olhos e a curvinha em seus lábios destrói qualquer tentativa de ela fingir inocência.

— Não faço ideia. Não sei por que você está se esforçando tanto para salvar este lugar. É um verdadeiro lixão.

Ela recua. Toda alegria em seus olhos desaparece, substituída por uma expressão ardorosa e um único objetivo final.

Merda.

Suas narinas se alargam.

— Você vê esse lugar como um lixão, mas para mim é um lar, *meu* lar, e eu é que não vou abrir mão dele sem brigar. Então é melhor chamar seu advogado e me levar ao tribunal, seu arrombado. — Ela sai a passos duros da cozinha, e fico tentando entender como nossa conversa deu tão errado.

Fodeu.

* * *

Coloco um dos revólveres vitorianos de meu avô na caixa destinada ao museu Smithsonian. É a terceira arma que encontrei nesse sótão maldito. Quanto mais tempo passo aqui, mais questiono quem meu avô realmente era.

Talvez Lana estivesse certa quando disse que eu não o conhecia tão bem quanto pensava.

Eu me mantenho do lado dele no sótão e evito o canto que abriga todos os meus antigos pertences e recordações do hóquei porque prometi a Lana que não ficaria bêbado aqui em cima de novo. Com exceção de algumas pausas na casa de hóspedes para dar alguns goles de vodca sem faltar com minha palavra, fui fiel à promessa de não beber *na* casa.

Meu celular vibra no bolso de trás, eu o pego e me sento num dos baús de meu avô. Mandei mensagem para Iris uma hora atrás, mas só agora ela me respondeu. Ela anda cada vez mais ocupada, o que torna mais difícil para nós conversarmos com tanta frequência quanto antes de ela se casar.

Iris: Ei. O que está rolando?

Eu me deparei com um probleminha.

Iris deixa as mensagens de lado e me liga.

— O que está acontecendo? — ela pergunta. Uma buzina toca ao fundo, fazendo o cachorro dela, Ollie, latir.

— Lana ameaçou contratar um advogado, então ou eu concordo em vender a casa por três milhões ou estou ferrado.

Silêncio.

— Você está aí? — Olho o celular para ver se a ligação caiu.

Ela tosse.

— Sim, só estou tentando entender isso a partir das fotos que você me enviou do lugar. A vista deve ser bonita, mas não é *tão* bonita assim.

— A estrutura é boa.

— Foi exatamente o que Declan disse sobre nossa casa nova logo antes de mandar uma bola de demolição para o lugar.

— Só porque ele estava impaciente e não queria lidar com problemas de construções antigas.

Iris grita para Ollie parar de caçar esquilos antes de se lembrar de que estou na linha.

— Por que Alana quer vender por esse preço?

Um sorrisinho se abre apesar de minha irritação.

— Porque ela acha que, se colocar um preço alto demais, ninguém vai querer comprar. — Explico o resto do plano de Lana, incluindo o fato de que ela quer reformar o imóvel para justificar o preço alto.

Iris assobia.

— Caramba. Admiro os esforços dela.

— De que lado você está?

Ela ri baixo.

— Sempre do seu, mas a mulher merece parabéns. Ela deve querer muito essa casa se está disposta a brigar tanto por ela.

— Queria poder contar para ela de uma vez sobre o maldito testamento. — Massageio a têmpora.

— Só que você não pode, então precisamos de um plano melhor.

— Como o quê?

Ela limpa a garganta.

— Se ela quer vender por um preço mais alto, venda.

— Está falando sério?

Iris gargalha.

— Pare para pensar. Qual é a pior coisa que pode acontecer se vocês reformarem a casa?

— Pelo tanto que vi você e Declan brigarem durante horas por amostras de tinta e azulejo, pode dar muita coisa errada. — Os dois ponderaram sobre cada detalhe, até a cor que a argamassa deveria ter.

— Até que é divertido, embora, se dependesse dele, a casa toda seria preta.

Não estou procurando por nada divertido. Quero que seja fácil. Simples. *Seguro*. Porque, quanto mais tempo passo em Lake Wisteria, mais risco corro de me lembrar de tudo que deixei para trás.

A vida que eu poderia ter tido.

A única mulher que já amei.

O futuro que joguei fora por causa de um vício.

Se quiser sair ileso desta cidade, preciso vender a casa o quanto antes.

* * *

Antes de tomar uma decisão quanto ao preço da casa, quero estar bem-informado sobre as outras casas na região. Passo os dois dias seguintes pesquisando todos os imóveis à beira de lagos que foram vendidos nos últimos cinco anos. Das setenta casas colocadas à venda, dez foram compradas por mais de três milhões de dólares. As outras sessenta conseguiram metade do preço, o que ainda é mais que o valor que recebemos do avaliador.

Basicamente, minha chance de tirar a sorte grande com o preço de Lana vai se resumir a duas coisas: uma reforma espetacular e dinheiro suficiente para fazer isso acontecer em menos de três meses.

Ligo para a única empresa de construção de toda Lake Wisteria, mas sou desprezado assim que informo meu nome completo. Eles não estavam dispostos a me colocar nem na lista de espera, que aparentemente é de cinco anos.

Você esperava menos de uma cidade cheia de pessoas que o odeiam?

Na cidade vizinha não é muito melhor. Embora eles tenham uma lista de espera mais curta, o prazo de seis meses não pode ser mudado independentemente do valor que eu esteja disposto a pagar.

Frustrado e prestes a arrancar os cabelos, decido dar uma volta para relaxar a cabeça. Passo pela casa principal enquanto sigo para a rua. A garagem está vazia, então Lana ainda deve estar no trabalho.

Permaneço na calçada durante a caminhada. Cada casa fica a hectares de distância uma da outra, com as próprias estradas particulares que levam à casa. Todos os imóveis que eu reconhecia de minha infância se foram, substituídos por mansões megamodernas em lotes imensos com vista para o lago resplandecente.

A cada passo, a verdade se torna mais óbvia. Enquanto a mansão de meu avô se manteve igual, a maioria das casas foi comprada e completamente reconstruída.

Lana pode estar certa quando mencionou reformar.

Depois de quinze minutos de caminhada, chego a um canteiro de obras que está completamente bloqueado por uma cerca de perímetro. Afixada à cerca está uma placa grande da Lopez Luxury.

Uma pesquisa rápida no Google me diz que é uma empresa relativamente nova, tem menos de dez anos, e com sede em Michigan.

Exatamente do que eu precisava.

Digito o número e peço para falar com alguém que possa me ajudar a finalizar uma reforma em três meses. Desta vez, quando dou meu nome completo, sou transferido diretamente a Julian Lopez, o responsável pela empresa, sem questionamentos.

— Sr. Kane. — A voz grave e baixa do sr. Lopez enche meus ouvidos.

— Sr. Lopez.

— Por favor, pode me chamar de Julian. Soube que precisa de uma reforma que seja concluída em três meses.

— Pode me ajudar?

Ele não hesita.

— Depende se o senhor está disposto a fazer o mesmo.

É claro que tem uma pegadinha.

— O que você quer?

— Que minha empresa seja escolhida para um projeto da Companhia Kane.

— Estão querendo expandir seus serviços para a hotelaria?

— Algo nessa linha. — A risada grave é desprovida de qualquer simpatia, assim como a personalidade do homem.

O advogado de Brady disse que meus irmãos não poderiam se envolver na venda da casa, mas não comentou nada sobre oferecer um serviço na empresa como moeda de troca.

Olhe só você encontrando brechas legais.

Sei que meus irmãos vão encontrar algo para o sr. Lopez fazer, mesmo que pequeno.

— Se sua equipe conseguir reformar minha casa em três meses, então...

— Fechado. Minha assistente vai entrar em contato com o senhor para agendar uma reunião com um de meus melhores empreiteiros.

A ligação fica muda sem que ele se dê ao trabalho de se despedir. O sr. Lopez me faz me lembrar de Declan, com seu tom afiado e a atitude direta.

Mais uma peça de meu plano se encaixa, aumentando minha confiança aos poucos. Declan pode pensar que sou bom em fracassar, mas planejo provar que ele e todos os outros que duvidaram de mim estavam errados.

CAPÍTULO CATORZE
Alana

— Mamãe! Olha! — Cami entra correndo na cozinha, deixando cair envelopes de correspondência como um rastro de migalhas.

— *¡Cuidado!* — Eu a seguro antes que ela dê de cara com o armário aberto.

Ela ergue o envelope no alto.

— Peguei a correspondência!

Reconheço o logo no mesmo instante. Faz alguns meses que Cami fez o exame de admissão para a Wisteria Prep, uma escola particular exclusiva que abriu há poucos anos para atender às famílias que se mudaram de Chicago para cá. Cami implorou para se candidatar porque alguns de seus amigos estavam se transferindo para lá, então deixei que ela fizesse a prova, embora a diretora tivesse me avisado que só havia duas vagas para a nova turma de primeiro ano.

Minha filha é a criança mais inteligente que conheço, mas esses lugares têm mais a ver com política e quem indica. As chances dela de entrar sempre foram ínfimas.

Motivo pelo qual você tem que enfrentar as consequências de suas ações.

Ela saltita para cima e para baixo, balançando o envelope no ar.

— A gente pode abrir agora? Por favor?

— Deixa que eu abro. — Pelo menos assim, posso ter um segundo para me preparar mentalmente para dar a notícia para ela.

Minhas mãos tremem enquanto as seco no avental, prolongando o inevitável ao limpar a farinha de meus dedos.

— Mamãe! Anda logo! — Ela balança o envelope na frente do meu rosto.

— Está bem. Dá aqui.

Cami o coloca na minha mão. Abro o envelope com uma faca de manteiga antes de tirar dele uma folha de papel grosso.

— Está dizendo o quê? — Ela balança o peso de um pé para o outro, fazendo seus tênis acenderem.

— Vou ler. — Desdobro o envelope e leio a primeira linha.
Parabéns, Camila Theresa Castillo...
— Você passou. — As palavras saem em um sussurro rouco.
— Quê?! Ah! — Ela sai correndo e gritando a plenos pulmões. — Vou poder ir para a escola com todos meus amigos! — Ela desaparece no corredor, sua voz ecoa pelos pés-direitos de três metros e meio.

Continuo a ler a carta, e meu coração tropeça no preço da anuidade ao pé da página.

— Trinta e cinco mil dólares? Pelo primeiro ano?

Consegue ficar pior. A partir daí, os preços só sobem, com o último ano do ensino médio custando quase cinquenta mil. A carta também ressalta que a Wisteria Prep incentiva as artes e requer que os estudantes participem de ao menos uma atividade extracurricular. Elas podem variar de mil a cinco mil dólares por mês, dependendo de qual atividade a criança escolher.

O cômodo gira ao meu redor. Quando Cami se candidatou, era apenas um sonho impossível com a intenção de deixá-la feliz por um tempo, mas, agora que é uma realidade, sinto um enjoo no estômago. Mesmo depois de contabilizar a bolsa que ofereceram para Cami, é impossível eu conseguir pagar a escola com o que ganho.

Levo a mão à bancada, com medo de meus joelhos cederem.

— Ei, qual é o motivo dessa gritaria toda... Eita. Você está bem?

De todas as pessoas que poderiam estar presentes em meu pequeno surto...

Tive a sorte de evitá-lo desde a briga por causa da casa, mas eu sabia que não seria para sempre.

É só levar em banho-maria.

Respiro fundo e ergo os olhos para Cal. Sua roupa habitual de camisa de botão e calça foi substituída por calça de ginástica e uma camiseta que está encharcada de suor ao redor da gola.

— O que você está vestindo? — Eu me esforço ao máximo para manter os olhos focados em seu rosto, mas eles vagam na direção de seu tanquinho visível através do tecido justo da camiseta.

— Eu estava trabalhando no sótão quando ouvi gritos.

— Ah. — Falo para seus músculos abdominais.

Seu riso baixo me traz de volta de minha demonstração vergonhosa de desespero.

Ele pega um copo do armário e o enche de água. Minha pele arde, meu coração bate forte pela maneira como sua língua sai para lamber uma gotícula que escapou de seus lábios.

O que eu não daria para fazer o mesmo...

— O que está acontecendo? — Seu pomo-de-adão sobe e desce a cada gole de água.

Puta que pariu.

Está quente aqui ou só eu que estou tendo um surto? Abano o rosto com a carta de Cami, tentando resfriar minhas bochechas quentes.

Cal me nota encarando e pisca.

Argh. Basta uma piscadinha para fazer meu corpo todo vibrar de excitação.

— O que é isso? — Ele aponta para o papel em minha mão.

— A carta de aceite de Cami.

— Para quê?

— Uma escola particular que abriu faz pouco tempo perto da Main. É bem difícil de entrar, então ela está muito animada por poder continuar estudando com os melhores amigos dela. Passei metade do ano a preparando para uma carta de rejeição, mas agora que ela passou...

— Você está preocupada — ele diz em um tom direto. Para alguém que passou os últimos seis anos fora, ele definitivamente não perdeu a capacidade de me interpretar bem.

Baixo a cabeça.

— Pois é.

— Por quê?

— Porque nem todos somos bilionários. — Faço o possível para apoiar Cami. Tudo que minha menina quer, minha menina consegue. Aulas de dança, de ginástica, atividades extracurriculares de artes. Mantê-la feliz e ocupada exige sacrifícios pessoais, mas fico feliz em prover para ela de uma forma como minha irmã nunca teria podido. Contudo, ainda sinto que poderia fazer mais. Que poderia trabalhar mais. Arranjar um segundo emprego. Encontrar um jeito de ganhar mais dinheiro.

Existe uma opção.

Uma sensação lancinante se espalha por meu peito.

A testa de Cal se franze com confusão.

— Meu avô não deixou dinheiro para vocês quando faleceu?

A temperatura de meu corpo dispara, e tento respirar fundo para me acalmar. Nem sei com quem estou mais brava: com Cal por comentar da herança ou com minha irmã por gastar a maior parte dela.

O olhar de Cal fica mais duro.

— Ele *deixou* dinheiro, certo?

Meu maxilar dói de tanto apertar os molares.

— O que aconteceu...

Respondo antes que ele consiga terminar a frase.

— Acabou.

— Quanto ele deixou para vocês?

Minhas unhas se cravam nas palmas de minhas mãos.

— Por que isso importa?

Seu rosto se suaviza.

— Porque você não é o tipo de pessoa que torraria uma grana dessas a menos que algo tenha acontecido.

— Quer saber? Esquece que falei alguma coisa. — Tiro o resto da correspondência da bancada e saio da cozinha antes que ele tenha a chance de me perguntar onde o dinheiro foi parar.

Cal me avisou anos atrás sobre minha irmã, mas não dei ouvidos. Se ele descobrisse todos os erros que cometi, ficaria furioso.

Não comigo.

Mas *por* mim.

E sei de todo coração que eu não poderia correr o risco do que uma reação como essa poderia fazer comigo, então faço o que Cal sempre fez de melhor.

Fujo.

* * *

— O que está rolando com você hoje? — Violet cutuca meu ombro. — Você nem comentou quando o sr. Jeffries deu em cima da srta. Reyes no balcão.

— O sr. Jeffries gosta da srta. Reyes? Desde quando? — Trabalhei com os dois na escola por anos e nunca teria imaginado que um gostava do outro com base em sua rivalidade em exatas.

— Parece que sim! Embora o sentimento não seja mútuo, a julgar pela rapidez com que ela dispensou o cara.

— Foi bem triste de ver. — Delilah leva a mão ao coração. — Mas também estranhamente divertido. Meio como um daqueles *reality shows* de namoro.

— É um mistério como algumas pessoas encontram seus futuros companheiros aqui. — Olho ao redor do Last Call. O bar é velho e decadente, mas todos os locais o adoram porque os turistas não o conhecem. Há até uma jukebox que ainda funciona se você bater no lugar certo.

— Sempre tem aquele bar pega-turista na Dale Mayberry Road, se estiver a fim de babacas egocêntricos do mercado de ações que são obcecados por sexo anal porque o vaginal é "íntimo demais". — Violet faz aspas no ar.

Delilah engasga com sua ice.

— Fico tão contente por ser comprometida.

— Nem todas tivemos a sorte de encontrar o amor da nossa vida no ensino médio. — Violet mostra a língua para ela.

Sorrindo, Delilah olha para a aliança. Meu peito se aperta, a sensação mexe com minha cabeça. Não estou com inveja de Delilah. Não sinto nada além de felicidade por ela e pelo marido, mas algo em mim está em desalinho.

Talvez você esteja, sim, com inveja.

O pensamento faz o meu estômago revirar.

— Vou ao banheiro. — Eu me levanto da mesa e saio em disparada.

Algumas pessoas me param no caminho para dizer oi, mas tento manter as conversas apenas nos cumprimentos enquanto me dirijo aos fundos do bar.

O barulho a meu redor desaparece quando fecho a porta e viro a fechadura. O enjoo ainda revira meu estômago agitado, e respiro fundo algumas vezes para me estabilizar.

A culpa sempre bate primeiro. Atropela todos os pensamentos racionais, fazendo-me me sentir uma pessoa péssima por ter inveja de Delilah e Wyatt. Por querer o que eles têm e desejar ter sido eu quem encontrou alguém especial.

Tão rápido quanto vem a culpa, ela passa, deixando-me com um vazio no peito... o mesmo que sempre sinto quando penso em voltar para casa à noite e me deitar sozinha na cama.

Antes sozinha e segura do que num relacionamento e angustiada.

Levo alguns minutos para me recompor e esperar a náusea esmagadora passar. Quando volto, Delilah e Violet mudaram para assuntos mais seguros, e o vazio em meu peito não está mais presente.

Foi preciso apenas cinco minutos de respirações profundas num banheiro público para chegar lá.

Minha mente divaga durante a hora seguinte. Em certo momento, volto a desenhar formas distraídas na condensação que se acumula em meu copo d'água.

— O que você acha, Alana? — Delilah pergunta.

— Quê? — Pisco.

— Você ouviu alguma palavra do que acabei de dizer?

Eu me crispo.

— Desculpa.

— Sério, o que deu em você? — Violet se vira para olhar para mim.

— Acho que vou ter que vender a casa. — Embora eu tenha passado os últimos dois dias processando a notícia, ainda não parece real.

— Como assim? Por quê? — Delilah diz, em choque.

— Cami passou para a Wisteria Prep.

— Eu sabia que ela passaria! Seriam idiotas se não a admitissem. — Delilah bate as palmas das mãos. Seu entusiasmo murcha rapidamente assim que ela vê a expressão em meu rosto. — Espera. Você vai vender a casa para ajudar a pagar a escola.

Engulo em seco o nó na garganta.

— Não tenho outra opção.

— E a bolsa? — Violet franze a testa.

— Ofereceram um valor bom, mas, mesmo assim, não é suficiente para cobrir tudo.

— Mas você ama a casa. — O franzido em sua testa se aprofunda.

— E amo Cami ainda mais. — Minha voz embarga. — Vocês deveriam ter visto a cara que ela fez quando passou. — Meu sorriso é vacilante. — Ela passou a manhã toda treinando os movimentos de dança porque quer estar pronta para o balé com as meninas maiores. Não tenho como dizer não.

Delilah coloca a mão sobre a minha e aperta.

— Tem certeza?

Não, não tenho, mas, com sorte, quando chegar o momento de estarmos preparados para vender a casa, vou estar pronta para aceitar que preciso sair dela, mesmo que isso signifique partir um pedaço do meu coração.

* * *

Paro na frente da vitrine da loja vazia e encaro meu reflexo no vidro.

Minhas duas melhores amigas seguem pela calçada, sem notar minha ausência enquanto Violet continua falando para Delilah sobre seu vizinho infernal.

— Acredita que ele me falou para comprar tampões de ouvido? Como se eu fosse a anormal por não querer ouvir o cara transando como uma estrela pornô às três da madrugada. Juro que qualquer dia ainda vou levar alguém para casa só para ele ver como é... O que você acha... ei! — Violet volta.

Delilah vem na sequência, usando a bengala para se apoiar. Hoje é um dia ruim para a artrite dela, mas ela não deixa que isso a impeça de seguir Violet.

— Desculpa. — Olho para elas com um sorriso vacilante. — Eu me distraí.

Delilah dá um cutucão em meu ombro.

— Com o que você está sonhando desta vez?

Fecho os olhos e imagino a vitrine da frente cheia de decorações e porta-bolos.

— Vitrine com temática de verão. Cores vivas chamativas e doces com frutas da estação.

Violet suspira.

— Parece um sonho.

É porque é.

— O que você acha que venderia mais? — Delilah aponta a bengala para a vitrine.

Tiro os olhos de nossos reflexos na vitrine.

— Dee...

Ela balança o dedo na minha frente.

— Na-na-ni-na-não. Você sabe como funciona esse jogo.

Nós três fazemos o jogo do sonho desde que Violet aprendeu sobre manifestação. Ainda não funcionou para nós, mas isso não impede minhas amigas de tentarem.

Ela cutuca minhas costelas.

— Não pensa demais e só me fala a primeira coisa que vem à sua mente.

Mordo o lábio e considero minha resposta.

— Bom... você sabe como todos ficam malucos com minha cuca de mirtilo.

Violet sorri.

— Nunca vi tanta gente brigar por migalhas. Até o xerife Hank estava disposto a sair no braço durante o churrasco do Dia da Independência do ano passado, e ele está praticamente sedado hoje em dia.

Meus pulmões ardem de tanto dar risada.

Delilah, a mais delicada de minhas duas melhores amigas, passa a bengala para a mão esquerda para poder colocar o braço ao redor de meu ombro.

— Sabe, se vendesse a casa, você teria o dinheiro para comprar esse lugar e transformá-lo na melhor confeitaria de Michigan.

Balanço a cabeça com tanta força que minha visão fica turva.

— Não vai rolar.

Violet intervém.

— Pensa um pouco. Foi você quem disse que não arriscaria um emprego remunerado estável e o plano de saúde por um sonho. Mas, depois que vender a casa do lago, vai ter o dinheiro para cobrir todos os custos iniciais de abrir uma empresa.

Balanço a cabeça.

— Nem pensar. Esse dinheiro não é para mim.

Violet inclina a cabeça.

— Mesmo com a anuidade de Wisteria Prep, você não estaria gastando mais do que um quarto dele.

— Eu deveria economizar, não gastar.

Delilah aperta meu ombro com mais firmeza.

— Tudo bem ser um pouco egoísta e pensar em si mesma de vez em quando. Cami gostaria que você fosse feliz.

— E se eu não for boa o bastante? — Expresso meu medo em voz alta. É o mesmo que me manteve tantas noites acordada, com raízes profundas devido aos anos questionando meu próprio valor. Passei a maior parte da vida tentando fugir desse receio desde que meu pai fez as malas e disse que não voltaria mais.

— E se você acabar passando o resto da vida se arrependendo por não aproveitar a chance quando teve uma? — Violet passa o braço ao redor de mim, logo acima do de Delilah.

— E se Missy abrir uma loja aqui em vez de você e acabar virando a confeiteira favorita da cidade? — Delilah provoca.

Perco o ar.

— Retire o que disse.

— Sei não. Alguém pode tentar roubar sua coroa. Ouvi dizer que Missy está tentando aprimorar a receita do *tres leches* antes da competição de bolos do Dia da Independência.

Cruzo os braços diante do peito.

— Eu deveria ter desconfiado quando ela me seguiu pelo mercado no mês passado, fazendo um monte de perguntas sobre qual marca de leite condensado eu gosto mais.

Violet me dá um beliscão nas costelas, o que me faz rir.

— O fato é que você vai sentir falta de todas as coisas que poderia ter feito se simplesmente perguntasse *por que não* em vez de *e se*.

— Quem diria que você poderia ser tão profunda?

Ela bate o dedo na têmpora.

— Tequila me deixa reflexiva.

— E safada — Delilah completa por ela, levando uma cutucada nas costelas.

Passo os braços ao redor de minhas amigas e as puxo para um abraço.

— Vocês vão ser minhas duas primeiras clientes?

Delilah sorri.

— Como se a gente tivesse escolha.

CAPÍTULO QUINZE
Cal

Lana tira uma folha da pilha alta de papéis em cima da mesa da cozinha e lê em silêncio enquanto usa a caneta vermelha para marcar a página. Sem nenhum álcool para inflar artificialmente minha autoestima, só me restam o coração acelerado e o impulso de fugir antes que ela me note.

Não usar vodca para aliviar seus problemas é muito positivo.

Sim, exceto que reduzir o consumo sempre parece uma boa ideia até eu me deparar com qualquer adversidade.

Vai logo e acabe com isso.

Coloco os polegares nos bolsos da frente.

— Você tem um segundo?

Ela ergue os olhos para mim.

— Estou ocupada corrigindo provas.

— Numa sexta à noite? Que demais.

Ela me dispara um olhar.

— A menos que esteja aqui para admitir a derrota sobre a casa, nem comece.

— Prefiro o termo *acordo*.

— Tenho certeza de que é o que todos os perdedores dizem para si mesmos. — O brilho em seus olhos fode comigo. Ou, para ser mais específico, com meu pau.

É sua cabeça que está fodida.

É claro que está. A essa altura da vida, já tive mais terapeutas do que amigos, e nenhum ficou por tempo suficiente, considerando meus problemas.

Puxo a cadeira diante dela e me sento.

— Vou te fazer uma proposta.

— Ah, essa vai ser boa. — Ela deixa a caneta de lado antes de me dedicar toda a sua atenção.

— Quero que me escute até o final antes de dizer não ou ameaçar tomar medidas legais.

Ela faz sinal para eu continuar.

É hora de usar a artilharia pesada.

— Me deixe vender a casa por dois milhões e meio e você pode ficar com todo o dinheiro.

Seu rosto fica pálido.

— *Todo* o dinheiro?

— Até o último centavo. Vou até arcar com todos os custos da reforma sozinho, o que significa que você vai sair com tudo ao fim do último dia, independentemente de quanto dinheiro a gente investir neste lugar.

Ela pisca duas vezes.

— Mas por que você faria isso?

— O objetivo de vender a casa para mim nunca foi ganhar dinheiro. Quero me livrar dela o quanto antes, então, se isso significar perder alguns milhões ao longo do caminho, tudo bem.

Seu olhar fulminante não é um bom sinal.

— Ah, sim. Tenho certeza de que é um grande sacrifício para um bilionário como você.

Aperto os punhos cerrados contra as coxas.

— Estou tentando nos ajudar enquanto faço uma boa oferta para você.

— Não *preciso* da sua ajuda — ela retruca.

— Não, mas seria bom usar os recursos para mandar Cami para aquela escola cara em que ela passou.

Seus olhos se estreitam.

— Agora você está jogando sujo.

Dou uma piscadinha.

— Meu tipo favorito de estratégia. Está surtindo efeito?

— Um pouco, embora seu sorriso presunçoso não esteja ajudando muito no momento.

Eu paro de sorrir.

— Me apoia nessa. — Estou disposto a implorar de joelhos para ela ouvir a voz da razão. — É uma quantia que pode mudar a vida de qualquer pessoa.

— Como você saberia? Você ganhou seu primeiro bilhão no momento em que respirou pela primeira vez.

— Não sou tão fora da realidade. Entendo o valor do dinheiro.

— Saber como gastar não é o mesmo que dar valor.

Meus dentes rangem.

— Dar valor ao dinheiro significa saber *onde* gastar, não como.

— Olha só você bancando o sábio.

— Sou mais do que um rostinho bonito, Lana. Também tenho um cérebro.

— Quem mentiu e chamou você de bonito? — Ela bate os cílios.

— Você mesma... enquanto eu estava entre suas pernas com a língua dentro da sua bucetinha voraz.

Toma essa, sacana.

Ela engasga com o ar.

— Meu Deus.

— Por favor, não precisa me chamar de Deus fora do quarto. Vou ficar me achando.

Ela tira o pote de palavrão de cima da geladeira e o coloca em cima da mesa à minha frente.

— Pode pagar.

Tiro uma nota de cem dólares e a coloco no pote.

— Valeu cada centavo.

— A poupança da Cami agradece a doação.

Seguro o punho dela, e o calor de sua pele se infiltra na minha.

— Você não precisaria de um pote de palavrão se aceitasse vender a casa.

Ela fica com o olhar distante.

Consigo praticamente sentir o gosto da vitória, então uso meu curinga.

— Você poderia abrir aquela confeitaria com que sempre sonhou.

Ela solta um suspiro trêmulo enquanto desvia o olhar, e penso que, pela primeira vez desde que vim a Lake Wisteria, estou finalmente vencendo.

Só porque você está usando os sonhos dela contra ela mesma.

É isso que estou fazendo? Ou estou simplesmente lembrando a ela do que deve ter esquecido ao longo dos anos?

Lana balança a cabeça, e sua visão fica mais clara enquanto ela volta à realidade.

— Não. É melhor eu agir com cautela e guardar o dinheiro para uma casa e o que quer que Cami possa precisar ao longo dos anos.

— Agir com cautela? O que aconteceu com a menina que agia primeiro e pensava depois?

— Eu cresci, Cal. — Ela pega o pote de palavrão e o coloca em cima da geladeira de novo.

— E daí? Crescer não significa desistir de todos os seus sonhos.

— Eu não desisti. Só percebi que prefiro realizar os sonhos de outras pessoas do que os meus.

— O que isso significa?

Ela abraça sua pilha de papéis e pega a caneta vermelha.

— Não acho que alguém como você entenda.

Meu coração ameaça se encolher.

— Alguém como eu?

— Alguém que sempre escolhe a si mesmo.

Como se suas palavras não causassem estrago suficiente, a cara que ela faz dá o golpe de misericórdia.

Ela respira fundo.

— Aceito sua oferta sob uma condição.

— Pode dizer.

— Quero ter a decisão final sobre quem compra a casa.

Bufo.

— Por quê? Para você poder tornar impossível que alguém a compre?

Ela se recusa a olhar em meus olhos, o que só aumenta o vazio em meu peito.

— Porque quero ter certeza de que quem a tenha depois a ame tanto quanto eu.

Eu me sinto um babaca no mesmo instante por pensar o pior dela.

— Lana...

Suas narinas se alargam.

— Sim ou não, Callahan?

E agora voltamos a Callahan.

Maravilha.

Faço que sim.

— A decisão final é sua, desde que você não vete potenciais compradores sem motivo.

Espero não me arrepender de minha decisão.

* * *

> **Lana:** Estou começando a achar que você é viciado em compras.

Ela me manda uma foto de uma caixa esperando no alpendre. Saio correndo do sofá, assustando Merlin, que se encolhe embaixo do suporte da TV.

> Já chego aí.

Meu entusiasmo cresce a cada passo que dou em direção à casa principal.

Lana está no alpendre, acenando para o carteiro ruivo enquanto ele sai com o carro.

Subo os degraus.

— Você o conhece?

— Ernie? Sim. Ele é filho de Isabelle.

Minhas sobrancelhas se erguem.

— Estou surpreso que minhas encomendas tenham chegado intactas, então.

— Eu também. Ele não está muito feliz com você, considerando as trinta encomendas entregues aqui só nos últimos dias.

— Essa é a melhor de todas. — Ergo a caixa pesada.

Ela espia a caixa de papelão.

— O que é?

— Uma Kees van der Westen Speedster.

Suas sobrancelhas se franzem.

— É uma máquina de expresso — esclareço. Cafeína, Adderall e eu não costumamos nos dar muito bem. Mas agora que estou trabalhando até tarde, até muito depois de o efeito de meu medicamento passar, preciso de um pouco de estímulo à tarde.

Ela bufa.

— Parece o nome de um carro.

— E também é tão barata quanto um. — Dou um tapinha carinhoso na caixa.

Os olhos dela se arregalam.

— Quanto você pagou por ela?

— Não lembro. Vinte mil, mais ou menos, com os impostos? Por quê? Quer uma?

A cor se esvai de seu rosto.

— Você gastou vinte mil pilas numa *máquina de expresso*?

— Tenho minhas necessidades, Lana.

— Eu também tenho, mas isso é mais do que metade do meu salário anual!

Eu me apoio nos calcanhares dos tênis.

— Sei que parece exagero...

— É porque *é*.

— Perdão por gostar das coisas boas da vida.

— O dinheiro é seu, então faça o que quiser com ele. Só estou surpresa por alguém gastar uma quantia dessas em café. — Então vamos torcer para que ela nunca descubra o quanto gastei no colchão, nas roupas de cama e no sofá da casa de hóspedes.

— Até parece. Isso não é nada. Espere até ver a churrasqueira ultramoderna que comprei.

Ela pisca.

— Você comprou uma churrasqueira sabendo que só vai ficar aqui por um tempo?

— Claro. Pensei que talvez eu poderia tentar você a fazer um pouco da *carne asada* da sua mãe qualquer dia desses.

Ela fica boquiaberta.

— É uma churrasqueira bem chique com todos os alarmes e apitos e coisas que deixam a maioria dos chefs babando. Juro que você vai amar.

Ela abre a boca de novo, mas a fecha.

Coço a nuca.

— Posso cozinhar para você também, mas não prometo que vá ficar lá muito bom.

— Você cozinharia para mim?

— Para você e Cami — corrijo.

Algo brilha em seus olhos antes de desaparecer.

— Você... A gente... — Ela massageia a têmpora em pequenos círculos. — Quer saber? Vou apagar toda essa conversa do meu cérebro.

— O que falei de errado? — Tento pegar sua mão, mas ela recua antes que eu tenha a chance.

— Nada. Preciso arrumar Cami para a aula de dança. — Lana desaparece dentro da casa, deixando-me sem saber o que falei de errado dessa vez. *História da sua vida.*

* * *

> Estou entediado.

Quico a bola de tênis no teto enquanto espero Iris responder minha mensagem. Com o empreiteiro e sua equipe já arrumando o exterior da casa, substituindo inclusive o teto, o revestimento de vinil e as janelas antigas, não tenho nada mais com que ocupar meu tempo.

Lake Wisteria não tem muitas opções de entretenimento. A menos que eu queira dirigir por trinta minutos para ver um filme, só me resta jogar boliche sozinho, andar no parque do outro lado do lago ou passar o resto do dia fazendo compras na internet.

Meu celular vibra no sofá.

> **Iris:** Já tentou arranjar um hobby novo?

> Além de encarar meu reflexo no espelho?

> **Iris:** Não sei dizer se você está ou não falando sério.

> Vamos manter o mistério.

> **Iris:** Que tal tricô?

> Nem fodendo.

> **Iris:** Crochê?

> ...

> **Iris:** Ler um livro?

Humm. Não leio muito desde que era criança, mas parece uma opção melhor do que tentar criar algo com um novelo de lã.

Alguma recomendação?

Iris: Vamos perguntar pra Zahra.

Na sequência, Iris manda uma mensagem no grupo que tenho com as duas.

Iris: Tem alguma recomendação de livros para o Cal?

Jogo a bola no teto enquanto espero Zahra responder.

Zahra: O que você curte?

O contrário do que você lê.

Zahra: Nenhum romance. Entendido.

Meu celular começa a apitar com suas mensagens de recomendações. Abro o aplicativo de notas e as digito antes de sair da casa de hóspedes.

Quando estaciono na frente da livraria One More Chapter, Zahra enviou uma mensagem encorajadora dizendo como está feliz por eu começar a ler.

A pequena livraria não mudou nada desde que eu e Lana a visitávamos. Estantes altas de madeira cobrem as paredes, cheias até o topo de livros esperando para serem comprados.

— Oi. Posso ajudar? — Meg, a mulher mais velha que é dona da livraria desde que minha mãe me trazia aqui com meus irmãos, aparece atrás de mim.

— Estou procurando um livro. — Eu me viro para olhar para ela.

O sorriso em seu rosto diminui. *Típico.*

— Ah. Qual?

Pego o celular e listo os três que Zahra recomendou. Meg os encontra rapidamente e registra a compra.

— Pronto. — Ela me entrega a sacola cheia de livros.

O sino em cima da porta toca. Olho para trás e vejo Violet entrando com Delilah.

Malditas cidades pequenas.

Faz seis anos que não vejo as duas. Enquanto a cor do cabelo de Violet voltou ao loiro natural, Delilah ainda está igual, embora a aliança em sua mão esquerda e a bengala em que se apoia sejam novidade para mim.

Os olhos de Violet encontram os meus primeiro.

— O que é que você está fazendo aqui?

— Não é óbvio? — Ergo a sacola.

Seu nariz se franze.

— Desde quando você lê?

— Demorei algumas décadas, mas finalmente estou pegando o jeito.

— Você acha que tudo isso é alguma piada? — Violet parte para cima de mim.

Meg desaparece atrás de uma pilha de livros, deixando-me sozinho para enfrentar a mulher de rosto vermelho que já foi uma de minhas amigas.

— Não estou aqui para causar problemas. — Mantenho a voz neutra, repetindo o mantra que parece me seguir por todo canto.

— É o que Alana diz, mas estou achando difícil acreditar nisso. — Violet crava o dedo em meu peito.

Delilah franze a testa enquanto puxa o braço da amiga.

— Venha, Violet. Deixa o cara em paz.

Ela olha para a amiga.

— Um segundo. — Sua cabeça se volta para mim devagar, como algo saído de um filme de terror. — Se você magoar a Alana de novo...

Eu a interrompo:

— Não vou.

— Você ainda está bebendo — ela afirma.

— Isso é crime?

— É patético — ela diz, furiosa. Não é nada que eu nunca tenha ouvido antes, mas ter essas palavras atiradas em mim por alguém que já foi uma amiga corta mais fundo do que eu gostaria de admitir.

Você é patético.

Um grande peso aperta meu peito, tornando impossível respirar.

Ela suga o lábio inferior.

— Você não é melhor do que a irmã dela, fazendo todas aquelas promessas e nunca cumprindo nenhuma.

Minha mão que segura a sacola se cerra tanto que as unhas cravam na pele.

— Eu sei. Por que você acha que fui embora?

Seus olhos se arregalam.

— Se não se importa, estou de saída agora. — Sinto como se meus pés estivessem acorrentados a duas bigornas, tornando cada passo exponencialmente mais difícil do que o anterior.

Dou a volta por meu carro e vou direto para o Last Call no fim da Main Street. É um bar dos locais, então minha entrada atrai olhares e cochichos de todos reunidos ali.

Eu me sento no banco desocupado no fim do balcão, do outro lado de algumas pessoas que reconheço.

O bartender de cabelo escuro se aproxima de mim com a testa franzida. Eu me lembro dele de uma das festas de aniversário de Lana, embora seu rosto esteja mais cheio e até seus músculos tenham músculos.

Henry balança a cabeça.

— Você não deveria estar aqui.

— Vodca tônica, por favor. — Eu o ignoro enquanto coloco uma nota de cinquenta dólares no balcão.

Sua cara só se fecha mais.

— Não.

— É sério isso?

Ele cruza os braços enormes diante do peito.

— Isabelle avisou a gente sobre você.

Mas puta que pariu. Eles fizeram uma assembleia para falar de mim?

— O que ela disse?

As veias nos braços dele saltam.

— Não podemos servir você.

— É claro que não. Tudo bem. Vou levar meu dinheiro para outro lugar. — Pego a nota e a coloco no bolso. Tenho certeza de que alguma cidadezinha da região vai ter o maior prazer de aceitar meu dinheiro e me ajudar a evitar interações como essa de novo.

— Vá para o inferno! — alguém grita do outro lado do bar.

Mal sabem eles que já estou lá.

CAPÍTULO DEZESSEIS
Cal

As coisas finalmente parecem estar se encaixando para mim. Lana até me confiou a chave da casa de novo quando precisei entrar e ela tinha planos para o fim de semana.

Até encaixotar as coisas rolou tranquilamente durante a última semana. A maioria dos objetos do meu avô foi esvaziada do sótão, e a única coisa que resta é encaixotar meu antigo quarto. Fica no extremo oposto da casa, bem longe das risadinhas infantis que acontecem do outro lado do segundo andar.

Entrar no meu quarto de infância é como ser enviado diretamente ao passado. Tirando algumas caixas fechadas num canto, o lugar parece intocado. Até as estrelas fluorescentes que eu e Lana colamos no teto mais de duas décadas atrás continuam lá, embora algumas já tenham caído ou estejam penduradas por uma única ponta. A janela com vista para o lago chama minha atenção como fez anos atrás, quando escolhi este quarto para mim.

Meus irmãos nunca entenderam por que eu queria o quarto menor que ficava num cantinho da casa, mas eu pensava que a resposta seria óbvia se parassem um momento para olhar pela janela saliente.

É estranho voltar aqui depois de seis anos. Não sei bem por que meu avô e a *señora* Castillo mantiveram o quarto do mesmo jeito, mas tenho a impressão de que está parado no tempo.

As prateleiras do chão ao teto que cobrem as outras três paredes exibem as miniaturas de barcos que construí durante meus verões aqui. Desde meu primeiro barco a vela até uma miniversão do *Titanic*, cada um guarda uma boa lembrança de um verão passado em Lake Wisteria. De mim e Lana ficando acordados até muito tarde trabalhando neles no escritório.

Minha garganta se fecha enquanto olho para o último navio que começamos a construir no verão de meu acidente. O *USS Constitution* que Lana me deu de presente de aniversário está incompleto na prateleira mais baixa, parecendo abandonado com seu casco ainda por terminar virado para o teto.

Vocês nunca tiveram a chance de terminar isso juntos.

Meu peito lateja.

— Uau.

Dou meia-volta e encontro Cami admirando as prateleiras com olhos arregalados.

— Você que fez? — Ela aponta para uma réplica de *La Candelaria* pousada na prateleira mais alta, bem longe de qualquer pessoa que a pudesse derrubar sem querer.

Minha garganta se aperta.

— Foi.

— Jura? — Ela me olha com uma expressão estranha.

Faço que sim.

— E aquele? — Ela guia minha atenção para a prateleira acima da janela, onde está uma miniatura de um navio de guerra Rowan da Marinha elisabetana, a madeira sem brilho pela quantidade de poeira e teias de aranha que cobrem o casco.

— Também.

— E aquele também? — Há um brilho especial em seus olhos enquanto ela examina um barco viking.

— Fiz todos com a sua mãe. — Com sorte, isso vai responder a quaisquer outras perguntas que ela possa ter.

Ela perde o fôlego.

— Minha mãe? Como? — Sua testa se franze por causa de sua expressão curiosa.

Que inocência a sua.

Passo a mão na barba por fazer, considerando a melhor forma de explicar o processo.

— Já brincou com Lego?

— Já! — ela responde com um sorriso.

— É parecido, só que mais difícil.

— Por quê?

Em vez de explicar o processo, pego o celular e mostro para ela um vídeo em time-lapse de alguém montando uma miniatura de um barco a vela. É a primeira vez que consigo fazer ela ficar quieta por cinco minutos inteiros, então conto minha ideia como uma vitória. Até eu me pego arrebatado pela familiaridade do processo e pelo aspecto terapêutico de montar barcos.

E é exatamente por isso que seus irmãos viviam zoando você por ser um nerd.

Quando o vídeo termina, ela ergue os olhos para mim com um sorrisão.

— Que legal!

Recuo.

— Sério?

Ela balança a cabeça para cima e para baixo.

— Quero tentar.

Ela pode não se parecer com Lana fisicamente, mas é ela todinha.

— Quer?

— Sim! A gente pode fazer um juntos?

Pisco duas vezes, focando o fato de ela ter nos colocado no mesmo grupo.

— Oi?

— Por favor, a gente pode, Cau-l? Por favorzinho. — O brilho em seus olhos atravessa minha resolução, tentando-me a dizer sim.

— Hummm...

Ela bate os cílios.

— Vou ser sua melhorzíssima amiga para sempre.

Não se atreva a cair nessa.

Só que é muito difícil não cair por causa da maneira como ela olha para mim com um sorriso radiante e cheio de esperança. A ideia de esmagar seu interesse nascente faz o ácido borbulhar em meu estômago.

Seja forte.

— É muito difícil. — Minha desculpa pode ser esfarrapada, mas é sincera. Só fui começar meu primeiro kit quando tinha o dobro da idade dela e, mesmo assim, sofri até meu avô intervir para ajudar.

— Não sou de desistir fácil. — Ela ergue o queixo.

Estou vendo pela maneira como ela insiste para eu dizer sim. Estou tentado, nem que seja por sua tenacidade, mas uma coisa me impede.

— Você precisa perguntar para sua mãe se pode.

— Daí a gente pode montar um? — Ela balança sobre os calcanhares.

— *Se* sua mãe disser que sim... — Lana com certeza vai dizer não, e eu não a recriminaria nem um pouco por isso. Era meio que o nosso lance até deixar de ser. Não acho que haja a mínima chance de ela querer que eu e Cami construamos um juntos.

Cami me interrompe com um gritinho antes de sair correndo do quarto, fazendo-me questionar se tomei a decisão certa.

Não há como voltar atrás agora.

* * *

Passo o resto do dia guardando todos os meus modelos de barco com cuidado em caixas de mudança individuais. O último que falta guardar, que passei a tarde toda tentando decidir se descartava ou salvava, é o que eu e Lana nunca terminamos.

Antes de reconsiderar minha decisão, eu o guardo com a caixa de peças por montar.

Meu celular apita algumas vezes, sobretudo pelo grupo da família, que ando ignorando desde a briga com Declan. Sei que vou ter que lidar com ele mais cedo ou mais tarde, mas prefiro enfrentá-lo depois que tiver terminado minha tarefa oficialmente.

Só olho o celular depois que passo fita na última caixa.

> **Lana:** Pode me explicar por que Cami passou duas horas assistindo a vídeos de construção de barcos no YouTube?

> **Lana:** Deixa pra lá. Finalmente tirei a resposta dela.

Demoro um minuto inteiro para pensar numa resposta.

> E?

A resposta dela vem um segundo depois.

> **Lana:** É verdade que você se ofereceu para montar um barco com ela?

Meus dedos voam pela tela antes de eu apertar enviar.

> Na verdade, eu fui coagido.

> Lana: Então não se preocupa...

Merda. Por mais que eu tenha ficado nervoso com o pedido de Cami mais cedo, eu odiaria desapontá-la depois de ela parecer tão animada.

Em um ato de desespero, disparo uma mensagem rápida sem pensar duas vezes.

> Ela se ofereceu pra ser minha melhorzíssima amiga se eu aceitasse. Seria burrice dizer não, ainda mais considerando quantos inimigos tenho nesta cidade.

As bolhas aparecem antes de desaparecerem, então reaparecem. Isso acontece duas vezes antes de uma mensagem nova aparecer em meu celular.

> Lana: Não me faça me arrepender disso.

> Qual é a pior coisa que pode acontecer?

> Lana: As opções são infinitas quando o assunto é você.

> Sempre posso contar com você pra me botar pra baixo.

> Lana: Pelo menos sou consistente.

Ela também me manda um emoji de cabeça para baixo e um de uma mulher dando de ombros. Com um sorriso, respondo com um de dedo do meio.

Passo o resto da tarde com um sorriso idiota no rosto, muito depois de nossa conversa terminar. A pressão em meu peito é substituída por uma leveza que não sinto há tempos, e meu desejo habitual de beber enquanto arrumo minhas coisas está ausente.

É uma pequena vitória para um viciado como eu, mas uma vitória mesmo assim, então vou aceitar.

* * *

No caminho para deixar a última caixa na garagem, passo pela sala. Cami está esparramada no sofá, dormindo profundamente enquanto usa uma fantasia de marinheiro. Um chapéu de capitão de tamanho adulto está jogado no chão ao lado dela junto com uma caixa vazia de suco.

A criança é absurdamente fofa. Não me admira que Lana não tivesse a menor chance de dizer não a ela quanto a construir um barco comigo. Quem teria?

— Ah, não. Ela pegou no sono antes do jantar.

Viro e encontro Lana ao meu lado.

— Você vai acordá-la? — pergunto.

— De jeito nenhum.

Rio baixo.

— Você pretende deixar que ela durma aqui embaixo?

— Não.

— O que está esperando?

Ela coloca a mão na lombar.

— Estou me preparando mentalmente para a dor nas costas que vou sentir amanhã depois de carregá-la escada acima.

— Eu posso fazer isso — ofereço antes de pensar.

Surpresa. Surpresa.

Suas sobrancelhas se erguem.

— Pode?

Coloco a caixa no chão.

— Ela deve pesar o quê... vinte quilos no máximo?

— Um pouco menos, sim.

— Sem problemas. Eu levo. — Vou até Cami e passo os braços por baixo da cabeça e das pernas dela. Sua cabeça rola, mas Lana a reajusta rapidamente de modo que fique pressionada em meu peito. A menina resmunga algo baixo antes de se aconchegar mais em minha camisa.

Um aperto estranho em meu peito me faz desviar os olhos do rosto de Cami para o de Lana. O olhar dela passa da filha para mim, e a pele ao redor de seus olhos se suaviza.

Ela rompe o contato visual rapidamente.

— Vou te mostrar onde é o quarto dela.

Tomo cuidado para não acordar Cami enquanto sigo Lana escada acima na direção do antigo quarto de Rowan. Os móveis de madeira escura e a tinta azul se foram, substituídos por paredes lavanda e uma cama de dossel branca no formato de uma carruagem de princesa.

O edredom com estampas de Dreamland me faz sorrir.

— Que fofo...

— Não começa. — O tom irritado dela combina com seu revirar de olhos. Algumas das princesas de nossos filmes mais famosos estão estampadas no tecido, todas sorrindo para o teto. Lana o puxa para trás antes de me dar espaço.

Tomo cuidado para não acordar Cami enquanto a coloco na cama. Ela não se mexe, então dou um passo para trás e deixo Lana fazer a parte dela. Meus pés permanecem colados no chão enquanto ela cobre Cami e sussurra algo na testa da menina antes de dar um beijo nela.

A sensação de aperto volta mais forte desta vez e envolve meu coração como um laço, tentando-me a fugir.

Então é o que faço.

***

Como estou no clima de fugir, coloco minha roupa de treino e aproveito a brisa do fim do dia. Só paro de correr quando me vejo descendo a Main Street em busca de comida e algo para ocupar a mente.

Uma luz quente que sai das janelas da One More Chapter me faz seguir na direção da livraria.

— Já voltou? — Meg fecha o livro com um suspiro.

— Preciso de um livro novo. — Seco o rosto suado com a barra da camiseta.

— Já? Faz poucos dias que você comprou três.

Passo as mãos pelos fios molhados de cabelo.

— Não tenho muita coisa para fazer por aqui além de ler.

— O que você está procurando desta vez?

Pego o celular para olhar a lista de Zahra, mas me lembro que já comprei todos os que ela recomendou.

— Hum. — Minhas sobrancelhas se unem. — Você tem alguma recomendação?

Sua testa se franze.

— Para você?

Olho ao redor pela loja vazia.

— Você está procurando por algo parecido com o que leu da última vez? — ela pergunta.

— Ou o que você quiser recomendar.

Seus olhos se iluminam pela primeira vez.

— Sério?

— Por que não? Só não me arranje algo ruim só porque não gosta de mim.

Sua gargalhada não me faz sentir exatamente alegre e entusiasmado, mas minha apreensão diminui enquanto a mulher dá a volta pela loja com um sorriso no rosto enquanto me enche de livros até a pilha ultrapassar a altura de minha cabeça.

Ela me guia até o balcão.

— Isso deve manter você ocupado por um tempo

— Ou por uma semana — murmuro.

— Sabe, se você tiver muito tempo livre, ouvi dizer que a equipe encarregada do Festival do Morango ainda está procurando voluntários.

— Para fazer o quê?

Ela encolhe os ombros.

— Não sei, mas, se estiver interessado, pode passar na prefeitura e se inscrever.

— Não sei se é uma boa ideia. — Coloco as mãos nos bolsos.

Ela ergue uma sobrancelha.

— Qual é a pior coisa que pode acontecer? A cidade encontrar um motivo para voltar a gostar de você?

Bom, quando ela diz desse jeito...

Eu preferiria passar o resto de minhas semanas em Lake Wisteria sem que a cidade fizesse o possível para tornar minha estadia um inferno, então, que seja. O que poderia dar errado?

CAPÍTULO DEZESSETE
Alana

Eu deveria ter imaginado que hoje seria um dia ruim quando um dos pais dos meus alunos quase me levou às lágrimas me atacando durante uma reunião para falar da reprovação do filho. Depois, dois alunos meus foram flagrados matando a minha aula.

É preciso apenas um certo número me ligar para me fazer passar dos limites e entrar em colapso. Considero ignorar a ligação da minha irmã, mas minha consciência culpada não me permite.

Sou ótima em impor limites para todos em minha vida, *menos* para minha irmã. É um defeito enorme de que ela tira proveito, e o motivo por que gastei grande parte da herança que Brady me deixou tentando salvá-la da autodestruição.

O celular vibra em minha mão.

Acabe logo com isso.

Tranco a porta da sala de aula antes de atender o celular.

— Alô.

— Alana! — A voz excessivamente animada de minha irmã faz a caixa de som do aparelho crepitar.

— Antonella. — Mantenho a voz inexpressiva, apesar de meu coração acelerado.

— Que saudade. Como você está?

— Trabalhando.

Ela ri.

— Claro. Como está o trabalho na escola?

— O de sempre.

— E Cami?

Minha coluna se endireita. A menos que minha irmã precise de algo de mim, ela nunca se importa em perguntar sobre Cami.

— O que você quer?

Ela bufa.

— As pessoas precisam de motivo para ligar para a irmã caçula?

— Pessoas? Não. Você? Com certeza. — Antonella normalmente telefona por dois motivos: dinheiro ou abrigo, nenhum dos quais posso oferecer mais para ela. Cometi esse erro logo depois que minha mãe morreu, e o resultado quase partiu o coração de Cami. Embora minha estrelinha não soubesse que Anto é sua mãe, ela ficou apegada a ter minha irmã por perto, por isso ficou arrasada quando ela desapareceu.

Foi culpa minha por ser idiota e esperançosa.

Mas não mais.

— Não gostei de como terminamos as coisas na última vez — ela diz como se não fizesse mais de dois anos que não nos falamos.

— Já faz dois anos e você decide me ligar *agora*? — Minha mão aperta o celular com mais força.

— Estou com uns probleminhas e queria saber se você pode me ajudar.

— Não.

— Mas...

— Não vou mais ajudar você. — Boas intenções não deram muito certo para mim no passado, então talvez um pouco de pulso firme funcione melhor. E, por mais que eu queira ajudar minha irmã, não tenho como. Entre quitar as despesas médicas de minha mãe, sustentar Cami e salvar Antonella de si mesma, não tenho mais dinheiro.

— Mas estou sóbria desta vez. Graças a você.

Graças ao dinheiro que você roubou do meu cofre, isso sim.

Fecho os olhos.

— Que bom.

Isso se ela estiver falando a verdade, diz a voz cética em minha cabeça. Aprendi há muito tempo a não confiar em minha irmã. Foi necessária apenas uma centena de decepções diferentes para chegar lá.

— Quer dizer que você vai me deixar ficar na sua casa?

— Não, mas fico feliz por você.

Ela solta um barulho indiscernível.

— Poxa, Alana. Só me dá algumas semanas para resolver as coisas. Está difícil pagar o aluguel e as contas depois que Trent se mudou. Ele quitou a metade dele até o fim de junho para me dar um tempinho a mais, mas, depois disso, estou por conta própria.

Não sei bem quem é Trent ou qual é sua conexão com minha irmã, mas ao menos ele pagou a parte dele do aluguel. Não posso dizer o mesmo da maioria dos homens com quem minha irmã costuma se envolver.

Ela continua:

— Não posso ficar aqui depois de junho, e não tenho nenhum outro lugar para ir. Não morro de vontade de voltar para Lake Histeria, mas que escolha tenho eu? Não vou ficar por muito tempo. Juro.

Meu peito se aperta.

Não se atreva a cair nas mentiras de sempre. Pense em Cami.

— Desculpa, Anto. É uma situação péssima...

— Mas você não vai me ajudar. — Sua voz é cortante desta vez.

Minha irmã sempre agiu da mesma forma, sendo doce como um *flan de coco* até não conseguir o que quer.

Faço que não.

— Não é justo com Cami.

— É sério isso? Ou não é justo com *você*?

Inspiro fundo.

— O que você quer dizer?

— Está na cara que você fica intimidada que Cami possa não querer mais você se eu estiver por perto.

Contenho um riso amargo.

— Não fico intimidada por você. Nada que você possa fazer vai mudar o fato de que sou mãe dela. — Anto se certificou disso no dia em que abriu mão dos direitos parentais e me tornou mãe de uma bebê prematura que foi salva da síndrome de abstinência neonatal graças a ter nascido antes do tempo.

— Você nem *seria* a mãe dela se não fosse por mim, então que tal mostrar um pouco de gratidão?

O comentário duro de Anto não deveria ser um choque, mas a forte decepção que me atinge é. Pensei que estivesse acostumada com esse tipo de tratamento. No entanto, apesar de todos os sermões que dei a mim mesma ao longo dos anos, as palavras da minha irmã ainda têm a capacidade de cortar mais fundo do que qualquer lâmina.

São as pessoas que mais amamos que sempre nos magoam mais.

É difícil para mim aceitar que essa versão de Anto é a mesma pessoa que secava minhas lágrimas sempre que eu chorava e me abraçava durante todas as tempestades porque eu tinha medo delas. A irmã com quem cresci nunca falaria comigo dessa forma.

Ela não está sóbria. Está chapada.

A dor que brota em meu peito me faz colocar um fim nessa conversa antes que ela piore.

— Preciso voltar ao trabalho. Sinto muito por não poder ajudar.

— Nossa, esqueci que você era uma vadia sem coração. Não me admira que os homens vivam fugindo de você. — Suas palavras penetram com a força de um míssil, explodindo o que restava do meu autocontrole.

— Tchau, Anto. — Desligo e guardo o celular na última gaveta da minha mesa. Meus olhos ardem, e faço tudo que posso para conter as lágrimas. Piscar rápido. Não piscar nada. Abanar os olhos com as mãos e erguer a cabeça para trás para impedir que elas caiam.

Apesar de todas as minhas tentativas, uma única lágrima escapa num ato de traição. Eu a seco com dedos furiosos.

Você não vai derramar mais lágrima nenhuma por ela.

O mantra parece me centrar. Faço algumas respirações profundas, diminuindo parte do peso que comprime meu peito.

Você tomou a decisão certa.

Mas não importa quantas vezes eu me diga isso, nunca sinto como se eu tivesse tomado. E é isso que mais me machuca.

* * *

Em dias horríveis como hoje, depois que Cami pega no sono, fico sozinha na doca. Desde que era criança, acho relaxante ficar deitada nas tábuas e escutar a água bater nas estacas de madeira.

Uma das tábuas embaixo de minhas sandálias range, e uma sombra grande do tamanho de um urso-negro se move na ponta da doca, fazendo-me morrer de medo. Tropeço, e a ponta do calçado se prende num prego meio solto.

Caio com *tudo*. A babá eletrônica escapa de minha mão e cai com um *plop* em algum lugar na água. As palmas das minhas mãos acertam a madeira, aparando a queda, embora o movimento do tombo as empurre para a frente. Uma sensação perfurante de farpas entrando em minha pele faz meus olhos lacrimejarem.

— Ai. — *E você pensando que o dia não tinha como ficar pior.*

— Merda! Você está bem? — Cal vem correndo, e resmungo internamente.

— O que é que você está fazendo aqui fora? — Continuo na mesma posição, com medo demais de olhar o estrago nas palmas das minhas mãos. Felizmente, a legging que escolhi impede que meus joelhos sofram um destino parecido, embora estejam doendo pela queda.

As tábuas velhas rangem sob seus passos pesados. Ele para na minha frente e, de quatro, ergo os olhos para ele.

Bom, de todas as posições para ser encontrada, essa deve ser a pior.

O rubor nas minhas bochechas é escondido pela pouca iluminação.

— Você pretende se levantar ou...? — Humor transparece em sua voz. Sombras cobrem os contornos marcados de seu maxilar, atraindo meus olhos para elas.

— Acho que estou bem aqui. Fique à vontade para voltar para a casa de hóspedes depois de me fazer ter um ataque cardíaco.

Sua risada rouca me dá um friozinho na barriga.

Você é um caso perdido, Alana. Absolutamente perdido.

— Desculpa por assustar você.

— Pensei que você fosse um urso — digo entre dentes enquanto me sento nos calcanhares. Não sei bem quantas farpas se cravaram nas palmas das minhas mãos, mas sinto que são centenas.

— O que aconteceu com suas mãos?

Maldito Cal e sua capacidade de notar tudo em mim.

— Nada. Só algumas farpinhas.

— Algumas? — Ele pega minha mão e vira a palma para cima.

Puxo-a para trás.

— Para!

— Só estou tentando avaliar o estrago.

Posso escolher ser difícil ou deixar que ele me ajude, mas simplesmente porque não há a mínima chance de arrancar as farpas sozinha.

— Tá. — Estendo a mão para ele dar uma olhada.

Cal tira o celular e acende a lanterna.

— Humm. — Ele traça delicadamente a pele da palma da minha mão, fazendo uma onda de arrepios perpassar meus braços. Pelo menos dez farpas estão perfurando minha pele em diferentes ângulos.

Ele encosta sem querer em uma, e eu inspiro fundo.

— Desculpa. Como sua mãe dizia? *Sana, sana, colita de rana?*

— *Si no sanas hoy, sanarás mañana* — completo por ele com um sorriso discreto.

Minha mãe sempre deixava qualquer machucado dez vezes melhor com uma musiquinha. O fato de Cal se lembrar disso...

Faz um calor e um formigamento brotarem em meu peito.

Ele ergue os olhos da minha mão.

— Você tem pinça e agulha lá dentro?

Não gosto nem um pouco dessa ideia.

— Não.

Ele sorri enquanto sua mão se ergue para traçar a curva de meu nariz franzido, tirando uma respiração funda de mim.

— Mentirosa — ele sussurra tão perto que sinto o cheiro de seu pós-barba. Sua proximidade faz todas as minhas células entrarem em pane, fazendo-me sentir como se meu corpo estive conectado a uma tomada elétrica.

Ele balança a cabeça e se afasta.

— Vamos tirar essas farpas antes que você amarele e acabe com uma infecção.

Cruzo os braços e ergo o queixo.

— Não sou de amarelar.

— Você chorou uma vez por causa de um *corte de papel*.

As pontas das minhas orelhas ardem.

— Para ser justa, foi um corte muito fundo.

— Tem razão. Foi quase fatal, se não me falha a memória. Tenho quase certeza de que, se não fosse pelo band-aid da Hello Kitty, você poderia não ter sobrevivido.

Mostro o dedo do meio para ele, embora sinta um calorzinho por dentro por Cal se lembrar dos mínimos detalhes, como o tipo de band--aid que eu usei.

— Isso conta para o pote de palavrão? — Seu sorriso largo faz meu coração disparar.

— Babaca — murmuro baixo enquanto dou a volta em Cal e entro na casa.

— Vou esperar na cozinha. — Ele desaparece na curva, deixando que eu busque os materiais. Encontro tudo de que preciso no banheiro. Minha mãe tirou tantas farpas das minhas mãos que sei como funciona.

Volto à cozinha e o encontro sentado à ilha, sem notar minha presença enquanto assiste a um vídeo do YouTube descrevendo como tirar farpas da maneira mais indolor possível. Ele pausa e repete uma parte específica duas vezes antes de continuar com um aceno satisfeito.

Meu peito se aperta com a expressão de intensa concentração em seu rosto. *Esse* é o motivo por que quero criar o máximo de distância entre nós. São as pequenas coisas que Cal faz, coisas que a maioria das pessoas nem nota nem se importa muito, que me pegam toda vez.

Quando está sóbrio, Cal é um sonho. Ele é engraçado, charmoso e praticamente irresistível. É a versão bêbada dele que acho difícil aceitar. Aquela versão é deprimente, raivosa e extremamente difícil de amar.

E é a versão dele de que ainda guardo rancor anos depois.

Deixo todos os materiais no balcão.

— Pronta? — Ele ergue os olhos com um sorriso.

Franzo a testa.

— Por favor, tente parecer um pouco menos animadinho por me torturar.

— Há muitas formas como eu gostaria de torturar você, todas te deixariam bem animadinha.

Perco todo e qualquer pensamento coerente.

Está surpresa? Você sempre soube que ele era terrível..

Saber e passar por isso são duas situações muito diferentes. Meu coração dispara enquanto ele dá um tapinha na banqueta ao lado dele, e me deixo cair nela com a elegância de um potro recém-nascido.

Cal se levanta e lava as mãos como um médico se preparando para uma cirurgia antes de voltar a limpar a pinça e a agulha com álcool 70. Fecho os olhos enquanto coloco as mãos na bancada com as palmas voltadas para cima.

A primeira picada da pinça puxando minha pele me faz me crispar.

— Você ainda gosta de ficar sentada na doca à noite? — Cal pergunta.

Fico grata pela distração.

— Sim.

— E Cami?

— Eu tenho... tinha uma babá eletrônica antes de tropeçar.
Seus lábios se curvam para baixo.
— Aquela coisa pode matar uma pessoa.
Outra picada em minha pele me faz ranger os dentes.
— Então por que *você* estava lá fora?
— Porque um de nós foi abençoado com um dom chamado equilíbrio.
Abro um olho para olhar feio para ele.
— Você me assustou, e acabei tropeçando num prego que estava meio solto.
— O lugar é perigoso demais. — Ele balança a cabeça e solta um suspiro antes de voltar a cutucar e espetar minhas mãos.
— Não está tão ruim assim.
— Você tem umas vinte farpas cravadas na sua pele que dizem o contrário.
Não sei dizer se seu tom irritado se deve às farpas na minha mão ou ao fato de que é ele a única pessoa disponível para tirar todas elas.
— Uma já foi. Faltam dezenove.
Puta que pariu.

***

— Prontinho. Acabou. — Cal garante seu lugar no inferno enquanto passa álcool 70 em minhas mãos.
— Parece errado agradecer depois que você me torturou por uma hora, mas obrigada.
— Foram vinte minutos no máximo, sua bebezona. — Ele não se esforça para soltar minhas mãos.
— Você sorriu quando eu gritei, seu psicopata.
— Trouxe lembranças boas.
Dou um tapa no peito dele, mas me crispo quando minha pele sensível faz contato.
— Ai.
— Que essa seja uma lição de que a violência nunca é a solução. — Ele franze o nariz.
— Disse o homem que tentou esganar um policial.
Suas narinas se alargam.

— Voltamos de novo para essa história?
— Acho que nunca vou esquecer pelo tempo em que eu estiver viva.
— Tiro o celular e mostro para ele a foto que Isabelle me mandou.
Ele fica boquiaberto.
— Ela mandou isso para você?
— Sim. Logo depois que prometeu deletar do celular.
— Então, só você tem uma cópia? — Ele dá um passo à frente.
— Não. — Estou tão concentrada nele invadindo meu espaço que só noto seu nariz se torcendo depois que acontece.
Droga.
Ele estende a mão.
— Me deixa ver seu celular.
— Não vai rolar. — Aperto o botão de bloqueio na lateral enquanto dou outro passo para trás.
— Alana.
— *Callahan.*
— Me dá o celular.
— Não. — Minha bunda acerta a bancada.
O sorriso de Cal se alarga.
— Te peguei.
Finjo que vou para a esquerda, mas ele prevê o movimento e tira o celular facilmente da minha mão.
— Cal! — Pulo para pegar o celular.
Ele o ergue acima da minha cabeça.
— Só um momento.
Não sou páreo para a altura dele, então pulo para cima e para baixo feito uma idiota. Ele se distrai com os meus peitos em um determinado momento, olhando fixamente para eles como se fizesse uma eternidade que não via um par.
— É sério isso? — Cruzo os braços.
Ele pisca antes de destravar meu celular em três tentativas.
Fico boquiaberta.
— Está de brincadeira?
— É fofo que sua senha é meu aniversário.
— Não é... — *2007.*
Ah, droga. Pior que é.

— Não mudo desde que tinha dezesseis anos. — Ofereço uma explicação lógica.

— Claro que não.

— É fácil de lembrar. — A essa altura, estou recorrendo a qualquer justificativa.

Ele abre a foto e a deleta antes de devolver meu celular com um sorriso.

— Pronto.

— Eu sabia que deveria ter enviado para uma revista de fofoca como Violet sugeriu — murmuro baixo.

— Uma pena mesmo. — Ele sai andando com um sorriso enorme no rosto.

CAPÍTULO DEZOITO
Alana

Na manhã seguinte, acordo com uma equipe de homens da Lopez Luxury consertando a velha doca. Martelos batem nas tábuas novas de madeira, e não vejo as velhas em lugar nenhum.

Como você dormiu com todo esse barulho?

Cami me chama, mas estou focada demais em minha missão para dar mais do que um beijo rápido de bom-dia nela antes de sair correndo pela porta dos fundos. Disparo pelo gramado, meus pulmões ardem a cada respiração árdua.

— Espera! — Balanço as mãos no ar.

Um dos operários ergue os olhos antes de fazer sinal para os outros. Alguns param de martelar enquanto outros começam a conversar entre si.

— Cadê a doca antiga? — Aperto a mão no peito enquanto tento regular a respiração.

— Mandaram a gente jogar fora.

Porra, Cal.

— Para onde ela foi?

— Nosso colega saiu com o caminhão-caçamba faz uns trinta minutos.

Meu estômago revira.

— Ele saiu?

O homem faz que sim.

Ai, não.

— Entra agora — Cal ordena atrás de mim, fazendo um calafrio subir por minhas costas.

Dou meia-volta.

— Você destruiu a minha doca.

— Estou prestes a destruir muito mais se você não entrar em casa agora. — Sua voz é uma vibração grave que sinto em minhas entranhas.

Calafrios atravessam minha pele quando olho para trás na direção dele.

— Qual é o problema?

— Qual não é o problema? — Seu olhar desce por meu corpo, deixando claro qual é a questão.

Baixo os olhos e noto meu pijama pela primeira vez hoje.

Não é de admirar que meu peito tenha doído tanto enquanto eu corria. Não pensei em vestir um sutiã antes de disparar pelo gramado feito uma maluca.

— Ai, caceta.

— Ai, caceta mesmo. Vem. — Ele faz sinal para eu ir na frente.

Mal damos alguns passos antes de alguém assobiar atrás de nós. Olho por sobre o ombro para ver quem é. Mesmo sem lentes de contato, consigo identificar Ernie Henderson, o carteiro ruivo e intrometido da cidade, vindo em minha direção com uma caixa nas mãos.

Ele para e acena.

— Está bonita, Castillo! Quer correr mais um pouco para mim?

Aquele...

Ernie nem se interessa por mulheres, mas, se for para irritar Cal, ele não vai nem hesitar em me provocar. Ele é igual à mãe.

Maldita Isabelle.

Ergo o dedo do meio, o que faz minha camiseta subir. Uma brisa sopra em minha bunda agora exposta. Cal resmunga enquanto tira o moletom e o enfia sobre meu corpo, deixando meu cabelo um caos nesse processo.

O cheiro dele me cerca como um manto. Inspiro uma segunda vez, mas encontro os olhos estreitados de Cal.

— Quê?

— Entra. *Agora.*

Devo não ter me mexido rápido para o gosto de Cal, porque ele me dá um tapa na bunda, fazendo a pele arder com a marca de sua mão.

Paro no meio da subida da pequena elevação.

— O que foi isso?

— Fiquei a fim.

— Você simplesmente *ficou a fim* de me dar um tapa na bunda? — Ergo o moletom para examinar um contorno vermelho da palma da mão dele na minha nádega esquerda.

Suas pupilas dilatam.

— Quer que eu deixe uma igual do outro lado?

— Não! — Meu coração detecta a mentira, os batimentos ficam mais rápidos com a ideia de Cal honrando a oferta. Nunca exploramos nada assim no passado, mas a ideia me excita.

Ele seria o tipo que bate na minha bunda até eu não conseguir me sentar ou seria o tipo que não teria pressa...

Alana Valentina Castillo!

A fantasia se desfaz, embora os efeitos remanescentes da excitação permaneçam.

Só noto Cal me arrastando para dentro quando estou na frente dele, com as costas pressionadas na porta e seus braços me cercando. Ele se aproxima, fazendo o coração enlouquecer em meu peito.

Se eu ficar na ponta dos pés, nossos lábios se tocam. Eles se entreabrem com a ideia.

Seu olhar desce para a minha boca antes de se voltar para meus olhos.

— O que você tinha na cabeça para sair com essa roupa?

— Eu precisava salvar a doca.

— Salvar a doca? Estava caindo aos pedaços.

— Mas... — Meus ombros afundam. — Tinha uma tábua especial.

Seus olhos se arregalam quando ele processa o que eu disse.

— Você saiu por isso?

Então ele se lembra, *sim*.

Como poderia não se lembrar? Foi como tudo começou.

Eu e Cal estávamos tendo um dia bom à beira do lago até eu estragar tudo abrindo a boca para falar do encontro que tenho à noite com Johnny Westbrook, o principal running back do Wisteria High.

O maxilar afilado de Cal fica tenso. Desde que ele voltou ao lago para o verão antes de seu segundo ano de faculdade, as coisas estão diferentes. Ele está diferente. Não sei o que aconteceu durante seu primeiro ano de faculdade, mas ele não é mais o menino com quem cresci. Os ossos de seu rosto estão mais definidos, e seus músculos estão maiores do que antes, deixando sua camiseta pequena demais.

Esse é Cal. Seu melhor amigo. Repito o mesmo mantra de sempre, *mas não bate da mesma forma hoje. Talvez tenha algo a ver com a maneira como o lago reflete em seus olhos ou como ele sorri sempre que dou risada de algo que ele diz.*

— Você vai mesmo deixar que ele beije você hoje? — Sua pergunta sai em um tom acusatório.

— E se eu deixar? Tenho quase dezessete anos. — Quase todas as meninas da minha turma foram beijadas enquanto eu só estou esperando a hora de adotar um monte de gatos e chamar isso de vida.

— Não era ele quem colocava canudinhos no nariz e fingia ser uma morsa? Olho feio para ele.

— Ele tinha seis anos. — E agora essa memória vai viver em meu cérebro para sempre.

Porra, Cal. *Aposto que ele fez de propósito.*

Seus punhos se cerram ao lado do corpo.

— Cancela os planos e vamos ficar aqui.

— Quê? Não!

— Por que não? Também podemos pedir pizza. Estou até disposto a pedir todos aqueles sabores nojentos de que você gosta.

Considero por dois segundos antes de balançar a cabeça.

— Tentador, mas não.

— Você está mesmo tão interessada assim em sair com ele?

— Agora que você é contra, estou. — Cruzo os braços, o que só faz meus peitos se destacarem ainda mais. Seu olhar perpassa meu corpo rapidamente. Basta um único olhar dele para os músculos de minha barriga se retesarem. Ele desvia os olhos quando os meus se cruzam com os dele.

— Muito maduro.

— Se tem algo a dizer, diga de uma vez.

Ele nem hesita antes de falar:

— Desafio você a me beijar.

Pisco duas vezes antes de meus lábios começarem a funcionar.

— Quê?

— Você ouviu. Desafio você a me beijar. — Ele tira um canivete suíço do bolso de trás e traça um único risco na diagonal sobre as quatro outras linhas verticais embaixo da letra L que ele riscou na tábua anos atrás. Comparado com as cinco marcações embaixo do L, o lado dele tem pelo menos dez, cada uma trazendo uma boa recordação de algo que o desafiei a fazer.

Minhas mãos tremem sobre o colo.

— Está falando sério?

— Tão sério quanto você sobre ir a esse encontro.

— Mas...

— *Não me diga que você está com medo* — ele provoca com um sorriso.

— *Não estou com medo.* — *Só estou... em choque. Cal sempre manteve as coisas platônicas entre nós.*

É um beijo, não um pedido de casamento. Não é nada demais.

— Tá. — *Fecho os olhos e me inclino para a frente. Minha boca toca a dele de leve logo antes de recuar. O beijo acabou tão rápido quanto começou, mas meus lábios ainda formigam pelo toque dos seus.*

Os olhos dele se estreitam.

— *É assim que você pretende beijá-lo?*

Minhas bochechas ardem, vergonha se transforma rapidamente em raiva.

— *Qual é o problema de como...*

Sou interrompida por seus lábios batendo nos meus. O ar crepita entre nós, faíscas voam enquanto nossa boca se molda uma à outra.

Tudo em meu primeiro beijo é incrível. O zumbido crescendo em meu ventre. A ligeira mudança em sua respiração quando meus braços envolvem sua nuca para poder puxá-lo mais para perto. Seus dedos afundando em meu cabelo, segurando-me enquanto ele me beija como se tivesse passado a vida inteira sonhando com isso.

Cal me beija como se tivesse medo de que eu pudesse desaparecer a qualquer segundo, então ele quer prolongar o momento.

Meus dedos roçam o pedaço de pele entre seu cabelo e sua camisa. Ele inspira fundo, interrompendo o beijo para encostar a testa na minha.

— Lana.

— Lana. — A voz de Cal soa completamente diferente.

Mais grave. Mais grossa. Mais sexy.

— Ei, Lana — ele diz, mais incisivo.

Eita porra.

A memória desaparece num piscar de olhos. Levo a mão aos lábios e olho para Cal.

— Por que você queria salvar a tábua? — Sua pergunta é suave.

Meu olhar baixa junto com minha autoestima.

— Foi idiotice.

— Me fala — ele insiste.

Minha boca se abre, a verdade está na ponta da língua.

Porque, apesar de tudo ter mudado entre nós, as memórias daquele pedaço de madeira sempre vão ter um lugar especial em meu coração.

Sinto que revelar o que a tábua significa para mim seria como trair a mim mesma e a raiva que alimentei durante anos.

Não tem mais importância. Ela se foi.

Limpo a garganta.

— Não importa. Não faz diferença mesmo. Era só um pedaço idiota de madeira.

Seu rosto esmorece. Saio de debaixo de seus braços, deixando-o encarando o espaço antes ocupado por mim.

* * *

Digito uma mensagem nova para Cal, golpeando a tela como se ela tivesse me ofendido pessoalmente.

> Você tem mais uma encomenda.

A resposta de Cal é instantânea.

> Essa é para você.

Meu queixo cai.

> Você encomendou uma coisa para mim?

> Fiquei te devendo depois do susto que te dei ontem à noite.

Fico em dúvida entre abrir a encomenda e deixar a caixa de papelão apodrecer na garagem. A curiosidade vence o bom senso, então pego uma tesoura na cozinha e abro a caixa.

Minhas mãos tremem enquanto tiro uma babá eletrônica nova.

Ai, meu Deus.

Meu coração me trai nesse momento, latejando dolorosamente no peito.

É só uma babá eletrônica, tento argumentar comigo mesma. Só que não tem nada a ver com a babá eletrônica e tudo a ver com o fato de que Cal se importa o suficiente para substituir a que caiu na água.

Para falar a verdade, acho que ele nunca parou de se importar.

Como vou odiar o cara quando ele faz coisas atenciosas como essa?

Você nunca vai conseguir odiá-lo e você sabe disso.

Não, mas pelo menos a *ideia* de odiá-lo me faz sentir no controle.

Essa sensação, porém? A que faz meu coração bater freneticamente e minha cabeça dar voltas com ideias sobre ele?

Preciso parar com isso, e *rápido*.

CAPÍTULO DEZENOVE
Alana

— *Por Dios, no empieces conmigo*. — Dou um tapa na batedeira manual pela quinta vez hoje. Juntando o superaquecimento pelo excesso de uso e a idade avançada, tenho sorte de o motor ainda funcionar.

Não consigo me desfazer dela, ainda mais porque minha mãe a comprou para mim, mas eu mataria por uma daquelas sofisticadas agora. Cheguei a ter uma, mas quebrou e nunca tive a chance de comprar outra porque a maior parte do meu dinheiro ia para garantir que Cami tivesse todas as suas necessidades atendidas.

Se ao menos não custassem mais do que meio salário.

— *Esta vaina*. — Continuo a dar tapas na batedeira.

Alguém ri baixo.

Olho para cima e vejo Cal parado no batente da cozinha com um sorriso.

— Tudo bem?

— Estou me divertindo como nunca, obrigada por perguntar.

Ele aponta para a batedeira em minha mão.

— Precisa de ajuda?

— Eu me viro. — Em um ato final de traição, os batedores de metal giram duas vezes antes de parar completamente. Eu coloco o objeto do outro lado da bancada para me impedir de fazer alguma coisa de que me arrependa.

— Posso dar uma olhada se você quiser. — Ele leva a mão à batedeira.

— Não esquenta. Tenho *buttercream* suficiente para finalizar os últimos cupcakes.

— É cobertura de goiaba? — A voz de Cal atinge um tom agudo raro. Ele estende o braço para a tigela ao meu lado com um brilho nos olhos, mas dou um tapa em sua mão.

Ele faz beicinho, fazendo-me lembrar muito de Cami.

— Por favor. Só me deixa experimentar um pouquinho.

— Não. É anti-higiênico.

Seus olhos reviram.

— Ninguém vai saber.

— Meus alunos podem não saber, mas eu vou.

— E daí? Não são as mesmas crianças que comem terra todo dia?

— Isso só aconteceu uma vez quando eu estava substituindo.

Sorrindo, ele se recosta na bancada.

— Você dá aula de quê agora?

— Espanhol. — Volto a atenção para confeitar o cupcake à minha frente. Talvez se eu agir como se não tivesse interesse em conversar com ele, Cal vá embora.

— Você gosta?

— Paga bem. — Ser a única professora de espanhol de toda a cidade de Lake Wisteria tem lá suas vantagens, ainda mais quando os estudantes precisam de aulas particulares para os exames de nível e as provas finais.

— Você não respondeu a minha pergunta.

Filho da mãe.

— Não é ruim. — Claro, não é o trabalho dos sonhos em si, mas as crianças são fofas e posso voltar para casa às quinze horas, o que é uma grande vantagem.

Ele passa os olhos pelas bancadas da cozinha, observando a centena de cupcakes.

— Então, qual é a ocasião especial?

E eu querendo que ele fosse embora.

Minha mão aperta o saco de confeiteiro com mais força. Uma gota de cobertura cai no cupcake meio confeitado, estragando o desenho.

— Estamos comemorando a última semana de aula. — Limpo a cobertura com o dedo indicador e vou até a pia para enxaguá-la.

Cal pega minha mão e me puxa para longe da pia. Meu peito tromba no dele, tirando meu ar.

Tento empurrá-lo.

— O que você está fazendo?

— Algo a que não consigo resistir. — O brilho em seus olhos deveria vir com uma bandeira de alerta.

Não.

— Cal... — A maneira esbaforida como digo seu nome só parece estimulá-lo.

— *Tsc* — diz Cal, como se eu fosse uma criança. — Sua mãe nos ensinou que não devemos desperdiçar comida. — Ele leva meu dedo à boca. Seus olhos fazem os meus de reféns, lançando um feitiço sobre mim enquanto seus lábios envolvem meu dedo cheio de cobertura. Todas as células do meu corpo explodem quando sua língua roça em minha pele.

Cal faz questão de não se apressar, passando a língua de um lado a outro do meu dedo, limpando todos os vestígios da cobertura. Cada movimento dispara um choque pelo meu corpo.

A coisa toda são os cinco segundos mais longos e mais curtos da minha vida.

Tento livrar o punho de sua mão e não consigo. Seus dedos o apertam antes de ele me soltar, e minha mão cai ao lado do corpo como um pêndulo.

— O que foi isso? — Empurro seu peito.

Ele não se mexe nem um centímetro, embora faça questão de lamber os lábios de uma forma odiosa.

— Você tem um gosto melhor do que me lembro.

Você. Não a cobertura. Você.

Engasgo com as palavras dele, minha inspiração súbita me faz tossir.

— Você está bem?

Dou um passo para trás, criando certa distância entre nós.

— Não, não estou *bem*.

— Você está brava.

— Ergo as mãos.

— É claro que estou brava! Você acabou de...

— De quê? — Ele tem a *pachorra* de sorrir.

Filho da mãe.

— Chupar o meu dedo!

Cal explode de tanto rir, o pescoço é lançado para trás pela intensidade da graça que ele acha.

Chupar meu dedo?!

De todas as maneiras idiotas como você poderia ter se expressado... Minhas bochechas ficam rosadas. A gargalhada de Cal não ajuda em nada, só piora o meu rubor.

— Vou ter o maior prazer em chupar seu dedo de novo se você deixar — ele provoca, erguendo as sobrancelhas.

Em um segundo, estou olhando feio para ele. No outro, estou lançando um de meus cupcakes na direção da boca idiota dele. Erro o alvo e o acerto na bochecha.

Sua risada para enquanto seus olhos se arregalam.

— Você atirou um cupcake em mim?

Minha resposta morre na garganta enquanto o cupcake escorrega por sua bochecha, deixando um rastro de *buttercream* em sua barba antes de cair no chão.

Caio em um acesso de riso que faz meus pulmões arderem e meus olhos lacrimejarem.

Ele limpa a bochecha com o polegar.

— Se eu fosse você, sairia correndo.

— Por que eu sairia correndo?

Ele me devora com os olhos enquanto enfia o polegar na boca.

— Um...

Meus olhos reviram.

— Sério, pode parar. Preciso voltar ao trabalho. — Aponto para todos os cupcakes que ainda precisam de cobertura.

— Dois... — Ele pega um cupcake terminado de um Tupperware e o gira na mão.

— Você não teria coragem.

O sorriso no rosto dele faz meu corpo todo tremer de excitação.

— Você sabe o que acontece quando me desafia a fazer algo.

Ah, não.

Ele se aproveita e parte para cima enquanto estou distraída. Dou um pulo para fora de seu alcance e desato a correr da cozinha antes que ele consiga colocar as mãos em mim.

Eu e Cal passamos anos aperfeiçoando nosso jogo de pega-pega, então sou especialista em escapar dele a essa altura. A mansão é como um labirinto de corredores compridos e cômodos. Meus pulmões ardem enquanto saio em disparada pelo corredor principal antes de virar à esquerda, meu coração acelerado ao correr pela casa.

Minhas meias não me dão a melhor aderência, e escorrego pelo assoalho ao virar no corredor.

Posso ser mais inteligente, mas Cal é mais rápido, o que facilita para ele me pegar apesar de meus esforços para despistá-lo.

Seus braços envolvem minha cintura. Quando dou por mim, estou sendo erguida e jogada contra a parede.

— Sua mãe não ensinou a gente que não se deve brincar com comida? — O sorriso dele faz meu coração tropeçar no peito.

Meus olhos se estreitam.

— Você que começou.

— Então faz sentido eu terminar. — Ele ergue o cupcake em direção ao meu rosto.

— Callahan Percival Kane, juro por Deus que se você...

Ele aperta o cupcake na minha bochecha com um sorriso sinistro.

— Eu te odeio! — Solto um grito agudo enquanto ele o passa por minha pele, limpando todo o *buttercream* do cupcake.

— E ainda dizem que a vingança não é doce.

— Vou matar você — digo, furiosa.

— Então é melhor eu fazer valer a pena perder a vida por isso. — As pupilas de Cal se dilatam diante de meu desafio, a cor azul sendo consumida devagar por preto.

— O quê... — Minha frase é interrompida enquanto ele se inclina para a frente e passa a língua pela cobertura em minha bochecha.

Talvez eu precise que alguém me ressuscite, porque é impossível que eu saia dessa viva. Meus joelhos fraquejam, mas os braços de Cal agem como uma cinta ao meu redor, impedindo-me de cair.

Ele faz uma pausa para lamber os lábios, limpando a cobertura rosa-clara. Seus olhos se fecham por um segundo. Tiro o monte enorme de cobertura da minha bochecha e o passo no seu sorrisinho idiota.

Seus olhos se abrem.

— Tem razão. A vingança é doce, *sim*. — Abro um sorriso tão largo que minhas bochechas doem.

Seus olhos descem para meus lábios. É o único aviso que tenho antes de sua boca encontrar a minha.

Puta merda.

Tudo em nosso beijo é desesperado. Apaixonado. *Familiar.*

Seus lábios são um fusível, fazendo meu corpo todo se iluminar como o céu da meia-noite no Réveillon. Nossos corpos se moldam um ao outro, e coloco os braços ao redor de seu pescoço. Ele aperta meu quadril com tanta pressão que deixa marcas em minha pele.

Enfio as mãos em seu cabelo e puxo com força suficiente para fazê-lo perder o ar. Boto a língua para fora para lamber a cobertura de seus lábios, e Cal roça em mim com um gemido. Meus músculos abdominais ficam tensos pela pressão de sua excitação. Suspiro, e ele se aproveita. Sua língua mergulha dentro de minha boca, provocando-me até eu não conseguir fazer nada além de gemer.

O mais doce em nosso beijo é a cobertura que ainda resta em sua língua. Seu restinho de autocontrole desaparece, e o verdadeiro Cal dá as caras. Seus dedos se cravam em meu couro cabeludo enquanto ele me beija como fode: um selvagem com uma única missão em vista.

Me fazer gozar.

Como se lesse minha mente, sua mão trilha na direção da barra da minha camisa. Seus dedos roçam em minha barriga, tirando uma respiração súbita de mim que ele engole com os lábios.

As pontas de seus dedos provocam os arrepios que se espalham por minha pele...

— Mamãe? — A voz de Cami ecoa pelos pés-direitos altos antes de uma porta bater perto de nós.

Meus olhos se abrem. Cal dá um pulo para trás, esmagando o cupcake abandonado sob o sapato. Ele se vira para o corredor vazio antes de soltar um forte suspiro.

— Mamãe, cadê você? — A voz de Cami está mais perto desta vez.

Algo muda dentro dele, o ardor em seu olhar logo se transformando em algo diferente.

Arrependimento.

Já vi todos os sinais antes. Os punhos cerrados. A evitação de contato visual. A maneira como ele passa uma mão sobre a boca como se pudesse apagar meu gosto de seus lábios.

Meu coração se aperta.

O que você pensou que aconteceria se o beijasse?

Exceto que não fui *eu* quem o beijou.

Bom, você definitivamente não deixou de o beijar também.

Ele passa a mão no cabelo.

— Alana...

Não sei qual é o pior gatilho: a maneira como ele usa meu nome inteiro para criar mais distância ou como não consegue me olhar nos olhos ao pronunciá-lo. Evito o transtorno de ter que o ouvir inventar alguma desculpa, sobretudo porque não tenho certeza se meu coração consegue sobreviver a isso.

— Vamos fingir que isso nunca aconteceu.
— Mas...
— Nós dois nos deixamos levar pelo momento. Não é nada de mais.
— Certo. — Seu forte suspiro de alívio crava um buraco no fundo do meu coração.
— Posso pegar um cupcake? — A voz de Cami está mais perto desta vez.

Baixo os olhos com um suspiro para o que está esmagado no chão.
— É melhor eu ir...

Espero como uma idiota, torcendo para que ele diga *alguma coisa*. Ele não diz nada.

Em vez de ficar parada, à espera de uma possibilidade que nunca vai acontecer, dou meia-volta e saio andando. O vazio em meu peito cresce a cada passo que me distancio dele.

Passo anos tentando preencher o vazio com que Cal me deixou quando me abandonou pela primeira vez e não vou deixar que um beijo estrague todo o meu trabalho árduo.

Por mais incrível que esse beijo tenha sido.

* * *

Cal volta a desaparecer na casa de hóspedes, deixando-me sozinha para relembrar nosso beijo de uma centena de formas diferentes. Consigo terminar os cupcakes, embora a tarefa pareça muito menos agradável agora que não consigo separar Cal do sabor de cobertura de goiaba.

A vergonha se crava em todos os meus pensamentos, fazendo-me questionar se fui a única realmente afetada pelo beijo.

É claro que ele também foi.

Ele só não *queria* ser.

Tento me distrair assistindo a um episódio novo de uma das minhas séries favoritas. Dá certo por uns dez minutos. Quando o casal começa a se beijar, perco todo o interesse em continuar. Em vez disso, passo rapidamente para uma série policial que acompanho há alguns anos.

Nada é mais reconfortante do que assistir a assassinos em série desequilibrados.

Meu celular vibra sobre a mesa de centro, então o destravo e leio a mensagem que Delilah mandou em nosso grupo com Violet.

> **Delilah:** Olhem só quem está assistindo ao último episódio de A Última Rosa comigo.

Ela envia uma foto dela e Wyatt usando máscaras faciais com a TV ao fundo. Não sou fã desse tipo de *reality show*, mas a ideia de ter alguém assim que queira assistir a uma série preferida comigo me dá uma pontada no peito. A vida de Delilah é muito diferente de minha noite solitária assistindo à TV sozinha.

Então faça alguma coisa a respeito.

A ideia de sair com pessoas me assusta quase tanto quanto a ideia de acabar sozinha. Mas, se eu continuar a viver com medo do que pode dar errado, vou passar o resto da vida sozinha, recitando de cor as frases de uma série.

Mereço mais do que isso para mim, e pretendo voltar a namorar.

Só não sei quando.

CAPÍTULO VINTE
Cal

Ponho a garrafa de vodca fechada em cima da bancada e a encaro com as mãos trêmulas. Por um lado, quero beber até não conseguir mais sentir o gosto de Lana em minha língua. Mas, por outro, sinto que a estou decepcionando de alguma forma.

Perder a consciência não vai resolver nada.

Ficar sentado lendo um livro para escapar da realidade também não. Todos temos nossas estratégias de enfrentamento, e a minha por acaso é encontrada no fundo de uma garrafa.

Hesito antes de me servir de um copo.

Você disse a Lana que limitaria seu consumo por ela.

Sim, bom, tempos desesperados e tudo mais.

Deixo o copo de lado e bebo direto da garrafa. O primeiro gole tinha a intenção de apagar da minha língua o sabor da cobertura de goiaba de Lana. Álcool é um péssimo substituto, mas o sabor elimina todos os vestígios da doçura em minha boca. O segundo gole é para tentar, sem sucesso, esquecer o toque dos lábios de Lana nos meus. Como pareceu certo. O desejo que sinto de repetir o beijo de novo, dessa vez sem nenhuma criança para nos interromper.

O resto da noite é um pouco nebuloso. Quando dou por mim, boa parte da vodca está ausente e o sol já começa a nascer.

É *essa* a sensação de que sinto falta. O torpor. A quietude de meus pensamentos. A capacidade de desaparecer na escuridão por um tempo e escapar de meus problemas.

É só quando acordo às duas da tarde do dia seguinte com uma dor de cabeça latejante que me dou conta do quanto bebi.

— Merda. — Fecho bem os olhos.

Só consigo ter mais uma hora de sono antes de meu estômago vazio declarar guerra. Saio da cama e tomo uma ducha rápida para eliminar o álcool que exala por todos os meus poros.

Embora eu tenha planos de finalizar o trabalho no sótão, acho que é melhor me manter longe da casa do lago hoje.

Só porque você tem medo.

Ô se tenho. A última coisa que quero fazer é confrontar Lana depois de ontem à noite, ainda mais com essa minha cara de ressaca.

Então, em vez de seguir na direção da casa, entro no carro e vou até a Main Street em busca de comida. Minhas opções são limitadas à cafeteria e à Early Bird Diner, considerando que a maioria dos lugares mais chiques está cheia dos turistas de verão que acabaram de chegar.

Por mais que eu esteja tentado a evitar Isabelle depois do incidente com Wyatt, preciso enfrentá-la em algum momento. É a coisa certa a fazer depois do escândalo que causei em seu restaurante. Além disso, não quero passar o resto do verão cozinhando para mim mesmo todo santo dia.

Entro na lanchonete com a cabeça erguida e um sorriso no rosto.

Isabelle se vira na direção do sino que toca quando entro e franze a testa.

— Você é corajoso de dar as caras por aqui depois da última vez.

Ergo as mãos em sinal de rendição.

— Venho em paz.

Sua sobrancelha direita se arqueia.

— Não sei se você sabe o significado da palavra depois que tentou enforcar o herói da cidade.

Preciso de todo o meu autocontrole para não revirar os olhos pela maneira como ela puxa o saco de Wyatt.

— Desculpa por causar um escândalo da última vez que estive aqui. Foi errado da minha parte arranjar confusão daquela forma em seu ambiente de trabalho, e juro que não vou fazer de novo. Palavra de escoteiro. — Ergo três dedos.

Ela continua em silêncio enquanto me fulmina com o olhar.

— Por favor, tenha piedade de mim e do meu estômago vazio. — Aperto as palmas das mãos uma na outra.

Ela revira os olhos.

— Para de choramingar e vai se sentar antes que pegue mal para mim. — Quando ela acena, eu me dirijo à mesa ao lado da janela com vista para a Main Street. Banners estão pendurados em todos os postes para lembrar à população do iminente Festival do Morango para o qual fiz a idiotice de me voluntariar.

Isabelle coloca um cardápio na minha mesa e sai para buscar meu suco de laranja.

Folheio o cardápio e me decido por um sanduíche de pernil antes de pegar o celular para mandar uma mensagem para Iris.

> O que você está aprontando?

> **Iris:** Cuida da sua vida.

Meus olhos reviram.

> Que fofo, Declan. Você sempre invade a privacidade de Iris desse jeito?

> **Iris:** Só quando você manda mensagem enquanto ela cochila.

> Desde quando ela cochila?

> **Iris:** Ela não estava se sentindo bem.

> Depois ligo para ela.

Sem Iris para me distrair, só me resta jogar Candy Crush até Isabelle me considerar digno de ter meu pedido anotado.

— O que você quer? — Ela coloca a mão no quadril.

Devolvo o cardápio para ela.

— Um sanduíche de pernil com fritas, por favor.

Ela anota o pedido antes de sair.

Um homem de cabelo branco com duas muletas tem dificuldade para abrir a porta, então saio do meu assento para ajudá-lo.

— Você. — Ele me olha com desprezo.

Meu sorriso se alarga.

— Xerife Hank. Que surpresa agradável.

— Não posso dizer o mesmo. — Seus olhos se estreitam.

— Não me diga que você ainda guarda rancor de mim depois do acidente que eu e Alana tivemos com sua viatura policial. — Eu mal risquei o carro dele com meu retrovisor, mas o homem nunca me perdoou.

Mantenho a porta aberta enquanto ele entra mancando com suas muletas na lanchonete.

Ele balança a cabeça.

— Você deveria ter ficado longe daqui. Aquela menina já passou por muita coisa com você e Victor.

Meu sorriso se fecha.

— Victor?

As sobrancelhas de Hank se franzem enquanto ele tampa a boca.

— Quem é Victor? — pergunto em voz baixa.

É ele que você viu beijando Lana perto do Last Call?

Hank tenta dar a volta por mim, mas entro na sua frente.

Ele olha para cima fazendo careta.

— Sai da minha frente.

— Só quando você me disser quem é Victor e o que ele tem a ver com Alana.

Você já sabe quem ele é.

Meu punho se cerra. Hank vocifera enquanto tenta dar a volta por mim, mas é bloqueado toda vez.

Seu olhar se volta para mim.

— Para com isso ou vou chamar alguém da delegacia para prender você por perturbação da ordem pública.

— Peça para serem gentis com as algemas desta vez. — Ergo as mãos na frente do rosto.

— Quer mesmo saber?

Os pelos em meus braços se arrepiam.

— Sim.

— Está bem. Victor foi um homem que Alana namorou por alguns meses depois que a mãe dela faleceu.

Aí está sua resposta.

Sinto um frio na barriga. *Merda.*

— E qual era o problema dele?

— Qual não era? O cara era um sinal de alerta ambulante, embora nenhum de nós tenha prestado muita atenção até ser tarde demais.

Ácido sobe por minha garganta.

— Em que sentido?

— Não cabe a mim contar essa história. — Os lábios dele se afinam.

— Então por que mencionar o cara, para começo de conversa?

— Porque, se você fizer besteira com Alana, vamos botar você para fora da cidade igual fizemos com Victor.

Engulo o nó em minha garganta.

— Não estou aqui para fazer besteira com ela.

— Acho bom, senão…

— Senão o quê?

— Torça para nunca ter que descobrir.

CAPÍTULO VINTE E UM
Alana

Chuto o pneu murcho, e perco o equilíbrio. Meus braços se debatem, mas recupero o aprumo antes de cair de bunda e derrubar o Tupperware das *cocadas* que passei a maior parte da noite de ontem fazendo para a formatura de Cami.

— Está tudo bem, mamãe?

Respiro fundo antes de me virar e olhar para Cami. Ela está uma gracinha com o capelo de formatura e a minibeca que se arrasta no chão atrás dela feito um vestido de noiva. Se eu tivesse prestado atenção nas aulas de costura da minha mãe, talvez tivesse conseguido ajustar a barra.

O mesmo peso que está presente desde hoje cedo fica mais forte quando me lembro da minha mãe.

Te extraño muchísimo, Mami.

— Preciso pedir para alguém buscar a gente. — Eu nunca conseguiria trocar um pneu sozinha.

O sorriso no rosto dela se fecha.

— Vamos nos atrasar?

Olho a hora no celular.

— Não se eu puder evitar. — Como sempre gosto de chegar adiantada a tudo, tomei cuidado para que houvesse tempo de sobra para emergências de última hora. Aprendi que, com Cami, tudo é possível. Sucos derramados. Meias favoritas desaparecidas. Uma ida ao banheiro.

Escolho ligar primeiro para Delilah. A ligação cai direto na caixa postal, então ligo de novo, torcendo para que seja algum problema com meu sinal. Cai imediatamente na caixa postal.

— Merda — sussurro.

Cami leva um susto.

Abro a bolsa com os dedos trêmulos e dou um dólar para ela.

— Pode colocar no pote por mim?

— Beleza! — Ela pega o dólar da minha mão e corre para dentro de casa, quase tropeçando na barra da beca.

Tento Wyatt, a próxima pessoa na lista de emergência, e também cai direto na caixa postal. Ligo para Violet em seguida, num ato de desespero, torcendo para que ela atenda. Mas, assim como Delilah e Wyatt, ela não atende.

— Por que ninguém está atendendo? — Solto um palavrão baixo enquanto chuto o pneu de novo.

Falei para todos chegarem trinta minutos antes do horário...

Espera!

Dou um tapa na testa. Sempre que Lake Wisteria tem um evento com mais de cinquenta pessoas, a área se torna uma zona sem sinal de celular, muito provavelmente por causa da sobrecarga em nossa única torre de telefonia. Acontece todo ano antes do Festival do Morango.

— Inferno. — Puxo o cabelo, a dor me traz de volta. — O que é que eu faço?

Você poderia começar ficando calma.

Abro o aplicativo de transporte e digito as coordenadas para a escola de Cami. O motorista mais próximo está a uma cidade de distância e vai levar trinta minutos para chegar aqui.

Pânico sobe por meu peito, tornando cada respiração um desafio.

Um raio de sol refletido no teto do carro brilhante de Cal chama minha atenção.

Não. Você não pode estar pensando nisso.

Queria não estar. Se evitar Cal fosse um esporte olímpico, eu seria medalhista de ouro. Desde nosso beijo alguns dias atrás, fiz tudo ao meu alcance para ficar longe dele.

Encontre outra forma.

Não há outra forma. Ele é a última pessoa para quem eu gostaria de pedir um favor, mas não me restam opções. Se ele não nos der uma carona, não vamos chegar a tempo à formatura de Cami.

Meus calcanhares afundam no cascalho enquanto subo a estradinha até a casa. Encontrar a localização de Cal não demora mais do que um segundo, ainda mais quando vem combinada com as risadinhas de Cami. Sigo o som das vozes deles até a sala de estar, onde o encontro de joelhos, arrumando o capelo torto da minha filha.

— Pronto. Melhor agora. — Ele toca na ponta do capelo com um sorriso.

— Obrigada, Cau-l.

Um calor se espalha por meu peito quando Cami passa os braços ao redor dos ombros de Cal, acertando a cara dele com a borla do capelo.

Meu riso baixo atrai a atenção de Cal. Nossos olhares colidem, e seus olhos se arregalam.

— O que foi? — Ajeito uma onda atrás da orelha.

— Você está muito linda. — Sua voz fica mais grave.

— Aaah. Você acha a mamãe bonita! — O olhar brilhante de Cami alterna entre mim e Cal.

— Cacete! Acho que ela é a mulher mais bonita do mundo.

O friozinho na minha barriga retorna com uma intensidade que faz parecer que um iceberg está dando voltas pelo meu ventre.

— Sério? — O tom ensurdecedor da voz de Cami combinado com os corações que saltam de seus olhos são um alerta.

Ele não tira os olhos de mim enquanto diz:

— Com certeza.

Eu desvio o olhar.

— Oh-oh. Cal falou um palavrão.

Cami dá um gritinho de alegria quando Cal entrega uma nota de cem dólares para ela, sem nem olhar nem quebrar o contato visual comigo. Ela sai correndo para a cozinha, deixando-me a sós com Cal.

Seu olhar se torna mais intenso enquanto desce por meu corpo, transformando o calor em meu peito num inferno ardente. Para a ocasião especial de Cami, decidi usar um vestido leve floral que deixa meus peitos incríveis e meu par favorito de sapatos de salto, que machucam pra caramba se eu ficar em pé por tempo demais. As duas tiras finas de veludo enroladas ao redor das minhas panturrilhas cortam quase todo o fluxo sanguíneo dos meus pés, mas a beleza dói.

Vale muito a pena. Pela maneira como Cal me olha, eu estaria disposta a correr o risco de deixar meus dez dedos dos pés roxos.

Seus olhos se fixam nos meus sapatos.

— Caralho.

— Quê? Olho para baixo, mas não encontro nada.

— As coisas que eu faria para ter as suas pernas ao redor da minha cintura enquanto você usa isso. — Ele ergue os olhos.

Ai. Meu. Deus.

Ele corta a distância entre nós antes de se ajoelhar na frente dos meus sapatos.

— O que você está fazendo? — Meu coração acelera, os batimentos enchem os meus ouvidos.

— Você vai desmaiar se continuar com eles tão apertados. — Seus dedos traçam uma das minhas panturrilhas inchadas. Perco o equilíbrio por causa do simples toque atrás de meu joelho, então estendo o braço para colocar uma mão em seu ombro.

Um mero roçar de seus dedos em minhas pernas me faz morder a parte de dentro das bochechas para conter um gemido.

— Vou ficar bem.

Cal não me deixa escolha enquanto desamarra cuidadosamente a primeira série de tiras, que pousa em uma pilha bagunçada ao lado dos meus pés.

Com as sobrancelhas franzidas, ele massageia as marcas vermelhas em minhas pernas.

— Machuca?

— Quem liga pra isso se fica tão bonito?

Seus dedos fazem pequenos círculos, massageando minhas panturrilhas até ele ficar contente com o resultado. Respirar se torna quase impossível; o ardor crescente entre minhas pernas se intensifica a cada segundo que passa.

Quando ele termina de reamarrar o primeiro calçado, estou me segurando em seu ombro com uma força ferrenha.

— Você está bem? — Ele abre um sorriso para mim.

Meus olhos se estreitam.

— Você sabe exatamente o que está fazendo.

Só não sei *por que* Cal está fazendo isso. Depois da velocidade com que recuou logo após o nosso beijo, seria de pensar que ele ficaria longe para evitar que qualquer outro erro fosse cometido.

Até parece.

Seu sorriso se alarga enquanto ele traça um dedo sobre os calafrios que se formam em minha pele. Empurro sua cara sorridente idiota, mas quase caio de bunda no chão antes de ele me estabilizar.

Ele repete a mesma coisa com minha outra perna até eu estar ofegante. A atração entre nós vai me deixar maluca se continuar assim.

É exatamente por isso que você precisa evitá-lo.

Ele se levanta, embora a imagem dele ajoelhado à minha frente vá viver para sempre em meus sonhos. Sua boca se abre, mas os tênis batendo no assoalho o detêm.

Cami volta correndo para a sala.

— Tem alguém vindo buscar a gente, mamãe?

— Não.

Seu sorriso se fecha.

— Por quê?

— Posso te pedir um favor enorme? — Olho para Cal e coloco as mãos atrás das costas para esconder como estão tremendo.

Uma ruga aparece entre suas sobrancelhas.

— Do que você precisa?

Um teste de sanidade seria um bom começo.

Engulo em seco o pensamento.

— Você se importa se eu pegar seu carro emprestado? Meu pneu furou e ninguém está atendendo o celular; eu queria arranjar pedir um carro pelo aplicativo, mas...

Seus olhos se arregalam ao máximo.

— Você quer dirigir meu carro?

— Humm, então... — Aponto para o volume do cantil no bolso dele, ignorando o nó doloroso em minha garganta.

— São nove da manhã — ele diz baixo.

Ai, Deus. Você o ofendeu.

— Sim, mas...

Ele ergue uma mão.

— Tá. Tudo bem. Pode dirigir.

— Eba! — Cami bate palmas.

Meus ombros se curvam, a tensão se esvai deles junto com a adrenalina acumulada.

— Obrigada.

Cal me passa as chaves.

— Tudo por você.

Três palavras. Cinco sílabas. Um soco no estômago.

Não deixo o impacto delas transparecer em meu rosto. Mas ele me lançou de volta ao passado sem um colete salva-vidas, deixando-me afogar nas memórias dele dizendo aquelas três palavras vezes e mais vezes.

Tudo por você, ele disse quando quebrou o braço tentando tirar minha pipa de uma árvore.

Tudo por você, ele resmungou depois de me buscar mais cedo em meu primeiro encontro com Pete Darling, um babaca nada querido que não honrava o significado do próprio sobrenome.

Tudo por você, ele sussurrou com a voz embargada depois que o fiz prometer nunca mais voltar a Lake Wisteria, sabendo que eu não seria forte o bastante para resistir a ele, independentemente das drogas e do álcool.

A realidade é uma merda, e faz meus olhos arderem por causa das lágrimas contidas.

Aquilo foi no passado. O presente é outra história.

Deixo minhas emoções de lado e me recomponho por minha filha, que precisa que eu esteja focada no presente.

Cami espera dentro de casa para não ficar suada enquanto instalo a cadeirinha dela. Como o banco de trás de Cal é estreito, a parte inferior de meu corpo fica para fora do carro enquanto me atrapalho para encaixar o cinto de segurança nos buracos.

— Está tudo certo? — O calor de seu hálito em meu pescoço faz minha pele formigar.

— Perfeito. — Solto um palavrão quando a fivela do cinto de segurança esmaga meus dedos.

— Espera. Deixa que eu te ajudo. — O peito de Cal se pressiona nas minhas costas enquanto ele estende a mão por sobre meu ombro para me ajudar com o cinto de segurança. Nossos corpos se encaixam como dois ímãs, a atração que exercem um no outro é forte demais para ignorar.

Inspiro fundo enquanto arrepios se espalham por minha pele. Ele roça a ponta do polegar sobre eles, tirando outra inspiração abrupta de mim.

— Para de fazer isso. — Solto o cinto de segurança, deixando que ele o arrume.

Cal não me dá espaço para escapar, preferindo mexer em volta de mim. Não demora muito para ele entender o processo.

— Pronto.

Eu me sobressalto com o som da sua voz, e minha bunda esbarra na virilha dele.

Meus olhos se arregalam ao mesmo tempo que ele inspira fundo.

Ai, caralho.

CAPÍTULO VINTE E DOIS
Cal

Lana tenta me empurrar, mas, pela maneira como nossos corpos estão encaixados, sua bunda encosta no meu pau. Ela fica paralisada sob mim e solta um gemido que quase não dá para escutar.

Meu pau, já semiduro pelo que aconteceu na casa, reage a seu toque. Sangue bombeia diretamente para a fonte do meu mais novo problema.

— Você está... — Ela não consegue terminar a frase.

— Você colocou o mesmo vestido do nosso primeiro encontro — respondo, como se isso explicasse tudo. O vestido fica ainda melhor agora do que naquela época, e tenho ciúme de qualquer filho da puta que consiga olhar para ela hoje.

— Eu não... — Ela olha para mim por sobre o ombro, suas sobrancelhas se unem. — Espera. Você se lembra do que usei naquela noite? — Sei o que ela deve estar imaginando, considerando como eu era viciado em remédios.

— Eu me lembro de *tudo*. — Meu olhar desce para seus lábios. A lembrança de sua boca pressionada na minha faz meus lábios formigarem.

Sua língua traça o lábio inferior, e sou tomado pela tentação de substituir sua língua pela minha.

Nosso beijo na outra noite não sai da minha cabeça desde que aconteceu. Por mais que eu tente me distrair, ele sempre volta em uma posição de destaque na minha mente.

O que teria acontecido se eu tivesse ficado?

E se tivéssemos conversado sobre o que aconteceu em vez de termos fugido?

E se eu a tivesse beijado de novo, e o arrependimento que se danasse?

Em vez disso, bebi até ser fisicamente incapaz de voltar a pé para casa e beijá-la de novo.

— Mamãe! Você está pronta?

Eu me sobressalto. Lana me empurra de novo, obrigando-me a sair do carro e me afastando da tentação de seus lábios.

Deve ser melhor assim.

— Vamos colocar o cinto em você. — A voz de Lana sai mais rouca do que o normal enquanto ela faz sinal para Cami. Enquanto ela prende o cinto na menina, coloco o Tupperware de *cocadas* no porta-malas.

A tensão constrangedora entre mim e Lana se intensifica quando nós dois entramos no carro. Não deixo ninguém dirigir meu carro, mas aqui estou eu permitindo que Lana faça o que até meus irmãos são proibidos de fazer.

Só porque ela não confia em você atrás do volante.

Tamborilo as coxas em uma péssima tentativa de me distrair da pressão insuportável que cresce no meu peito.

Eu nunca colocaria a vida dela e de Cami em risco dessa forma, então ela pensar que eu faria uma coisa dessas...

Dói pra caralho.

Meus pensamentos sombrios são expulsos instantaneamente da minha cabeça quando Lana arranca em alta velocidade. Os pneus cantam, e um carro buzina quando ela decidiu que a preferência era dela, embora eu tenha certeza absoluta de que não era.

Uso a alça de segurança pela primeira vez na vida enquanto ela dirige pela cidade. Não são muitas as placas de pare nem os semáforos, mas ela consegue frear em todos da mesma forma: com força suficiente para me causar um traumatismo cervical.

Meu coração bate forte no peito.

— Você dirige como uma louca.

Ela ri.

— Não é culpa minha que o farol mudou de amarelo para vermelho tão rápido.

— Você estava a sessenta por hora quando ficou amarelo!

Ela dá de ombros.

Seco a pele úmida da testa.

— Como você ainda tem carteira?

— Provavelmente pelo mesmo motivo por que você não foi preso depois de enforcar o Wyatt.

Meu queixo cai.

— Você é uma ameaça.

— Nunca sofri um acidente.

— Deve ser porque todo mundo na cidade sabe que é melhor não pegar o carro quando você está dirigindo.

Ela estala os dedos.

— Isso explica. É por isso que nunca fico presa num engarrafamento na hora do rush.

— Só porque as pessoas dirigem para longe de você.

Ela ri até as bochechas ficarem rosadas e os olhos lacrimejarem. Fico hipnotizado pelo som quase tanto quanto pela cara que ela faz quando se volta para mim com um sorriso radiante.

Você é um caso perdido. Mordo a bochecha para conter um suspiro.

Lana finalmente me olha depois que estaciona o carro na frente da escola de Cami.

— Obrigada por me emprestar o carro.

— Tudo por você. — Bato uma continência fraca.

Suas costas ficam rígidas.

É a segunda vez que ela faz isso. Por quê?

Lana não me dá tempo para repensar o que eu disse, pois já abre a porta e sai do carro.

— Vem, Cami. Agradeça ao Cal.

— Obrigada! — Ela bate as palminhas no banco de trás.

— Vamos tirar você daí. — Lana pega os doces no porta-malas enquanto ajudo Cami. São necessárias duas tentativas malsucedidas e quase um olho furado para eu entender que carros de duas portas não combinam com crianças.

Cami finalmente sai do banco de trás, com a beca toda amarrotada e o capelo completamente fora do lugar. Não sei bem como ela conseguiu estragar a roupa num trajeto de cinto minutos, mas fico estranhamente impressionado.

Embora sua beca não tenha salvação, faço o possível para ajudar com o capelo.

— Você me lembra a sua mãe — digo distraidamente.

Cami ergue os olhos azuis arregalados.

— Jura?

— Ah, sim. Ela também era uma criança doidinha como você. — Pisco.

Cami ri baixo, fazendo um calorzinho apertar meu peito pelo som inocente. Ela me olha com seu sorriso mais bobo alegre, e retribuo o gesto.

Sinto um lado do meu rosto formigar e, quando me viro, encontro Lana me encarando com uma expressão estranha.

— Tudo bem?

Ela pigarreia.

— Sim. Só acabei de me tocar que esqueci a câmera. — Ela se vira para a filha. — É melhor irmos antes que sua professora fique preocupada.

— Você vem? — Cami estende a mão para eu pegar.

Olho para ela.

— Não. Cal está ocupado — Lana responde antes que eu tenha a chance de considerar.

Olho para ela, e reparo em seu maxilar cerrado.

— Certo. Precisa que eu busque vocês quando acabar?

Ela faz que não.

— Obrigada, mas não. Wyatt e Delilah podem nos dar carona para casa.

— E a cadeirinha? — pergunto.

— Pego com você amanhã, se não tiver problema.

— Claro.

Penso que vou sentir uma onda de alívio quando elas saem andando, mas, em vez disso, meu peito lateja. Uma sensação de falta, profunda e proibida, toma conta. O tipo de desejo que não me permito sentir há *anos*.

É melhor assim.

Então por que me sinto tão mal por ver Cami e Lana desaparecerem dentro da escola enquanto fico aqui sozinho, olhando para lá como um forasteiro?

Porque você é um forasteiro.

Tento ignorar essa sensação e entrar no carro, mas hesito fora do veículo.

Parte de mim quer ir com elas. É uma parte pequena, mas uma parte mesmo assim, e me assusta pra caralho. Então faço o que faço de melhor.

Fujo.

Eu me esforço ao máximo para me ater a atividades sóbrias como almoçar cedo na lanchonete e pegar um livro novo na livraria, mas nada alivia a pressão em meu peito.

O caminho até um dos bares de turistas do outro lado da cidade é um borrão, assim como todas as vodcas com tônica que tomei depois para anestesiar minhas emoções.

Lá se vai a tentativa de me limitar.

Eu me esforcei ao máximo, mas sou incapaz quando o assunto é álcool e me controlar sob estresse extremo. É só quando minha visão fica nublada e minha cabeça está em silêncio que finalmente me sinto em paz.

Mais nenhum pensamento em Lana.

Mais nenhum pensamento em Cami.

Mais nenhum pensamento em como minha vida poderia ter sido se eu não tivesse cagado tudo seis anos atrás.

Só eu, a batida rítmica da música saindo das caixas de som e o álcool para curar meus problemas.

* * *

Sinto que meu mundo está inclinado em um ângulo de quarenta e cinco graus. Saio trôpego do carro de aplicativo e consigo subir a estradinha da casa sem cair de cara. Preciso de três tentativas para conseguir destrancar a porta da frente. A casa está um breu, e tropeço nos meus próprios pés.

Dou de cara com uma parede, exceto que a parede é, na verdade, uma mesa que tomba pelo meu peso antes de cair para trás. O que quer que estivesse em cima da superfície de madeira se estilhaça, o eco amplia o som horrível.

Eu me crispo.

— Merda. — Eu me levanto no escuro, com medo do que posso descobrir se acender a luz.

Isso se um dia eu conseguir *encontrar* uma luz.

Como se a casa lesse minha mente, uma luz se acende em cima de mim. Flores de todos os tamanhos, formas e cores estão espalhadas sobre o assoalho de madeira, cercadas por mil cacos de vidro.

— Ai, meu Deus. — Lana para no alto da escada. — Não. Não. Não.

— Lana! — grito. — Eu estava com saudade!

Um homem de sutileza é o que não sou.

Sua expressão de choque se transforma em raiva.

— Você está bêbado?

Balanço a cabeça.

— Altinho.

— O que você está fazendo aqui? Era para você ficar na casa de hóspedes.

— Eu queria dizer oi. — Ergo a mão e aceno como um total fracassado. Ela inspira fundo.

— Não se mexa. Vou calçar uns sapatos antes de descer aí.

— Pode deixar, gatinha. — Bato continência, o que só me garante um olhar fulminante.

Não sei bem quanto tempo demora para ela calçar os tênis, mas encaro a parede, perguntando-me como vim parar no meio desta bagunça.

Lana. Cami. Formatura.

Dou um tapa na testa.

— Certo. Foi assim.

— Não estou acreditando nisso. — Lana fecha a cara enquanto desce a escada. A careta só se aprofunda quando ela avalia a bagunça ao meu redor.

Eu me encolho.

— Quebrei sem querer.

Seus olhos ficam marejados, parecendo brilhar sob o candelabro. Odeio a cara que ela faz quase tanto quanto o silêncio que se estende entre nós enquanto ela analisa os cacos de vidro.

— Vou comprar um novo para você. Prometo.

— Não quero um novo. Quero esse — ela retruca.

— Desculpa. — Faço beicinho. Vi Cami fazer uma vez e funcionou automaticamente com Lana, então talvez eu também tenha sorte. — Foi um acidente.

— Acidentes acontecem, mas ficar bêbado é uma escolha.

— Você tem razão. Uma escolha ruim.

— Mas você continua fazendo essa escolha mesmo assim. Meu Deus, Cal. Você tem trinta e três anos. Aja como tal. — Ela aponta para o lugar onde estou parado. — Não saia daí.

Lana desaparece por um corredor antes de voltar um minuto depois com uma vassoura, uma pá e uma lata de lixo. Sua raiva é como uma chama, sugando todo o oxigênio da sala enquanto fico parado, inútil e em silêncio, e ela começa a varrer a bagunça para um canto longe de mim.

— Quem te deu flores? — Aponto para o conjunto de flores silvestres espalhadas no chão. — Foi um cara?

Sutil, Cal. Ela nunca vai suspeitar de nada.

Ela balança a cabeça e continua a varrer.

— Não vou conversar sobre isso com você agora.

— Por quê? Porque é verdade?

— Porque você está bêbado e agindo como um idiota com ciúme de alguém que nem tem importância.

— E se eu estiver com ciúme?

— Por que você estaria?

— Porque...

— Porque o quê? — Ela me dispara um olhar cortante.

Mordo a bochecha para não perder meu último vestígio de dignidade depois de tê-la jogado quase toda fora hoje à noite. Ela desiste de esperar e começa a varrer com mais força desta vez, fazendo alguns cacos de vidro voarem pelo assoalho.

— Você por acaso tentou voltar à reabilitação? — ela pergunta depois de um longuíssimo minuto de silêncio. Sua pergunta sai em um tom despreocupado, mas há uma tensão em seus ombros enquanto ela varre.

Dou risada.

— Claro. Quer adivinhar o resultado? — Tento fazer uma reverência, mas estou sem coordenação nenhuma, então quase tombo para a frente. Desta vez não tem uma mesa para me salvar, então balanço os braços até recuperar o equilíbrio.

Patético, Cal. Patético para caramba.

Ela me encara com uma expressão que não consigo interpretar por causa da quantidade de álcool correndo em minhas veias.

— Não quero ter pena de você, mas tenho.

— Exatamente o que todo homem quer ouvir da mulher que ama.

Ela pisca uma. Duas. *Três* vezes antes de formar uma frase.

— E essa é nossa deixa para colocar você na cama.

— Você vem comigo?

Ela pega meu braço e me guia escada acima na direção do meu antigo quarto enquanto resmunga em espanhol consigo mesma. Meu centro de gravidade oscila quando a ponta do meu tênis tropeça no chão, fazendo Lana se desequilibrar também.

— Ops. Foi mal. — Dou risada.

Seu suspiro pesado faz meu peito doer. Ela me guia na direção da cama sem nenhum outro incidente. Quando minha bunda pousa com segurança no colchão de espuma, ela se afasta, mas não antes de eu a segurar pelo punho.

Acaricio a parte de dentro dele, tirando um gemido delicado de seus lábios.

— Desculpa.

Ela tenta puxar a mão, mas eu aperto com mais força.

— Para de falar isso.

— Por quê?

— Porque palavras têm significado, e suas ações tiram o valor delas.

Minha mão fica mais fraca, então ela aproveita e se solta de mim. O buraco em meu peito se expande, revelando o vazio dentro dele.

— Durma para curar essa bebedeira. — É a última coisa que ela diz antes de a porta do meu quarto se fechar, deixando-me sozinho com meus demônios como companhia.

CAPÍTULO VINTE E TRÊS
Cal

Acordo na manhã seguinte com a cabeça latejando e o impulso de me esconder de Lana depois da noite de ontem. Ao contrário do meu pai, não sou um bêbado maldoso, mas um bêbado idiota que não consegue ficar com a boca fechada.

Para piorar, quebrei o vaso de Lana e ainda a fiz limpar a bagunça.

Coloco o travesseiro em cima da cabeça para abafar meu grunhido de frustração,

Você não tem ninguém para culpar por seu comportamento além de você mesmo.

A porta do meu quarto se abre. Tiro a cabeça de debaixo do travesseiro, pensando que vou encontrar Lana no batente.

— Oi! — Cami grita.

Minha cabeça lateja numa resposta silenciosa.

— Vamos falar baixo dentro de casa?

— Desculpa — ela diz entre um sussurro e um berro.

Quase.

— Cadê sua mãe? — E como posso passar o resto do dia a evitando?

— Fazendo almoço.

Almoço, já? Por quanto tempo eu dormi?

— E o que você está fazendo aqui? — Eu me sento na cama. Ainda estou usando as roupas de ontem à noite, que parecem ter passado uma semana no fundo de um cesto de roupa suja.

— Mamãe disse que você não estava se sentindo bem.

Ergo a cabeça.

— Disse?

— Sim. Ela estava falando no telefone com a tia Dee que você estava com uma rim-saca.

Desato a rir, embora eu me arrependa no mesmo instante pela maneira como minha cabeça lateja.

— Acho que você quer dizer *ressaca*.

Estou pegando carinho pela janelinha em seu sorriso bobo.

— O que é ressaca?

É por isso que não deveriam me deixar perto de crianças.

Limpo a garganta.

— É quando as pessoas tomam más decisões à noite e acordam passando mal no dia seguinte.

Sua testa se franze.

— Como quando você come chocolate demais e acorda com dor de barriga?

— Exatamente. Bem isso. — Queria que a causa dos meus problemas fosse comer chocolate demais. É muito menos prejudicial e muito mais agradável, o que são duas vantagens na minha opinião.

— Como você vai ficar melhor?

Suspiro.

— Acho que nunca vou ficar melhor.

— Por que não?

— Porque passo mal com frequência. — Por mais triste que seja admitir.

O olhar de Cami não transmite um pingo de julgamento.

— De ressaca?

— Sim. — Só porque tenho uma alta tolerância *enquanto* bebo não significa que sou imune aos efeitos no dia seguinte. Só consegui me tornar melhor em lidar com eles.

E em disfarçá-los.

— Ah. Espera! Já sei o que vai funcionar, Cau-l.

— É Cal. Só *Cal* — enfatizo.

— Está bem, Cal. — Mas sai mais como *caô*. Talvez um dia ela acerte, mas hoje não é esse dia.

Cami sai correndo do quarto, deixando a porta aberta. Seus pés descalços batem no assoalho enquanto ela dispara pelo corredor.

Fico tentado a sair só para poder evitar ter outra conversa com a criança. Pela maneira como minha cabeça lateja, talvez seja melhor.

Ou você pode simplesmente se comportar e dar atenção para a filha de Lana depois de tudo que aconteceu ontem à noite.

Ganhar um ponto ou dois com Lana não seria a pior coisa. Por mais que eu não seja muito fã de crianças, estou disposto a fingir por um tempinho se deixar Cami feliz, o que por sua vez vai deixar Lana feliz.

Então, indo contra todas as células de meu corpo que me dizem para fugir da menina, fico no quarto esperando que aquela bolinha de demolição volte com o que quer que ache que vai me deixar melhor. Com sorte, vai ser um frasco de Advil e um copo d'água.

Uma batida na porta faz minha cabeça se voltar na direção do som. O ritmo acelerado de meu coração faz minhas orelhas latejarem.

Lana se recosta no batente.

— Tem um minuto?

Engulo o nó na garganta.

— Claro.

Ela entra em meu quarto e fecha a porta ao passar. Pelo seu olhar, vazio e resoluto, sinto meu estômago prestes a botar para fora toda a comida do bar de ontem à noite.

— A noite de ontem não pode se repetir nunca mais.

Baixo a cabeça.

— Não. Não deve mesmo.

— Eu me adiantei e peguei a chave de volta.

Meus punhos se cerram no edredom.

— Eu entendo.

— Não vejo como isso é possível. — Seu tom é mais cortante do que uma faca.

Ignoro a sensação que revira em minha barriga e me concentro nela.

— Sobre o vaso...

— O que tem ele? — A pergunta sai fria.

— Pretendo comprar um novo para você hoje.

— Você acha mesmo que gastar seu dinheiro vai compensar o vaso estilhaçado da minha mãe?

Pisco.

— Da sua mãe?

De todas as coisas para quebrar, tinha que ser algo que pertencia à mãe dela...

Ela solta um suspiro trêmulo.

— Eu sabia que era um erro deixar você ficar aqui. Eu deveria ter me arriscado com os advogados e deixado isso nas mãos de um juiz. Pensei que talvez você tivesse um pouco de bom senso e se comportasse, mas é óbvio que eu estava pedindo demais. O que você estava fazendo entrando na casa àquela hora?

Mexo no cabelo.

— Eu não estava pensando direito.

— Eu nunca deveria ter te dado uma chave.

— Lana...

— Não. Você não tem o direito de me chamar de *Lana* e achar que isso tudo vai passar.

— Não estou tentando fazer tudo isso passar. Estou tentando pedir desculpas.

— Bom, você pode pegar seu pedido de desculpa e enfiar no seu rabo junto com todas as outras merdas que você diz. — Ela bate a porta antes mesmo que eu tenha a chance de me desculpar.

* * *

— Voltei! — Cami entra em meu quarto como um torpedo. A porta bate contra a parede, e um pouco de reboco cai do teto.

Parece promissor.

— Lembra de falar baixo. — Eu me crispo.

— Certo. Desculpa. — Ela pula de um pé para o outro.

— O que foi?

— Fiz uma coisa pra você se sentir melhor. — Ela coloca uma folha de papel dobrado sobre meu peito.

— O que é isso?

Ela me chama para perto com o dedo. Considero me inclinar para a frente, mas mudo de ideia, preferindo me ajoelhar.

O rosto de Cami se ilumina enquanto ela desdobra o papel.

— Ta-dá!

Eu me encolho com a dor lancinante em meu crânio.

— Você não gostou? — O sorriso de Cami vacila, ameaçando se fechar.

— É só que minha cabeça dói.

— Ah, desculpa. — Seu lábio inferior treme.

Uma olhada rápida no papel faz meu coração se catapultar dentro do peito. É um desenho muito simples, com um grande coração torto ocupando a maior parte da página. Dentro da figura vermelha, ela desenhou dois bonecos de palitinho. Um tem grandes rabiscos no lugar dos braços enquanto o menor tem um corpo em forma de triângulo para representar um vestido. Embaixo do coração, Cami escreveu uma mensagem.

Melhoras, Cau-L.

Risos escapam de mim enquanto traço meu nome. Acho que ninguém nunca o escreveu dessa forma antes.

— Eu amei.

O rosto inteiro de Cami se ilumina como fogos de artifício, brilhante e impossível de ignorar.

— Jura?

— Melhor cartão do mundo. — Meus lábios se abrem em um sorriso sincero.

Alguém inspira fundo. Tiro o olhar do rosto de Cami e encontro Lana nos encarando com os olhos arregalados.

— Ei. — Abro um sorriso tímido para ela.

— O que está acontecendo? — Ela dá um passo para dentro do quarto.

— Fiz um cartão para o Cau-l, para ele se sentir melhor. — Cami se vira para mostrar o papel para a mãe.

— Fez? — A tensão na voz de Lana combina com sua postura. — O que ele tem?

As bochechas de Cami ficam rosadas.

— Ele está com ressaca.

Lana me olha feio como se eu tivesse sido o culpado por ensinar a palavra para a filha dela.

Ergo as mãos em rendição.

— Ela escutou você falar ao telefone sobre uma rim-saca, então não coloque a culpa em mim.

Lana se vira para Cami.

— Que fofo da sua parte. — Ela acaricia a cabeça da filha, bagunçando ainda mais os fios emaranhados.

— Está se sentindo melhor? — Os grandes olhos azuis de Cami se voltam para mim.

— Súper. Já estou começando a me sentir melhor. — Embora a dor de cabeça e a náusea possam demorar um tempo para passar, o peso que aperta meu peito desde que acordei está um pouco menos intenso.

Cami dá um gritinho enquanto aperta o cartão junto ao peito, amassando o papel no processo.

— Eu sabia que daria certo!

Meus olhos se contraem com o tom agudo. Massageio a têmpora discretamente, tentando fazer a pressão passar.

— Por que não vamos nadar e deixamos o Cal em paz?

Cami sai correndo do quarto, gritando de animação.

— Obrigado. — Eu me levanto.

— Não fiz por você — Lana retruca antes de sair atrás de Cami, deixando-me em silêncio para refletir. Tento me ocupar organizando o resto das coisas no sótão. É uma tentativa em vão por causa da facilidade com que me distraio por causa do barulho lá fora.

A tensão em meu peito se intensifica ao ver Cami e Lana se divertindo à beira do lago. Sou dominado por uma centena de memórias de mim e Lana fazendo a mesma coisa, embora ela passasse mais tempo dentro do que fora da água.

O sol bate nela sentada lá na doca, lançando um brilho quente em sua pele bronzeada. Com um sorrisão radiante que não vejo há anos, ela protege os olhos enquanto fica de olho em Cami.

O anseio de ontem retorna, desta vez muito mais intenso. Eu *quero* estar lá embaixo com elas.

Veja o que aconteceu na última vez em que você quis algo que não deveria ter.

O pensamento é como um banho de água fria, e escapo, decidindo voltar à casa de hóspedes. No entanto, assim que saio, encontro o carro de Lana ainda na garagem, o pneu completamente vazio. Antes de mudar de ideia, pego as chaves da bancada e começo a trocar seu pneu furado. É uma ideia ousada, ainda mais considerando que minha experiência com pneus se limita a domingos passados assistindo à Fórmula 1 com Declan e Iris.

Levo apenas cinco minutos sob o sol escaldante para perceber que a vida dos mecânicos da TV é mais fácil com suas brocas elétricas e macacos rápidos. Ao contrário dos caras na frente das câmeras, a realidade é muito menos sexy e veloz.

Meu começo é inseguro, mas, graças ao YouTube, ao Adderall e à minha recusa a ser derrotado por um pneu de merda, troco o furado pelo estepe que encontrei no porta-malas de Lana.

Embora minha cabeça lateje e eu sinta o estômago ainda mais enjoado depois de passar a última hora embaixo do sol, decido levar o carro dela ao mecânico. Como não quero deixá-la sem um veículo funcional por razões de segurança, pego um carro de aplicativo até a cidade para pegar meu DBS antes de voltar à casa do lago. Deixo um bilhete para ela, minhas chaves e a cadeirinha de Cami, caso ela precise de um carro, antes de dirigir para a cidade.

Entro na oficina.

— Oi. Preciso trocar um pneu.

O mecânico dá uma olhada para mim antes de voltar ao episódio de uma novela coreana que está passando na TV no canto.

— Você acha que pode me ajudar? — Paro na frente do balcão.

— Claro. Estamos com a agenda cheia hoje, mas, se quiser, venha amanhã. *Cedo.* — Seus olhos não se desviam da TV desta vez.

Uma olhada no horário de funcionamento impresso em um papel atrás dele me faz estreitar os olhos.

— Vocês estão abertos amanhã?

— Sim.

Aponto para o aviso atrás dele. Ele tem a audácia de arrancar a folha e a amassar antes de jogá-la no lixo.

Meus molares se rangem.

— Estou disposto a pagar quanto você quiser para fazer o trabalho hoje.

Ele olha para mim, as engrenagens giram em sua cabeça antes de ele fazer que não.

— Desculpa, Cal. Queria poder ajudar.

— Mas não vai.

Coloco as chaves de Lana em cima do balcão.

— O carro lá fora que precisa de conserto é da Alana. Dá uma olhada se não acredita em mim.

Suas sobrancelhas grisalhas se franzem.

— É mesmo? Por que não começou por esse detalhe?

Reviro os olhos e falo para ele escolher o melhor pneu. Ele desaparece com as chaves de Lana antes de voltar dez minutos depois para me avisar que os outros três pneus dela estão carecas e que o óleo precisa ser trocado. Dou o sinal verde para ele consertar o que achar necessário para ela e Cami ficarem seguras. Ele me lança um olhar estranho antes de voltar a desaparecer dentro da oficina.

Duas horas depois, saio de lá com uma nota quilométrica e uma leveza no peito que eu não sentia há dias. O caminho de volta para casa é rápido. Entro no acesso e estaciono o carro na vaga de sempre antes de tocar a campainha.

Ela sai, segurando minhas chaves com o punho cerrado. Por seu maxilar cerrado e seus braços cruzados, as coisas não vão bem entre nós, independentemente do conserto do carro.

Ela respira fundo.

— Recebi seu bilhete. Não precisava fazer isso.

— Era o mínimo que eu poderia fazer depois de ontem.

— Bem, obrigada. — Ela diz baixo, como se admitir sua gratidão em voz alta tivesse um impacto maior.

— Por nada. Pedi para o mecânico trocar os outros três pneus para igualar porque não queria que você saísse por aí na chuva com os pneus carecas.

— Pediu? — Seus olhos se voltam do carro para meu rosto.

— Sim. Ele aproveitou e também trocou o óleo e substituiu os limpadores de para-brisa.

Ela cobre a boca.

Insegurança me leva a perguntar.

— Tudo bem?

Ela faz que sim, seu olhar lacrimejante ainda está fixo no carro.

Entrego as chaves para ela.

— Bom, já ocupei tempo demais do seu dia.

Ela pega as chaves. A ponta de seus dedos roça na palma da minha mão, e uma eletricidade perpassa minha pele.

— Obrigada. Foi muita gentileza sua me ajudar com o carro. — Ela desaparece porta adentro antes que eu tenha a chance de responder.

Eu não esperava muito dela depois do incidente de ontem à noite, mas parte de mim ainda desejava mais. O quê exatamente, não sei. Só sei que minha confiança de antes é substituída por uma nova onda de vazio. Com a diferença de que, desta vez, escolho não afogar isso em álcool. É uma punição autoinduzida que aceito de todo coração, sabendo que é minha culpa que Lana tenha se chateado.

Nessa noite, não vou para a cama bêbado e entorpecido. Em vez disso, vou para a cama vivo e furioso com meu avô por me colocar na mesma situação que eu sabia que aconteceria se tivesse ficado mais tempo da última vez.

***

Não tenho como substituir o vaso que quebrei. Não adianta nem tentar, mas saio na manhã do domingo para o shopping que fica a uma hora do lago na esperança de encontrar algo que compense meu acidente embriagado.

Encontrar um vaso é fácil. A seleção é infinita, e escolho o mais bonito e mais caro. Lana não vai ligar para a etiqueta, mas talvez meu esforço não passe despercebido.

Enquanto a caixa está embalando minha compra com cuidado para que não quebre, dou uma volta pela loja. Uma batedeira vermelho-cereja brilhante chama minha atenção. Penso em Lana e em sua batedeira velha caindo aos pedaços que está em sua nona vida antes de chamar a funcionária e pedir para passar o produto no meu cartão.

Não estou querendo comprar o perdão de Lana.

Estou querendo comprar algo que a faça acreditar em seu sonho, mesmo que ela não sonhe mais.

***

Como Lana pegou minhas chaves quando eu estava bêbado, tenho que tocar a campainha e esperar por ela. Em algum momento, coloco a batedeira pesada no alpendre e balanço na ponta dos pés enquanto ela leva um bom tempo para me atender.

A porta se abre, e ela me encara.

— O que você quer?

— Vim fazer as pazes. — Estendo a sacola com o vaso.

— Com presentes? — Ela franze a testa para a sacola.

Dá para ver que presentes *não fazem parte da linguagem do amor dela.*

Minha esperança desaparece junto com qualquer empolgação pela batedeira. Entro na frente da sacola antes que ela possa ver enquanto estendo a que contém o vaso.

— Sei que não posso substituir o que quebrei, mas queria dar um vaso novo para você mesmo assim.

Ela não estende a mão para pegar.

— De que adianta?

— Estou tentando resolver um problema que causei, não criar outros.

— Então resolva o que realmente importa aqui, e já vou logo avisando: não é o vaso.

— Eu... — Perco o resto da frase.

— De que serviu voltar para a reabilitação se você iria beber de novo?

Sinto como se meu coração estivesse sendo partido ao meio pelas garras da vida.

— Eu tinha perdido meu motivo para ficar sóbrio.

Sua sobrancelha se franze.

— O quê? Dinheiro? Hóquei? A vontade de levar uma vida normal?

— Você, Lana. Perdi *você*.

CAPÍTULO VINTE E QUATRO
Alana

Balanço a cabeça com tanta força que minha visão fica turva.

— Você não tem o direito de me culpar pelo seu vício.

Ele segura meu queixo, forçando-me a olhar nos olhos dele.

— Não estou culpando você. Só estou sendo sincero sobre o que aconteceu da última vez.

— Que última vez?

Seus dedos apertam meu queixo com mais firmeza.

— Eu voltei. Apesar de ter jurado para você que não voltaria mais, voltei porque era um idiota ingênuo e cheio de esperanças.

Inspiro fundo.

— Quando?

— Pouco antes de meu avô ser tirado dos aparelhos.

— Mas isso foi... — *Mais de dois anos atrás.*

Ah, não.

A expressão dela faz uma adaga invisível se cravar em meu coração.

— Não acreditei a princípio. — Ele olha para baixo. Seus ombros transbordam de tensão, cada um de seus músculos se retesa sob o tecido da camiseta. — Mas então vi você com meus próprios olhos, beijando aquele cara, Victor, perto do Last Call.

Meus olhos se estreitam.

— Quem te falou sobre ele?

Seus lábios superiores se curvam de repulsa.

— Importa?

Desvio os olhos.

Seu peito sobe e desce por causa da expiração profunda.

— Quer saber? Não deveria importar, porque não é essa a questão.

Meus olhos se fecham.

— Então qual é?

— Eu falhei com você pela última vez naquela noite.

Balanço a cabeça com tanta força que chacoalha meu cérebro.

— Como? Eu nem sabia que você estava na cidade.

— Porque, em vez de lutar por você, por nós, escolhi a saída fácil naquela noite. A saída familiar. *Errada*. Em vez de enfrentar, decidi afogar meus problemas no álcool até não conseguir sentir mais dor nenhuma. Até anestesiar a parte do meu cérebro que viu você nos braços de outro homem. Foi uma merda tão grande depois de todo aquele esforço para ficar sóbrio, mas eu não conseguia parar. Não *queria* parar. Minha principal razão para ficar melhor foi tirada de mim, que foi exatamente o que meu avô tinha dito que aconteceria.

Ele abre o coração para mim, e acho impossível o repreender neste momento.

— Sei que estraguei nossa chance de ter algo mais. Foi egoísta da minha parte até mesmo tentar daquela última vez, sabendo o estado mental em que eu estava e que ficar juntos poderia estragar nossa amizade.

— Por que correr o risco, então? — A pergunta que não saiu da minha cabeça escapa por minha boca, junto com qualquer conceito de autopreservação.

Ele respira fundo. Meu estômago se contorce em um nó, os músculos ficam tão tensos que chegam a doer.

Seu olhar se fixa no meu.

— Sempre achei que éramos feitos um para o outro. Posso ter errado um pouco no *timing*, mas isso não muda o fato de que não há ninguém que eu queira mais neste mundo do que você.

Respirar se torna exponencialmente mais difícil.

— Eu estava esperando porque nunca era o momento certo para nós. Três anos não parece mais uma grande diferença, mas naquela época parecia uma vida. Quando você fez dezoito, eu já era um fracasso de vinte e um anos com uma passagem pela reabilitação. Eu era um fodido e você era... — Ele hesita.

— Se você disser *virgem*, vou dar um murro na sua cara. — Cal tirou sarro de mim por isso até que certa noite não aguentei mais e fiquei com um forasteiro. Ele ficou furioso comigo por uma semana, o que nunca tinha acontecido antes.

— Perfeita. Você era *perfeita*. — Ele passa os dedos em minha bochecha.

Lá vem o frio na barriga.

— Você tinha tantos sonhos, e eu também. Um de nós teria que ceder, e eu não queria isso para a gente. Não queria correr o risco de você guardar ressentimento de mim quando ficássemos mais velhos. — Seu sorriso vacila. — Acho que não adiantou muito, pensando bem.

— Não guardo *ressentimento* de você. Só quero cortar seu fluxo de ar e ver seu rosto ficar roxo de vez em quando.

— Nas circunstâncias certas, eu adoraria colocar essa sua fantasia em prática. — Ele dá uma piscadinha.

— Claro. Nossa palavra de segurança pode ser *mais*.

Uma risada escapa de sua boca, pura e leve, enquanto ele me olha como...

Como *antes*.

— É *disto* que sinto falta. — Ele aponta entre nós com um sorriso. — Sei que não posso voltar atrás e mudar o que fiz da última vez que estive aqui. E, por mais confuso que pareça, também não me arrependo daquilo, por mais que tenha perdido você no processo. Porque eu preferia saber a sensação de ter você por um verão a nunca ter tido você.

Sinto que meu coração vai implodir, ainda mais depois do que ele diz na sequência.

— Tivemos um começo complicado naquele verão, mas espero que possamos voltar a ser amigos. Ao menos enquanto estou aqui.

— Amigos? — Perco o chão.

Ele lê meu rosto como se fosse seu livro favorito.

— Sei que fiz uma grande besteira ontem.

— Sim. *Enorme*.

— Que bom que tenho você por perto para me manter humilde.

— Considere essa minha contribuição à sociedade. Não podemos deixar alguém como você andar pela cidade com um ego do tamanho do lago Michigan.

— Deve haver alguma esperança para mim se ainda posso disputar com o lago Superior.

Comprimo os lábios numa tentativa fraca de esconder o sorriso.

Ele suspira.

— Olha. Sei que pedir para sermos amigos de novo é muita coisa...

— *É, porque você me beijou enlouquecidamente nem uma semana atrás.* —

Mas estou torcendo para conseguirmos encontrar uma maneira de nos darmos bem enquanto estou aqui.

Sugo o lábio inferior entre os dentes enquanto considero sua proposta. Ser amigos criaria uma expectativa. Posso nos dar alguns limites que, com sorte, vão nos impedir de fazer bobagem.

Certo. Porque isso deu muito certo na última vez que ele esteve aqui.

Sou mais inteligente agora. Na época, a emoção de nos tornarmos um casal superou o bom senso. Mas, agora, estou mais preparada. *Evoluída.* Deixar para trás a raiva que guardo dele seria um sinal de maturidade.

Não confiar nele e em seu vício não é sinal de imaturidade, mas de experiência.

Experiências que sofri não apenas com ele, mas também com minha irmã. Do tipo que me ensinou tudo que sei sobre viver com entes queridos que sofrem com vícios.

Abro a boca com toda a intenção de rejeitar sua proposta, mas a fecho. Ele não é o único que sente falta da nossa amizade.

Eu também sinto.

Balanço para trás sobre os calcanhares.

— Se quiser ser meu amigo de novo, precisamos criar alguns limites.

— Por exemplo?

— Se um dia você ficar bêbado de novo como ficou na noite da formatura da Cami, acabou. De vez.

Ele engole em seco.

— Certo.

Caramba. Eu esperava um pouco mais de hesitação nessa.

— E chega de beijos. — As palavras saem às pressas da minha boca. Seus lábios se curvam em um sorriso sexy.

— É um pedido complicado, mas posso tentar.

— Você sobreviveu muito tempo sem nem tentar, então acho que pode conseguir não cometer mais nenhum deslize. — Minhas bochechas ardem pela memória da semana passada.

— Aquilo foi antes. — Sua voz fica mais grave.

— Antes do quê?

— De eu saber a sensação de ter você embaixo de mim. — Ele passa os dedos pelo meu rosto. O ar entre nós crepita, meus pelos se arrepiam.

Foi idiotice minha pensar que poderíamos tentar ser amigos. Não existe nenhuma possibilidade de isso acontecer; não se um simples toque de sua mão faz meu corpo reagir desta forma.

Odeio isso. Amo isso. Não deveria deixar que voltasse a acontecer nunca mais.

Clareio a cabeça com uma sacudida rápida.

— Quer saber? Deixa pra lá. Nunca vou conseguir ser sua amiga.

Ele recua, tirando de mim seu calor e o arrepio que desce pela minha espinha.

— Por que não?

— Você não consegue passar nem cinco minutos sem flertar comigo.

— Bom, a culpa é sua se achou que eu duraria cinco minutos com você.

Olho para ele de cima a baixo.

— Desapontada, mas não surpresa.

Seu rosto fica vermelho em cinco segundos.

— Não foi isso que eu quis dizer.

— Não precisa ter vergonha. Você é mais velho agora, eu entendo. Tenho certeza de que com o remedinho certo dá para resolver esse problema rapidinho.

Ele se aproxima um passo.

— Não estou envergonhado. Estou *indignado*.

Finjo um suspiro.

— A masculinidade frágil em seu melhor.

— *Lana.*

Uma palavra. Quatro letras. Mil faíscas escapam de minha pele quando ele coloca a mão atrás do meu pescoço e me puxa junto ao peito. Nossos lábios pairam a centímetros de distância, meu rosto é atingido pelo calor de seu hálito de menta.

Não vodca.

Meus dedos agarram seu peito.

Os dele apertam o lado da minha garganta.

— Preciso defender minha honra.

— Fico surpresa que você ainda tenha um restinho para proteger.

Seus olhos cintilam como mil estrelas explodindo de uma vez.

Estou provocando. Sei disso, mas não consigo encontrar forças para parar, por mais alto que a voz no fundo da minha cabeça insista que nada de bom pode vir disso.

Cal me choca ao colocar a mão ao redor de meu cabelo e puxá-lo como uma corda até minha cabeça se virar para o lado e meus seios ficarem pressionados em seu peito. Ele traça a ponta do nariz pelo lado de minha garganta. É erótica a maneira como um único toque me dá a sensação de que meu corpo inteiro pode se consumir em chamas. Eu me ajeito, querendo escapar da sensação, mas acabo por roçar na parte dele que ofendi.

Caralho.

Todos os centímetros de sua ereção pressionam meu ventre. Inspiro fundo, e ele ri baixo.

— Certo. Em relação a isso. — Sua voz, mais rouca do que antes, me faz tremer. De quê, não sei ao certo. Excitação. Adrenalina. *Desespero*. As opções são infinitas, uma mais perigosa que a outra.

— Você está de pau duro.

— Esperta como sempre.

Pisco duas vezes.

— Por que seu pau está duro?

— Porque você existe. — Seus olhos cravam um buraco bem no meio de meu coração, queimando o gelo ao redor.

Balanço a cabeça, tentando apagar a imagem de seus olhos se gravando em minha alma.

— Não deveríamos fazer isto.

Seus dedos puxam meu cabelo com mais força.

— Eu sei. — Ele beija o ponto sensível embaixo da minha orelha com um suspiro. Uma respiração trêmula escapa de mim antes que eu tenha a chance de contê-la.

— É errado. — Meu coração bate mais forte no peito, declarando o oposto.

Seus olhos se fecham, mas não antes de eu notar a dor que os perpassa.

— É isso que você realmente pensa sobre nós?

— Nunca tive tanta certeza na vida. — Respondo automaticamente, o impacto da minha resposta é estampado claramente em seu rosto.

Sinto dor física por magoá-lo, mas não tenho escolha. Correr o risco de me aproximar dele de qualquer forma é colocar meu coração em risco de novo por alguém que nem pretende ficar.

Não sei se consigo sobreviver se meu coração se partir mais uma vez. Tenho medo de que, na próxima, ele enfim se estilhace de maneira irreparável.

Sua mão solta meu cabelo antes de cair ao lado do corpo como um peso morto.

— Desculpa por passar dos limites, então. Eu... — Ele se embaralha com as palavras. — Eu me deixei levar pelo momento por um segundo.

Meu peito lateja. A náusea se intensifica, ácido sobe pela minha garganta, prestes a ser purgado do meu corpo trêmulo.

Antes que eu possa mudar de ideia, ofereço um galho de oliveira. Um galho de oliveira de que sei que vou me arrepender, mas não posso voltar atrás.

— Se você quiser que sejamos amigos, amigos de verdade, não pode mais me pegar desse jeito.

Seu rosto continua impossível de decifrar.

— Pensei que você não quisesse ser minha amiga.

— É, mudei de ideia.

— Por quê?

— Porque a única outra amiga que você tem na cidade é minha filha de cinco anos e, francamente, isso é meio triste.

A cara que ele faz aumenta o vazio em meu estômago.

— Não preciso que você seja minha amiga por pena.

— Azar o seu. É promoção de duas Castillo por uma.

Um sorriso sincero se forma em seu rosto, expulsando as sombras em seus olhos.

— Quer dizer que você vai ajudar a construir o barco com a gente?

— Seu entusiasmo é viciante, e me pego respondendo que sim. Penso que o arrependimento vai ser iminente, mas, em vez disso, sinto apenas um calorzinho por dentro com a ideia de criar algo especial com Cami e Cal.

Talvez uma atividade como essa seja boa para nós. Talvez possamos ter um pouco de paz e esquecer todas as merdas que subiram à superfície nos últimos seis anos.

Ele fita meus olhos por mais um momento antes de dar outro passo para trás.

— É melhor eu ir. Temos uma reunião amanhã cedo com o empreiteiro.

Pisco duas vezes até recuperar a sensação nas pernas.

— Certo.

Ele me entrega a sacola com o vaso antes de voltar para o carro. Estou tão distraída observando-o sair que só noto a segunda sacola no alpendre quando ele está dirigindo rumo à estrada principal.

Entro em casa e coloco a primeira sacola em cima da mesa vazia embaixo da escada antes de sair para pegar a outra.

— Que porra é essa? — resmungo pelo peso. Meus braços tremem enquanto a coloco no chão ao lado da mesa.

Primeiro, desembrulho o vaso. É simples, elegante e exatamente algo que minha mãe teria escolhido. A segunda sacola me surpreende. Eu me ajoelho no chão e tiro um cubo embalado. Um envelope branco está fixado em cima do papel de presente, e o abro com a unha antes de puxar um cartão.

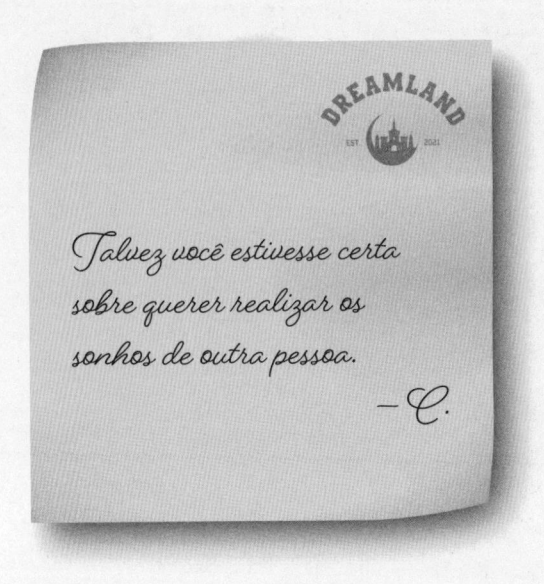

> DREAMLAND
>
> *Talvez você estivesse certa sobre querer realizar os sonhos de outra pessoa.*
>
> *— C.*

Com os dedos trêmulos, abro o papel de presente e encontro uma batedeira profissional. Reconheço a marca como uma que estava na minha lista de *nunca vou ter, mas não custa me torturar olhando*.

Meus olhos marejam. Não é a batedeira em si, mas o significado por trás dela que me vira do avesso.

Releio o cartão, e o friozinho na barriga cresce ainda mais na segunda vez. A sensação não tem nada a ver com o impulso de assar bolos até as duas da manhã e sim com o homem que me causou essa emoção.

Antes que eu perca a coragem, pego o celular e mando uma mensagem rápida para ele.

> Obrigada pela batedeira.

> Me agradeça fazendo meu bolo favorito.

> Combinado.

À noite, vou para a cama com um sorriso muito bobo no rosto, sentindo-me melhor do que não me sentia há semanas.

CAPÍTULO VINTE E CINCO
Alana

Na manhã seguinte, acordo ansiosa e pronta para encontrar o empreiteiro. Agora que as coisas com Cal parecem resolvidas, eu me sinto mais preparada para trabalhar com ele na casa.

Passo por minha rotina matinal com quase tanta energia quanto Cami. Seu entusiasmo para ir para a colônia de férias me contagia, e passamos toda a viagem de carro escutando sua música favorita do último filme de princesa de Dreamland.

Faz séculos que desisti da minha batalha contra os Kane e seu império de contos de fada. Era uma luta perdida, ainda mais porque todas as amigas de Cami são obcecadas por Dreamland e seus filmes de princesa. Até eu tenho que admitir que os filmes são muito fofos, embora eu e Cami concordemos que seria bom se eles tivessem um sobre alguém da Colômbia. Ainda melhor se fosse de Barranquilla como minha família.

Quando volto para casa, meu humor não tem como ficar melhor.

— O que deixou você sorrindo assim? — Cal espia dentro da cozinha.

Mergulho na água espumosa a frigideira que estava lavando e desligo a música que sai da caixa de som portátil em cima do balcão.

— É o primeiro dia do verão.

— Parabéns. O que você pretende fazer primeiro?

Aponto para a louça.

— Preciso terminar isso antes que o empreiteiro chegue.

Ele começa a arregaçar as mangas da camisa de linho, revelando os antebraços musculosos.

— Que tal eu enxugar enquanto você lava?

Tiro os olhos de seus braços.

— Por quê?

— Porque terminei no sótão, e não tenho mais nada para fazer até o empreiteiro chegar.

— Já terminou no sótão?

— Sim. — Ele pega um pano pendurado no fogão e o joga no ombro antes de se virar para mim.

Não consigo conter o sorriso.

— A vida doméstica combina com você.

Seus lábios se contorcem.

— Talvez Iris estivesse certa.

Minha coluna se enrijece. *Quem é essa tal de Iris?*

Nunca ouvi esse nome sair da boca de Cal antes, mas está óbvio que ele gosta muito dela pela maneira como seus olhos se iluminam com a mera menção do nome.

Pego a esponja de aço e começo a esfregar o resto de ovos da frigideira. Cal para ao meu lado, enxugando a panela que lavei um minuto atrás. O risco da esponja abrasiva no metal faz meus ouvidos arderem.

Ele me cutuca com o cotovelo.

— Qual é o problema?

— Nada.

— Iris diz a mesma coisa quando está brava. — Sua voz soa mais leve, e olho para ele para encontrar um brilho em seus olhos.

Que filho da puta.

Esfrego com tanta força que um pedaço da esponja se solta e sai flutuando.

— Tem certeza de que não tem nada de errado? — ele provoca.

— Sim.

— Se você insiste. Eu odiaria colocar nossa amizade em risco.

— Prontinho. — Enxáguo a frigideira e a passo para ele, assim talvez o homem cale a boca.

Cal se inclina para a frente para sussurrar em meu ouvido:

— É fofo ver você com ciúme da minha cunhada, mas é realmente desnecessário.

Pisco.

— Cunhada?

— Iris Elizabeth *Kane*. Também conhecida como esposa de Declan.

— Declan se casou?

Ele faz que sim com um sorriso.

— Com a minha melhor amiga.

Olha só quem fez papel de idiota agora.

— Que legal que vocês são próximos. — Meu nariz se franze.
Ele o cutuca.
— Declan também não concorda muito.
Uma risada escapa da minha garganta.
— Como ele está?
— Insuportável como sempre.
— Que pena. Pensei que ele finalmente tivesse feito aquela cirurgia para ajudar com aquela cara de cu.

Cal joga a cabeça para trás de tanto rir. A combinação de seu sorriso e da luz que entra pela janela o deixa tão radiante quanto o sol. Dou um passo para perto, desesperada pelo calor que só ele pode oferecer.

— Nossa, que saudade que eu estava de você. — Ele coloca um braço ao meu redor e me puxa para perto. O gesto tem a intenção de ser completamente platônico, mas o formigamento que vai da minha cabeça até os pés definitivamente não é. Cal não parece muito melhor pela maneira como se inclina para perto e cheira meu cabelo quando pensa que não estou olhando.

Meu coração bate alto, bloqueando minha audição.

O primeiro dia como apenas amigos está indo bem. Mal posso esperar para o que mais nos aguarda.

* * *

Ryder Smith, o empreiteiro da Lopez Luxury, pega uma fita métrica.

— Podemos começar com uma volta pela casa?

Cal olha para mim com um sorriso tenso que não se reflete em seus olhos.

— Pronta?

Meu olho direito se contrai.

— Claro.

Eu e Cal tomamos cuidado para manter distância um do outro enquanto mostramos a casa a Ryder. Nas poucas vezes em que acabamos nos esbarrando, um de nós tem um sobressalto. Não sei se é bem isso que Cal tinha em mente quando sugeriu sermos amigos, mas estou torcendo para que possamos sair dessa.

Ryder não parece notar. Ele toma notas em sua prancheta enquanto nos enche de perguntas, para algumas das quais não sei as respostas.

Ryder se agacha perto da entrada da cozinha, onde o assoalho dá lugar ao vinil.

— O assoalho continua embaixo?

Cal olha para mim como se eu devesse saber a resposta.

— Lembro de minha mãe comentando que o dono anterior tinha coberto os pisos da cozinha, então imagino que o assoalho original continue pela casa toda.

— Posso pedir para alguém da minha equipe dar uma olhada e confirmar se é o caso. Se for original, só precisamos dar um acabamento, o que vai economizar muito tempo comparado com esperar um piso novo.

— Considerando que a gente está pedindo um preço de venda bem alto, os compradores não vão esperar um piso mais moderno? Como mármore, talvez? — Cal cruza os braços, proporcionando-me uma visão perfeita de seus antebraços cheios de veias.

Quase não escuto o que ele diz de tão distraída com a pornografia de braços rolando no momento.

— Mármore? — pergunto.

— Qual é o problema com o mármore? — Cal franze a testa.

— Não combina com o estilo da casa.

— O preço também não, mas isso não incomodou você antes. — Ele sorri.

Eu poderia estrangulá-lo aqui e agora tendo Ryder como minha única testemunha. Talvez pelo preço certo, ele esteja disposto a me arranjar alguns sapatos de cimento.

Os olhos escuros de Ryder se alternam entre nós.

— Se quiserem piso de mármore para uma casa deste tamanho, vão enfrentar um prazo de seis meses, no mínimo, dependendo do fornecedor.

Cal faz que não precisa.

— Não vai rolar, então. Vamos ficar com os assoalhos originais.

Ryder segue para a cozinha, e eu e Cal vamos atrás. Ele espia tudo e toma notas enquanto faz barulhos diferentes para si mesmo. Alguns soam confirmatórios enquanto outros fazem os pelos dos meus braços se arrepiarem.

Ele parece especialmente descontente quando pega uma ferramenta portátil e começa a retalhar uma bendita parede. Ele solta um palavrão baixo antes de se voltar para nós.

— Vocês querem primeiro a boa ou a má notícia?

Cal se recosta na ilha com um sorriso.

— Você encontrou alguma coisa boa nesse lugar? Estou chocado.

Belisco a costela dele.

— Primeiro a má notícia, por favor.

— Vocês têm amianto.

Ah, não.

— Está de brincadeira comigo. — Cal franze a testa.

— É bem comum em casas dessa época. Precisamos entrar em contato com um empreiteiro de remoção de amianto que trabalha conosco para vir remover com cuidado a fibra mineral das paredes, dos pisos e do isolamento.

Cal pega o celular e começa a pesquisar, completamente desligado para ouvir meu arquejo de pânico.

— Vão ter que arrancar as paredes?

— Provavelmente. Não vou abrir mais nenhum buraco sem o equipamento adequado.

— Qual é a boa notícia? — Massageio a têmpora.

— Não deve levar mais do que três semanas, dependendo do tempo que demorar para alguém conseguir vir para eliminar o material. Quando vocês voltarem, vai estar tudo removido e podemos começar a demolição. Vai atrasar um pouco nosso cronograma, mas vocês podem passar o tempo escolhendo os acabamentos.

Meu mundo gira como se eu tivesse acabado de sair de um carrossel.

— Eita. Espera. Como assim voltarmos? Onde vamos ficar?

Ryder franze a testa.

— Agora que encontramos amianto, não recomendo que vocês fiquem aqui até trazermos os profissionais para fazerem a remoção.

— Por que não?

Cerrando o maxilar, Cal responde:

— Porque eu é que não vou deixar vocês morarem com algo que pode causar câncer.

— Câncer? — Meus olhos se arregalam.

— Faça as malas, porque você e Cami vão ficar comigo na casa de hóspedes.

* * *

Depois que Ryder vai embora, faço minha própria pesquisa minuciosa sobre os riscos do amianto à saúde enquanto Cal toma a iniciativa e agenda uma equipe de remoção para começar na sexta, depois que eu encaixotar o restante da casa.

Só tenho duas opções de moradia temporária, uma das quais está fora de cogitação porque Violet tem duas colegas de apartamento agora e nenhum quarto de hóspedes para mim e uma criança pequena. A casinha de Delilah e Wyatt é minha única outra opção. Só preciso ligar para minha amiga depois que ela sair do trabalho e perguntar.

Cal não parece gostar que eu esteja descumprindo sua ordem de ficar na casa de hóspedes. Ele não parou de me seguir pela casa a tarde inteira, o que foi ao mesmo tempo irritante e útil quando precisei alcançar objetos altos.

Percorro a garagem, com cuidado para não esbarrar em nenhuma das pilhas de caixas que Cal arrumou para a transportadora.

Sou distraída por sua presença e tropeço. Ele me segura pelo cotovelo antes que eu caia de cara numa pilha de caixas.

— Dá para parar de me seguir para tudo quanto é lado? — Solto meu braço de sua mão.

— Só quando você aceitar não passar a noite aqui.

— Está bem! — Jogo as mãos para o alto. — Não estava planejando dormir aqui mesmo.

Suas sobrancelhas se franzem.

— Então vocês vão ficar na casa de hóspedes?

— *Não.* — Não consigo alcançar a mala na prateleira mais alta, mesmo ficando na ponta dos pés.

Cal estende os braços ao meu redor e pega a mala da prateleira de cima para mim. O toque de seu peito em minhas costas me faz conter um calafrio, um fato que parece não passar despercebido pela maneira como ele traça um dedo por minha coluna.

— Para onde você vai, então? — Sua pergunta tem um quê de cortante.

Ah, é essa a questão.

Dou meia-volta, e nossos peitos se encostam.

— Não sei, mas eu é que não vou dividir a casa de hóspedes com você.

— Por que não?

Ergo as mãos no ar.

— Porque é uma péssima ideia!

— Está com medo de não conseguir se controlar perto de mim? — Seu sorriso característico volta com força total, virando meu mundo de cabeça para baixo.

O meu pouco-caso sai sem sua bravata habitual.

— Consigo me controlar. — A ponta de seu polegar segue a curva de meu lábio inferior, fazendo um raio de energia descer por minha espinha. Minha cabeça se inclina pateticamente na direção dele.

Ênfase em "pateticamente".

Dou um empurrão nele, embora seja fraco, para dizer o mínimo. Meus dedos querem se cravar em sua camisa e o puxar de volta, só para poder sentir a adrenalina que seu toque causa.

É exatamente por isso que você não pode morar com ele.

Escapo da gaiola de seus braços e saio batendo os pés, arrastando as malas atrás de mim com a risada de Cal ao fundo.

* * *

Passo o resto do dia arrumando os artigos de primeira necessidade para mim e Cami, o que é uma tarefa exaustiva por si só. Não estou nem um pouco ansiosa para arrumar todo o resto antes de a equipe de remoção de amianto chegar.

Não guardo muitas lembrancinhas. As coisas mais importantes que possuo ficam numa caixa de sapatos atulhada de memórias. Subo a escada em meu closet e procuro a caixa. Ela está fora do alcance, escondida atrás de um antigo presente do Papai Noel que esqueci de colocar embaixo da árvore alguns anos atrás.

Passo a mão trêmula sobre a tampa empoeirada da caixa de sapato antes de removê-la. Minha mão estremece enquanto reviro as inúmeras fotos, ingressos, algumas das pulseiras de hospital de Cal de todas as vezes em que ele se machucou por minha causa, a chupeta favorita de Cami, e algumas outras recordações de uma vida inteira. É uma sensação ambivalente como vinte e nove anos de vida podem caber numa única caixa de sapatos. Houve um tempo em que eu sonhava em sair desta cidade. Amo Lake Wisteria, amo de verdade, mas esta cidade nunca foi feita para ser uma aventura.

Era para ser o destino final.

Agora você finalmente tem a chance de realizar seus sonhos.

Com o dinheiro que vou tirar da venda da casa, não há nada mais que me impeça de viajar o mundo e abrir minha doceria aqui.

Bom, nada além de mim mesma. A insegurança sempre aparece nos piores momentos, fazendo-me questionar se realmente tenho o necessário para ser bem-sucedida.

Você nunca vai saber se não tentar.

— Mamãe! — Cami entra correndo no closet.

A caixa de sapatos escapa de minha mão e cai no chão, virada de cabeça para baixo.

— Ai, não! Desculpa! — Cami se ajoelha e pega a caixa, acabando por derrubar tudo que tem dentro.

— Deixa que eu pego. Não se preocupa. — Desço da escada.

Ela ergue uma foto com um sorrisão.

— Olha! É você e Cau-l de mãos dadas!

De todas as fotos para ela encontrar, tinha que ser a única minha e dele no Festival do Morango de seis verões atrás.

— Hum-hum. — Pego a foto das mãos dela e a coloco dentro da caixa. Sua cabeça se inclina.

— Você gosta dele, mamãe?

— Éramos amigos.

— Tipo, amigos de beijo ou amigos *amigos*?

Por el amor de Dios.

— Só amigos.

Uma careta rara perpassa seu rosto.

— Quê?

— Nada — ela responde com um tom que diz o contrário.

Você precisa tomar mais cuidado com ele quando estiver perto dela.

Cami é a última pessoa que deveria alimentar esperanças sobre nós. O que quer que tenha acontecido no passado entre mim e Cal é apenas isso.

Passado.

CAPÍTULO VINTE E SEIS
Alana

— Estava pensando quanto tempo você demoraria para tomar a decisão certa. — Cal abre a porta com um sorriso.

Meus olhos se estreitam.

— Tenho uma condição.

— Só dizer.

— Nada de beber na frente de Cami.

Seu sorriso se fecha.

— É claro que não.

Solto o ar.

— Obrigada.

— Oi! — Cami surge atrás de mim.

— E aí, garotinha? — Ele se ajoelha na altura de Cami. Os olhos dele se arregalam quando ela joga os braços ao seu redor e o sufoca até a pele dele ficar vermelha.

Maldito seja meu coração por me trair com a maneira como se aperta ao ver o abraço deles.

Cal se levanta.

— E o que aconteceu com a ideia de ficar com Delilah e Wyatt?

— A avó dela de fora da cidade está de visita — resmungo.

— E Violet?

— Divide um apartamento pequeno com duas pessoas.

— Não há nada que eu ame mais do que ser a última opção. — Ele leva a mão à minha bagagem e a puxa para dentro. Sigo atrás, observando as grandes pilhas de livros espalhados pela sala.

— Desde quando você curte ler?

Um rubor sobe por seu pescoço enquanto ele encaixa os polegares nos bolsos da frente da calça jeans.

— Gosto de manter a mente ocupada.

— Você leu todos esses nas últimas semanas? — Deve haver pelo menos uns cinquenta livros espalhados pelo espaço.

Ele faz que sim.

— Uau.

Seu olhar se volta para mim.

— Precisa de ajuda para trazer o resto das coisas?

— Cuidado com o que você oferece.

— Não tenho muito mais o que fazer.

Cal passa a hora seguinte me ajudando a carregar caixas e sacolas cheias de coisas. Quando terminamos, a sala inteira da casa de hóspedes está coberta de brinquedos. Os armários da cozinha transbordam de mantimentos e utensílios, e os quartos estão abarrotados com nossos artigos pessoais que não queríamos correr o risco de deixar para trás, incluindo meu vibrador, que escondi na mesa de cabeceira. Eu é que não deixaria aquilo para algum cara aleatório encontrar.

Cal desaparece enquanto faço o possível para deixar o novo quarto de Cami aconchegante com o edredom de princesa, o abajur de borboleta e as lâmpadas de LED.

Quando termino, preciso fazer xixi. Abro a porta do banheiro mais próximo do quarto de Cami, mas levo um grito da minha filha, que está sentada no vaso dizendo que está com dor de barriga. Tirá-la de lá depois desse aviso não é mais uma opção.

Luz escapa por debaixo da fresta do segundo banheiro, localizado no fim do corredor. Viro a maçaneta, mas a porta não abre.

— Só um segundo. — A porta abafa a voz grave de Cal.

Ela logo se abre, e uma nuvem de vapor rodeia o homem, que aparece no batente usando nada além de uma toalha branca. Ele está tão focado em enrolá-la ao redor da cintura que não nota minha língua escapando da boca.

Não sei para onde olhar. Embora seus ombros imensos sejam tentadores, eu me distraio rapidamente por seus abdominais brilhantes que guiam diretamente para os músculos que apontam para o seu pau. Nem está duro, mas consigo distinguir o formato dele sob o tecido felpudo.

Esse homem foi criado por Deus para realizar as fantasias de qualquer mulher.

Ou as suas especificamente.

O som distante do tablet de Cami me faz entrar em ação.

— Entra aí. — Empurro-o de volta para o banheiro e fecho a porta atrás de nós.

— Qual é o problema? — Ele tropeça nos próprios pés antes de se equilibrar na bancada.

Pego uma segunda toalha da prateleira e a jogo na cara dele.

— Cubra isso tudo antes de sair de novo.

— Cobrir isto daqui? Para quê? — Seus lábios se contraem enquanto ele passa a mão ao longo das curvas e saliências de seus músculos abdominais.

— Tem uma criança aqui! — digo entre um sussurro e um grito.

— Relaxa. Só estou brincando. — Ele pega a toalha e cobre a parte superior do corpo até parecer uma múmia. — Melhor? — Ele parece ridículo com a maneira como seu cabelo molhado cai sobre o rosto.

— Nem de longe. — Jogo uma toalha de mão molhada na cara dele. — Pronto. Melhor assim.

Ele a tira com uma risada.

— Desculpa. Esqueci que Cami está hospedada aqui.

— Ah, então, se fosse só eu, tudo bem andar por aí só de toalha?

— Se fosse só você, eu tiraria até a toalha. — Ele dá uma piscadinha.

Minha boca se enche d'água pela imagem dele fazendo isso.

— Você ia gostar, não ia? — Sua voz rouca me dá um calor no ventre.

— Não. — Tarde demais, noto meu nariz se contraindo.

Ele passa o dedo na ponta do meu nariz, causando-me um calafrio agradável.

— Tem certeza? — Ele leva a mão à barra da toalha.

Meu coração bate mais forte, tornando impossível escutar enquanto ele começa a soltar a toalha.

— Não! — Bato as mãos em sua cintura para impedi-lo, mas acabo roçando em seu pau no processo.

Pisco. Ele sorri.

Meu mindinho se estende para tocar seu membro só para confirmar o que senti. Ele tem um calafrio, a exalação mínima que solta me faz pressionar uma perna contra a outra.

— A menos que você pretenda terminar o que começou, eu não faria isso de novo. — Ele empurra minha mão.

Todos os meus cinco dedos coçam para envolver o seu membro. Me dói negar o instinto, ainda mais pela maneira como ele olha para mim.

— Continua me encarando assim e vou acabar pensando besteira. — Ele empurra o pau contra a toalha com um sorriso safado.

Filho da puta...

A pulsação entre minhas pernas não tem nada a ver com a necessidade de usar o banheiro.

— Só para constar, você é um péssimo amigo. Não é de admirar que Declan não goste de ter você perto da esposa dele. — Eu o empurro para fora do banheiro e tranco a porta antes que eu faça alguma coisa idiota como tirar o sorriso de seu rosto na base de beijos.

* * *

Desisto de tentar conectar, sem olhar, o carregador do meu celular atrás da cama. É impossível alcançar sem ficar de quatro, então me ajoelho e uso a lanterna do aparelho para iluminar o espaço escuro embaixo.

Um chiado alto me faz cair de bunda e soltar um grito ensurdecedor saído diretamente de um filme. Passos rápidos e pesados vêm pelo corredor no mesmo ritmo errático do meu coração. A porta se abre antes de a maçaneta bater na parede.

— O que aconteceu? — Cal olha ao redor com olhos desvairados enquanto brande um abajur.

Aperto a mão no peito, tentando acalmar o coração.

— Que tipo de arma é essa?

Suas bochechas assumem um tom claro de rosa.

— Foi a primeira coisa que eu tinha ao alcance.

Ele pensou que você estivesse em perigo, e não quis perder tempo.

Sinto um nó na garganta, perdendo a capacidade de falar.

Cami entra correndo no quarto, com as mãozinhas erguidas em uma postura de combate que ela aprendeu no caratê.

— Vou te salvar! — Ela corta o ar com as mãos e dá um chute giratório. Seus pés escorregam no carpete, e os braços balançam quando ela perde o equilíbrio.

Cal solta o abajur para pegá-la antes que ela caia no chão. Ele a ergue no ar, fazendo-a rir baixo.

Meu coração traidor bate forte no peito. É impossível não ter alguma reação quando Cal a joga para cima de novo, tirando outra gargalhada alta dela antes de colocá-la de volta no chão.

Ele olha para mim e me flagra encarando a interação dos dois.

— O que aconteceu?

Aponto um dedo trêmulo para o espaço escuro embaixo da cama.

— Tem alguma coisa embaixo da cama.

— O quê?

— Não sei. Não consegui olhar direito antes de a coisa chiar para mim.

— Ah, é o Merlin. — Os olhos de Cal brilham quando ele me estende a mão. Estou um pouco bamba, sobretudo pela maneira como ele passa os olhos em meu corpo para ver se tenho algum ferimento.

Desvio o olhar primeiro.

— Aquela coisa é o seu gato?

Cami contém um grito.

— Você tem um gato?

Ele faz que sim, e Cami nos larga no mesmo instante para olhar debaixo da cama.

— Cami, não! Ele não é bonzinho. — Avanço e a puxo para trás.

Cal balança a cabeça.

— Não é verdade. Merlin pode dar medo, mas é inofensivo. Juro. Ele nem unha tem porque o antigo dono era um babaca abusivo, então não precisa se preocupar, ele não vai machucar ninguém. A pior coisa que ele faz é soltar pelo, mas para isso tenho um aspirador robô.

Sinto uma dor no coração.

— Arrancaram as unhas dele?

— Sim, e isso nem foi o pior.

Meu bom Deus. Meu fraco por animais abandonados está dando as caras na pior hora.

— Posso fazer carinho nele? Por favor? — Cami ergue os olhos para mim enquanto bate os cílios.

Olho para Cal para ver se ele aprova.

— Por mim, tudo bem.

Suspiro, resignada.

— Pode. — Vejo pelo brilho nos olhos de Cami que, até o fim da noite, ela vai estar apegada a Merlin.

Ela rasteja na direção da cama enquanto faz vozinha e chama o nome de Merlin. Ele não vem, o que a faz franzir a testa.

— Ele não gosta de mim.

Cal balança a cabeça com um sorriso e se ajoelha ao lado dela.

Pela segunda vez hoje, vejo-o sendo bonzinho com minha filha sem nenhum outro motivo além do fato de que ele é esse tipo de pessoa.

— Ele é um pouco tímido. — Cal estende a mão embaixo da cama. Cami espera, seu corpo treme de ansiedade.

Demora um minuto, mas, graças à persistência de Cal e à paciência de Cami, um gato preto e magro vem rastejando de debaixo da cama. Ele se esfrega na coxa de Cal, e seu rabo balança para trás e para a frente enquanto o dono dele passa a mão pelas suas costas.

— Faz carinho devagar. — Cal mostra para Cami mais uma vez antes de deixá-la tentar.

Minha filha estende a mão com a intenção de passar os dedos no pelo de Merlin, mas o gato sai correndo para fora do quarto antes que ela tenha a chance.

O sorriso dela se fecha.

— Ele me odeia.

— Ele só está mal-humorado, mas tenho um truque. — Cal fica de pé antes de dar a mão para Cami se levantar.

Ele mostra para ela seu estoque secreto de erva-dos-gatos e o brinquedo favorito de Merlin. Cami observa com fascínio enquanto ele enche o brinquedo com a erva antes de entregar para ela a vara que tem um barbante amarrado.

Com a instrução de Cal, Cami pendura o peixe na frente do sofá embaixo do qual Merlin está escondido. Quando o gato coloca a pata para fora para apanhar o peixe com penas, Cami dá um gritinho. Cal acaba rindo da reação dela, e me pego rindo também.

Fico um pouco para trás, ao mesmo tempo encantada e apavorada pela interação entre eles. Quanto mais tempo os dois passam juntos, mais me preocupo que Cami possa ficar apegada a Cal. Conheço a sensação de ter o coração partido por ninguém mais do que Callahan Kane. Isso deixa um vazio que não pode ser preenchido, por mais que se tente.

Cometi muitos erros, mas fico pensando se o maior que já cometi na vida não foi deixar que minha filha caísse no feitiço de Cal. Se ela tiver puxado a mim, é impossível que não o ame. Mas depois ele vai embora, e eu vou ter que catar os cacos mais uma vez.

Só que, desta vez, não vai ser meu coração que ele vai partir.

Será o da minha filha.

CAPÍTULO VINTE E SETE
Cal

Morar com Lana e Cami é uma experiência completamente diferente de vê-las de vez em quando na casa principal enquanto eu esvaziava o sótão. Para começar, a casa inteira está cheia de brinquedos. Caixas e mais caixas de brinquedos. A sala toda é um campo minado de Lego, bonecas de princesa e tantos bichos de pelúcia que Cami consegue brincar até de escolinha.

A menina é fofa pra caralho enquanto representa a aula de espanhol da mãe, alternando entre o inglês e o espanhol, com Lana a corrigindo de tempos em tempos enquanto prepara o jantar na cozinha.

Cami aponta um rolo de papel-toalha para o miniquadro branco em que escreve.

— *Vamos a apprendo español.*

— *Vamos a aprender español.*

Cami repete a frase antes de receber um joinha enfarinhado da mãe. Rio baixo, revelando o fato de que só estava fingindo ler.

— Cal, quer brincar comigo? — Cami corre até mim e puxa minha mão.

Lana tira os olhos da tábua de cortar.

— Acho que Cal está ocupado.

Ela anda bem fria nos últimos dias, desde que se mudou. Tentei quebrar o gelo com algumas piadas, mas nada parece surtir efeito. Nem minhas tentativas de não beber ajudaram a aliviar o clima.

Ela tem tomado cuidado para não me deixar sozinho com Cami por mais do que um minuto, o que não acontecia antes.

O que mudou?

Sinceramente, não saber está me deixando meio doido. Não sei bem o que aconteceu desde que ela se ofereceu para ser minha amiga. O que quer que esteja se passando em sua cabeça não deve ser coisa boa, e fico tentado a chamá-la na chincha e tirar algumas respostas.

Talvez depois que Cami pegar no sono eu consiga fazer isso.

— Por favor? — Cami bate os cílios compridos para mim.

— Claro. Eu adoraria brincar com você, garotinha. — Eu me levanto e sigo Cami, que está radiante enquanto Lana me fulmina com o olhar.

Passo os vinte minutos seguintes representando um estudante enquanto Cami tenta ler um livro para mim em espanhol. Ela tropeça nas palavras, e dou o meu melhor para ajudar, enquanto Lana intervém de vez em quando sobre as palavras que pronuncio errado.

Meu pescoço e minha coluna ardem de vez em quando. E, ao erguer os olhos, encontro Lana se ocupando rapidamente com alguma coisa na cozinha.

O que está rolando?

— Certo, Camila. Hora do jantar. — Lana tira o avental por sobre a cabeça.

O cheiro que sai do forno me faz desejar que ela tivesse estendido o mesmo convite para mim, embora eu saiba que isso não vai acontecer.

Cami pega minha mão e puxa.

— *Vamos a comer*.

Lana não diz nada, mas o silêncio entre nós não é um bom sinal. Por mais que uma comida colombiana feita em casa caísse bem agora, eu é que não vou dar a Lana mais um motivo para se irritar comigo.

Balanço a cabeça.

— Não posso.

— Por quê?

— Tenho planos.

— De quê? — A criança não tem qualquer limite pessoal nem traquejo social.

Ela tem cinco anos. Dá um desconto para ela.

— Vou comer na lanchonete.

Seu rosto se franze do mesmo jeito que o de Lana.

— Buuuuu.

Bem quando pensei que minha vida não poderia se rebaixar mais, sou vaiado por uma menina de cinco anos.

Maravilha.

Lana vai até Cami e aperta os ombros dela.

— Quem sabe na próxima.

— Certo.

— Mas minha mamãe é a melhorzíssima cozinheira de todo o mundo.
— Seu sorriso radiante é uma força da natureza. Duvido que eu tivesse uma chance de dizer não para ela se não fosse pelo olhar fulminante de Lana cravado em meu rosto enquanto converso com a menina.
— Eu sei. Ela aprendeu com a segunda melhorzíssima cozinheira de todo o mundo: a mãe dela.

Cami prende a respiração, e sei no mesmo instante que falei a coisa errada.

— Você já comeu a comida da *abuela*? Quando? — Cami ergue os olhos arregalados para mim.

Olho de canto de olho para Lana em busca de aprovação antes que eu diga algo que não devo. Ela me responde com um aceno breve, e solto um suspiro de alívio.

— Ela trabalhava aqui quando eu vinha visitar a cidade nos verões da minha infância e fazia a melhor comida que já comi. Depois da sua mãe, quer dizer.

Os olhos de Cami parecem prestes a saltar da cabeça de tanto que ela os arregala.

— Sério?

Lana desvia o olhar, seu peito sobe e desce a cada respiração.
— Sim.

O sorriso de Cami se alarga ainda mais.
— Você gostava dela?
— Era impossível não gostar. Todas as pessoas que a conheceram a amavam. — Essa é a mais pura verdade. A *señora* Castillo tinha uma energia que fazia todos quererem ficar perto dela. Ela adorava cozinhar e limpar, e contar histórias enquanto fazia essas coisas, o que era uma variação bem-vinda em comparação com as babás que cuidavam de mim.

É um dos motivos pelos quais eu adorava passar os verões aqui, embora meus irmãos não sentissem o mesmo.

— Você sente falta dela?

A pergunta de Cami faz meu peito se apertar com uma tensão incômoda.

— Sim, sinto. Queria ter tido a chance de me despedir.

As mãos de Lana nos ombros de Cami apertam com mais força.
— Onde você estava? — As sobrancelhas de Cami se franzem.

Lana balança a cabeça.

— *Por favor, no más preguntas. Me has hecho suficiente por hoy.*

— Mas...

— Por que não coloca a mesa enquanto converso com Cal?

— Tá! — Cami corre na direção da pequena mesa da cozinha que empurramos para um canto a fim de abrir espaço para todos os brinquedos.

— Você pode jantar com a gente se quiser. — Ela espana um pouco de farinha da roupa.

— Não quero incomodar. — *Você não passa de um mentiroso.*

Meu estômago me denuncia quando ronca tão alto que Lana escuta. Ela entreabre um sorrisinho. É o primeiro em dias que vejo dirigido a mim, e o absorvo como uma planta privada de luz do sol.

— Vai lá se sentar enquanto pego as *arepas*.

— *Arepas*?

— *Y chorizo.*

Minha boca se enche d'água.

— *Chorizo*? Precisa de ajuda?

— Preparo comida há anos sem ajuda nenhuma, então acho que consigo me virar bem sozinha, obrigada.

— Mal não faria ajudar um homem a se sentir útil de vez em quando. Ela bate os cílios.

— Não quer encontrar uma lâmpada para trocar?

Dou um empurrãozinho em seu ombro, e ela se dobra de tanto rir. Sinto como se esse som fosse uma injeção de pura serotonina em minhas veias.

O *timer* do forno apita, levando Lana e essa onda de felicidade consigo.

Eu me sento ao lado de Cami e dou atenção a ela enquanto ignoro a atração que sinto pela mulher que trabalha na cozinha.

Lana coloca um prato na minha frente. Antes que ela tenha a chance de recuar, pego sua mão e dou um apertão de leve.

— Obrigado. Fico muito feliz por você ter me convidado.

As bochechas de Lana, já rosadas pelo esforço, ficam vermelhas.

— Não precisa agradecer.

Roço o polegar na pele dela.

— Estava com saudade da sua comida. — Eu estava com saudade de muito mais do que só a comida dela, mas essa parece uma forma segura de me expressar. Ela aperta minha mão em uma resposta silenciosa antes de eu soltá-la.

Enquanto Lana tira uma caixa de suco da geladeira, Cami se debruça sobre a mesa e sussurra no meu ouvido.

— Você gosta da minha mamãe.

Meus olhos se arregalam ao máximo.

— Sei guardar segredo. — Cami fecha os lábios com zíper e joga uma chave invisível por sobre o ombro.

Caramba, essa menina é esperta. Ou isso ou meu interesse por Lana é tão ridiculamente óbvio que até uma criança de cinco anos consegue notar.

Provavelmente uma combinação das duas coisas.

O aroma de *arepas* faz cócegas em meu nariz e enche minha boca d'água. Cami ataca a comida, dando garfadas enquanto nos conta que foi nadar na piscina comunitária com a colônia de férias. Entre sua história e as perguntas de Lana, a refeição inteira é cheia de risadas, "ahs" e "ohs" de brincadeira, e Lana provocando Cami com perguntas bobas feitas para causar polêmica.

Adoro que não há um único momento de silêncio.

Não me lembro da última vez que me senti tão contente enquanto fazia algo tão simples. Claro, já jantei com minha família, mas algo em estar cercado por dois casais só ampliava a sensação vazia em meu peito. Hoje, porém, essa sensação está bem distante.

Houve um momento em minha vida em que pensei que não seria possível me sentir tão completo. Hoje, no entanto, consigo me sentir assim.

Pela primeira vez em muito tempo, começo a ter esperança. A acreditar que minha vida não precisa se resumir à solidão crônica e a um desespero por me encaixar em algum lugar. Que posso ser sóbrio *e* feliz, desde que faça um esforço.

Ao menos é o que eu gostaria.

***

O zumbido da lava-louças enche o silêncio enquanto esfrego a bancada com um lenço desinfetante.

Lana sai do quarto de Cami e fecha a porta atrás de si com delicadeza. Já fazia uma hora que ela estava cuidando da rotina da hora de dormir, com Cami implorando por mais dez minutos de banho, mais uma historinha e um pedido especial para Lana cantar uma canção de dormir. Tentei não ficar escutando demais, mas é difícil considerando como a casa é pequena.

Ela olha para mim com uma expressão estranha.

— Você lavou a louça.

— É o mínimo que posso fazer depois de você ter preparado o jantar.

Sua cabeça se inclina.

— Talvez eu tenha que convidar você para comer com a gente toda noite se isso significa que você vai lavar os pratos.

— Combinado — digo rápido demais, minha voz transbordando de desespero.

Ela morde o lábio inferior, sugando-o entre os dentes da frente antes de falar.

— Foi gostoso.

Meu coração bate forte no peito.

— O quê?

— Ter você comendo com a gente. Pareceu que... — Sua voz se perde.

Eu me recuso a deixar que ela escape sem explicar.

— O quê? — insisto.

— Pareceu que você estava se encaixando bem entre nós. — Ela baixa os olhos para os pés descalços enquanto ajeita uma mecha de cabelo atrás da orelha.

Engulo em seco o nó na garganta. Por mais que eu queira expressar minha concordância, tenho medo do que pode acontecer se eu fizer isso.

Ela não teria comentado se tivesse medo do que você poderia dizer.

— Por um momento durante o jantar, eu gostaria de me encaixar.

Suas sobrancelhas se franzem.

— Como assim?

Encolho os ombros, tentando fazer parecer que não me importo, mas provavelmente fracassando muito dada a tensão em meus ombros.

— Gosto de passar tempo com você e Cami. Ela é muito parecida comigo na idade dela.

Uma sombra de sorriso perpassa os lábios dela.

— Por minha própria saúde mental e sanidade, vou fingir que você não disse isso.

— Eu não era *tão* ruim assim.

— Aos dez anos de idade, você já tinha três ossos quebrados, uma concussão e uma incapacidade de ficar parado por mais de dez minutos.

— Não significa que ela vá ser igual.

— Tomara que não.

— Minha coparticipação do plano já é exorbitante. — Ela joga as mãos para cima.

Acabo rindo, o que só a faz franzir os lábios.

— Estou falando sério!

— Você está prestes a virar milionária quando vender a casa. Tenho certeza de que dá para cobrir alguns ossos quebrados depois disso.

— Certo. — A alegria dela se esvai, desaparecendo junto com o pequeno sorriso que se formava em seu rosto.

— Não me diga que está repensando tudo. Pensei que a gente tivesse um acordo.

Sua testa se franze mais.

— Não.

— Então qual é o problema?

— Nada. Vou para a cama. — Ela se vira na direção do corredor.

— Por que você está indo embora? — Vou atrás dela.

— Estou cansada. — Ela caminha até o quarto dela, que fica bem à frente do meu.

Quando Lana segura a maçaneta, eu a detenho pegando sua mão e a virando para mim.

— O que eu disse?

Ela inspira fundo, o que faz seus ombros subirem e descerem.

— O que me incomodou não foi exatamente o que você disse, mas o que isso me fez lembrar.

Minha mão aperta a dela com mais firmeza.

— O quê?

Ela ergue a outra mão no ar e gira o dedo.

— Que tudo isso tem data de validade.

Minhas sobrancelhas se franzem.

— Não é o que você queria?

Seu rosto se contorce, confusão se grava em todas as rugas de sua testa.

— Não sei o que eu queria e talvez esse seja o meu problema. — Ela solta um longo suspiro. — Eu só esqueci como era... — Sua frase se interrompe quando ela comprime os lábios.

— Esqueceu como era *o quê*?

Ela baixa os olhos.

— Não me sentir tão sozinha para variar.

A pressão cresce em meu peito.

— Lana...

— Pareceu ainda mais patético quando falei em voz alta. Apenas finja que eu não abri a boca. — Ela solta a mão e entra no quarto antes que eu possa perguntar mais alguma coisa.

Vou para meu quarto e me deito na cama. Merlin pula no colchão e se aconchega ao pé da cama, preenchendo o silêncio com seu ronronado constante.

Considero o que Lana disse sobre não saber o que queria. Sobre como ela não gosta de ser lembrada de que tudo tem uma data de validade.

Se ela não tivesse saído correndo para o quarto, eu teria dito que sinto o mesmo. Que também sofro com uma solidão devastadora e um desejo de preencher o vazio crônico em meu peito.

Jurei para mim mesmo que só ficaria aqui até vender a casa. Que não havia por que continuar por mais tempo do que isso, ainda mais se eu não era querido aqui.

Mas e se...

Não. Não existe a mínima possibilidade de ela me dar uma chance. *Certo?*

Em todas as hipóteses que formulei quanto a voltar a Lake Wisteria, não considerei a possibilidade de Lana se interessar por mim. Nem alimentei a esperança porque não queria criar expectativa.

Mas e se ela estivesse aberta a tentarmos algo novo juntos? Algo que não fosse pesado por drogas ou depressão ou más decisões tomadas pelo desespero de sentir algo diferente de dor?

Eu poderia ajudar a aliviar a solidão de que nós dois sofremos. Seria fácil me tornar seu companheiro. Amigo. *Amor.*

Minha mente levanta voo, um plano se forma enquanto reflito sobre todas as nossas interações até este momento. Se Lana está confusa, está na hora de eu esclarecer algumas coisas, a começar por meus sentimentos por ela. Posso não ter uma resposta para tudo, mas de uma coisa eu sei.

Lana é a única mulher que já amei, e está na hora de eu começar a fazer jus a isso.

CAPÍTULO VINTE E OITO
Alana

Depois do Natal, o Festival do Morango é minha época favorita do ano em Lake Wisteria. Todos na cidade se esforçam ao máximo para fazer desse o melhor evento para celebrar a estação. Pessoas de todos os lugares vêm visitar o parque perto da praça e curtir os brinquedos, os concursos e a comida incrível inspirada pela fruta da estação.

Cami me puxa pelo braço.

— Mamãe! Olha!

Viro para onde Cami aponta.

— O quê?

— É o Cau-l! — Ela pula na ponta dos pés para ver melhor, fazendo seu vestido com estampa de morango rodar ao seu redor.

— Cal não está aqui. — Pelo menos acho que não, já que nas últimas refeições que fizemos juntos ele não comentou que viria.

— É ele! — Ela aponta para a entrada do festival.

A princípio, penso que Cami deve estar imaginando coisas. Mas então a pessoa usando uma fantasia de morango se vira e olha para nós com os olhos arregalados.

Ai. Meu. Deus.

Não pode ser.

Do chapéu de folhas verdes às luvas brancas enormes, ao corpo vermelho em formato de morango e à calça verde, Cal parece ter saído de um desenho animado.

Caio na gargalhada. Minha mão solta a de Cami, que vai correndo na direção dele.

Normalmente, a fantasia é reservada a adolescentes revoltados que precisam de um castigo dos pais ou um adulto que perdeu uma aposta. Não sei ao certo como Cal acabou a usando, mas preciso agradecer pessoalmente a quem quer que o tenha convencido a vesti-la.

Pego o celular e tiro uma foto dele. Cal pega Cami e a joga no ar, transformando meu coração já amolecido em manteiga quando ela tem um ataque de riso.

Lá se vai a tentativa de evitar o calorzinho por dentro perto dele.

Seco uma única lágrima que escorreu enquanto caminho até eles.

— Quanto pagaram para você usar isso?

Ele coloca Cami no chão.

— Infelizmente, eu me voluntariei.

— *Por quê?*

Uma brisa sopra uma folha em seus olhos.

— Eu estava entediado.

— E botaram você nisso? — Tiro uma das folhas que está caindo sobre seus olhos.

— Acho que eles queriam foder comigo. Quem imaginaria?

Cami inspira fundo.

Ele olha para ela.

— Depois você me lembra, tá?

Ela tenta dar uma piscadinha, mas acaba por piscar um olho de cada vez.

Mais uma coisa que ela pegou de Cal.

— O que você quer dizer? — pergunto.

— Foi Meg quem sugeriu que eu fosse à Prefeitura para me voluntariar para o festival.

Meus olhos se arregalam.

— Ah, não.

— Pois é. E, como tenho que proteger meu orgulho, aqui estou eu.

— Estou surpresa que você ainda tenha algum depois de vestir isso.

Sua faixa de folhas balança com seu dar de ombros.

— O que posso dizer. A vodca me deixa confiante.

Meu sorriso se fecha.

Ele aperta bem os olhos.

— Espera, Lana. Não quis dizer que...

Meu peito se aperta.

— Tudo bem. Sei como é.

— Não, não sabe. — Ele estende a mão para pegar meu braço, mas as luvas gigantes não deixam que ele me segure.

Eu me desvencilho.
— É melhor irmos. Temos mais o que fazer e tal.
Ele bufa.
— Só me deixa explicar primeiro.
— Não precisa. Não mudaria nada. — Pego a mão de Cami e saio andando antes que eu deixe que ele tente.

* * *

Cami e os coleguinhas riem no pula-pula enquanto fico sentada com meus amigos na mesa de piquenique ali perto.
Violet dá zoom na foto de Cal vestido com a fantasia horrenda.
— Por que não avisou a gente, Lana? Quase me mijei quando o vi na entrada.
— Eu não fazia ideia. — Suspiro.
Suas sobrancelhas se erguem.
— Ele não comentou nada com você?
— Não. — Desvio o olhar, concentrando-me na multidão que passa por entre as fileiras de barracas vendendo geleias de morango, doces e frituras.
— Por que ele toparia vestir aquilo, então? — Delilah pergunta.
— Porque ele está bêbado demais para ligar — resmungo.
— Ele está bebendo? — O maxilar de Wyatt se cerra.
— Foi o que ele disse. — Baixo os olhos para minhas mãos entrelaçadas.
— Deixa que vou lá falar com ele. — Violet se levanta do banco, mas é puxada de volta por Delilah.
— Deixa quieto.
— Por quê? — Violet franze a testa.
Respondo:
— Porque Dee tem razão. Ele não está incomodando ninguém, então não tem por que fazer um escândalo.
Violet olha para algo por sobre meu ombro.
— Jura? Então por que ele está vindo aqui agora?
Meus olhos se arregalam.
— Ele encontrou a gente?

— Sim. — Dee suga seu smoothie de morango.

Meus lábios se franzem.

— Como?

— Provavelmente porque é aqui que a gente sempre fica todo ano. — Violet termina sua bebida.

— Oi. — A voz de Cal faz os pelos da minha nuca se arrepiarem.

Violet e Delilah lançam olhares furiosos por sobre minha cabeça enquanto continuo paralisada com os punhos cerrados à frente do corpo. Wyatt é a única pessoa que o cumprimenta com um leve movimento do queixo.

— Lana, posso conversar com você por um segundo? — A voz suave de Cal me faz franzir a testa.

— Ela está ocupada agora. — Violet fecha a cara.

— Acho que ela pode falar por si mesma — Cal responde com um tom leve.

Eu me levanto.

— Vocês podem ficar de olho na Cami por mim?

— Claro. Vou lá avisar ela. — Wyatt vai na direção do pula-pula.

Eu me viro e descubro que Cal não está mais usando a fantasia de morango. Não sei bem se ele botou fogo naquela monstruosidade ou se a devolveu para a Prefeitura.

— Obrigado. — Ele nos guia para longe da música alta na direção da trilha que cerca o parque. Algumas pessoas nos lançam um olhar enviesado, mas respondo à preocupação delas com um pequeno sorriso.

— Então... — Chuto uma pedrinha.

— Tudo bem se a gente der uma volta enquanto conversa?

— Pode ser.

Cal deixa espaço entre nós enquanto caminha ao meu lado.

— Queria falar sobre o que aconteceu mais cedo e desabafar uma coisa.

— Para quê?

— Não é o que você está pensando.

— Será que não? Já vi a garrafa de vodca que você guarda no freezer, então sei que você anda bebendo. — Dia a dia, mais um pouco do líquido transparente desaparece, então tenho total noção dos hábitos dele.

Ele desvia os olhos de mim.

— Não me orgulho disso, sabe?

Meu peito se aperta.

— Eu me sinto um lixo por saber que preciso carregar um cantil comigo o tempo todo para o caso de ficar ansioso ou nervoso. Só de pensar em ir a algum lugar sem ele me faz entrar em pânico, ainda mais quando posso ser forçado a entrar numa situação que me deixa desconfortável. — Ele esconde os punhos cerrados atrás das costas.

Minha boca se abre, mas não consigo formar nenhuma palavra.

— Não fico bêbado desde que quebrei o vaso da sua mãe. — Ele olha para mim pelo canto do olho.

— E daí? Você ainda bebe todo dia.

— Tomar golinhos ao longo do dia para dar conta não é a mesma coisa que encher a cara. Confia em mim.

— Mas as duas coisas fazem parte do mesmo problema.

— Verdade. Mas você não consegue ver que estou tentando diminuir? — Sua voz embarga.

Faço que não.

— Sim, mas quem sabe como vai ser na próxima vez em que acontecer alguma coisa difícil? Já passei por isso com você antes.

— Não é como da última vez.

— É claro que não. — Uma risada amargurada sobe pela minha garganta.

Ele para de andar para me olhar nos olhos.

— Para começar, não uso mais oxicodona.

Sou a primeira a quebrar o contato visual.

— Eu sei.

— Não vou cometer aquele erro de novo. Isso eu posso prometer. — Seu suspiro fundo me deixa tensa. — Demorei muito tempo para largar. *Tempo demais*. Mas juro que nunca mais vou voltar a usar aquela merda, senão você tem permissão para atirar em mim.

Meus lábios se contraem.

— Onde eu quiser?

— Se quiser mirar no pau, lembre-se de meter uma bala no meu crânio primeiro. — Ele sorri.

Começo a voltar a andar para escapar do formigamento em meu peito.

— Você nunca pensa em voltar a ficar sóbrio?

— Ultimamente, o tempo todo.

Quero acreditar nele. Quero muito, mas algo ainda me impede.

Você não confia nele.

Não, não confio. E duvido que um dia vá confiar depois de tudo que passamos juntos. Passei por lições de vida demais para aprender que, quanto mais alguém decepciona você, maior é a probabilidade de acontecer de novo.

Limpo a garganta.

— Estou orgulhosa de você por largar a oxicodona. Sei que deve ter sido difícil.

— Não tão difícil quanto aceitar o quanto machuquei você quando usava. — Ele pega minha mão e dá um apertinho.

Meu peito dói quando ele solta. Cal continua a andar, então o acompanho enquanto o silêncio confortável nos cerca.

Ele é o primeiro a quebrá-lo quando alguém olha feio em sua direção.

— Você acha que as pessoas vão me odiar um pouco menos agora que vou aparecer na primeira página do jornal usando aquela fantasia?

Contenho o riso.

— Não, mas valeu a tentativa.

— Deve ser bom ter tanta gente que se preocupa com você a ponto de infernizar minha vida sem parar. — Seus lábios se contorcem.

— Dá para dizer que sim. Embora eles sejam um pouco superprotetores às vezes.

— Só porque te amam. — Sua voz combina com a ternura em seus olhos.

Desvio o olhar.

— Sabe, posso espalhar por aí que você não é mais *persona non grata*.

— Por favor, não se esforce demais para ser gentil comigo. Posso acabar interpretando mal.

Dou uma cotovelada nas costelas dele.

— Babaca.

Ele ri.

— Vou fazer essa gente acabar gostando de mim.

— Como?

— Provando que não vou machucar você, por mais que pensem o contrário.

E, assim, Cal rouba mais um pedaço do meu coração para acrescentar à sua coleção crescente.

CAPÍTULO VINTE E NOVE
Cal

Os aromas e risos que vêm da cozinha me acordam muito mais cedo do que eu gostaria. Merlin parece concordar comigo pela maneira como corre para debaixo da cama com o som de uma panela batendo, e me deixa sozinho.

Saio cambaleando do quarto enquanto esfrego os olhos.

— Oi.

— Bom dia! — Cami salta do banquinho para dar um abraço em minhas pernas. Seu avental de bolinha está coberto pela mesma substância vermelha gosmenta que seus dedos, deixando uma bela mancha em minha calça de moletom. Presilhas vermelhas, brancas e azuis em formato de estrelas prendem seu cabelo desgrenhado para longe do rosto.

— O que está acontecendo? — Cubro a boca para bocejar.

— Mamãe vai dar uma surra na Missy. — Cami estende o punho para eu bater.

Lana olha feio para Cami por sobre o ombro.

— *Camila*.

A menina encolhe os ombros.

— O que eu disse?

— Falei para não repetir isso para ninguém.

— Ops. — Cami coloca a língua entre a janelinha dos dentes.

— Quem é Missy? — pergunto.

Lana volta a atenção à boca do fogão.

— Minha concorrente.

— Bu! — Cami vira os polegares para baixo e tudo.

Engasgo de tanto rir.

— Concorrente em quê?

— Na competição de bolos do Dia da Independência — Cami responde por ela enquanto rouba um morango de uma tigela grande. — Você vai?

Merda. Esqueci completamente que a competição de bolos ainda existia. Faz muito tempo que não celebro o Dia da Independência em Lake Wisteria, com a cidade se reunindo no parque à beira do lago para um churrasco e uma queima de fogos.

Passo a mão em meu cabelo bagunçado.

— Acho que não. — Se aprendi alguma coisa com o Festival de Morango da semana passada, é que passar tempo na cidade intensifica minha ansiedade. Então, a única forma de limitar meu consumo de álcool e deixar Lana feliz é evitar os fatores de estresse.

— Ah. — Os ombros de Cami se curvam.

Desculpa, criança. É melhor assim.

Vou até o fogão e espio por sobre o ombro de Lana.

— O que você está fazendo?

Ela deixa cair uma única gota de corante alimentício vermelho no pote de morangos.

— Uma coisa que vai fazer Missy se arrepender de pensar que poderia copiar minha receita de bolo de *tres leches* de morango e sair impune.

Meu queixo cai. Caramba, essa Lana competitiva é gostosa demais.

— Precisa de ajuda? — Ajeito uma mecha de cabelo dela atrás da orelha, fazendo questão de passar os dedos sobre a curva de seu pescoço antes de tirar a mão.

Sua agitação pausa quando ela prende o fôlego.

— Obrigada pela oferta, mas estou quase terminando.

— Há quanto tempo você está aí? — Encho um copo d'água e dou um gole.

— Cinco da madrugada.

— Sério? Você vai cair no sono antes de chegar à competição.

Ela me lança um olhar cortante.

— Vou ter tempo para descansar quando estiver morta.

— Quer ser enterrada com seu troféu?

Ela sorri.

— Com toda certeza. Isso e os lencinhos que Missy usar para secar as lágrimas depois de perder.

— Esse seu lado é sexy, mas um pouco aterrorizante.

Seu sorriso é cheio de dentes.

Embora Lana tenha dito que não precisa da minha assistência, decido ajudar com a quantidade avassaladora de pratos que transbordam da pia.

Cami continua conversando enquanto rouba morangos sempre que pensa que Lana não está olhando. O sumo vermelho da fruta ao redor de sua boca deixa muito na cara, então a limpo enquanto a mãe está de costas.

O toque da campainha faz os três erguerem os olhos.

— A gente tem uma campainha? — Lana para a batedeira.

— É a primeira vez que escuto. Você está esperando alguém? — pergunto.

— Não — ela responde. — Você está?

— A maioria da cidade me odeia, então imagino que não.

Lana baixa os olhos para o creme meio batido.

— Você se importa em ver quem é?

— Eu atendo — Cami salta do banquinho.

— Camila! — Lana dá a volta pela bancada, mas estou mais próximo.

Camila fica na ponta dos pés para alcançar o trinco, mas é apanhada em meus braços.

— Não acho que seja uma boa ideia.

A menina faz biquinho.

Espio pelo olho mágico. A irmã de Lana, Antonella, está a alguns metros da porta. Sua pele morena está um pouco mais pálida que o normal, e o cabelo fino cai sem vida ao redor do rosto, acentuando uma estrutura óssea angulosa que só pode ser atingida por desnutrição.

— Merda.

Cami prende a respiração.

Coloco-a no chão.

— Minha carteira está em cima da mesa de cabeceira. Se você contar as notas direitinho, deixo você ficar com todas.

Seus olhos se arregalam.

— Sério?

— Sim. Mas só se ficar no meu quarto até eu ir buscar você.

— Tá! — Cami dá um gritinho enquanto sai correndo para meu quarto.

Lana abandona seu creme batido.

— Qual é o problema?

— É sua irmã lá fora.

O queixo de Lana cai.

— Antonella está aqui? — Seu rosto fica pálido. — Ai, meu Deus.

— Você não sabia que ela vinha.

— Não — ela responde. — Pensei que tinha sido clara durante nosso último telefonema.

— Quer que eu veja o que ela quer?

Seu olhar endurecido se fixa na porta.

— Já sei por que ela veio.

Minhas sobrancelhas se franzem.

— Mas...

Seus ombros afundam.

— Vou lá falar com ela.

Entro em seu caminho.

— Lana.

Ela não olha para mim, então ergo sua cabeça.

— Você quer falar com ela?

Ela balança a cabeça bem de leve.

— Não depois que ela...

— Depois que ela *o quê*?

— Levou até o último centavo do dinheiro da herança.

Caralho.

— Ela roubou de você?

Ela olha para baixo.

— Sim.

— Foi por isso que ela voltou? Para pegar mais dinheiro?

— Provavelmente.

— Quer que eu dê um pouco para ela?

Seus dentes se cravam no lábio inferior enquanto ela balança a cabeça de novo.

— O que quer fazer, então?

— Não sei. Depois da maneira como ela falou comigo ao telefone... odeio ver minha irmã nesse estado. Odeio muito saber que ela está mal e que eu não tenho como ajudar. — Sua voz embarga.

Sinto como se Lana tivesse colocado a mão em volta de meu coração e o esmagado.

— Você fez tudo que podia para ajudá-la.

— Então por que não é o suficiente para ajudá-la a ficar sóbria? Fiz de tudo. Paguei, rezei, implorei, mas ela sempre volta. — Há um brilho em seus olhos que não estava lá antes.

— Não tem nada a ver com você. — Passo os braços ao redor dela.

Ela apoia a cabeça em meu peito e dá uma fungada.

— Estou tão cansada de ser magoada pelas pessoas.

O aperto em meu peito se torna insuportável.

— Sinto muito. — Por mim. Por Anto. E por todos que causaram dor a ela.

A campainha toca de novo, seguida por uma batida forte. Lana se encolhe junto a mim.

Dou um beijo no topo de sua cabeça.

— Deixa que eu falo com ela.

— Mas...

— Me deixa fazer isso por você.

Ela suspira quando solto seu corpo.

— Fica aqui dentro. — Levo a mão à maçaneta.

— Cal?

Olho para ela por sobre o ombro.

Ela torce o tecido do avental.

— Obrigada.

— Eu faria tudo por você.

Seu lábio inferior treme.

— Eu sei.

Ergo a cabeça antes de sair. Antonella puxa as mangas compridas da camiseta como se pudesse esconder as marcas de agulha que cobrem sua pele. Ela parece mais magra do que nunca, com ossos protuberantes sob a camiseta e os olhos castanhos esbugalhados.

— O que é que você está fazendo aqui? — ela diz, cortante.

— Antonella. Há quanto tempo.

Ela ri com desprezo.

— Não me diga que minha irmã aceitou você de volta.

— Não é da sua conta.

— Até parece. — Ela tenta dar a volta por mim, mas bloqueio seu caminho.

— Sai da minha frente. — Ela diz entre dentes.

— Não.

— Preciso falar com Alana.

Balanço a cabeça com firmeza.

— Não acho que seja uma boa ideia.

— Porque você está mandando? — Sua testa se franze mais.

— Porque você está drogada.

Olhar no fundo de seus olhos redondos é como ser transportado para o passado. Se alguém entende o desespero de Antonella pela próxima dose, essa pessoa sou eu. Ter passado por aquele tanto de merda me fez entender as trevas e a autoaversão que queimam logo abaixo da superfície, esperando para serem soltas.

— Como se você pudesse julgar. Lana me contou tudo sobre seus problemas com oxicodona. Quase destruiu minha irmã quando ela se deu conta de que o homem que ela amava a decepcionou como todas as outras pessoas.

Seu golpe atinge o alvo pretendido bem em meu coração.

Você não é mais aquela pessoa.

Mudo de tática antes de perder a calma.

— Posso oferecer a ajuda de que você precisa.

Há um certo brilho em seus olhos.

— Tipo dinheiro?

— Tipo reabilitação, terapia e o que mais você precisar para recomeçar. — Coloco as mãos nos bolsos da calça de moletom.

Ela faz que não.

— Só queria um lugar para ficar e dinheiro para colocar a vida nos eixos.

— Posso te levar ao hotel e reservar um quarto para você ou posso pagar sua passagem para uma clínica e bancar os custos, mas dinheiro não vou dar. — Fazer isso só alimentaria o vício dela e magoaria Lana ainda mais, duas coisas que não são aceitáveis para mim.

Ela balança a cabeça, fazendo seu cabelo fino voar.

— Não quero ir para uma clínica de novo.

Olho as marcas em seus braços.

— É o único jeito de você resolver isso.

Ela puxa as mangas de novo.

Tento uma última vez.

— Se mudar de ideia, é só me ligar e posso levar você para algum lugar em que vão ter o maior prazer em te ajudar. Não mudei meu número.

Ela balança a cabeça.

— Não estou pronta.

— Eu entendo. — Muito mais do que gostaria de reconhecer. Por mais que odeie admitir, compreendo Antonella e suas decisões de uma forma que Lana nunca entenderia. Ter um vício não é algo fácil de aceitar, muito menos de tratar.

— Se me entendesse, você me ajudaria. — Seu tom fica mais fino, fazendo-me lembrar muito de Lana quando fica brava.

— Estou oferecendo ajuda. Só não da forma como você quer.

Seu olhar fica mais duro.

— Vai se foder, Cal.

Meus lábios se apertam.

Ela arranca a cutícula, fazendo a pele sangrar.

— Só me deixa ver minha irmã. Eu... Merda. — Ela baixa a cabeça. — Na última vez em que estive aqui, fiz algumas besteiras e queria pedir desculpas.

— Não desse jeito, Antonella. Você mais do que todo mundo deveria saber como ela sofre quando te vê assim.

Ela desvia o olhar.

— Tá.

— Quer que eu reserve um quarto no hotel para você?

— De jeito nenhum. Vou capotar no sofá de uma amiga que mora numa cidadezinha aqui perto. — O cabelo dela voa de tão forte que ela balança a cabeça.

— Se é o que você quer... Só saiba que eu estava falando sério. Se precisar de ajuda, é só me ligar. Mas, se voltar aqui sem estar sóbria, vou me certificar de que nunca mais veja sua irmã.

Ela se vira na direção do carro degradado cheio até o teto de caixas e objetos pessoais. É triste ver a bagunça que sua vida se tornou.

Gostaria de poder ajudá-la, mas preciso proteger Lana acima de tudo.

* * *

Vejo como Cami está antes de bater na porta do banheiro trancada.

— Lana.

— Ela foi embora?

— Sim. Esperei o carro dela sair antes de voltar para dentro.

— Obrigada. — Sua fungada é baixa, mas audível, o que faz meus músculos tensionarem.

Minha mão aperta a maçaneta.

— Abre para mim.

— Prefiro não fazer isso.

— *Por favor.*

Seu forte suspiro é seguido pela virada da fechadura. Abro a porta e a encontro sentada no chão com os braços ao redor das pernas.

— Oi. — Ajoelho ao seu lado e a envolvo em meus braços. — Vai ficar tudo bem.

— Pensei que eu estaria acostumada a essa altura. — Seus dedos envolvem o tecido de algodão da minha camisa.

— Acostumada com o quê?

— Com a decepção. — Seu queixo treme.

— Desculpa. — A palavra escapa da minha boca.

Ela volta o olhar para o chão.

— Você não tem culpa de Antonella ser como ela é.

— Não, não tenho. Mas desculpa por ser outra pessoa que decepcionou você porque era egoísta demais para agir de outra forma.

Parte da tensão se esvai de seus músculos enquanto ela solta um forte suspiro.

— Ver sua irmã... merda. Entendo a situação dela, mas também quero dar um chacoalhão nela por ter magoado você e Cami.

Suas unhas se cravam em minha pele.

— Ficar grata que ela tenha aberto mão de Cami me torna uma pessoa ruim?

— Não, Lana. Torna você humana. — Aperto os braços ao redor dela. — Antonella não está em posição de cuidar de uma criança. E você... Você nasceu para ser a mãe daquela garotinha.

Ela olha para mim com os cílios cheios de lágrimas e os olhos marejados.

— Você acha?

— Nunca tive tanta certeza na minha vida.

CAPÍTULO TRINTA
Cal

Reforme uma casa, Iris disse.
Vai ser divertido, ela disse.
Que mentirada do caralho.
Com a equipe de amianto trabalhando arduamente na casa principal, eu e Lana somos forçados a tomar algumas decisões difíceis sobre a reforma.
Ela empurra para o lado a quinta amostra de armário, que desliza pela mesa de centro, indo de encontro às outras que ela rejeitou.
— Não.
— Como assim, não? — Meu olho direito se contrai.
Estamos nessa desde que ela deixou Cami na colônia de férias duas horas atrás, e não progredimos muito. A única coisa sobre a qual concordamos é o novo formato da piscina.
Nesse ritmo, vai demorar três anos para escolher tudo de que a casa precisa. Ryder já está me pressionando para encomendar os materiais se quisermos cumprir o prazo.
Não existe querer. *Preciso* que o imóvel esteja à venda até o fim de agosto para cumprir o prazo do meu avô.
— Parece vagabundo. — Sua testa se franze.
— Como é possível? Cada armário custa mais de mil dólares.
Seus olhos se arregalam.
— Cada armário? Mas precisamos de...
— Só ignora o que eu acabei de falar. — A última coisa que quero fazer hoje é brigar por causa de dinheiro também.
Ela olha para o armário por mais um tempo.
— Não. Continuo odiando, com o preço salgado e tudo.
— Do *que* você gosta?
— Não sei. — Ela solta um suspiro exasperado muito fofo enquanto ergue os olhos para o teto.
Talvez nosso problema não seja as opções ruins, mas Lana não saber o que quer.

— Vou pegar meu computador. Acho que tenho uma ideia.

Volto para a sala com meu notebook aberto e o Pinterest já acessado. Em vez de me sentar à frente de Lana, eu me acomodo ao lado dela e coloco o aparelho sobre minhas coxas para ela poder ver a tela.

O calor que emana de seu corpo se infiltra em minha pele. Fico tentado a roçar o braço no dela e ser recompensado por um suspiro seu, mas me contenho.

Temos trabalho a fazer.

Sua sobrancelha se arqueia.

— Pinterest? Sério?

— Iris jura que vale a pena depois que planejou quase toda a cerimônia de casamento e a lua de mel com isso.

Ela ri.

— Claro. Queria ter pensado nisso antes. Gosto de marcar ideias para as aulas, mas não pensei nisso para a casa.

— Quem diria que eu poderia ser útil. — Minha risada sai fraca.

Ela me cutuca com a coxa.

— Você pode ser útil.

— Como? Porque abri um pote de molho de espaguete para você ontem à noite?

— A tampa estava muito apertada. Não sei se eu teria conseguido abrir sem você.

Reviro os olhos.

— Fico feliz que meu propósito de vida tenha se resumido a tarefas domésticas e músculos do braço.

— Bom, você já brincou que queria ser dono de casa. Talvez essa seja sua vocação, afinal.

— Não me tente. Você sabe o que penso da vida corporativa.

Ela inclina a cabeça para o lado.

— Sabe, existem outros empregos além do trabalho básico de escritório em horário comercial.

— Sei bem. — Não que eu tenha encontrado um em que eu me encaixasse. Está certo que não preciso de um emprego, mas meus irmãos agem como se essa fosse a razão para estarmos vivos. Ou pelo menos agiam até terem encontrado algo melhor.

Amor.

— Você chegou a fazer alguma coisa depois do hóquei?

Meus ombros ficam duros como pedra.

— Cobrir a assistente de Declan conta?

Seu queixo cai.

— Você foi assistente de Declan?

— Não fique tão surpresa. — Dou um piparote no nariz dela, tirando uma risadinha que faz meu coração se derreter de maneira patética.

— Estou surpresa por você ter vivido para contar.

— Ele não foi *tão* ruim assim. Foi Iris quem o suportou por três anos.

Seus lábios se entreabrem.

— Iris trabalhou para ele?

— Sim.

— E mesmo assim se apaixonou por ele? Uau.

Uau mesmo. Se não fosse pelo testamento do meu avô e sua cláusula de casamento por conveniência, acho que os dois nunca teriam ficado juntos.

— Declan é um homem de sorte, a Iris é um mulherão da porra.

Seu rosto se suaviza.

— Você gosta muito dela.

— Ela sempre me apoiou quando precisei. — Quebro o contato visual e me concentro na tela do notebook.

Lana estende o braço e aperta minha mão.

— Ela parece uma ótima amiga. Fico feliz que tenha encontrado alguém que pudesse ser isso para você.

Concordo com a cabeça enquanto engulo o nó na garganta.

— Eu a amo como a irmã que nunca tive, mas ela nunca foi você. O que eu e você tínhamos sempre foi diferente.

— Vocês nunca tentaram... — Sua voz se perde enquanto a pergunta desaparece na ponta de sua língua.

— Nós nos beijamos uma vez, mas foi só isso. — Pego a palma da mão dela e a aperto em minha coxa.

— Se a amizade de vocês for parecida com a nossa, tenho lá minhas dúvidas. — Os músculos das costas dela continuam tensos apesar do tom de brincadeira de suas palavras.

— Nada nunca se comparou nem nunca vai se comparar a nós. — Levo a mão dela à boca e beijo a cicatriz desbotada no nó de seu dedo.

É um lembrete pequeno, mas constante, de quando ela se machucou depois que fiz a idiotice de desafiá-la a subir num alambrado.

Ela solta um suspiro trêmulo.

— Você precisa parar de falar e fazer coisas assim.

— Por quê?

— Porque não estamos no passado. — Ela tenta soltar a mão da minha, mas meu aperto é forte demais.

— Que bom, porque prefiro pensar no nosso futuro. — Abro seus dedos antes de beijar a pele macia da palma de sua mão, tirando dela um suspiro muito suave.

— Não temos um futuro.

— Ainda não, mas me dá um tempo para provar que você está enganada. — Um rubor rosado brota em suas bochechas, e eu o traço com a ponta do polegar. — Não espero que você acredite em mim, só estou avisando.

— Avisando o quê?

— Eu me afastei de você antes porque pensei que estivesse fazendo a coisa certa. Que você ficaria melhor sem mim. Que seria mais feliz. Não pretendo cometer o mesmo erro de novo, mesmo que você espere o contrário. Talvez eu faça besteira... quer dizer, posso garantir que vou fazer, mas fugir de novo eu não vou. Vou lutar por nós, custe o que custar. — Liberto a mão dela, embora não haja nada que eu queira mais do que nunca soltá-la.

A tensão entre nós cresce enquanto volto o foco para a tela do notebook. Lana se perde em pensamentos por alguns minutos antes de retomar o assunto dos armários como se nossa conversa nem tivesse acontecido.

Talvez seja melhor assim. Falar sobre minhas intenções não importa quando tenho anos de erros e desconfianças para superar.

Mas isso começa hoje.

* * *

Eu e Lana passamos o resto da tarde vasculhando o Pinterest atrás de ideias diferentes. Ela aponta tudo de que gosta e, juntos, criamos alguns *boards* para cada um dos cômodos da casa. Não demora muito para determinarmos que ela odeia ideias modernas futuristas quase tanto quanto detesto o estilo do meio do século. Juntos, decidimos que a melhor opção é escolher um estilo moderno transicional.

— Acho que estou apaixonada. — Lana suspira consigo mesma enquanto desce pela última vez a tela do *board* que fizemos para o banheiro.

— Compartilhei os links com Ryder para ele poder encontrar algo que combine com nossa visão.

— Tenho inveja de quem comprar a casa. É tudo que sempre quis numa casa só.

Meu peito dói pelo olhar sonhador em seu rosto.

— Você sempre pode recriá-la.

Ela bufa.

— Com que dinheiro? O único motivo por que estamos fazendo isso é por sua causa.

Mordo a língua para me impedir de dizer mais alguma coisa.

Com um suspiro, ela fecha meu notebook.

— É melhor eu ir buscar Cami na colônia de férias.

— Posso ir com você?

Suas sobrancelhas saltam.

— Você quer ir?

— Claro. Não tenho muito mais para fazer. — Aponto para a casa vazia.

— Mas preciso passar no mercado na volta.

— Tá? — Isso é para me dissuadir ou coisa assim?

Seus olhos me perpassam.

— Você está falando sério.

Reviro os olhos enquanto me levanto.

— Quer dirigir meu carro ou o seu?

Sua boca se abre.

— Como assim?

Ela balança a cabeça.

— Deixa para lá. Vamos no meu.

— Qual é o problema com o meu carro?

— Além do fato de que não é ideal nem provavelmente seguro para uma criança? — Ela se empertiga, com o topo da cabeça mal alcançando meu queixo.

— Você não viu nada de errado nele quando precisou de carona para a escola.

— Porque eu estava desesperada e não queria perder a formatura da Cami. — Seus lábios se comprimem.

— Você vai dirigir?

— Claro. Estamos no século vinte e um. Mulheres podem dar carona para homens agora.

Deus tenha piedade de nós.

Ela passa o trajeto todo até o acampamento de verão de Cami rindo dos palavrões que saem da minha boca. Qualquer autocontrole que ela tenha demonstrado enquanto dirigia meu carro se foi.

Algumas pessoas que estão tirando as decorações do Dia da Independência da Main Street acenam para ela, e ela buzina antes de girar o volante.

Minha mão escapa da alça de segurança quando ela faz uma curva abrupta para a esquerda.

— Não é de admirar que seus pneus estivessem carecas. Você dirige como se estivesse sendo perseguida pela polícia.

Ela fica rouca de tanto rir. Sou um caso perdido enquanto a observo completamente fascinado, e meu peito derrete de emoção ao ver a felicidade dela.

Isso é tudo que eu queria para ela. Só nunca pensei que poderia ser a pessoa a fazer isso acontecer levando em conta todas as outras coisas que pesam em mim, impedindo nossa chance de ter um final feliz.

Mas o único empecilho era eu. Não meu vício. Não minha carreira.

Eu.

Porque, no fim das contas, sou eu quem tomo as decisões sobre minha vida.

Escolhi errado quando a deixei da última vez. Era para ela ter ficado melhor sem mim, mas sua solidão óbvia me provou o exato oposto.

Lana estava sobrevivendo, não prosperando, e a culpa é só minha.

E não pretendo cometer o mesmo erro de novo.

CAPÍTULO TRINTA E UM
Cal

Lana dirige por mais alguns quarteirões antes de parar no estacionamento da colônia de férias de Cami. Pela forma como ela dirige, fico surpreso que não tenha se ferido ou ficado em condição muito pior.

Agora ela sai do prédio seguida por uma Cami saltitante. O rosto da menina se ilumina quando ela me vê no carro.

— Oi! — ela grita enquanto se joga no banco de trás.

Estendo a mão para ela bater.

— E aí, garotinha?

Minha pergunta se transforma em toda uma história sobre o dia dela. Cami passa o trajeto curto até o mercado falando de sua tarde na piscina, e eu faço mais perguntas.

— Vem. — Cami pula para fora do carro antes de segurar a mão de Lana. Ela pega a minha com a outra, unindo nós três.

Ergo o braço e cutuco Lana para fazer o mesmo. Ela me copia, fazendo Cami balançar entre nós. Os risos que ela solta fazem meu coração ameaçar explodir como um canhão de confetes. Os olhos de Lana vão de Cami a mim. O que quer que ela encontra em meu olhar faz seu rosto se suavizar e seus lábios se erguerem numa fração de sorriso.

— De novo! De novo! — Cami puxa nossos braços com uma força surpreendente para alguém tão pequenininha. Eu e Lana obedecemos, arrancando outro gritinho agudo da menina.

Não sei ao certo quem está se divertindo mais: Cami ou nós. Quando entramos no mercado, o rosto dela está vermelho de tanto rir, e Lana está radiante.

Caramba. Fui eu que fiz isso.

Logo deixo de lado a pequena vitória e vou pegar o carrinho.

— Não. Quero aquele. — Cami entra no carrinho especial para criança. Enquanto a parte da frente dele é normal, a metade de trás parece um carro infantil. A cabeça dela toca no topo do negócio, e as pernas parecem espremidas no pouco espaço que tem lá.

— Tem certeza? Parece apertado.

Ela vira o volante como se estivesse numa pista de Fórmula 1 e não num mercado.

— Estou vendo que você herdou as habilidades de direção da sua mãe.

Lana dá um tapa na minha bunda.

— Ei.

— Você não acabou de...

Seus olhos brilham.

— Acabei, sim. — Estendo a mão, mas ela escapa de mim com uma risada esbaforida.

Cami aperta a buzina para chamar a atenção. Lana faz menção de assumir o carrinho, mas entro na frente antes que ela tenha a chance.

Viro o carrinho devagar, com cuidado para não chacoalhar Cami.

— É mais pesado do que parece.

Lana cutuca os músculos tensos dos meus braços.

— Não me diga que esses músculos são só decorativos.

— Há algumas formas de testar essa teoria. — Pisco para ela.

Ela vai a nossa frente com a lista. Fico hipnotizado pelo balanço de seu quadril, minha pele esquenta a cada passo que essa mulher dá.

— Vai, vai, vai! — Cami aperta a buzina de novo para chamar minha atenção.

Vou atrás de Lana, que já está falando com o açougueiro. Ele sorri para ela antes de fechar a cara para mim. Sorrio e aceno rapidamente, embora meu olho direito se contraia de tão forçado que é o sorriso.

O resto da experiência pelo mercado é parecido. Algumas outras pessoas que reconheço de meus verões aqui me lançam uma variedade de olhares que vão de surpresos a simplesmente furiosos por minha existência. A essa altura, eu deveria estar acostumado à maneira como eles me tratam, mas não. É difícil saber que todos assistiram de camarote ao pior momento de minha vida.

A culpa é toda sua.

A única coisa que me salva de sair pela porta é Cami. Trato cada corredor como uma pista de corrida, fazendo barulhos de vrum-vrum enquanto ganho velocidade e derrapo. Ela ama mais do que tudo. Entre suas palmas, cantorias e comemorações, eu me esqueço completamente de todos ao nosso redor. Até Lana cede e acaba dando risada quando crio uma pista de corrida de obstáculos com algumas das gôndolas espalhadas pelo mercado.

Talvez cidades pequenas não sejam tão ruins assim. Eu nunca poderia fazer esse tipo de coisa num supermercado movimentado de Chicago.

É só quando chegamos ao corredor dos ingredientes de bolo que Cami perde o interesse por mim e nossa brincadeira. Ela sai do carrinho e me troca por Lana.

— Ei! — grito.

Cami bota a língua pela janelinha dos dentes antes de sair correndo. Empurro o carrinho na direção das duas.

— Que sabor você quer para o seu bolo de aniversário? — Lana joga um saco de açúcar de confeiteiro no carrinho.

— Chocolate! — Cami bate palmas, fazendo suas marias-chiquinhas tortas balançarem.

Lana pega algumas gotas de chocolate e as joga no carrinho.

— Quando é seu aniversário? — pergunto a Cami.

Ela abre um sorrisão.

— Quinze de julho.

Então Cami é canceriana como eu.

Não é de admirar que vocês se deem tão bem.

— É no sábado.

— Sim. — Ela aponta para um pacote de velinhas. — Gosto daquela, mamãe!

— Tomara que entreguem as decorações até sexta. — Lana joga as velas no carrinho.

Olho para a mais recente princesa de Dreamland e rio.

— Você gosta da princesa Marianna?

— Sim! Ela é a minha favorita. — A menina gira enquanto aperta as mãozinhas no coração.

— Também gosto dela. Ela foi bem simpática quando a conheci. — Dou uma piscadinha.

Os olhos de Lana se arregalam e ela balança a cabeça.

Merda. Falei a coisa errada?

— Você conheceu a princesa Marianna? *Quando?* — Cami quase arranca meu braço para fora da articulação com a força com que o puxa.

Eu me ajoelho à frente dela.

— Quando fui visitar meu irmão em Dreamland.

Lana fecha os olhos com um suspiro.

— Você foi a Dreamland? — A voz de Cami atinge o tom mais agudo que já escutei.

Esfrego o tímpano para parar de zumbir.

— Sim?

Seus olhos se arregalam tanto que fico com medo de que possam saltar do rosto.

— Quando?

— Alguns meses atrás. Meu irmão tem uma casa lá.

— Em Dreamland? — Seu queixo cai.

— Sim?

Ela perde o fôlego. Lana resmunga.

— A gente pode ir? — Ela ergue os olhos azuis enormes para mim. — Por favor, Cau-l. Por favor, por favorzinho, a gente pode ir para Dreamland? Vai ser o melhorzíssimo aniversário da minha vida. — A maneira como ela olha para mim com o sorriso de janelinha me deixa com as pernas bambas.

Você se meteu nessa confusão quando abriu essa sua boca grande. Agora resolva.

— Você precisa perguntar para sua mãe. — Jogo a barra de dinamite invisível nas mãos de Lana.

Lana faz com a boca: *Vou te matar.*

Pelo menos, vou deixar este mundo sabendo que dei a uma criança de cinco anos seu melhorzíssimo presente de aniversário.

Cami se vira para a mãe e agarra as pernas dela.

— Por favor, mamãe? Vou guardar meus brinquedos e comer verduras para sempre. Juro.

Rio baixo, recebendo um olhar fulminante de Lana.

Ela encara o teto e suspira.

— Acho que vamos para Dreamland.

* * *

Mando mensagem para Rowan enquanto Cami e Lana discutem qual sorvete querem comprar. Lana está insistindo que quer a promoção dois por um do Ben & Jerry's enquanto Cami resmunga sobre picolés.

> Vou precisar de um favor.

Pego a caixa de picolés coloridos e a coloco no carrinho enquanto Lana não está olhando, o que me rende um sorrisão de Cami. Não faz sentido deixar que elas briguem por causa dos custos se eu pretendia pagar pelo carrinho inteiro de todo modo. É o mínimo que posso fazer se Lana vai fazer o jantar para mim.

Meu celular vibra um segundo depois, o que é um tempo de resposta rápido para Rowan. Ultimamente, ele só costuma olhar o celular algumas vezes por dia com todas as reuniões de Dreamland que enchem sua agenda.

> **Iris:** Que favor?

Merda. Mandei mensagem para o grupo da família em vez de para Rowan.

> Ignora. A mensagem era pra Rowan.

> **Decretino:** Pelo menos com algum de nós você está falando.

> De quem é esse número que adicionaram e por quê?

Declan manda um único emoji de dedo do meio, e eu rio baixinho.

> **Iris:** Odeio quando vocês brigam.

> **Decretino:** Estou tentando ser o maduro da relação, mas Cal fica fugindo antes de eu ter a chance de pedir desculpas.

> Não estou fugindo, babaca. Só estou ocupado.

> **Decretino:** Fazendo o quê?

> Desde quando você se importa?

Decretino: ...

Iris: Aff.

Rowan me manda uma mensagem privada depois. Explico do que preciso enquanto Lana confere a lista de compras.

Rowan: Tem certeza de que é uma boa ideia?

É a coisa mais certa que sinto em muito tempo.

Digo isso em vários sentidos, não que meu irmão vá entender. Passar tempo com Cami e Lana me faz sentir pleno de um jeito como não me sentia há anos, e eu faria praticamente qualquer coisa para continuar assim.

Rowan: Zahra já se ofereceu pra planejar o melhor aniversário da história. Palavras dela, não minhas.

Se existe uma pessoa em quem confio para dar a Cami a melhor experiência de Dreamland, é ninguém mais do que Zahra. Ela é a maior fã que Dreamland já teve e a principal criadora do parque.

Obrigado desde já.

Rowan: Qualquer coisa pra manter esse sorriso no seu rosto, bonitão.

Tenho uma ideia, e mando mais uma mensagem.

Qualquer coisa?

Rowan: Vou me arrepender do que acabei de dizer, não?

Tenho só mais um pedido...

E é um que mais parece um milagre, pois sei que existe a chance de ele não conseguir realizá-lo em tão pouco tempo.

Entendo se não der...

Rowan: Preciso de quarenta e oito horas.

CAPÍTULO TRINTA E DOIS

Alana

Cal e Cami conversam sem parar enquanto dirijo pela Main Street. Cami não para de fazer perguntas para ele sobre Dreamland desde que concordei com a viagem ainda no mercado, e ele está mandando bem respondendo a todas.

O calorzinho em meu peito se intensifica quando minha filha tem um acesso de riso por algo que Cal disse. O homem ri baixo, e olho para ele.

Até que algo na janela chama minha atenção.

Meus olhos se arregalam. Freio de repente, fazendo todos darmos um tranco para a frente.

— O que foi? — Preocupação enche sua voz.

Olho pela janela traseira e encontro a rua vazia.

— Um segundo.

Ele me olha como se eu estivesse louca.

Talvez eu esteja.

Engato a ré antes de estacionar na frente da loja abandonada.

Não.

Quase me debruço por sobre o colo de Cal para olhar melhor por sua janela.

A vitrine da loja antes vazia agora tem um cartaz vermelho gigantesco de *Vem aí*, anunciando um restaurante *fast casual* que vai abrir ainda este ano.

Você demorou demais.

Ver outra pessoa viver meu sonho é como levar um soco no estômago. Como se eu finalmente estivesse perto de atingir o que tinha desejado, mas falhado por questão de meses.

É idiota sentir uma sensação de perda por uma loja que sequer era minha. Não tenho ninguém a culpar além de mim. Se eu tivesse sido egoísta, talvez tivesse tido o dinheiro para comprá-la.

Mas eu não podia virar as costas para as pessoas que eu amava.

Não *queria* virar as costas.

Se eu voltasse no tempo sabendo de tudo que sei agora, ainda faria as mesmas escolhas, mesmo que significasse perder todo o dinheiro no processo. Porque tentar tratar o câncer de minha mãe e não desistir de Anto porque minha mãe nunca desistiu valeu cada centavo.

— Está tudo bem? — Cal pergunta.

Faço que sim, apesar do nó em minha garganta. Seus olhos percorrem meu rosto, embora eu não me atreva a olhá-los.

— Você está triste — Cami acrescenta enquanto espia por cima da lateral do banco de Cal.

Meu aceno é mais fraco dessa vez, e meu queixo treme.

Cal vira meu rosto para ele com um único dedo.

— Como posso resolver isso?

Como posso resolver isso?

Mordo a parte interna da bochecha, resistindo à tentação de desabafar.

Dane-se.

— Não tem nada que você possa fazer. É só que pensei que um dia poderia... — Meus olhos se voltam para a loja.

— Abrir sua confeitaria ali — ele completa por mim.

Sinto um nó enorme na garganta enquanto faço que sim.

— É bobagem, em teoria.

— Não é. — Ele fala sem nenhum pingo de julgamento.

— Mas é, não? No momento, não tenho o dinheiro nem o tempo.

— Tenho certeza de que, quando chegar o momento certo, a oportunidade perfeita vai aparecer.

Dou uma última olhada na loja, sabendo que, embora meu sonho de abrir uma confeitaria um dia esteja vivo e bem, o desejo de abrir minha loja na Main Street pode nunca se realizar.

Cal ergue meu queixo.

— E um dia, quando você estiver pronta, vou adorar estar lá para torcer por você.

Eu quero muito acreditar nele, mas não consigo negar a semente de dúvida que cresce dentro de mim.

Ele pode nem estar mais aqui um dia.

Quero perguntar o que ele quer dizer com isso, mas Cami coloca seu bicho de pelúcia em meu colo.

— Toma, mamãe. Carneirinho sempre me ajuda quando estou triste.

— Obrigada, filha. — Minha voz se embarga de emoção. Aperto Carneirinho junto ao peito com tanta força que fico com medo que seu enchimento acabe por estourar.

Cal continua a responder às perguntas de Cami sobre Dreamland enquanto dirijo para casa. Consigo sentir os olhos dele se voltando para mim de vez em quando, mas finjo não notar enquanto me concentro na pista.

Em algum momento do trajeto curto, Cal coloca a mão em minha coxa. O peso dela me reconforta e, antes que tenha a chance de me conter, eu a pego e entrelaço seus dedos.

Pela primeira vez desde que Cal voltou, não fico assustada, raivosa nem irritada por sua presença.

Fico grata por ela.

* * *

Depois que voltamos do mercado, Cal faz todo o possível para me dar espaço. É como se ele soubesse que eu poderia desabar se fizesse uma única pergunta sobre a confeitaria. Ele me lança alguns olhares de canto de olho ao longo da noite, mas prefiro afogar as mágoas na cozinha em vez de conversar com ele sobre isso.

Pego minha batedeira novinha enquanto Cami o arrasta para um chá de mentira com suas bonecas de Dreamland. Por mais que eu quisesse ser capaz de impedir Cami de se apegar, não consigo tirá-la de perto de Cal. A conexão entre eles é especial. Talvez seja uma causa perdida, mas estou torcendo para que, depois que for embora de novo, ele tope visitar Lake Wisteria por Cami ao menos.

E por você também.

Pensar em sua partida faz meu peito doer, então deixo isso de lado e volto a cozinhar. Cal entretém Cami enquanto preparo a sobremesa favorita dele, como prometi quando ele comprou a batedeira.

O cara é fácil de agradar. Seu doce favorito é biscoito de açúcar com canela, embora eu nunca tenha entendido o porquê. De todas as coisas que sei fazer, parece tão simples.

Enquanto abro a massa de canela e açúcar, eu me pego escutando a brincadeira de Cami e Cal. Até dou risada uma ou duas vezes quando

Cal finge um sotaque britânico para combinar com o da princesa da Inglaterra. Para alguém que detesta Dreamland e tudo relacionado aos Kane, ele sabe muito sobre os personagens. Sabe até cantar as músicas, o que é ao mesmo tempo sexy e estranhamente impressionante.

— Só um, senão você vai estragar o apetite antes do jantar. — Lanço um olhar para Cami enquanto contribuo para o chá deles ao colocar um prato de cookies recém-saídos do forno sobre a mesa.

Cal bate os cílios para mim.

— E eu?

— Adianta falar? Você sempre adorou comer a sobremesa antes do jantar mesmo.

— Só porque você estava no cardápio. — Ele dá uma piscadinha.

Esse homem é o Diabo.

Ele dá uma mordida no biscoito e solta um misto de grunhido e gemido. É o barulho mais sexy da história, e um calor se acumula em meu ventre por isso, e pela maneira como ele fecha os olhos. Ele sempre foi do tipo que saboreia as coisas.

Doces. Bebidas. *Eu.*

O último pensamento traz uma memória de Cal entre minhas pernas, com sua língua e dedos trabalhando em harmonia para me fazer gozar. A parte de baixo do meu corpo lateja.

Você precisa dar.

Para quem? Um vibrador?

Hum. Não é má ideia.

Embora eu não possa fazer todos os meus problemas desaparecerem para sempre, mal não faria relaxar um pouco hoje. A essa altura, vou fazer o que for preciso para impedir que a fantasia de Cal entre minhas pernas se torne realidade.

* * *

Sempre adorei jantar com Cami. É a parte do dia em que nos sentamos juntas e aproveitamos a companhia uma da outra, e eu pensava que a vida não teria como ser melhor do que isso.

Ao menos até Cal se juntar a nós.

Ter a companhia dele ao jantar parece natural. Como se sempre tivéssemos sido feitos para ser um trio, mesmo tendo passado seis anos separados.

Prolongo o jantar pelo maior tempo possível, apenas porque quero desfrutar da felicidade de Cami e da atenção de Cal por mais um tempo. Minha filha me lança um olhar estranho quando ofereço os biscoitos de açúcar com canela pela segunda vez no dia, mas não aponta que eu já a deixei comer a sobremesa antes do jantar.

— A gente pode ver um filme? — Cami pergunta enquanto Cal mastiga o quinto biscoito. Sério. Para onde vai isso tudo, e como posso fazer meu corpo funcionar assim também?

— Claro. Eu adoraria ver um filme. — Não penso duas vezes antes de responder. Ainda faltam algumas horas para a hora de dormir de Cami, então temos tempo suficiente.

Ela entrelaça as mãos.

— E montar uma cabaninha?

— Que divertido. — Os olhos de Cal se fixam nos meus enquanto ele coloca a língua para fora para lamber as migalhas da boca.

Esse filho da mãe fica me provocando.

Fico tentada a dar uma mordida em seu lábio inferior só para responder.

— Quem disse que você foi convidado? — Lanço um olhar para ele.

— Eu! — Cami ergue a mão.

Cal sorri.

— Fechado, então.

Babaca.

O único motivo para eu topar o plano deles é porque Cal não bebeu nada a noite toda. Posso ver que ele está dando o melhor de si, então não quero estragar seus esforços.

— Tudo bem. — Suspiro antes de me virar para Cami. — Mas você precisa lavar as mãos e escovar os dentes primeiro.

— Tá! — Ela sai correndo para o banheiro.

Cal pega as cobertas e alguns travesseiros extras do armário de roupa de cama enquanto ligo a TV enorme que ele adquiriu durante uma de suas maratonas de compras. Baixo o aplicativo da KidFlix e faço login com a minha senha.

— O que é isso? — Cal deixa as cobertas no sofá.
— KidFlix?
— Sim. — Ele puxa algumas cadeiras da área de jantar.
— Um serviço de streaming.
— E a DreamStream?
Inclino a cabeça.
— O que é que tem?
Ele fica paralisado.
— Você não gosta?
Mordo o lábio.
— Humm...
— O que foi?
— Não é que eu não goste. — A DreamStream é um filhote da Companhia Kane, então tenho que tomar cuidado com a forma como expresso minha opinião.
— É o quê, então?
Considero como medir as palavras antes de me decidir pela verdade.
— É que não é tão bom.
Seus olhos se arregalam.
— Como assim?
— No começo, a gente gostava. Cami adorava ter acesso constante a todos os filmes e séries clássicos da Dreamland.
— Então vocês tinham uma assinatura? — Ele desdobra uma das cobertas. Pego um dos lados enquanto ele amarra a ponta nas costas de uma das cadeiras.
— Sim. Por um ano mais ou menos.
— Por que você cancelou?
— Alguns motivos. Primeiro, duplicaram o preço mensal no ano passado. Não bastasse isso, colocaram anúncios, o que entendo que é necessário para dar dinheiro, mas foi demais. Para não ver os anúncios, a gente teria que passar para uma assinatura que custava o dobro do valor.
— Dessa forma, quadruplicar o preço original?
— Exato. É ridículo pelo conteúdo que estavam oferecendo. Pelo preço de uma assinatura da DreamStream, daria para pagar quatro outros aplicativos de streaming.
— Por que eles quadruplicariam? — ele pergunta, mais para si mesmo.

— Não sei. Não estavam produzindo muito conteúdo nem nada que pudesse justificar o custo mensal. Eram só reprises de todas as séries e filmes famosos, e por um preço bem alto e, sinceramente, com um salário como o meu, não valia a pena.

— O que teria tornado o valor justificável?

— Não sei. Talvez mais lançamentos e menos comerciais. Ah, e talvez combinar todos os canais da Companhia Kane num único lugar. É meio ridículo pedir para as pessoas pagarem por quatro assinaturas diferentes, todas do mesmo conglomerado de mídia.

Ele esfrega a barba rala.

— Acho que você está no caminho certo.

— *Eu?* — Rio. — Não entendo nada desse tipo de coisa.

— Eu estava me perguntando por que os lucros estavam caindo em comparação com nossos concorrentes.

Dou risada.

— Ah, eu poderia dar uma lista.

— Jura? — Ele inclina a cabeça com interesse.

— Claro. A essa altura, já devo ter assinado todos os aplicativos de streaming que existem.

Cami sai correndo do banheiro com uma mancha de pasta de dente na bochecha e espuma de sabão entre os dedos. Eu a levo de volta e a ajudo enquanto Cal finaliza a cabaninha.

Fica apertado, mas nós três conseguimos caber embaixo da cabana de cobertas, embora a parte de cima da TV fique cortada. Cami não parece ligar; seu entusiasmo por assistir a um filme supera a logística.

Eu me deito ao lado dela, que escolhe o lugar mais perto da beirada, onde Merlin dorme enroladinho. Cal parece dividido em relação ao que fazer antes de decidir se sentar de pernas cruzadas perto do lado oposto do forte. Não sei nem se ele consegue ver a TV da sua posição, que dirá ficar confortável pela maneira como precisa curvar o corpo todo para caber embaixo do cobertor.

— Você pode ficar perto da mamãe. — Cami aponta para o espaço do outro lado.

Maravilha. Olha a pequena Cami fazendo papel de cupido sem nem saber.

Cal olha para mim em busca de aprovação antes de eu responder que sim com a cabeça.

Você vai se arrepender muito disso.

Com um suspiro baixo, ele se deita ao meu lado. Sua proximidade, combinada com o cheiro de seu sabonete e o ritmo de sua respiração profunda, deixa meu cérebro zonzo e minha pele arrepiada.

Cami escolhe o filme e se acomoda ao meu lado. Mal presto atenção no que acontece na tela, minha mente está atenta ao homem ao meu lado. Meu coração bate furiosamente, o sangue corre pelas minhas orelhas enquanto resisto à tentação de me virar e me aconchegar em seu peito.

Em algum momento, Cal coloca o mindinho no meu, entrelaçando-nos pelo resto do filme. A conexão que ganha vida por um único toque faz os dedos dos meus pés se curvarem.

Sim. Definitivamente preciso dar.

* * *

Depois que coloco Cami na cama, tranco a porta do meu quarto, apago as luzes e tiro meu vibrador da caixa guardada na mesa de cabeceira. Faz tempo que não transo, e, embora o vibrador não chegue nem perto da coisa em si, cumpre bem o serviço.

Antes de me deitar na cama, acendo uma vela e ligo uma música acústica para abafar qualquer barulho. Meus pensamentos divagam para todas as coisas que preciso fazer antes de me lembrar do que quero fazer.

Tiro a camisola e a calcinha antes de voltar para a cama. Desta vez, meus pensamentos vagueiam para algo muito mais perigoso.

Algo proibido por uma centena de motivos diferentes.

Callahan Kane.

O homem não sai da minha cabeça desde que voltou à minha vida, arrastando-me de volta para um passado que passei anos tentando esquecer.

É melhor aproveitar a proximidade dele e usá-lo para gozar.

Fecho os olhos e imagino Cal em cima de mim, que são seus dedos e não os meus passando sobre meu peito. Ele não tem pressa para voltar a se familiarizar com meu corpo. Cada arfada, suspiro e gemido o estimulam, e ele provoca um seio até eu ficar ofegante embaixo dele, e só então passa para o outro.

Minhas unhas apertam o mamilo, mas substituo a imagem pela de Cal.

É *ele* quem está provocando meu corpo com as mãos até eu estar implorando pelo orgasmo.

É *ele* quem está movendo o vibrador para que o estimulador de ponto G atinja o ângulo perfeito.

É *ele* quem está... *batendo na porta?!*

Meus olhos se abrem. Eu me sento e perco o fôlego quando a vibração se intensifica, fazendo meus olhos se revirarem.

— Lana? Você está me ouvindo? — Cal bate mais forte.

Resmungo no travesseiro, afasto o vibrador e aperto o botão de desligar.

— Um minuto — digo, a voz sai mais rouca do que eu gostaria.

Suas batidas cessam.

Graças a Deus.

Saio de debaixo das cobertas. Minhas pernas estão bambas enquanto pego a camisola. Com uma ajeitada rápida no cabelo, entreabro a porta.

— O que foi?

Seus olhos esquadrinham o meu rosto.

— Queria perguntar algumas coisas para você sobre a DreamStream.

— *Agora?* São nove da noite.

Ele me olha como se eu fosse doida.

— E?

— Está tarde. Você pode me perguntar amanhã. — Empurro a porta, mas ele coloca a palma da mão na madeira para impedir que ela se feche.

— Está tarde? Espera... — Ele funga. — Isso é lavanda?

— Sim. Acendi uma vela. E daí?

— Você acendeu uma vela? — ele repete. — Você nunca acende velas a menos que... — Seus olhos se arregalam em reconhecimento. — Claro. A vela. A música. — Ele olha por cima da minha cabeça, para a calcinha no chão. — Um belo toque.

Minhas bochechas ardem. Estendo a mão para fechar a porta, mas a força dele impede que ela feche.

— Como consigo um convite? — Ele olha para baixo, o calor que vejo deixa marcas de calor em meu corpo. Pela maneira como ele olha para mim, fico com medo de pegar fogo.

O ardor em meu ventre volta com força.

— Não tem como. Agora vai embora. — Empurro a porta de novo, mas ele não cede, impedindo que a porta se mova um centímetro sequer.

— Me deixa te dar prazer. *Por favor* — ele diz com a voz rouca.

Por Deus. Nenhum homem deveria parecer tão desesperado para dar prazer a uma mulher. Pode deixar qualquer mulher se achando, ainda mais pela maneira como Cal lambe os lábios.

Uma única súplica faz meus muros ruírem como uma casa mal construída de biscoito de gengibre.

Qual é a pior coisa que pode acontecer?

Se você está se fazendo essa pergunta, está mais perdida do que eu imaginava.

Balanço a cabeça.

— Não.

É melhor assim. Não passei os últimos dois meses mantendo distância dele para estragar tudo porque estou desesperada por um orgasmo.

Você não está desesperada por um orgasmo.

Está desesperada por ele.

A verdade me atinge como um soco no estômago, roubando o meu fôlego.

Sua mão aperta o batente com mais força.

— Vou ficar de joelhos se for preciso.

— Tá. Pode começar. — Solto a porta e dou um passo para trás.

Você vai se arrepender disso amanhã.

Então é melhor eu aproveitar bastante hoje.

Ele não sai do lugar, nem mesmo pisca, enquanto entro ainda mais no quarto, aumentando a distância para fazer suas súplicas valerem a pena.

— Você vai ficar de joelhos e implorar ou vai ficar aí parado e só olhando enquanto eu me faço gozar mais gostoso do que você nunca seria capaz?

Suas narinas se alargam.

— É um desafio?

Um sorriso safado se abre em meu rosto.

— É uma promessa.

CAPÍTULO TRINTA E TRÊS
Alana

Algo estala dentro de Cal. Fica evidente pela maneira como seu olhar muda, a ferocidade que ele mantém controlada vem à tona. Meu corpo vibra de ansiedade quando ele fecha a porta e passa a chave.

— Onde você quer que eu fique? — Ele dá um passo para perto de mim.

— Lugares não faltam, mas de joelhos é bom para começar.

Ele engole em seco enquanto seus joelhos afundam no tapete. Eu me sinto zonza ao vê-lo disposto a obedecer a todos os meus comandos.

— Perfeito. Agora não saia daí e fique bonitinho para mim.

Ele sorri.

— Só isso?

Procuro meu vibrador entre as cobertas antes de subir na cama e olhar para ele.

— O que você está fazendo? — Suas sobrancelhas se unem.

— Eu disse que você poderia implorar. Não que poderia me fazer gozar.

Sua boca se abre, mas não sai nenhuma palavra.

Ligo o aparelho. O zumbido, combinado com seu olhar, faz uma nova onda de arrepios perpassar minha pele.

Engulo em seco o nó na garganta.

— Se você encostar a mão em mim, tudo acaba. Entendido?

Ele crava os dedos nas pernas, atraindo meus olhos para a ereção crescente sob sua calça de moletom.

— Você está tentando evitar qualquer contato físico porque acha que isso vai proteger você do que está rolando entre nós?

Meus olhos se estreitam.

— Não foi o que eu disse.

Mas você pensou.

Maldita seja.

— Não precisava. Mas tudo bem, porque é você quem vai fazer o trabalho sujo no meu lugar. Agora tire esse camisão e abra as pernas para mim.

— Não é você quem está no controle aqui. — As palavras saem trêmulas, sem a mesma confiança de antes.

— Ah, linda. Estou no controle desde o momento em que você me deixou entrar neste quarto. Só gosto de ver você curtir seu poder.

Meu fôlego se prende na garganta.

— Quer que eu implore? — Cal coloca as mãos no tapete e fica de quatro. — Quer que eu rasteje até você como um homem doido pela sua buceta? — É exatamente isso que ele faz, o fio invisível entre nós fica tenso quando ele se aproxima. — Porque quero tanto sentir seu sabor que posso morrer se não tiver essa chance hoje.

Ele diminui a distância entre nós e para na minha frente, seus olhos brilhando de malícia enquanto fica de joelhos. Com a altura dele e a posição do colchão, o homem tem uma visão perfeita do lugar que implora por sua atenção.

Ele coloca a língua para fora para traçar a curva de seu lábio inferior. Faíscas descem por minha espinha. A parte inferior do meu corpo pulsa, e líquido se acumula entre minhas pernas.

— Vou te matar.

— Então é melhor eu aproveitar minha última refeição. — Suas pupilas dilatam quando ele pousa o olhar no encontro das minhas coxas.

— E como você pretende fazer isso sem tocar em mim?

— Por que estragar a surpresa? — Ele abre aquele seu sorriso característico que faz meu coração bater forte no peito.

— Mas...

— Tire o camisão e abra as pernas ou tudo acabou. Entendido? — Ele joga minhas palavras contra mim.

Juro que ele se lembra de tudo que falo apenas para poder usar a seu favor no momento mais inconveniente.

— Entendido. — Arranco a peça e abro bem as pernas, tirando o sorriso idiota de seu rosto. Ele geme quando suas mãos apertam o colchão ao redor das minhas coxas.

A mulher sensual que estava dormente dentro de mim sobe à superfície, alimentada pela luxúria do olhar dele e pela sensação pulsante em meu ventre. Talvez eu esteja curtindo mesmo esse poder, porque nada é mais gostoso do que deixar um homem como ele doido de desejo.

Levo a mão ao instrumento de silicone. Uma ponta é inclinada para cima, enquanto a outra é curvada e destinada para estimular o ponto G.

— O que é isso? — A voz de Cal treme, provocando um arrepio em mim.

Estendo para ele ver.

Ele se levanta para olhar melhor, invadindo meu espaço e enchendo meu nariz com seu cheiro viciante.

— Este é novo.

— O último quebrou.

Seus olhos se estreitam.

— Como?

— Foi muito usado. — Faço um sinal rápido da cruz numa homenagem irônica.

— Com *ele*? — O tom letal da sua voz faz minha barriga se contrair.

— Não, seu babaca possessivo. Sozinha.

A tensão em seu maxilar desaparece.

— Ótimo. Agora deita no meio da cama e me mostra o que você costuma fazer para gozar.

Faço o que ele pede. Cal sobe no colchão, fazendo as borboletas em meu estômago levantarem voo. Meu corpo se aproxima mais do dele quando seu peso maior afunda o colchão, mas ele toma cuidado para evitar tocar em mim. Em vez disso, deita-se ao meu lado, deixando um pequeno espaço entre nós.

Solto uma respiração trêmula.

— Primeiro, gosto de me tocar.

A cor de seus olhos muda como o oceano antes de uma tempestade, o tom azul-claro rapidamente escurece por causa de suas pupilas dilatadas.

— Falei para me *mostrar*.

Meus dedos apertam os lençóis.

Você vai mesmo fazer isso?

Uma noite não vai mudar nada entre nós. Exceto se eu permitir que mude, e não pretendo cometer esse erro de novo.

— Lana — ele diz com a voz tensa, tentando me tirar de meus pensamentos.

Relaxa por uma noite.

Meus olhos se fecham enquanto acaricio minha barriga. As pontas de meus dedos traçam de um lado a outro da pele macia até meus músculos relaxarem. É só quando meu coração começa a acelerar que vou além das costelas, indo diretamente aos seios.

Consigo sentir os olhos dele *em todos os lugares*. Isso atiça o fogo que queima dentro de mim, alimentando-o até eu estar me contorcendo na cama enquanto me estimulo.

— Meu Deus. Ver como você está agora me faz querer... — Ele contém um grunhido antes de soprar o mamilo mais próximo a ele, pegando-me de surpresa.

— Te faz querer o quê? — pergunto.

— Que você me deixe te tocar.

Tomo cuidado para não permitir que minhas mãos se aproximem demais de meus mamilos, em vez disso me concentro em percorrer a circunferência de meu seio. Cada volta me deixa mais perto do ápice.

— O que você faria se pudesse?

Cal xinga baixinho.

— Veneraria seu corpo com as mãos e os lábios até você implorar pelo meu pau.

Bufo.

— Você sempre gostou de provocar.

— Disse a mulher que está me mostrando a buceta molhadinha só para me torturar.

Abro as pernas ainda mais, ouvindo um gemido atormentado dele. Cal se inclina para a frente e sopra a ponta do meu outro mamilo, de vingança.

Minhas costas se arqueiam, meu peito se aproxima de sua boca.

Seu riso grave faz arrepios se espalharem por minha pele.

— É só dizer que eu assumo.

— Não. — Tento soar forte, mas minha resposta sai como um suspiro embargado.

— Tem certeza? — A respiração de Cal fica mais pesada. — Porque eu adoraria cair de boca até você se contorcer embaixo de mim, com suas costas arqueadas e sua buceta roçando na minha coxa, me encharcando com o seu tesão.

Consigo imaginar vividamente. Cal encaixaria o joelho em mim, estimulando-me a provar o quanto o quero, me fazendo buscar meu orgasmo em sua coxa. Ele sempre gostou de me fazer me esforçar pelo meu prazer. A gentileza que ele normalmente mostra fora do quarto desaparecia, substituída por uma ferocidade que ele mantém controlada.

Espero que saiba o que está fazendo.

Quanto mais sou lembrada de nossa conexão, mais forte minha dúvida fica.

Deixe para se arrepender depois.

Meu sexo lateja com a necessidade de *mais*. Pego o vibrador, que, porém, é arrancado das minhas mãos.

— Use a mão primeiro. — Ele sai da cama, dando a volta até os pés dela antes de se deitar entre minhas pernas.

Caralho.

Brinco com o clitóris e passo a mão de um lado a outro da minha entrada, usando minha excitação a meu favor.

Meu dedo mergulha para dentro, estocando devagar.

— Mostre o quanto você me quer. — Ele observa com extremo fascínio enquanto ergo o dedo, que brilha sob o luar entrando pelas cortinas. O vibrador escapa de sua mão, completamente abandonado enquanto ele me fita.

— Outro.

Sigo seu comando, meu corpo treme quando enfio um segundo dedo, mergulhando os dois juntos enquanto entro e saio devagar. Nunca consegui me excitar tanto. A presença de Cal funciona como um afrodisíaco, transformando-me num caco lamuriante sob seu comando.

Os músculos em meu estômago se contraem a cada estocada de meus dedos.

— Me deixa sentir seu gosto. — Sua voz embarga, a ferocidade em seu olhar parte meu coração em dois.

— Não — digo com firmeza, tanto para ele quanto para mim.

Ele baixa a cabeça no colchão e resmunga.

Sorrio enquanto tento pegar o vibrador, mas Cal o mantém refém junto ao peito.

— Devolve. — Peço com os dedos.

— Você disse que *eu* não poderia tocar em você, mas não disse que eu não poderia usar seu brinquedo. — Ele aperta o botão, e o zumbido preenche o quarto.

— O que... — Meu protesto é interrompido quando Cal pressiona a ponta vibratória em meu clitóris.

Minhas costas se arqueiam, e o prazer se espalha por meu corpo como um tsunâmi.

— Você é um trapaceiro — gemo enquanto ele desliza a ponta dentro de mim, encharcando o vibrador antes de voltar a meu clitóris.

Ele repete o mesmo movimento vezes e mais vezes, coletando minha umidade antes de provocar meu clitóris.

— Você pode me mandar parar quando quiser.

Como se eu tivesse alguma chance de fazer isso agora que ele recuperou o controle e me deixou irracional. Minha frustração cresce enquanto busco meu orgasmo, mas ele me é negado toda vez.

Aperto o lençol embaixo de mim e solto um grunhido. Minha pele tem uma leve camada de suor que a encharca.

Ele faz *tsc* quando tento pegar o vibrador de novo.

— Quer gozar?

— Quero — digo entre dentes.

— Então me deixa tocar em você.

— *Não.*

— Que peninha. Me avisa quando estiver disposta a aceitar a derrota. — Ele desliga o vibrador antes de inserir a ponta. Suas estocadas são deliberadamente rasas, mal alcançando o lugar certo. No máximo, tornam a pulsação ainda pior.

Gemo.

— *Por favor.*

— Por favor *o quê*? Use as palavras, amor. Quero ouvir o quanto você precisa de mim.

Meus lábios se mantêm selados. Seu riso condescendente me faz querer ter um ataque de raiva. Ele liga o vibrador na configuração mais baixa para me aliviar um pouco, e eu me dissolvo no colchão.

— Tudo isso pode acabar se você se render. — Ele se abaixa até seu rosto estar a centímetros da minha vagina, e sopra meu clitóris inchado.

Puta que pariu.

— Se você não me fizer gozar no próximo minuto, vou enfiar esse vibrador no seu cu e me masturbar sozinha.

Ele dá uma piscadinha.

— Eu topo se você quiser, desde que me deixe gozar depois.

— Eu te odeio — digo com a voz rouca enquanto ele enfia o vibrador mais fundo.

— Não. Você odeia o que eu te faço sentir. — Ele tira o vibrador e limpa minha essência com algumas passadas da língua. A maneira como ele fecha os olhos em reverência me enlouquece.

— Por favor, me toca. — As palavras saem tensas, da mesma maneira como sinto meu coração sendo puxado ao extremo.

Foi você quem quis isso.

Entregando-se rapidamente, Cal larga o vibrador e abre minhas pernas para dar espaço para seu corpo. Ele beija cada uma das minhas coxas de cima a baixo, sem nenhuma pressa. O toque de seus lábios suaves em minha pele é demais para mim. Ergo o quadril para fazê-lo lembrar do que quero, mas sou atendida pelo raspar de sua barba rala em minha coxa.

Cravo os dedos em seu cabelo e puxo sua cabeça para meu centro gotejante.

— Chega de provocar. Ou fode ou sai de cima.

— Tão mandona. — Ele bota a língua para fora, passando-a por meu clitóris inchado. Quando tenta recuar, seguro sua cabeça contra mim, forçando-o a ficar. — Tão safada. — Ele passa a língua no meu sexo ardente. — Tão sexy que meu pau parece prestes a explodir só de olhar para você.

Sua língua mergulha dentro de mim. Minhas costas se curvam, faíscas disparam por minha pele enquanto ele me devora como se não comesse há anos. Como se essa fosse a primeira refeição que faz e ele quisesse saboreá-la. Seus dedos apertam minha bunda enquanto ele me segura contra o rosto, os olhos focados unicamente em mim.

A tortura implacável de sua boca me leva mais perto do clímax. Quero resistir, mas meus dedos formigam e minha respiração acelera enquanto sua língua me provoca antes de mergulhar.

Minhas coxas se apertam ao redor da sua cabeça enquanto gozo. Pontos enchem minha visão conforme onda após onda de prazer me perpassa.

Cal não para de passar a língua, chupa e lambe até meu corpo parar de tremer e meu gozo cobrir toda a parte inferior de seu rosto.

— Caralho. — Jogo a cabeça para trás, e ergo os olhos para o teto.

Ele beija meu sexo uma última vez antes de rastejar pelo meu corpo. Seu peso familiar me pressiona mais fundo no colchão enquanto ele aninha minha cabeça e me beija. O gosto combinado de seu hálito mentolado e meu gozo enche minha boca, causando mais um pico de prazer. Gemo em seus lábios, e sua língua se aprofunda, forçando-me a saborear meu próprio desejo por ele.

Ele começa a se afastar, mas o seguro pelo cabelo e o puxo para perto, ainda incapaz de cortar nossa conexão. Não estou preparada para o arrependimento que posso sentir assim que ele sair. O *medo*.

— Obrigado. — Ele dá um último selinho em meus lábios.

Obrigado? Eu que deveria estar agradecendo a ele por me fazer gozar mais gostoso do que não gozava há *anos*.

Ele beija o topo da minha cabeça antes de se afastar. Fora seu cabelo bagunçado e a ereção que ameaça estourar sua calça de moletom, ele parece completamente sereno.

Eu me apoio nos cotovelos e olho para ele.

— Aonde você vai?

— Prefiro sair antes que você volte a si e me bote para fora.

Sinto que meu peito vai explodir quando ele sai do colchão. Meu coração bate forte e rápido quando ele me cobre, destruindo completamente qualquer vestígio de resistência que eu tinha a ele.

— Eu não teria botado você para fora se tivesse pedido para ficar — pisco.

Ele solta um forte suspiro.

— Quero ficar porque você me quer aqui, não porque se sente forçada por um pedido e um orgasmo.

Meus lábios se entreabrem, mas nenhuma palavra sai.

— Você sabe onde me encontrar se me quiser. — Cal me abre um sorriso tenso antes de sair do meu quarto.

Eu me recosto na cama com um suspiro. O buraco vazio em meu peito cresce até consumir todo o calor de antes, deixando-me com uma sensação fria e vazia.

Considero ir até a cama de Cal, mas me seguro. Estou emocionada demais para pensar nas consequências de algo assim.

Você já deixou que ele a chupasse. Qual é a pior coisa que pode acontecer?

Basicamente: me apaixonar por ele de novo.

CAPÍTULO TRINTA E QUATRO
Cal

Deixar Lana é quase impossível. Quase cedi e fiquei, mas eu não podia fazer isso com nenhum de nós, por mais que quisesse abraçá-la junto ao peito e sussurrar em seu ouvido até ela pegar no sono.

Em vez disso, fico sozinho na cama, sexual e emocionalmente frustrado.

Você está mesmo surpreso?

Não. Parte de mim soube no momento em que saí pela porta que ela não viria atrás de mim. Estava estampado no rosto dela. A indecisão. A incerteza. O medo de que o que quer que fizéssemos levasse a algo mais.

É claro que eu queria. Não teria feito o que fiz se não tivesse certeza de que a quero de qualquer modo como a possa ter, desde que ela esteja disposta a fazer o mesmo.

Dê tempo a ela.

Coço a barba rala em meu queixo. O cheiro do gozo de Lana continua em meus dedos, fazendo meu pau já duro arder pela necessidade de escape. Baixo a cintura da calça de moletom e coloco a mão ao redor do pau, dando uma única bombada.

Só uma coisinha para relaxar, digo a mim mesmo enquanto bombeio para cima e para baixo até a baba escorrer pelo meu pau, ajudando minha mão a deslizar mais facilmente pela pele macia.

É melhor do que beber, repito duas vezes enquanto minha barriga se contrai e os dedos dos meus pés se curvam pela pressão crescente na base da minha coluna. O calor corre na direção do meu pau, tornando impossível pensar em qualquer outra coisa além de buscar meu próprio prazer.

Imagino os dedos de Lana substituindo os meus. O estímulo de seu toque. O aperto firme de sua mão envolvendo meu pau, bombando até minhas bolas estarem tensas. O calor da sua boca substitui a sua mão, provocando e testando até eu erguer os quadris embaixo dela, fazendo-a engasgar.

Consigo imaginar tudo vividamente.

Seus olhos lacrimejando enquanto ela me engole por inteiro.

Eu enfiando meu pau o máximo possível até gozar em sua garganta.

O sabor de meu próprio gozo em sua língua quando a puxo junto a mim e a beijo até estarmos os dois prontos para eu meter dentro dela.

Minha espinha formiga, e minhas bombadas se tornam mais erráticas. Com mais alguns movimentos, meu pau explode, cobrindo minha camiseta.

Fecho bem os olhos e praguejo. Qualquer paz que pensei que poderia ter desaparece assim que imagino Lana limpando meu pau com a língua.

— Merda — resmungo com a voz rouca.

Até parece que eu ia relaxar.

✳ ✳ ✳

Na manhã seguinte, Lana acorda bem cedinho para levar Cami ao lago. Considero acompanhar as duas para podermos conversar sobre ontem à noite, mas penso que é melhor falar com ela quando a filha estiver dormindo.

Passo a hora seguinte navegando pelo aplicativo da DreamStream enquanto pesquiso o Reddit, reunindo informações sobre o aplicativo e o que as pessoas realmente pensam dele. Graças à opinião de Lana e aos dados que reuni, tenho uma boa compreensão do aplicativo e seus concorrentes.

Mando mensagem para Rowan antes que perca minha confiança.

> Quer conversar sobre a DreamStream uma hora dessas? Tenho algumas ideias.

> **Rowan:** Fico livre em trinta minutos. Te mando um link de videochamada.

Eu e meu irmão entramos na ligação trinta minutos depois. Zahra aparece para dar oi. Os olhos de Rowan brilham quando se erguem para a namorada enquanto ela fala comigo.

Nossa. O amor faz bem para meu irmão. Fico feliz que ele tenha encontrado alguém que o faça parecer feliz o tempo todo.

Depois que Zahra sai, eu e ele partimos para o trabalho.

A DreamStream era a filhote do meu irmão antes de ele se tornar o diretor de Dreamland. Fico surpreso que ele não tenha intervindo para ajudar nas dificuldades pelas quais eles estão passando, mas, considerando como anda ocupado com o parque e Zahra, faz sentido. O homem não tem tempo para se envolver em outras divisões da empresa.

Então, você é a segunda melhor opção?

A semente de dúvida se planta em minha cabeça, mas faço o possível para ignorá-la.

Quanto mais converso com Rowan sobre minha avaliação, mais entusiasmado e confiante eu me torno sobre tudo.

— Você pensou bastante sério nisso. — Rowan olha no fundo da câmera.

— Estava difícil pegar no sono ontem à noite. — O que é dizer pouco. Levei horas para apagar depois de tudo que rolou com Lana, então a melhor coisa que pude fazer foi tentar me distrair com a DreamStream.

— O que você sugere fazer? — Ele se recosta em sua cadeira de escritório.

— Acho que precisamos de uma renovação.

— Em que sentido?

— Tenho quase certeza de que o cara que você indicou cresceu com uma TV em preto e branco que tinha cinco canais, então o que ele sabe sobre streaming?

— O suficiente para ter durado todo esse tempo no cargo. — Ele entrelaça as mãos embaixo do queixo.

— Ele está patinando, e você sabe disso. Os números não estão a nosso favor, e o declínio começou pouco depois que você deixou o cargo.

— Então o que você acha melhor? — Seus lábios se curvam para cima.

— Pedir para a diretoria indicar outra pessoa que realmente saiba o que está fazendo.

— Como você?

Uma risada escapa de mim. Penso que Rowan vai rir também, mas seu rosto continua pétreo.

— Você está falando sério? — Meu sorriso se fecha.

— Por que não?

— Porque sou extremamente desqualificado e igualmente desinteressado em um cargo como esse. — A ideia de passar o resto da vida preso a uma mesa de escritório não me desperta nenhuma alegria.

— Não estou sugerindo que você vire CEO.

— Então o quê?

— Um diretor.

Seguro a gargalhada desta vez.

Suas sobrancelhas se franzem.

— Estou falando sério. Soube que tem alguns problemas com o diretor atual encarregado de estratégia e análise de conteúdo.

— E daí?

— Você poderia tentar.

Balanço a cabeça com tanta força que faz meu pescoço doer.

— De jeito nenhum.

— Por que não?

— Primeiro, não tenho experiência. — Tico um dedo.

Não é você que gosta de assumir riscos?

Meus dentes rangem quando a expressão que meu avô usava para me descrever me vem à cabeça. Essa não é a hora para correr riscos.

Rowan reajusta a gravata já perfeita.

— Então comece como um colaborador.

— Odeio trabalhos de escritório.

— A DreamStream é diferente.

— Por quê? Porque tem salas de descanso e pufes? Estou de boa.

— Estou falando mais da filosofia.

Fico olhando para a cara dele.

Ele suspira.

— Só pensa a respeito.

— Não há nada para pensar porque não estou procurando emprego. Só queria compartilhar o que descobri.

— Então se lembre de mencionar isso na próxima reunião da diretoria. Tenho certeza de que o sr. Wheeler vai estar aberto a sugestões se o relatório deste mês for ainda mais deprimente do que o último.

— Rowan... — alerta. A última coisa que quero fazer é chamar a atenção para mim, considerando minha falta de experiência e as expectativas gigantescas associadas ao meu sobrenome.

— Se não quer entrar para uma equipe que pode mudar a situação, pelo menos comente suas descobertas com a pessoa que pode. — Ele desliga antes que eu tenha a chance de dizer mais alguma coisa.

— Babaca.

* * *

No fim, não preciso ir atrás de Lana. Ela vem bater à minha porta com uma babá eletrônica na mão e uma expressão controlada no rosto.

— Quer dar uma volta no lago? — pergunta com uma voz suave como se não tivesse passado a maior parte do dia me evitando.

Meu coração bate mais forte no peito.

— Claro. Só me deixa colocar os tênis.

Depois que os amarro, saio logo atrás de Lana para a noite de verão. Durante os primeiros minutos, nenhum de nós diz nada. Grilos preenchem o silêncio enquanto caminhamos na direção da doca que fica nos fundos da casa de hóspedes. É uma versão muito menor daquela da casa principal, destinada sobretudo a um único barco e com algumas cadeiras na ponta, que é onde nos sentamos. Lana tira os chinelos e coloca as pernas para fora da beirada para que seus dedos encostem na água.

— Então… — começo, porque está na cara que ela não quer.

Seus olhos se voltam do lago para o meu rosto.

— O que você planeja fazer depois que a gente vender a casa?

O ar para em meus pulmões.

— Como assim?

— Você acha que vai voltar para Chicago?

— Importaria se eu fosse?

Ela olha fixamente para os pés, que traçam a água.

— Não deveria importar.

Meus olhos se estreitam.

— Essa não é uma resposta.

Ela revira os olhos.

— Responder à minha pergunta com outra também não.

Meus lábios se curvam num pequeno sorriso.

— Verdade. Para ser sincero, não sei bem o que tenho planejado para depois que vender a casa. Não pensei tão adiante.

— É claro que não. Deve ser bom não ter emprego nem nenhuma responsabilidade além de viver o momento.

Meu sorriso se fecha.

— É meio solitário.

Ela bufa.

— Quê? Como é possível? Você tem um zilhão de amigos.

— Eu *tinha* um zilhão de amigos. A verdade era que ou eles eram tóxicos demais ou se cansaram dos meus mecanismos de enfrentamento toscos.

Suas sobrancelhas se franzem como se ela não conseguisse conceber o que estou contando.

— Iris...

— Está ocupada começando uma vida ao lado do meu irmão.

— E daí? Isso não quer dizer que ela não possa passar tempo com você.

— Ela passa, mas não temos como sair tanto quanto antigamente. E tudo bem. Entendo que as coisas estão diferentes agora.

Ela inclina a cabeça.

— Diferente como?

Fito o céu estrelado para evitar seu olhar perspicaz.

— Não espero que ela pare de viver a vida dela só porque eu não tenho uma.

— Você tem uma vida — ela argumenta.

Uma risada amargurada escapa de mim.

— Uma vida vazia.

— O que você quer dizer?

— Não sou ninguém, Lana.

— Para mim você é alguém. — Ela aperta minha mão.

Para mim você é alguém.

Suas palavras agem como um remédio, afundando em minha pele e aliviando a dor de anos de estragos por me sentir inadequado.

— Está falando sério? — pergunto com a voz rouca.

Sua cabeça mal se move quando ela faz que sim.

— Por que não me pediu para ficar ontem à noite? — Faço a pergunta com que tenho me martirizado desde então.

— Porque eu estava com medo — ela admite, sua voz quase inaudível pelas folhas que farfalham ao nosso redor com uma rajada de vento forte.

— Medo de quê? — Dou um aperto na mão dela.

— Muitas coisas quando o assunto é você.

É uma resposta tão Lana.

— Escolha uma.

— Tenho medo do que vai acontecer se você for embora de novo.

— E se eu ficasse? — A pergunta sai de mim sem qualquer hesitação.

Sutil, Cal.

Ela encara.

— Como assim?

— Não estou com pressa para ir a lugar nenhum, então e se eu ficar em Lake Wisteria por um tempo?

Sua testa se franze.

— Por que você faria isso?

— A resposta não é óbvia? — Ajeito uma mecha de cabelo esvoaçante atrás da sua orelha antes de traçar a curva suave. Sua respiração muda quando ela ergue para mim os grandes olhos castanhos que refletem a lua no céu.

Seus lábios se entreabrem, e acho a ideia de beijá-la impossível de ignorar. Eu me inclino para a frente e capturo sua boca com a minha, abafando sua surpresa.

O beijo termina tão rápido quanto começou, mas ela respira com dificuldade como se tivesse acabado de disputar uma corrida.

— Você quer ficar? — As palavras saem num ímpeto de sua boca.

— Só se você quiser que eu...

Ela inicia o beijo desta vez, interrompendo o restinho da minha frase com sua boca encostada à minha. A vibração começa em meus lábios e desce pela espinha.

Beijar Lana é como se o mundo começasse a girar de novo. Como se eu tivesse ficado congelado até ela voltar a entrar em minha vida, colocando-a de volta nos eixos.

Não sei bem por quanto tempo nos beijamos. Em algum momento, ela interrompe para se sentar em meu colo. Nós dois gememos quando ela roça em meu pau. Ela inclina a cabeça para o lado, então meus beijos sobem por seu pescoço, provocando-a até ela começar a se mover para trás e para a frente sobre mim.

Tudo em nosso beijo é diferente. Novo. *Esperançoso.*

E quero cuidar para que essa esperança nunca morra. Custe o que custar.

CAPÍTULO TRINTA E CINCO
Alana

— Não acredito que você vai viajar com o Cal. — Violet atira um dardo no círculo que traçou bem na cara dele, na marca dos *50 pontos*. Ela achou a foto de Cal de terno e gravata no site da Companhia Kane e a imprimiu para uma noite de garotas emergencial.

Desta vez, não fui eu quem pediu a reunião. Delilah e Violet fizeram isso depois que contei a notícia sobre Dreamland e nossa viagem no fim de semana.

— Tentem vocês dizer não para Cami depois que ele se ofereceu para levá-la a Dreamland. Ela me implora para ir desde que viu aquele comercial na TV dois anos atrás.

— Por que ele ofereceria uma viagem como essa? O que ele ganha com isso? — Delilah dá um gole em sua bebida antes de se levantar e pegar um dardo na mesa. Hoje é um dia bom para ela e sua artrite, então ela quer aproveitar.

— Além de aumentar as chances de levar Alana para a cama? — Violet bufa.

Um pouco tarde demais para isso.

Lanço um olhar para ela.

— Vocês podem falar o que quiserem sobre mim e Cal, mas sei que ele está fazendo isso porque gosta da Cami. Dá para ver na maneira como eles interagem. O que eles têm é... especial.

Ele é tudo que quero num companheiro, e mais.

A testa de Delilah se franze mais.

— Ah, não. — Ela e Violet trocam um olhar de esguelha.

— Quê? — pergunto.

— Você está com aquele brilhinho nos olhos.

— Que brilhinho?

— O brilhinho de *Estou me apaixonando por Callahan Kane.*

Dou risada.

— Que brilho é esse?

Tanto Delilah como Violet tentam imitar e não conseguem, o que faz todas cairmos na gargalhada.

— Não estou me apaixonando por ele. — Pelo menos, *acho* que não. Mal começamos a dar o próximo passo, então é impossível que eu esteja me apaixonando. É cedo demais.

Né? Uma pequena onda de pânico cresce em meu peito, logo acima do coração.

— Sei não... — Delilah balança para trás sobre os calcanhares.

— Confia em mim. Eu saberia, considerando que já fiz isso antes.

— Esse é o problema de se apaixonar. Você não acha que vai acontecer até cair nos braços de alguém, sem saber como foi que perdeu a batalha contra a gravidade.

Merda.

Alana Valentina Castillo, era para você ser mais inteligente. Mais sábia. Mais forte.

Eu não faria algo tão idiota quanto me apaixonar pelo mesmo homem duas vezes, certo? Meu coração palpita só de pensar.

— Sei que vocês estão preocupadas... — Minha voz continua neutra apesar da ansiedade que cresce a cada segundo que passa.

— Só porque a gente te ama e não quer ver você sofrer por causa do Cal. *De novo* — Violet acrescenta.

Deixo o nervosismo de lado.

— Desta vez é diferente. — Com ele diminuindo a bebida e seu compromisso de tentar manter um lugar na minha vida, seria burrice ignorar seus esforços, por mais que ainda haja um longo caminho pela frente.

— Como? Você nem confia nele — Violet diz baixinho.

— Violet... — Delilah alerta.

Cruzo os braços.

— Confio nele o bastante para morar com ele.

— Mas não confia o bastante para ele cuidar da Cami sozinho — Violet argumenta.

— Confiança leva tempo. — Delilah aperta minha mão.

Baixo a cabeça. No fundo, sei que Violet e Delilah estão certas. Eu e Cal podemos brincar de casinha o quanto quisermos, mas isso não vai mudar o fato de que ainda não confio plenamente nele.

Confiança leva tempo. As palavras de Delilah se repetem em minha cabeça.

Assim espero.

***

Volto da noite de garotas e encontro Wyatt e Cal trocando olhares fulminantes. Eles estão sentados em lados opostos da sala, a tensão emana dos ombros erguidos dos dois.

— Que bom que você voltou. Já pode mandar seu cão de guarda embora? — Cal não olha na minha direção.

Os músculos de Wyatt ficam tensos sob a camiseta.

— Sou uma babá, não um cão de guarda.

Os olhos de Cal se estreitam.

— Você não me deixou nem ler uma história de ninar para Cami.

— Porque normalmente sou eu quem faço isso quando cuido dela. — Wyatt cutuca o peito dele.

— Bom, não foi para você que ela pediu, foi?

Wyatt cerra o maxilar.

Meu bom Deus. Ver os dois ficarem com ciúme de quem Cami prefere que leia uma história de ninar é demais até para mim.

Meus ovários, por outro lado, estão em polvorosa.

— Obrigada por cuidar da Cami. De verdade. — Dou um tapinha nas costas de Wyatt.

Merlin sai de debaixo do sofá para esfregar o corpo na minha perna. Passo a mão em seu pelo sedoso. O gato só demorou uma semana para se acostumar comigo e Cami, graças às latas caras de atum que comprei para ele.

— Oi — digo com vozinha.

— Você tem um gato? — A cabeça de Wyatt se vira na direção de Cal.

— Tenho.

Pego o bichinho nos braços e aceno sua pata no ar.

— Diz oi para o Merlin.

E você com medo de que Cami ficasse apegada...

Wyatt olha para a frente.

— Merlin? Não era o mentor do rei Artur ou coisa assim?

— Era. — Cal cerra o maxilar.

— Que fofo, Percival. Quem diria que você teria uma tara pelo rei Artur.

— Eu o batizei assim porque o nome me fazia lembrar da minha mãe, seu otário.

O sorriso de Wyatt se fecha.

— Desculpa.

Cal se recusa a ficar mais tempo ali. A porta de seu quarto se fecha logo que ele a atravessa, deixando-me para lidar com Wyatt.

— O que deu nele? — pergunto.

Wyatt encolhe os ombros.

— Não sei. Ele está muito irritado desde que cheguei. Cal estava de bom humor quando saí, então não sei o que aconteceu nos segundos que demorou para Wyatt entrar na casa.

Dou um empurrão nele.

— Você não poderia pelo menos tentar ser civilizado com ele?

— *Estou* tentando, por mais que ele não goste. Boa parte da cidade está tentando depois que o viu fazer papel de palhaço naquela fantasia de morango.

— Então por que ele estava com cara de poucos amigos?

— Porque ele deve se sentir ameaçado pela minha relação com a Cami ou coisa assim.

— Ameaçado? Por quê?

— Muito provavelmente porque o riquinho babaca nunca teve que dividir nada em toda a vida.

Reviro os olhos.

— Vocês dois são ridículos.

— Eu? O cara fez questão de me dar gelo o tempo todo. Quando tentei brincar com eles a pedido da Cami, Cal matou minha Barbie antes que eu tivesse a chance de participar.

Meu queixo cai.

— Como?

— Minha boneca não deu ouvidos à mãe e entrou no carro de um estranho.

— Pelo menos ele transformou numa experiência educativa. — Cubro a boca para abafar a risada.

Wyatt olha feio, e acabo rindo ainda mais.

— Não me chame da próxima vez que precisar de uma babá.

Coloco os braços ao redor dele.

— Eu te amo!

Ele retribui o gesto.

— Até parece. Na próxima, vou ser mais inteligente e mandar a Barbie dele para a cadeia. Talvez incorporar algo sobre quebrar leis.

Dou risada e o solto.

— Faça isso.

Wyatt sai, deixando-me sozinha para arrumar os brinquedos espalhados depois que Cami foi para a cama.

— Ele foi embora? — A voz de Cal me dá um sobressalto.

Viro para ele.

— Você me assustou.

— Desculpa. Eu estava querendo saber quanto tempo ele demoraria para ir embora. Passei a noite toda esperando por isso.

— Ele só iria embora depois que eu chegasse em casa.

— Sério? Por quê? Eu poderia ter cuidado da Cami se você tivesse me pedido.

Ele parece... magoado?

Não. Não pode ser.

Pode?

Coloco a caixa de brinquedos de volta na prateleira.

— Desculpa.

— Por que não me pediu? — Ele se aproxima até eu conseguir sentir o cheiro de seu pós-barba.

Algo em meu peito se aperta.

— Lana.

Desvio o olhar dele.

— O cara com quem eu estava antes...

Cal respira fundo enquanto coloca as mãos nos bolsos.

— Pedi para ele cuidar da Cami algumas vezes quando eu saía com Violet e Delilah. Wyatt não via mal em ficar com ela, mas pensei que seria uma boa oportunidade para Victor criar um vínculo com a minha filha, por isso deixei. — Dou uma risada que beira a histeria.

Cal sai de onde está e me abraça.

— Quero muito o nome completo desse filho da puta.

Aperto o tecido de sua camisa, segurando-me a ele como se fosse uma tábua de salvação.

— Não aconteceu nada com ela fisicamente, mas Cami fazia perguntas demais e ele perdia a calma. Acabou gritando com ela e a fazendo chorar várias vezes. Até a mandou para o quarto uma vez, como se tivesse algum direito de colocá-la de castigo.

— Sei que você não aprova violência física, mas, para ele, espero que abra uma exceção.

Abano a cabeça em seu peito.

— Demorei alguns meses para descobrir o que acontecia, só depois que terminamos por outro motivo. Cami guardou segredo o tempo todo porque tinha medo de que eu escolhesse Victor em vez dela. É triste pra caramba que minha filha não tenha conseguido me contar que alguém a magoou porque não queria me perder. Como se eu fosse capaz de escolher um homem em vez dela. — Lágrimas começam a escorrer, encharcando sua camisa.

Ele passa a mão pelas minhas costas, tentando acalmar meus soluços. Eu não queria chorar, mas as lágrimas não param de escorrer desde que começaram.

— Sinto muito por você e Cami terem precisado passar por isso. Mas juro que eu nunca levantaria a voz para sua filha. É a última coisa que eu gostaria de fazer depois de ter passado por algo parecido.

Fungo, tentando conter as lágrimas.

— Eu sei. No fundo *sei* que você não faria isso, mas me fiz uma promessa depois que descobri o que Victor fez.

— Que promessa?

— Que eu não deixaria ninguém em quem não confio plenamente cuidar da Cami.

Ele se encolhe, embora em momento nenhum pare de afagar a minha coluna.

— Sei que você ainda não tem motivo para confiar plenamente em mim, mas sei também que um dia vai ter. — Ele fala com absoluta certeza, como se não fosse aceitar nenhuma outra opção.

Para ser sincera, não sei se existe outra para Cal.

* * *

— Olha! Meu nome! — Os braços de Cami tremem de exaustão enquanto ela puxa uma caixa gigante atrás de si.

Cal sai do sofá e a ajuda a trazer a encomenda para dentro da casa de hóspedes.

— O que é isso? — Olho para a etiqueta com o nome de Cami. A caixa é simples, sem nenhum tipo de marcação ou pista para me dizer de onde é.

Cal se ajoelha no chão ao lado dela.

— O presente de aniversário da Cami.

— Para mim? — Sua voz atinge uma nova oitava de tão animada que ela está.

Pisco algumas vezes para confirmar os fatos.

— Você comprou um presente para ela?

Ao lado de Cami no chão, Cal ergue os olhos.

— Sim?

— Mas você já vai levar a gente para Dreamland na semana que vem.

— E daí? Falei para Cami que montaria um navio com ela.

Cami contém um gritinho.

Cal xinga baixinho.

— Bom, lá se vai a surpresa.

— Pote do palavrão!

Cal procura na carteira e entrega uma nota de cinquenta para ela.

Cami ergue as sobrancelhas.

— O que foi? Minhas notas de cem acabaram ontem.

— Tudo bem. Cinquenta vezes dois. — Ela ergue dois dedos, como um sinal de paz.

Contenho a risada com a palma da mão, o que me rende uma encarada de Cal.

Os lábios dele se curvam num sorriso antes de ele entregar uma segunda nota para ela.

— Acho bom me convidar para sua formatura, pelo tanto que estou pagando por sua educação.

— Tá bem! — Cami corre até o pote do palavrão. Ela arrasta uma cadeira na direção da geladeira, mas Cal a pega e a impede antes que ela tenha a chance de subir.

— Deixe que eu ajudo você. — Ele a ergue até ela conseguir colocar as notas dentro do pote. Já tive que esvaziá-lo na semana passada de tanto que eu e Cal vacilamos perto um do outro.

Talvez precisem chamar o cardiologista, porque meu coração está prestes a explodir de tantas sensações. Nunca pensei que ver Cal interagir com Cami, ver como ele se importa com ela, me faria sentir um calorzinho tão gostoso no corpo.

Eu me sento no sofá e observo os dois rasgarem juntos o embrulho do presente de aniversário que ele comprou para ela.

Cami tira lá de dentro uma segunda caixa sem identificação que é do tamanho de seu corpo.

— Hummm. O que é isso? — Ela olha para a caixa, com as sobrancelhas franzidas.

— Espera. — Cal pega o celular e procura uma foto.

Ele a mostra para Cami, que perde o fôlego.

— O navio da princesa Marianna?

— Espera. Como assim? — Eu me levanto e espio a tela do celular por sobre o ombro dela. A foto foi tirada em uma espécie de oficina, com lascas de madeira por todo canto e um pote de cola ao lado. No centro da foto, está uma réplica do navio em que a princesa Marianna saiu em busca de um tesouro submerso.

Cal coça a nuca.

— Pedi para Rowan fazer uma coisa especial para nós. Ele falou para os criadores se basearem numa das maquetes de navio que recomendei depois de fazer algumas pesquisas.

Ai, meu Deus. Minhas pernas tremem de tão fracos que estão os joelhos.

— Como é possível?

— Para variar, vale a pena ter o nome Kane.

Meu coração está perdido.

Cami e Cal abrem a caixa e tiram as peças, e me sento com eles enquanto começam. Tento não atrapalhar enquanto trabalham juntos. Ofereço ajuda em alguns momentos quando ela não consegue fazer o que ele pede, mas, na maior parte do tempo, me contento em observar os dois trabalharem. Existe uma doçura em como Cal é paciente com Cami e na maneira como ele responde a cada pergunta dela.

Em certo momento, Cami sobe no colo de Cal para poder olhar melhor o que ele está fazendo. Ele fica paralisado por um segundo antes de apertar as mãos dela e mostrar como colar uma peça na outra.

Sempre soube que Cal seria um pai incrível um dia, e a forma como ele trata Cami é prova disso, por mais que ele duvide das próprias habilidades. São as pequenas coisas que ele faz sem nem perceber.

A paciência. A compreensão. O tom reconfortante com que fala com Cami quando ela fica frustrada ou chateada.

Quanto mais os observo, mais aparente fica que não quero que isto acabe quando vendermos a casa. Basta pensar em Cal ir embora para meu peito doer, e não sei bem o que fazer com esse sentimento.

Há tantas coisas que nos impedem de seguir em frente juntos, sendo a mais importante de todas o alcoolismo dele. Mas não posso deixar de imaginar o que poderia acontecer se ele controlasse essa parte da própria vida. Será que teríamos uma chance real de levar a vida que poderíamos ter tido seis anos atrás? Será que abriríamos mão do passado e criaríamos nossa própria família?

Fico tentada a descobrir.

CAPÍTULO TRINTA E SEIS
Cal

No sábado, encontro um caos ao acordar. Lana está curvada sobre a bancada, finalizando o bolo de aniversário enquanto a menina corre em círculos pela cozinha, tentando roubar cobertura do pote.

— Vai se vestir antes que todo mundo chegue. — Lana aponta na direção do quarto de Cami sem tirar os olhos do trabalho.

A menina sai correndo, sem olhar para onde está indo. Pulo para fora de seu caminho antes que ela trombe nas minhas pernas, impedindo que nós dois levemos um tombo.

— Olhe por onde anda.

Os olhos dela se iluminam.

— Desculpa!

— Feliz aniversário. — Faço carinho no topo de sua cabeça.

Ela se atira nas minhas pernas, dando um forte aperto. Nunca pensei que gostaria tanto dos abraços de uma criança pequena, mas, toda vez que Cami me abraça, sinto que estou vencendo na vida. Embora a minha não esteja tão em ordem quanto a de meus irmãos, Lana e Cami me fazem me sentir pleno de uma forma que nenhum trabalho ou herança poderia.

Talvez Declan e Iris estivessem certos quando disseram que queriam um bando de filhos e um cachorro. Há algo em ser uma família que não dá para superar.

Cami me solta e entra correndo no quarto, deixando-me a sós com Lana.

— São só nove da manhã e já estou com dor de cabeça. — Ela passa o dorso da mão no rosto, acabando por deixar uma mancha de cobertura de chocolate na bochecha.

Não consigo resistir a me inclinar para a frente e lamber o chocolate de sua pele antes que ela tenha a chance de limpar. Sangue começa a correr para baixo, especialmente quando a mulher me ergue os olhos semicerrados.

Fico tentado a recriar nosso primeiro beijo, com cobertura de chocolate desta vez. Lana parece ter um pensamento parecido pela forma como desce os olhos para o pote ao seu lado.

— O gosto está ótimo. — Pisco.

Seus olhos se estreitam, embora isso não se reflita em seu brilho.

Dou a volta por ela e vasculho o armário de remédio.

— Toma. — Passo para Lana dois Tylenols e um copo d'água.

— Obrigada. — Ela suspira antes de tomar os comprimidos.

Eu me recosto no balcão ao lado dela.

— Manhã difícil?

— Tem umas cem pessoas vindo em duas horas, e não estou nem perto de estar pronta.

— Com o que você precisa de ajuda?

— Tudo. — Ela se apoia no balcão.

Pego meu celular e abro um aplicativo de notas.

Ela me lança um olhar.

— O que foi? — pergunto quando ela não diz nada. — Trabalho melhor com uma lista, senão posso esquecer alguma coisa.

— Você está mesmo se oferecendo para ajudar?

— Claro. Gosto quando você me bota para trabalhar. — Sorrio com malícia.

Ela revira os olhos, sorrindo.

— Certo, mas não diga que não avisei.

Lana recita uma lista de tarefas aleatórias, a maioria das quais exige que eu dirija até a cidade. Fica evidente que, a cada tarefa que assumo, os ombros dela relaxam um pouco mais.

— Já volto. — Dou um beijo rápido em sua têmpora antes de sair da casa.

Demoro mais de noventa minutos para completar todas as tarefas. Meu carro está totalmente cheio de balões, comida e coisas de última hora que Lana esqueceu na loja.

Quando volto para a casa de hóspedes, ela se transformou no mundo mágico da princesa Marianna, com decorações cobrindo quase todas as superfícies, serpentinas penduradas no teto em desenhos divertidos e um arco de balão pela metade atrás da mesa de bolo.

— Você conseguiu! — Lana sai correndo da sala e pega os balões da minha mão. Ela os amarra ao arco de bolas para completá-lo, embora precise da minha ajuda para alcançar o ponto mais alto para prender o balão da princesa Marianna.

— Você não mede esforços mesmo.

Ela ri consigo mesma.

— Pena que você não viu o tema do ano passado. Cami queria uma festa de aniversário com temática natalina porque não queria esperar até dezembro, então transformei o quintal dos fundos numa terra encantada de inverno. Quase toda a cidade doou suas decorações de Natal, então acabou sendo épico. Explodiu a rede de energia durante a noite e tudo.

— Ela ri consigo mesma, o que me dá um calorzinho no peito.

Eu a pego pela mão e a puxo para mim.

— Queria ter vindo. — Dou um beijo suave no topo de sua cabeça.

Ela ergue os olhos com as pálpebras batendo.

— Eu também — diz, e dá um beijo rápido em minha bochecha antes de sair do meu abraço, roçando em meu pau no processo.

— Argh — resmungo. — Mulher cruel.

— Desculpa! Preciso me arrumar! — Ela sai correndo para o quarto com uma gargalhada, deixando-me sozinho para me questionar como é que passei seis anos longe da única pessoa que me faz me sentir pleno.

E como garantir que eu não passe nem mais um dia sem ela de novo?

* * *

Minha ansiedade por passar tempo com Delilah, Violet, Wyatt e o resto da cidade que me odeia se intensifica quanto mais perto o relógio chega do meio-dia. Quanto mais ajudo Lana a carregar as coisas para fora, mais real a festa se torna.

A primeira dose de vodca foi apenas para relaxar. Não fiquei orgulhoso de voltar às escondidas para dentro da casa, mas o medo do que poderia dar errado foi maior do que meu orgulho.

A música tocando e as pessoas conversando lá fora só pioram minha ansiedade, o que alimenta o círculo vicioso.

Não estou feliz com meu momento de fraqueza, o que me leva a beber mais um pouco. É uma visão patética. Eu sentado no chão, abraçado a uma garrafa de vodca, sob o olhar fixo de Merlin do outro lado do quarto, julgando-me em segredo. Só paro quando a ardência na minha garganta se equipara com a do peito.

Quando me recomponho e saio, a festa está a todo vapor. Coloco os óculos escuros para esconder qualquer sinal do meu segredo.

Wyatt ergue o queixo para me cumprimentar antes de voltar à conversa com dois outros homens que não reconheço.

— Estava me perguntando aonde você tinha ido. Procurei você por toda parte. — Lana estende um balão cilíndrico para mim. — Cami queria sua ajuda com isso.

Pego o balão das mãos dela sem falar nada.

— Está tudo bem?

— Sim. — Coloco o bico da bexiga na boca e começo a soprar.

Ela inclina a cabeça.

— Tem certeza?

Faço que sim.

Ela coloca a mão em minha bochecha. Suas sobrancelhas franzidas aumentam a sensação horrível crescendo em meu peito.

— Qual é o problema?

O fato de que bebi mesmo sabendo que você odeia.

Eu me desvencilho do toque dela.

— Só estou cansado.

— Que pena, porque eu tinha planos para nós hoje. — Um sorriso provocador repuxa seus lábios.

— Tenho certeza de que vou me animar.

Ela fica na ponta dos pés e me dá um beijo na bochecha.

— Tomara. Fiquei te devendo uma depois da nossa última vez.

— Vou cobrar.

— Não esperaria menos de você. — Ela me abre um sorriso sedutor que faz meu pau entrar em ação. — Mas você precisa sair antes da Cami acordar. Se ela nos flagrar juntos, vai começar a planejar o casamento.

Dou risada.

— Combinado.

Algo em Lana se agita com esse som. Seu nariz se franze e sua boca se curva para baixo.

— Você está... — Ela tira meus óculos de sol do rosto. — Jura? Numa festa infantil?

Meu peito se aperta.

— Posso explicar.

— Nem precisa. — Ela joga os óculos escuros de volta para mim antes de virar as costas. Seu quadril rebola enquanto ela sai, deixando-me tentado a agarrá-la para que ela possa me escutar.

E dizer o quê? Você bebeu porque não consegue enfrentar a festa de aniversário de uma criança de seis anos?

Certo. Porque isso não soa nada patético.

Você não é melhor do que a irmã dela, deixando Lana triste por causa de suas escolhas egoístas e sua falta de autocontrole.

A ideia de me parecer com alguém como Antonella só alimenta meus medos, permitindo que eles cresçam até eu não ter escolha além de fugir.

Você jura que esperava algo diferente de alguém que é tão bom em fazer merda?

Não. Não mesmo.

***

Minha ansiedade e minha autoaversão se inflamam e crescem a cada hora que passa na festa de Cami. Fico praticamente sozinho, sobretudo porque Wyatt, Delilah e Violet deixaram óbvio desde o começo que não querem nada comigo. Sei o que meus antigos amigos pensam de mim. Fica óbvio pela maneira como me encaram.

Sou o bêbado. O atleta fracassado. O homem que partiu o coração da melhor amiga deles.

Colecionei mais títulos indesejados do que campeonatos.

Até Lana faz o possível para me evitar desde que descobriu que bebi. Ela e os outros pais ficam na área coberta que foi acrescentada à doca quando mandei refazê-la. A rampa para barcos ao lado está vazia, embora o espaço extra dê às crianças um lugar para praticar seus pulos na água.

Ninguém vem falar comigo, exceto Cami, que faz um esforço para ver como estou pelo menos uma vez antes de voltar correndo para os amigos.

O olhar frio e os sussurros provocam meus demônios a saírem do esconderijo, e sou levado a encher meu copo de refrigerante meio vazio até o topo com vodca.

Se é para Lana ficar brava comigo, é melhor eu não sofrer no processo. Devagar, depois de duas idas até a casa de hóspedes, meus músculos relaxam e o nó na garganta desaparece. O calor que se espalha em minhas veias substitui o frio, justificando minha razão para beber.

Paz.

Não sei bem por quanto tempo fico sentado sozinho, balançando ao som da música country que sai da caixa de som portátil de Lana, mas em algum momento Wyatt chega por trás de mim.

— Toma. — Ele coloca um cheeseburguer na minha frente antes de se sentar. — Come para ficar sóbrio.

Estou só um pouco alto, mas ele fala como se eu estivesse na lama.

— Estou bem. — Empurro o prato.

Ele pega meu copo e cheira.

— Ainda disfarçando seus problemas com vodca?

Pego o copo e viro o resto da bebida só de raiva.

— O que você está fazendo aqui comigo?

— Quero conversar.

— Sobre o quê?

— Você não pode continuar fazendo isso com a Alana. Não é justo.

Minhas unhas se cravam na pele.

— Não estou fazendo nada.

— Você está seduzindo a mulher e fazendo com que ela acredite que vocês dois têm uma chance.

— Porque temos — digo, furioso.

Ele me olha de cima a baixo com uma cara de tédio, deixando claro que não está nem um pouco impressionado comigo.

— Não se você continuar assim. É por isso que eu sabia que era má ideia que você voltasse. Você não está pronto.

Não estou pronto? Pronto para quê exatamente?

Mantenho o rosto calmo e sereno apesar da raiva que cresce dentro de mim.

— O que você quer?

— Ajudar você, sabe-se lá por que motivo.

Dou risada.

— O que você sabe sobre ajudar alguém como eu? Você tem a vida perfeita. Esposa feliz, bom emprego, futuro promissor.

Sua mão aperta a mesa de piquenique.

— Por que você acha?

— Porque você teve sorte?

— Não. Porque eu me esforcei para isso.

Meus lábios se comprimem.

Ele continua:

— Se quiser ter Alana de volta algum dia, precisa dar um jeito na sua vida. A sério desta vez. Começando por isto aqui. — Ele pega meu copo e o joga na lixeira.

Meus olhos se estreitam.

— Por que você está me ajudando?

— Porque quero o que é melhor para Alana e Cami, mesmo que seja você. — Ele fecha a cara.

— Então acha que ela poderia conseguir coisa melhor.

— No fim, não importa o que acho, porque é você que ela ama, então talvez seja *você* quem devesse ser melhor para ela.

Meu coração para dentro do peito.

— Ela me ama?

Os olhos dele se voltam para a doca, onde Lana ajuda uma criança a colocar a boia.

— Acho que ela nunca deixou de amar.

Balanço a cabeça.

— Ela namorou outra pessoa.

— E daí? Tenho certeza de que você também.

— Namorar? Não mesmo.

— Mas você deve ter transado por aí.

Eu ranjo os dentes. O período da minha vida em que eu vivia chapado de oxicodona deve ter sido o fundo do poço para mim. Fico enjoado só de pensar nos riscos que corri e nas pessoas com quem eu costumava ficar chapado.

Bem nesse momento, o ácido se agita em minha barriga como sempre.

— Não que seja da sua conta, mas faz dois anos que não fico com ninguém.

— Dois anos? É a... — Ele perde a voz.

A mesma época em que vi Lana com Victor.

Se Lana sentiu mesmo que uma fração do que sofri quando a encontrei beijando outra pessoa, nem consigo imaginar o tipo de dor pela qual ela deve ter passado ao ler algumas das manchetes publicadas sobre mim.

A pessoa que eu era quando estava chapado não é o homem que sou agora. Mas não importa quantas vezes eu repita essas mesmas palavras, não tenho como apagar a repulsa que sinto por mim mesmo quando penso no meu passado.

A vergonha faz minha garganta se fechar.

Seu assobio baixo me dá nos nervos.

— Caramba. — Ele chega a rir. — Que puxado.

Seu comentário me afasta de meus pensamentos sombrios.

— Cala a boca, Eugene.

Ele me abre um sorriso ofuscante.

— Delilah nunca vai esquecer essa.

— Que bom que minha vida sexual é entretenimento para vocês. — Dou mais uma mordida em meu hambúrguer para não dizer outra coisa.

Ele coça a nuca.

— Delilah me aconselhou a não fazer isso, mas... — Ele para de falar.

— O quê?

Ele respira fundo.

— Se precisar de um padrinho, estou disposto a ser o seu.

Fico boquiaberto.

— Você?

— Sim — ele responde. — Temos um grupo de AA que se encontra na capela toda noite.

— Desde quando? — Wyatt sempre foi completamente sóbrio e disposto a fazer de tudo para ser amado pela cidade. Violet chamava de complexo de quarterback. O maior escândalo da vida dele foi quando seus pais passaram por um divórcio amigável depois do qual os dois continuaram amigos.

— Pouco menos de um ano depois que você foi embora, eu me transferi para uma delegacia de Detroit para ficar mais perto do meu pai depois que ele sofreu um ataque cardíaco, mas as coisas que vi quando trabalhava lá... Nossa. Elas me assombravam até nos sonhos. — Ele olha para Delilah, que acena para ele com a bengala. Ela me lança um olhar fulminante enquanto traça uma linha no pescoço com o cabo do objeto.

Que bom que minha presença a deixa tão entusiasmada.

Wyatt atrai minha atenção de volta para si.

— A transição da vida na cidade pequena para a cidade grande foi difícil. Sofri por muito tempo com estresse pós-traumático e alcoolismo antes de finalmente procurar ajuda.

— Porra. Eu não fazia ideia, cara. Sinto muito. — Estendo a mão e dou um tapinha no ombro dele.

Ele me abre um sorriso amarelo.

— Você não é o único que sofreu, sabe?

Baixo a cabeça.

— Sei.

Lana. Wyatt. A *señora* Castillo. A lista só aumenta, fazendo meu peito doer.

Ele se levanta da mesa de piquenique.

— Só pensa um pouco. Minha oferta vai ficar sempre de pé, mesmo se você decidir voltar para Chicago depois que a casa for vendida.

— Jura?

— Sim, *juro*. Devo isso ao homem que já foi meu melhor amigo. — Ele se afasta alguns passos, mas chamo seu nome.

Ele olha para trás.

— O quê?

— Quer dizer que somos amigos agora?

Ele bufa.

— De jeito nenhum.

Mas o sorrisinho em seu rosto me faz acreditar que essa pode ser uma possibilidade algum dia.

* * *

— Vem! — Cami pega minha mão e puxa, tentando sem sucesso me fazer levantar da mesa de piquenique em que passei as duas últimas horas me lamentando.

— O que foi? — Olho pelo gramado vazio ao redor.

— Vamos cortar o bolo! — Ela puxa mais forte desta vez. — Você quase perdeu.

— Desculpa. Estava sonhando acordado.

— Faz isso depois! — Ela finca os pés no chão e puxa.

— Tá. Vamos lá. — A última coisa que quero é ficar preso dentro da casa de hóspedes com um monte de gente que não gosta de mim, mas, se isso deixar Cami feliz, estou disposto a virar adulto e engolir o choro.

Afinal, quem sou para dizer não para a aniversariante?

Eu me levanto do banco, meus movimentos muito mais fluidos depois que passei as últimas duas horas sem encostar em nenhuma outra bebida.

Cami não solta minha mão enquanto me arrasta até a casa de hóspedes e me coloca atrás da mesa do bolo. Lana está ao meu lado, o corpo tão tenso quanto seu sorriso. Todos os outros estão do outro lado, com os celulares erguidos. Um misto de emoções está estampado nos rostos dos pais. Surpresa. Irritação. Curiosidade.

Delilah e Wyatt trocam um olhar de cumplicidade enquanto Violet finge que nem existo, o que deve ser ainda pior.

Faço menção de dar a volta pela mesa, mas Lana me puxa pela mão.

— Cami quer você aqui. — Seu rosto continua calmo, indiferente e sereno, embora seus olhos queimem com uma raiva que me faz franzir a testa.

Cami ergue os olhos para nós dois com um sorrisão.

— Prontos?

Faço que sim, e um nó aperta minha garganta.

A multidão começa a cantar parabéns enquanto a menina balança sobre os pés. Depois que acabam, Cami sopra as velinhas. Todos comemoram e aplaudem.

Enquanto Lana está ocupada cortando o bolo, Cami me chama para perto.

Eu me ajoelho.

— O que foi?

Ela fica na ponta dos pés e sussurra em meu ouvido:

— Desejei que você virasse meu novo papai.

Desejei que você virasse meu novo papai.

Nossa. Sete palavras conseguiram deixar meus joelhos tão fracos quanto meu coração.

Passo os braços ao redor dela e aperto.
— Não há nada no mundo que eu queira mais do que isso.
E falo com toda a sinceridade do mundo.

CAPÍTULO TRINTA E SETE
Cal

Depois que todos saíram, tentei puxar Lana de lado para conversar, mas ela começou a limpar a bagunça deixada pela festa. Wyatt, Delilah e Violet a ajudaram. Em vez de esperar sentado, ajudei também, embora estivesse óbvio que ninguém queria minha ajuda. A tarefa mecânica me deu tempo para ficar mais sóbrio e pensar em tudo que aconteceu no dia de hoje.

Quando joguei fora o último saco de lixo, Lana já estava colocando Cami para dormir.

Espero mais uma hora para a incomodar. Quando giro a maçaneta, ela não abre.

Pressiono a testa na porta e suspiro.

— Lana.

— Vá embora. Estou cansada.

Posso imaginar. Depois de passar quase o dia todo organizando a festa de Cami, é uma surpresa ela ainda não estar dormindo.

Minha mão continua grudada na maçaneta.

— A gente pode conversar?

— Não.

— Estou implorando para você me dar alguns minutos do seu tempo.

O resmungo dela sai abafado por causa da porta nos separando.

— Não tenho nada de bom para dizer para você agora.

— Então me fala as coisas não tão boas.

— Por quê?

— Porque prefiro que você fique brava comigo a que fique me afastando. Não acho que eu consiga suportar isso de novo. — Parece impossível voltar a como as coisas eram antes. Não sei bem se eu conseguiria viver na mesma casa dessa forma, sabendo como as coisas poderiam ser boas entre nós se eu desse um jeito na minha vida.

— Você quer brigar? Certo. Vamos brigar. — Ela me puxa para dentro e fecha a porta.

Ergo as mãos.

— Eu sabia que era errado.

Ela cruza os braços.

— Então por que fez?

Baixo a cabeça.

— Porque eu não consegui evitar. Estar perto de todos... sabendo o que devem pensar de mim... Era coisa demais de uma só vez.

Seus olhos se fecham enquanto ela respira fundo algumas vezes.

— Não consigo aguentar esses picos de novo, Cal. Não consigo. — Sua voz embarga, partindo meu coração. — Não posso fazer você querer ficar sóbrio. E, sinceramente, nem quero ser o motivo para você largar o álcool. Não deu certo da última vez, e não vai dar certo desta porque esse tipo de coisa precisa vir de dentro. E, até isso acontecer, você nunca vai melhorar. Disso tenho certeza. — Ela solta um suspiro carregado. — Estou disposta a apoiar você durante sua jornada para ficar sóbrio. Sempre estive e sempre vou estar. Mas só se você estiver disposto a se esforçar para encontrar formas melhores de lidar com seus sentimentos.

Todo o progresso que tive com Lana até esse momento se esvai por entre meus dedos.

Engulo em seco o nó na garganta.

— Posso decidir ficar sóbrio. — Só preciso de tempo. Por mais que eu queira aceitar a oferta de Wyatt para frequentar as reuniões do AA, não posso fazer isso antes de ir para a reabilitação. Passei por esse processo vezes suficientes para saber do que preciso, e reuniões do AA, não vão ser suficientes por ora.

Seus lábios se ergueram num pequeno sorriso reconfortante que corta mais do que qualquer uma de suas palavras.

— Sei que você pode. Nunca deixei de acreditar em você, mesmo quando você desistiu de si mesmo.

Pego as mãos dela e as aperto junto ao meu coração, que bate forte.

— Por favor, só me dá um tempo até a casa ser vendida para buscar ajuda. É tudo que peço.

Minha esperança se esvai com o único não que ela faz com a cabeça.

— Por favor. — Aperto a palma da mão dela em minha bochecha, atraindo seus olhos para meus olhos suplicantes. — Quero ser alguém com quem você pode contar. Quero pra caralho, mas não posso me comprometer a voltar à reabilitação antes de a casa ser vendida. — O desespero transparece em minha voz.

O processo de revirar meu passado e resolver meus problemas vai me derrubar por semanas ou talvez mais, e não estarei pronto para uma dor emocional dessas antes de cumprir o prazo do meu avô.

Você está falando do prazo de uma herança sobre o qual nem contou para ela?

Meu estômago revira, a culpa sobe por minha garganta.

Você poderia contar para ela.

Não, a voz da razão diz.

Contar para Lana sobre o testamento do meu avô colocaria tudo em risco, e não tive todo esse trabalho para provar que sou um fracasso de novo.

Um dia, vou poder contar para ela todo o lance com a herança, mas hoje não é esse dia; por maior que seja o enjoo que sinto por esconder a verdade.

Seu olhar me paralisa.

— Quem liga para a venda da casa?

— Eu ligo. — Minha voz embarga.

Ela franze os lábios com repulsa.

Você a está perdendo de novo.

— Por quê? — ela pergunta.

— Porque assumi o compromisso de vender a casa e não posso voltar atrás. — Sinto como se alguém tivesse colocado a mão em volta da minha garganta e apertado.

— Um compromisso com quem?

— Comigo mesmo — falo com absoluta sinceridade.

— Como assim?

— Você tem muitas memórias felizes naquela casa e, embora eu também tenha, isso não basta para eu querer continuar com ela. Nem de longe.

Ela engole em seco visivelmente.

— Por que não?

— Porque ela me lembra de alguns dos priores momentos da minha vida. A mãe que perdi. O pai que não existe mais. Um avô que me abandonou quando eu precisava dele. — Respiro fundo. — Não acho que eu poderia seguir em frente com minha vida com aquela casa ainda pairando sobre minha cabeça. — As palavras que falo são a mais completa verdade, embora eu sinta que estou mentindo.

Você está fazendo isso para proteger seus irmãos e o futuro deles.

Se estou fazendo a coisa certa, por que me sinto um lixo?

Ela balança a cabeça.

— Se você levasse nossa relação a sério, buscaria ajuda antes que a situação piorasse, independentemente de precisar vender a casa ou não. Eu me recuso a ver a história se repetir, por mim e pela minha filha.

— Não vai acontecer de novo. Isso eu prometo.

— Como posso confiar em você?

Uma excelente pergunta, que faz meu coração bater mais forte no peito. Seguro o queixo dela.

— Porque não vou aguentar perder você de novo. Ter uma amostra da vida que poderíamos ter se eu mudar é suficiente para me convencer de que nunca vou ser mais feliz do que sou com você, mesmo que eu tenha um longo caminho a percorrer para que possamos seguir em frente juntos. Você perguntou se estou disposto a me esforçar... Estou tão pronto que venderia aquela porra daquela casa amanhã.

Emoções diferentes perpassam o rosto dela.

Tristeza. Incerteza. *Resignação*. É a última que torna insuportável o ácido que revira em meu estômago.

Lana respira fundo algumas vezes antes de olhar para mim.

— Então faça isso.

Minhas sobrancelhas se franzem.

— Isso o quê?

— Coloque a casa à venda amanhã antes de partirmos para Dreamland.

Meu queixo cai.

— *Amanhã?*

— É um problema? É você que quer vender a casa para poder seguir em frente com a vida, então essa é sua chance. Entre em contato com o corretor amanhã cedo.

A tensão em meu peito torna respirar uma missão quase impossível.

— Pensei que tivéssemos concordado em reformar a casa primeiro.

Por que você a está questionando? Só concorde e aceite a vitória.

O queixo dela treme.

— Muita gente coloca casas à venda no meio da reforma. Podemos pedir para o corretor compartilhar os projetos que Ryder mandou para nós, junto com as plantas.

O plano dela é lógico e infalível, mas sua expressão me faz questionar a coisa toda.

Se contar para ela sobre a herança, vai desapontar não só seus irmãos, mas também a si mesmo.

Uma coisa é falhar comigo, mas colocar em risco o futuro de todos os outros, incluindo o de Iris, não vale a pena.

Solto um longo suspiro.

— Vou entrar em contato com o corretor e com a clínica de reabilitação amanhã cedo.

Não sei se sair antes do fim do verão é uma possibilidade, mas vou ligar para Leo antes e descobrir como ou se isso pode afetar o testamento.

Tomara que não afete. Já passei uma boa parte do verão aqui.

Ela pisca duas vezes.

— Tem certeza de que é isso que *você* quer?

Nunca tive mais certeza de nada. Ficar sóbrio sempre foi meu objetivo, e Lana me deu coragem para encontrar um caminho para chegar lá antes.

— Sim. Não há nada que *eu* queira mais para mim do que um futuro com você.

Ela morde o lábio inferior.

— Não sou mais só eu. Eu e Cami somos um pacote.

Coloco o braço ao redor da sua cintura e a puxo para mim.

— Você e Cami não são um pacote. São um prêmio da loteria, e está na hora de alguém tratar vocês assim.

CAPÍTULO TRINTA E OITO
Alana

Fico olhando para Cal, tentando processar tudo que ele disse. Nunca tive ninguém que falasse de mim e Cami como ele fala. Suas palavras fazem meus olhos se encherem de lágrimas, que ameaçam cair com força.

Você e Cami não são um pacote. São um prêmio da loteria, e está na hora de alguém tratar vocês assim.

Sinto meu coração tão impossivelmente cheio que parece prestes a explodir. Quero acreditar no que Cal diz. Que ele vai ficar melhor. Mas não consigo negar a pontinha de dúvida que se infiltra em minha felicidade, ameaçando envenená-la com minhas preocupações.

Como se sentisse meus pensamentos, ele coloca os dedos embaixo de meu queixo e ergue minha cabeça.

— Sei que você não confia em mim. Não de todo pelo menos, e entendo perfeitamente. Então, pode me afastar. Ficar brava comigo por beber. Me dar um gelo porque tem medo de deixar me aproximar de novo. Faça o que precisar para se sentir segura, feliz e no controle.

"Mas saiba que, faça o que fizer, isso não vai mudar o fato de que vou continuar lutando por nós e pelo futuro que sei que podemos ter. Que *merecemos* ter. O que quer que você faça não vai me impedir de buscar ajuda. Assim como não vai me impedir de querer fazer parte da vida de Cami do jeito que eu puder, mesmo que não estejamos juntos. Seja…"

Já era.

Ver Cal amar minha filha a ponto de querer se manter na vida dela qualquer que seja nossa relação é o suficiente para me fazer perder todo o autocontrole.

Eu o interrompo com um beijo ardente. Um beijo em que coloco todos os meus sentimentos. Adrenalina. Medo. *Adoração.*

Cal retribui meu desespero, seus lábios me provocam até eu estar louca por mais. Um calafrio desce por minha espinha quando ele desliza os dedos pelo meu cabelo e me puxa para perto. Seus lábios pressionam os meus e acompanham meu ritmo, virando meu mundo de cabeça para baixo com todas as sensações diferentes que me dominam.

Tudo em nosso beijo é ampliado à medida que redescobrimos do que gostamos.

O toque de sua língua na minha é leve e provocante.

Meus lábios se soltam dos dele apenas para eu poder tirar sua camisa e passar as mãos em seu peito.

Sua barba rala roça em meu pescoço enquanto ele chupa a pele sensível embaixo da minha orelha, deixando marcas por causa do puxão forte da sua boca.

A certa altura, ele me ergue e me carrega até a cama, sem separar nosso beijo. Eu monto em suas coxas e aprofundo o beijo. Basta um roçar do meu quadril em sua ereção para ele soltar um gemido doce, e engulo o som com os lábios.

Ele só se afasta por um momento para tirar minha camisa. Suas mãos nunca ficam em um único lugar por tempo demais. Elas deslizam por meu corpo, provocando e tocando até eu estar me esfregando em seu membro grosso numa busca frenética por prazer.

O desespero por mais de Cal me deixa impaciente. A combinação de meu corpo pressionando o dele e meus surtos de força o desequilibram, e ele cai para trás, levando-me junto.

Nossos lábios se entreabrem, e encho a linha de seu maxilar com beijos rápidos e delicados.

— Lana — Cal geme.

Volto a atenção para seu pescoço. Meus lábios traçam a curva, chupando e mordiscando a pele até seus dedos apertarem minha bunda. O ardor é inebriante. Excitante. *Viciante*.

Ele enfia os dedos em meu cabelo e me imobiliza.

— O quê? — Chupo com mais força, marcando a memória de mim em seu pescoço.

— Espera um segundo. — Ele aperta os fios, puxando-me para longe de sua pele.

— Por quê? — resmungo. — Quer que eu pare?

Ele estremece embaixo de mim.

— Nem fodendo, mas quero esclarecer uma coisa.

— O quê? — Minhas pálpebras se fecham quando eu suspiro.

Ele aperta minha nuca.

— Tem certeza de que quer isto?

Viro o corpo sobre o dele e pressiono seu membro grosso com força.

— Isso responde a sua pergunta?

— Quero ouvir da sua boca. — Ele aperta as mãos em minha bunda, prendendo-me em cima de sua ereção.

Calor se acumula em meu ventre.

— Sim. Vamos fazer isso. Mas se você cometer um deslize...

Em um momento, estou em cima dele, mas, no segundo seguinte, sou jogada no colchão, com Cal sobre mim com um olhar louco de desejo.

Desejo por mim.

— Deslizes são inevitáveis, mas prometo te compensar toda santa vez. — Ele tira minha calcinha.

— Como?

— Assim. — Ele abre minhas coxas antes de traçar a pele sensível com beijos leves. Devagar, ele vai beijando em direção à área que implora por sua atenção, mas recua. Sua boca volta à outra coxa, repetindo a tortura.

Ergo o corpo para perto de sua boca, mas ele responde com um riso baixo.

— Eu é que não vou apressar isso sendo que tenho seis anos para compensar, Lana.

— Depois você compensa — resmungo.

Ele traça um caminho do meu clitóris ao lugar que está desesperado para ser preenchido. Sua língua mergulha, provocando, estimulando e testando como meu corpo responde. Sempre que reajo de determinada forma, ele repete o mesmo movimento antes de tentar outra coisa.

A sensação é a de que todo o meu corpo está sendo consumido pelas chamas.

O mundo explode ao meu redor enquanto Cal, com algumas lambidas, amplia a pressão que cresce dentro de mim. Baixo a mão, desesperada por um orgasmo. Minha tentativa é interrompida no momento em que toco meu clitóris. Cal dá um tapa na minha entrada.

Perco o fôlego.

— O que você pensa que está fazendo? — Ele provoca meu clitóris com uma lambida que percorre meu monte sensível, fazendo uma onda pulsante de prazer me percorrer.

— Me fazendo gozar, já que você não está à altura da tarefa.

— A única pessoa que vai fazer você gozar sou *eu*. — Seus olhos cintilam quando ele se volta para mim, sua barba brilha com a minha excitação. — Se você tocar em si mesma de novo, vou encontrar uma forma melhor de manter suas mãos ocupadas.

Sua ameaça faz meus dedos se curvarem e meu coração bater mais forte. Meu corpo fica tenso, o impulso de desafiá-lo me deixa maluca.

Basta eu apertar meu mamilo uma vez para tirá-lo do sério.

Cal praticamente me arrasta para fora da cama e me faz ficar de joelhos. O tapete arranha minha pele, mas o ardor é apenas temporário comparado ao calor que me atravessa quando ele aperta o mesmo mamilo que eu toquei.

— Mãos para cima — ele ordena.

Mostro os dois dedos do meio para ele, que ri baixo.

— Quer brincar? — Ele dá a mesma atenção a meu outro mamilo, provocando a ponta dura até minha cabeça tombar para trás. — Quer se masturbar?

— Sim. — Minhas unhas se cravam em minhas coxas.

— Que pena. Você só vai se tocar quando eu disser. — Ele abaixa a bermuda. A lua atravessa as persianas, iluminando cada centímetro dele.

Cada. Centímetro. Ereto.

Saliva se acumula em minha boca, seu tamanho me faz pensar em um monte de safadeza.

— Assim como você só vai gozar quando eu mandar. — Ele aperta o pau uma vez, tirando uma gota de baba da ponta. — Abra a boca.

Faço o que ele manda. Seu pau desliza por minha língua, o gosto dele domina todos meus outros sentidos. Ele enfia até meus pulmões arderem e meus olhos lacrimejarem.

— Respira. — Ele não tira. Não recua um centímetro sequer, obrigando-me a respirar pelo nariz e resistir ao pânico que sobe por meu peito.

Ele estende a mão para envolver meu queixo.

— Você fica tão bonita engolindo o meu pau. — Seu olhar passa de mim para o espelho antigo do outro lado. Nossos olhos se encontram pelo reflexo, e ele mantém a conexão enquanto recua.

Minha pele se arrepia; a imagem dele metendo o pau em minha boca quase faz meus olhos revirarem.

— Olha como você me engole bem. — Suas mãos apertam meu cabelo enquanto ele mete em minha boca vezes e mais vezes enquanto assisto pelo espelho.

Ele entra inteiro em mim.

O subir e descer de seu peito a cada estocada forte.

Seus músculos ondulando enquanto ele fode a minha boca, usando-me como seu brinquedo favorito.

A maneira como ele olha para mim com afeto apesar de estar assolando a minha boca... É como se nossa alma estivesse voltando a se reconectar depois de anos separados.

Ele se retira rápido demais, deixando um fio de saliva entre a cabeça de seu pau e meus lábios.

— Caralho. Que tesão. — Ele limpa a baba que sai da cabecinha e a passa em meus lábios, marcando a pele inchada com sua excitação.

Passo a língua, provocando a ponta de seu polegar antes de lamber a baba salgada.

Cal me joga de volta na cama antes de puxar minhas pernas para a beirada.

— Você está tomando pílula? — Ele mergulha um dedo dentro de mim antes de soltar um barulho confirmatório.

— Não — respondo. — Injeção anticoncepcional.

— Camisinha? — Ele bombeia o pau uma vez; a imagem dele buscando o próprio prazer faz meu coração bater mais forte.

— Prefiro sentir você gozar dentro de mim.

Ele geme, fazendo-me me sentir uma rainha. Coloco as pernas ao redor de sua cintura e o puxo para perto. Meu coração bate forte quando ele se inclina para a frente e se encaixa, os dedos apertam minha bunda enquanto ele aponta mais para cima.

Não há nenhum aviso. Nenhuma palavra carinhosa sussurrada em meu ouvido. Nada de suave enquanto ele mete dentro de mim numa única estocada, fazendo meus olhos lacrimejarem e minhas pernas tremerem ao seu redor quando o recebo por inteiro.

Minhas costas se curvam quando ele entra até o talo.

Ele se inclina para a frente, me pressionando.

— Sabe como é a sensação de estar dentro de você? — Há um leve tremor em sua voz.

Faço que não com a cabeça.

— É como voltar para casa. — Ele recua, mas volta a estocar. — Como se eu tivesse passado os últimos seis anos perdido sem saber como voltar. Como se estivesse encalhado numa noite infinita sem nenhuma luz para me guiar de volta a você. — Ele me ergue desta vez, mudando o ângulo enquanto desliza para dentro mais devagar, prolongando o nosso prazer.

Minhas pernas apertam seu corpo, puxando-o para a frente até ele ficar sobre mim de novo.

Qualquer controle que Cal tivesse sobre a situação se perde quando ele coloca minhas pernas sobre os ombros e mete com tanta força que me empurra para trás. Aperto o edredom e recebo suas estocadas.

O prazer se intensifica, meu orgasmo cresce devagar como os começos de uma onda. Quero ceder, mas o impulso de prolongar aquilo me faz resistir à pressão que se acumula em meu ventre. Cal interpreta minha ausência de orgasmo como um desafio. Suas estocadas se intensificam, roubando o meu fôlego com uma única metida.

Quando ele me flagra escorregando para trás, me puxa de volta e coloca os dedos ao redor da minha garganta, imobilizando-me enquanto me fode sem dó.

Caralho. Ele trepa como um homem à beira da loucura.

— Cal — digo com a voz rouca.

— Fala meu nome assim de novo. — Sua mão ao redor do meu pescoço aperta.

— *Cal*. — Perco o fôlego quando seu pau roça no ponto sensível dentro de mim. Ele repete o mesmo movimento, e minhas costas se arqueiam como se estivessem sendo puxadas por um fio.

Minhas pernas penduradas sobre seus ombros tremem quando eu explodo.

Cal só para quando outro orgasmo cresce dentro de mim. Desta vez, ele goza logo em seguida, seu corpo treme por causa do clímax. As estocadas ficam mais superficiais, e os movimentos, espasmódicos, enquanto seu orgasmo chega ao fim.

Ele desaba sobre mim, afundando-nos sobre o colchão. Passo os dedos nos fios úmidos de seu cabelo.

Ele dá um beijinho em minha pele.

— Não mereço você.
— Então vire um homem que mereça.

CAPÍTULO TRINTA E NOVE
Cal

Passo as mãos no cabelo de Lana. Ela sempre adorou quando eu brincava com os fios até ela pegar no sono. Meus olhos começam a se fechar, a sonolência pós-sexo tentando me levar.

Hora de ir.

Não estou preparado para isso, embora eu saiba que preciso ir.

— É melhor eu sair antes de pegar no sono. — Meus dedos descem por suas costas, traçando os arrepios que surgem em sua pele. Ela se aconchega em meu peito e coloca a perna em cima da minha.

— Não quero que você vá — ela resmunga em minha pele.

Rio baixo e dou um beijo delicado no topo de sua cabeça, o que tira dela um suspiro doce.

— Eu sei, mas duvido que você queira acordar de manhã com Cami fazendo umas cem perguntas sobre nós.

Ela se crispa junto a mim.

É exatamente por isso que você precisa sair.

Porque, independentemente do que tenha mudado entre nós, Lana sempre vai proteger a filha em primeiro lugar, mesmo que isso signifique esconder o que somos até ela confiar plenamente em mim.

— Não que eu tenha vergonha... — Sua voz se perde.

— Eu sei. — E, como vou para a reabilitação em breve, deve ser melhor assim. Tenho total intenção de voltar, mas Cami não vai entender.

Ela solta um suspiro carregado.

— Ela ficou tão animada com Victor.

Eu me crispo, e minha mão paralisa nas costas dela.

Lana traça um desenho invisível em meu peito.

— Tomei muito cuidado no começo e só apresentei os dois quando tive certeza de que eu e ele estávamos em um relacionamento sério.

A única coisa que me impede de me afastar é o toque leve dela em minha pele e a curiosidade crescente sobre o que aconteceu.

— Ele me pressionou para conhecê-la. Esse deveria ter sido um primeiro sinal de que ele não era um bom parceiro, mas eu me sentia tão solitária e tinha tanto medo de perder a única pessoa que me fazia sentir uma fração do que eu e você tínhamos. — Sua voz embarga, e meus braços a apertam.

Solto um forte suspiro.

É justo você escutar cada palavra, foi você que a colocou nessa situação.

Sou um especialista em me torturar, então aguento uma conversa desconfortável.

— No começo, as coisas eram boas. Cami estava feliz com ele. Até me perguntou algumas vezes se a gente se casaria, mas parou de perguntar depois da primeira vez que ele ficou de babá dela. — Sua voz vacila.

Eu a aperto com força junto ao peito.

— Você não sabia.

Ela olha para mim com os olhos vidrados.

— Mas eu deveria saber, não? Ela é minha filha. Tenho que saber tudo que acontece com ela, mas não consegui nem notar isso.

— Ele era um filho da puta.

— Sei disso agora, mas não vi os sinais. Foi só quando ela me perguntou toda tímida se ele viraria o papai dela que finalmente comecei a juntar as peças.

Meus pulmões se fecham, e um calor súbito atravessa meu peito. Não falo nada por medo de minha voz me entregar.

Desejei que você virasse meu novo papai.

Será que ela desejou o mesmo sobre Victor?

Lana continua, sem notar a mudança em meu humor.

— Quando questionei o porquê, ela me disse que preferia não ter papai nenhum. Foi o primeiro sinal de alerta a que realmente dei ouvidos. Porque minha menininha é muito romântica, desde que assistiu ao primeiro filme de princesa de Dreamland. Ela até escrevia cartas para o Papai Noel pedindo um papai, e ficava desapontada quando não encontrava nenhum embaixo da árvore.

Uma risada escapa de mim, seguida de alívio.

Ela não queria que Victor fosse o pai dela.

Ela queria você.

Isso me enche de força e de medo ao mesmo tempo.

Um pequeno sorriso provoca os lábios de Lana.

— Um ano eu tive que escrever uma carta falsa do Papai Noel para dizer para ela que ele só podia entregar brinquedos, não pessoas.

Meu peito treme com uma gargalhada silenciosa.

— Uma pena.

— Uma pena mesmo, até ela pedir para a segunda melhor opção.

— Quem?

— O Coelhinho da Páscoa.

Abano a cabeça.

— Ela é a criança mais fofa do mundo.

Lana se afunda em mim, seu corpo se dissolve junto ao meu.

— Eu acho, mas é bom ouvir isso de uma pessoa imparcial.

Rio baixo.

— Ah, eu fui bem parcial no dia em que ela me tirou seiscentos dólares.

— Você não tinha a mínima chance, né?

— Parece que as mulheres Castillo são meu único ponto fraco.

— Único? — Ela sorri.

Tiro o sorriso besta do rosto dela com um beijo. Ela retribui, respondendo meu ardor com o seu. Não sei como sobrevivi a seis anos sem isso. Sem *ela*. O que sinto perto de Lana deixa o mundo todo pequeno em comparação. Como se eu tivesse ficado preso, vivendo a vida em preto e branco, para que só agora voltasse a ter cores.

Não sei bem se consigo voltar a uma vida sem ela.

Não precisa voltar.

Desde que eu me comprometa a trabalhar em mim mesmo, posso ter Lana para sempre.

Como era para ser.

Coloco todos os meus sentimentos nesse beijo. Desejo. Amor. *Esperança*.

Lana coloca os braços ao meu redor e me puxa com mais força. Tudo em nós parece certo. Como duas metades de um quebra-cabeças que finalmente se encaixam.

Estou desesperado para manter essa conexão pelo maior tempo possível. Provoco, chupo e beijo cada centímetro do seu corpo até ela estar se contorcendo embaixo de mim, entoando meu nome com desespero.

Não demora muito para eu estar com a cara entre as coxas dela de novo, venerando seu corpo como sempre fui feito para fazer. O meu gosto combinado com o dela é viciante, e não consigo parar de provocar a vagina dela até ela gozar em minha língua, recompensando-me pelo trabalho árduo.

Não sei como, mas vou parar embaixo dela com as costas na cabeceira da cama enquanto ela rebola no meu pau.

Cada arquejo. Cada gemido. Cada pequeno suspiro nos leva mais perto do clímax.

Puxo Lana para baixo junto a mim, provocando seu clitóris até ela gozar em meu pau. A mulher só para de se mexer quando volta de seu orgasmo. Seu corpo fica mole, e ela afunda em meu peito com um suspiro contente.

Minhas mãos apertam seu quadril enquanto a puxo para cima e para baixo do meu pau, desesperado atrás do meu próprio orgasmo. Ela joga a cabeça para trás, dando-me a oportunidade perfeita para levar um de seus mamilos à boca.

Lana treme em volta de mim, recebendo cada centímetro do meu pau, como nasceu para receber.

— Cal. — Ela segura meu cabelo e puxa, fazendo meu couro cabeludo arder.

— Você gosta? — Meto o pau dentro dela, tirando um gemido. — De me deixar maluco?

Ela baixa a mão entre nós e provoca o clitóris.

Caralho. Que tesão.

Uma das coisas que amo em Lana é que ela nunca hesitou em buscar o próprio prazer. Seu dedo roça em meu pau sem querer nos momentos em que deslizo para fora dela, fazendo-me gozar com tanta força que quase desmaio. Lana continua me cavalgando, brincando com o próprio clitóris até ter outro orgasmo.

Seu sorrisinho de triunfo me faz abrir um também. Chego à conclusão de que Lana não é apenas uma casa para mim, mas tudo.

Fico dentro dela pelo maior tempo possível, voltando a me acomodar no colchão enquanto a seguro junto ao peito. Sua respiração se acalma, até que ela adormece, e fico me debatendo com as emoções que ela despertou.

A certa altura, pego no sono ao som de sua respiração regular.

Daqui a um minutinho eu me levanto, repito comigo mesmo pela terceira vez.

É mentira.

***

— Mamãe! Acorda! Vamos para Dreamland hoje! — Cami bate na porta.

Lana se senta de supetão, o lençol cai ao redor de sua cintura.

— Ai, meu Deus! O que você ainda está fazendo aqui? — ela sussurra alto.

— Puta que pariu. — Pego um travesseiro e cubro a cabeça. — Peguei no sono.

— Você precisa se esconder! — Ela tira o travesseiro das minhas mãos e o joga na beira da cama.

— Mamãe? Você me escutou? — Cami bate a palma na porta mais algumas vezes.

— Já vou! Por que não se adianta e escolhe sua roupinha de hoje?

— Tá bem! — A voz de Cami soa mais distante quando ela responde.

Lana me lança um olhar ao sair da cama, distraindo-me com seu corpo nu enquanto anda de um lado para o outro do quarto, juntando nossas roupas. Ela veste a camisa antes de passar os dedos nas ondas desgrenhadas do cabelo.

— Coloca a roupa. — Ela joga a bermuda no meu peito.

— Já vou. — Saio da cama, relutante.

Seus olhos se arregalam enquanto ela leva uma mão à boca.

— O que foi? — Baixo os olhos para minha ereção. — Isso? — Dou algumas bombadas com a mão, tirando um silvo de Lana.

— Não. Des... — Os olhos dela se arregalam. — Desculpa.

— Qual é o problema? — Eu me viro e olho para meu reflexo no espelho.

Caramba.

Lana deixou algumas lembrancinhas de nossa noite juntos. Além de alguns chupões que marcam meu pescoço e meu peito, minha pele está coberta de arranhões leves e algumas marcas de mordida.

Passo a mão em uma delas.

— Se o que você queria era marcar território, uma tatuagem poderia ter valido mais a pena a longo prazo.

— Seu ridículo. — Ela joga minha camiseta bem no meu sorriso.

Eu a puxo para um beijo rápido. Seus lábios se moldam aos meus, e desço as mãos por seu corpo, traçando suas curvas antes de dar um aperto na bunda dela.

Eu me afasto mesmo sem muita vontade.

— Você distrai Cami enquanto eu saio de fininho.

Ela dá um beijo rápido em minha bochecha.

— Combinado.

* * *

Felizmente, o corretor de imóveis consegue vir cedo na tarde de domingo. Como vamos viajar para Dreamland hoje à noite para comemorar o aniversário de Cami, quero garantir que esteja tudo resolvido com a casa do lago enquanto Wyatt e Delilah levam a menina para almoçar.

A reunião com o corretor corre tranquilamente, e ele me garante que a casa vai estar à venda amanhã cedo, enquanto estivermos na Flórida.

Era para eu ficar contente com a notícia. Animado, até. Quanto antes eu vender a casa, mais livre vou me sentir. Tomara que o peso em meu peito que está presente desde a conversa de ontem diminua até desaparecer por completo.

Lana ficou quietinha, mantendo-se em silêncio enquanto revisávamos a logística da venda e nosso preço. Ela só abriu a boca depois de o corretor se despedir e me pediu para dar uma última volta pela casa só nós dois. Ela guarda a cozinha para o fim, algo que sei que é proposital, considerando o tempo que ela passa lá.

Lana abre a porta da despensa e franze a testa.

— Humm.

— O que foi? — Olho por cima do ombro dela.

— Só queria saber se vão pintar em cima ou substituir a porta e o batente todo.

— Acho que vão substituir.

Ela faz um barulho indiscernível.

— Que foi? — pergunto ao ver a testa franzida dela.

— É uma pena. — Ela traça as diferentes marcas gravadas no batente de madeira, todas escritas na letra da mãe dela. Cinco iniciais diferentes em cores variadas marcam toda a lateral: RGK, DLK, CPK, AVC e CTC. As alturas de Rowan e Declan não foram mais registradas depois que eles pararam de visitar a casa do lago, enquanto a minha continua até minha última marcação de um e noventa e três.

— Você incluiu a altura da Cami? — Eu me agacho e traço a primeira marcação rosa embaixo, que mal dá sessenta centímetros.

— Sim. Minha mãe achou que seria divertido. — Lana olha para a marca com um sorriso choroso. — Cami mal conseguia ficar durinha, mas eu a segurei enquanto minha mãe usava a régua para marcar o lugar dela.

— Você sente saudade dela — afirmo.

— O tempo todo. — Ela olha ao redor da cozinha. — Estar aqui... me faz sentir que ainda estou conectada com ela. Minha mãe passava a maior parte do tempo na cozinha, cozinhando, limpando, *comendo*. Era o lugar favorito dela na casa toda.

— E o seu também.

— Com toda a certeza. — Lana dá um tapinha carinhoso na bancada da cozinha. — É difícil acreditar que amanhã tudo isso vai embora.

— Louco, né? — Eu me recosto ao lado dela na bancada.

— Se minha mãe estivesse aqui, ela ficaria animada em se despedir das bancadas. Provavelmente imploraria para Ryder deixar que ela mesma as derrubasse com a marreta.

Sorrio.

— Jura?

— Ah, sim. Ela avisou para seu avô não escolher ladrilhos azuis para a bancada, mas ele foi muito insistente. Minha mãe disse que não envelheceriam bem, e ela estava certa. Além disso, ela odiava limpar o rejunte o tempo todo, e, depois de ser obrigada a fazer o mesmo, concordo plenamente. — O nariz de Lana se franze com repulsa.

— Brady era assim. Teimoso como uma mula e sempre achando que tinha razão, mesmo quando não tinha.

Ela vai até a janela da pia e olha para o lago.

— Ainda não assimilei que vamos vender a casa.

Eu também não.

— Você vai falar com Cami?

Os dedos dela em volta da bancada se contraem.

— Depois que a gente voltar de Dreamland.

— Ela vai entender. — Chego por trás dela e coloco as mãos em cima das suas.

— Tomara. É só que...

— O quê?

— Tenho medo de deixar isso para trás. — Sua voz embarga.

— Lana. — Viro o rosto dela para mim. Seu olhar permanece fixado no lago lá fora. — Olha para mim. — Seus olhos marejados acabam comigo, e me questiono sobre toda a tarefa do meu avô.

— Podemos desistir — digo sem pensar.

Você é um...

Um idiota apaixonado? Com toda a certeza. Me processe.

Senão, seus irmãos vão.

Expulso da cabeça os pensamentos em Rowan e Declan.

Os olhos dela se fecham. Quando se abrem de novo, a camada aquosa se foi.

— Não.

— Tem certeza?

Seus dedos se entrelaçam com os meus, expulsando o pavor frio que se espalha por minhas veias.

— Quero que você seja feliz.

Meus lábios se comprimem. Eu me sinto o maior idiota do planeta por esconder a verdade dela.

Você não tem escolha.

Bom, eu queria ter. O testamento do meu avô me faz sentir de mãos atadas. Sujo. *Desonesto.*

— Nós podemos recomeçar num lugar novo. — Ela suspira. A palavra *nós* tira uma respiração abrupta de mim e repuxa meu coração, rompendo o tecido cicatricial.

Dou um aperto reconfortante na mão dela.

— Eu adoraria.

***

Enquanto Lana e Cami fazem as malas para a viagem, eu me sento no carro com o celular na orelha.

— Callahan Kane. A que devo o prazer desta ligação? — O tom descontraído da voz do advogado de meu avô tira um sorriso do meu rosto.
— Tenho uma pergunta para te fazer.
— Qual é?
— Quando meu avô me pediu para passar todo o verão em Lake Wisteria, ele foi específico sobre a duração?
— Não me lembro de cabeça. Quer que eu confira o testamento?
— Sim, por favor.
— Só me dê um momento. — Papéis farfalham e Leo respira fundo no microfone, seu barulho confirmatório só aumentando a tensão crescente em meus ombros.
— Cento e vinte dias.
Merda.
— Tem alguma forma de contornar isso? — Eu ranjo os molares.
Ele apenas resmunga consigo mesmo.
Isso não pode ser um bom sinal.
— Para que a pressa? — ele pergunta. — Só falta um mês.
— Preciso entrar na reabilitação na semana que vem.
— Reabilitação? — A voz dele se ergue. É uma forma estranha de reagir a alguém que claramente tem um problema com álcool, mas Leo sempre foi um cara esquisito. É por isso que ele e meu avô se davam tão bem.
— Sim. Tenho um lugar preparado no Arizona, mas o testamento me impede de ir.
Mais papéis se mexem no fundo.
— Estou vendo aqui.
— Bom, eu não, então pode compartilhar comigo? — Fecho os olhos e respiro fundo para controlar o nervosismo. Sem nenhum gole para me acalmar durante essa conversa, só me resta enfrentar minha ansiedade sozinho.
Maravilha.
— Seu avô estava disposto a ajustar o período sob uma condição.
— Me deixa adivinhar: se eu fosse para a reabilitação.
Ele ri.
— Não.
Meus ombros se curvam.

— Então o quê? Ele quer que eu faça um teste de bafômetro todos os dias por sei lá quanto tempo? Ou talvez queira que eu fique preso em casa com uma babá?

— Nada tão rigoroso. Tudo que ele disse era que os quatro meses exigidos em Lake Wisteria poderiam ser dispensados se você ganhasse uma ficha azul.

— Uma ficha azul?

— Do AA.

Meus lábios se comprimem, e considero as duas outras vezes que frequentei os Alcoólicos Anônimos. Azul era uma cor que eu tinha conseguido, e perdido logo em seguida.

Minha mão aperta o celular com mais firmeza.

— E você não pensou em me contar isso antes de eu me mudar?

— Eu não estava autorizado a contar a menos que você me abordasse primeiro em relação à sobriedade. Seu avô destacou a importância de que você tomasse essa decisão por conta própria. Ele não quis que você fosse motivado a ficar sóbrio por uma herança.

Fecho os olhos para fazer o mundo parar de girar ao meu redor.

Leo limpa a garganta.

— Seu avô também escolheu um programa do AA para você.

Minha risada sai forçada.

— É claro que sim.

O filho da puta armou para mim.

Meu avô devia saber que, se eu voltasse aqui, seria apenas uma questão de tempo até eu querer ficar sóbrio de novo.

— Pode me mandar as informações para eu poder dar uma olhada? — pergunto.

— Claro. Vou pedir para minha assistente mandar isso e o telefone para você entrar em contato. Pelo que eu soube, é um pequeno grupo que exige discrição.

Fantástico. Mal posso esperar para passar minhas reuniões do AA com um bando de esnobes ricos que não conseguem dar um jeito na própria vida apesar de terem acesso a tudo.

— Venda a casa e consiga essa ficha azul para receber o resto da herança. — Ele fala com um tom leve e descontraído, como se ficar sóbrio fosse uma tarefa simples.

Nada demais. Meus dentes rangem.

— Certo. Obrigado, Leo. — Meu dedo paira sobre o botão vermelho para encerrar a ligação, mas a voz de Leo me interrompe.

— Apenas saiba que seu avô ficaria muito orgulhoso de você. Todas as escolhas que ele fez até o acidente foram pensadas meticulosamente.

— Até a venda da casa?

— Especialmente isso. Por você e pela srta. Castillo.

CAPÍTULO QUARENTA
Alana

Graças ao jatinho familiar dos irmãos Kane e aos contatos de Cal, eu e Cami estamos saindo de Michigan pela primeira vez desde que eu a trouxe, seis anos atrás. Sinto como se todo o processo de adoção tivesse acontecido uma vida atrás. Quando vi Cami pela primeira vez na UTI neonatal enquanto ela estava sendo desintoxicada das drogas, eu mal tinha vinte e quatro anos e ainda estava me recuperando de um coração partido.

A assistente social que pegou o caso dela me deu a escolha mais fácil da minha vida quando cheguei à Califórnia.

Adotar Cami ou deixar que outra pessoa adotasse.

Melhor decisão que já tomei, digo comigo mesma enquanto olho para a minha filha. Ela está com seus fones de gatinho enquanto assiste a um episódio de sua série favorita na tela plana acoplada na parede do jatinho. Tentei me sentar do lado dela, mas ela quis o sofá todo para si porque minha menina gosta de pegar todas as almofadas, então eu e Cal nos sentamos nas poltronas à diagonal da dela.

A comissária de bordo dá uma caixinha de suco para Cami antes de colocar água à nossa frente. Coloco meus fones sem fio, mas Cal rouba um.

— Esqueci o meu. — Seus dedos entrelaçam os meus, fazendo uma onda de calor subir por meu braço.

— Você vai colocar alguma coisa ou eu coloco? — Ele faz sinal para meu celular em cima da mesa.

Aperto o play e afundo na poltrona. Cal vira minha mão e começa a passar as pontas dos dedos na parte interna do meu braço.

— *Cosquillas*? — Prendo a respiração.

Seus lábios formam um sorriso doce.

— Certas coisas nunca mudam.

Franzo os lábios como se tivesse chupado algo azedo.

— Eu mudei.

Ele ergue uma sobrancelha.

— Como?

Pauso a música para responder.

— Bom, para começar, eu gosto de música country agora.

— Isso sim é uma metamorfose — ele responde, seco.

Dou um empurrão em seu ombro.

Ele ri ao pegar minha mão de novo.

— Que mais?

— Fui vegetariana por um ano depois de assistir a um documentário.

Seus olhos se arregalam.

— Sua mãe estava viva na época?

— Sim. Ela ficou completamente horrorizada pela ideia e revogou minha cidadania colombiana extraoficialmente.

Ele ri baixo.

— É a cara dela. Aquela mulher amava *churrasco* mais do que qualquer coisa.

— Pois é. Por que você acha que voltei a comer carne? Ela não me deu muita escolha.

Seu sorriso se alarga.

— Além disso, sou uma pessoa matinal agora. Não aperto mais o soneca nem ignoro o alarme.

— Pena. Eu adorava encontrar formas novas de motivar você a sair da cama. — Ele abre um sorriso malicioso.

Meus olhos reviram.

— Você encontrava formas de me manter *na* cama pelo maior tempo possível, isso sim.

— Era um esforço nobre.

— A única coisa nobre em você era seu compromisso em me fazer gozar primeiro.

— É uma obsessão, não um compromisso.

Nós dois rimos. Continuo contando a ele sobre as diferentes coisas que mudaram para mim, que na realidade não parecem tantas depois que as listo. O acontecimento que mais mudou minha vida foi virar mãe, e disso Cal já sabe.

— E você? Alguma coisa mudou? — Eu o cutuco com o ombro.

— Minha vida é bem monótona. — Ele suspira.

— Não é verdade. Você é um pai de gato.

— Certo. O ponto alto da minha vida é esse.

— Nenhum emprego?

— Não. — Ele tamborila a coxa em um ritmo aleatório.

— Poxa. Alguma coisa deve ter mudado em seis anos.

— Não tenho mais medo de palhaços.

— Como assim? — Fico surpresa. — Desde quando?

— Desde que Iris me convenceu a entrar num labirinto mal-assombrado de Halloween. Cujo tema era...

— Palhaços? — Minha voz fica mais aguda.

— Eu deveria ter imaginado que ela estava armando para mim no momento em que me pediu para ir junto. Não gosto de terror, mas, por ela, eu estava disposto a criar coragem e tentar. Além disso, Declan pareceu ficar puto quando ela falou que nós íamos juntos.

— Por que você não virou as costas e foi embora quando descobriu o tema?

— Porque Iris me chantageou.

— Como?

— Ela ameaçou publicar este vídeo se eu a largasse lá. — Cal tira o celular do bolso e passa um vídeo dele usando um guarda-chuva como arma contra um palhaço medonho.

— Acho que eu amo a Iris. — Seco as lágrimas dos olhos depois que o vídeo de um minuto termina com Cal soltando um grito agudo.

— Tenho certeza de que vocês vão virar amigas logo de cara assim que se conhecerem.

Meu peito se aquece.

— Mal posso esperar para mostrar a foto que tenho de você na sua festinha de aniversário de cinco anos.

Os olhos dele se arregalam.

— Me diz que você não guardou aquilo.

Sorrio.

— É claro que guardei. Sempre vai melhorar os dias ruins.

Sua mão aperta a minha com mais firmeza.

— Também tenho uma dessas.

Minhas bochechas se aquecem.

— Por favor, não me diga é uma minha passando maquiagem pela primeira vez.

Os olhos dele cintilam.

— Não, mas é um clássico.

Coço a cabeça.

— Pensei que eu tivesse me livrado de todas as fotos incriminadoras da minha mãe.

Ele encolhe os ombros.

— Talvez não.

Chacoalho os ombros dele.

— Você precisa me dizer qual é. — Não vou descansar até saber que foto vergonhosa Cal guardou de mim para os dias ruins.

— Relaxa. Eu só estava zoando. Juro que não é tão ruim assim.

— Como se eu fosse acreditar em você — bufo.

Ele revira os olhos enquanto tira uma foto da carteira e a joga no meu colo.

— Considere este nosso primeiro teste de confiar um no outro.

Minhas mãos tremem quando levanto a foto que Cal guardou na *carteira*.

— É a... — Viro a foto, respondendo a minha própria pergunta.

Fique bêbado com a vida, não com álcool.

Amor,

Lana

— Você guardou. — Viro a foto de novo e fico olhando para a versão mais jovem de nós. A imagem clareou com o tempo e a exposição à luz, e as bordas se desgastaram com o passar dos anos. — É isso que você olha nos dias ruins?

Ele tira a foto das minhas mãos e a guarda de volta na carteira.

— Sim.

— De todas as fotos, por que essa? — Minha voz treme.

— Porque me lembra que houve um tempo em que fui feliz de verdade.

Coloco os braços ao redor do pescoço dele e dou um abraço.

— Quero que você seja feliz de verdade de novo.

Seus braços se apertam ao meu redor.

— Estou chegando lá.

※ ※ ※

O carro particular nos deixa no hotel mais chique que Dreamland tem a oferecer. Cal nos leva a uma suíte na cobertura com um elevador particular, cozinha de chef, sala de cinema e uma vista do lago que ocupa uma grande parte da propriedade da Companhia Kane.

— Que demais! — Cami se perde em algum lugar entre a área de jantar e a cozinha de chef.

Nunca na minha vida me hospedei em um lugar assim antes.

Rowan, o irmão de Cal que não vejo desde que ele usava aparelho e era doido por gibis, deixou um bilhete a respeito de nossos acessos VIPs.

Comida. Bebidas. Experiências exclusivas nos bastidores.

Passei a vida toda perto da fortuna dos Kane, mas essa é a primeira vez que vou poder tirar proveito dela. Como Cal disse para não poupar despesas, ligo para o serviço de quarto e peço três filés caros e uma garrafa de suco de laranja para Cami que custa os olhos da cara.

Tenho um paladar de estrela Michelin com um orçamento de classe média baixa, então é melhor eu aproveitar as coisas finas enquanto há tempo.

Já que estamos aqui...

O som alto de uma sirene de nevoeiro chama a atenção de Cami. Ela volta correndo para a porta corrediça e enfia a cara no vidro, embaçando-o com o hálito quente.

— Olha! Um barco! — Cami aponta para uma balsa que está entrando na doca para deixar as famílias.

Eu me ajoelho ao lado dela.

— Estou vendo.

— A gente pode pegar a balsa amanhã se você quiser. — Cal se ajoelha do outro lado de Cami.

— Jura? — Seus olhos se arregalam de entusiasmo.

— Claro. O que você quiser. — Ele esfrega o topo do cabelo já bagunçado dela.

Esse é o motivo por que estou disposta a esperar por Cal. Porque um amor assim, do tipo incondicional e que vem direto do coração, não é fácil de encontrar. Sei disso por ter procurado e falhado miseravelmente depois que ele partiu.

— Obrigada! — Cami se joga nos braços de Cal, que pisca duas vezes diante do meu sorriso antes de retribuir com um sorriso largo.

Antes que eu caia em mim, ele me puxa em seus braços também, apertando-me junto a Cami. O peso extra o desequilibra e nós três caímos no carpete, com ele levando o grosso da queda. Cami rindo entre nós faz Cal e eu cairmos na gargalhada também.

Ela se desvencilha e sai correndo para escolher seu quarto. Os braços de Cal continuam ao meu redor e ajustam meu peso para que eu fique deitada em cima dele. Inspiro fundo quando sua mão desce por minha coluna, deixando faíscas por onde passa.

Sua mão pausa na minha lombar.

— Quero fazer vocês rirem desse jeito pelo resto da nossa vida.

Um formigamento me perpassa, começando por minhas bochechas e se dirigindo aos meus pés. Ele envolve minha bochecha e me puxa para perto do seu rosto.

— Cal… — aviso. — E a Cami?

O rangido de um colchão e a batida rítmica de alguém pulando o faz sorrir.

— Acho que ela está ocupada agora. — Seu polegar traça meu lábio inferior.

— Mesmo assim.

Ele tira a mão, levando junto o seu calor.

— Desafio você a me beijar.

Fico olhando para a cara dele.

— Como assim?

— Você ouviu. Ou você me beija ou é obrigada a revelar um segredo. — A vibração grave de sua voz faz meu ventre se contrair.

— Não é justo. — Minha voz embarga. Desafios sempre foram uma fraqueza minha, logo depois do homem que os fazia.

Ele puxa meu queixo para perto.

— Verdade ou desafio? Escolha com cuidado.

Mordo o lábio inferior.

— Tenho muitos desafios a compensar. Quinze, para ser exata, segundo minha última contagem. — O pedaço de madeira na doca pode ter desaparecido faz tempo, mas a memória vive em minha mente.

— Nesse ritmo, você nunca vai me alcançar.

— Só porque você é destemido.

Ele sorri.

— E você é covarde.

Covarde? Ele vai ver só.

Encaro o desafio de Cal e o beijo. Nossos lábios se moldam um ao outro, a descarga de energia faísca entre nós. Ele inspira fundo quando traço a curva de seu lábio inferior com a ponta da língua. O som viaja diretamente ao meu clitóris.

Meu corpo inteiro é conquistado pelo gosto e pelo cheiro dele, transformando a experiência numa sobrecarga sensorial. Tento identificar o que é o sentimento em meu peito, mas Cal não me deixa me distrair enquanto envolve minha nuca.

O controle me escapa enquanto Cal domina. O mundo que conheço se vira enquanto esse homem se transforma em meu centro de gravidade, fixando-me *nele*.

— Mamãe e Cal estão se beijando, estão se B-E-I-J-A-N-D-O.

Eu e Cal nos separamos. Nossos olhos se arregalam enquanto nos encaramos. Os lábios dele estão tão inchados quanto seu pau, que pressiona minha barriga.

— Primeiro vão amar. Depois vão se casar. Depois a Cami na carruagem de Dreamland vai andar! — Ela se joga em cima de mim, esmagando-me contra o peito de Cal.

Danou-se.

* * *

— Você e Cal vão se casar?

O pente que eu estava usando para pentear o cabelo molhado de Cami escapa da minha mão.

— Humm.

— Posso ganhar uma irmã? — Seu sorriso se abre até tomar conta de metade do seu rosto.

Merda. Merda. Merda. Eu sabia que Cami faria perguntas, mas as coisas estão se intensificando muito mais rápido do que consigo acompanhar.

Pego o pente e o coloco em cima do colchão king de Cami.

— Eu e Cal não vamos nos casar. — Sinto minha língua subitamente pesada.

— Por que não?

— Porque nem todo mundo que se gosta se casa. — E porque não faço ideia se um dia vamos atingir um ponto em que isso possa chegar perto de ser possível.

Não seja tão negativa.

É difícil não ser quando o pessimismo virou praticamente meu normal nos últimos dias.

— Então, você *gosta* dele? — Ela pontua a pergunta com alguns beijinhos no ar, me fazendo rir.

— Claro.

— Eu também. — Ela abre um sorrisão.

— Gosta? — Sua resposta não me surpreende, mas é legal receber a confirmação, ainda mais depois de tudo que aconteceu com Victor.

— Sim. Ele é mais legal do que o Victor. Ele me escuta e gosta de me fazer perguntas e não me faz sentir como se eu estivesse incomodando. — A confissão sai às pressas dela.

Eu me esforço muito para manter minhas emoções sob controle. É quase impossível, ainda mais com Cami falando sobre Victor. É culpa minha que ela tenha sido colocada numa situação em que um homem a tratou como algo menos do que uma princesa.

Nunca mais.

Ajeito um fio de cabelo atrás da orelha dela.

— Também acho que ele é muito mais legal que o Victor.

— *E* ele faz você sorrir e dar risada.

Minhas sobrancelhas se erguem.

— Eu sempre sorri e dei risada.

— Sim, mas você ri mais agora.

Fico sem palavras. É uma observação tão simples da parte de Cami, mas faz meu peito todo se apertar.

Ela estoura a bolha de emoção que cresce em meu peito com uma pergunta aleatória, provando que crianças de seis anos realmente têm a capacidade de atenção de um filhotinho.

— Pode me contar uma história de ninar agora?

Atendo o pedido de Cami, embora seu comentário me faça companhia muito tempo depois que ela pega no sono.

Cal se deitou em minha cama enquanto eu estava ocupada com Cami. Entro embaixo das cobertas e me aconchego nele, embora eu seja completamente ignorada enquanto ele continua a ler seu livro. Sua cara de concentração me faz rir baixo.

Ele faz você sorrir e dar risada.

Cal me causa muito mais do que isso. Ele também me faz querer me divertir, aproveitar a vida e sonhar de uma forma que esqueci faz tempo com o passar dos anos. Mesmo contra todas as probabilidades, ele me faz querer acreditar que podemos dar certo.

Mais do que tudo, ele me faz querer confiar nele. Me apaixonar mais uma vez.

Por ele.

CAPÍTULO QUARENTA E UM
Cal

Raios de sol passam pelas laterais das cortinas blecaute, banhando Lana com a luz matinal. Se eu pudesse, passaria a manhã toda aqui com ela. Sair escondido do quarto antes que Cami acorde é pura tortura. Como se todas as células do meu corpo estivessem protestando contra me mexer, tornando cada passo para longe dela impossível.

— É melhor eu ir antes que Cami acorde. — Embora ela tenha nos flagrado nos beijando, não queremos que ela presuma que esteja rolando algo mais. Mal posso esperar pelo dia em que eu não tenha que andar de fininho em minha própria casa, escondendo meus sentimentos por causa de uma criança de seis anos.

A única resposta de Lana é afundar mais em meu peito.

Tento me soltar dos braços e pernas dela, mas ela me segura.

— E se contássemos para ela? — ela murmura em meu peito.

— Contássemos o quê?

— Que estamos juntos?

Hesito.

— É isso que você quer?

— Ela está começando a me fazer perguntas mesmo.

— Como o quê?

— Ela queria saber quando vai ganhar uma irmãzinha.

Engasgo com minha inspiração.

— Quê?

Ela ergue os olhos para mim.

— Você não quer filhos?

— É claro que quero. — Conviver com Cami me faz perceber como crianças podem ser divertidas.

— Tem certeza? Você vai ter que investir em muito mais potes de palavrão. — Um sorriso se abre em seus lábios.

— Melhor eu ir guardando algumas notas de cem, então.

Ela sorri de um jeito que não reflete apenas em seus olhos, mas em sua *alma*.

Não consigo resistir a dar um beijo nela nesse momento. Roubar um pouco dessa felicidade para mim.

— Mamãe!

Num segundo, estou deitado na cama. No outro, Lana me empurra do colchão com uma força sobre-humana que nunca imaginei que ela possuísse.

Caio no chão com um *hunf*.

— Cacete.

Ela espia por sobre a beira da cama com os olhos arregalados.

— Ai, meu Deus. Você está bem? Desculpa!

Ergo a mão e dou um joinha para ela.

A maçaneta gira antes de Cami entrar com tudo.

— Bom dia!

Lana a intercepta antes que ela me flagre escondido.

— Calma aí. Olha só esse cabelo! Vamos dar uma arrumada nele antes do café.

A porta se fecha atrás delas com um estalo baixo, deixando-me sozinho, sem saber como é que vou sobreviver a andar às escondidas por muito mais tempo.

* * *

Além de visitar a casa de Rowan nos fundos do terreno de Dreamland para uma festa de Natal da empresa, praticamente evitei o parque desde que minha mãe faleceu, então a primeira experiência de Cami lá é praticamente a minha também.

Nossa primeira parada é no Salão A Varinha Mágica. Cadeiras de cabeleireiro e espelhos chiques de penteadeira compõem um lado do espaço enquanto a outra metade é toda uma loja que foi projetada para se parecer com um closet de princesa. Centenas de meninas olham as araras, passando por vestidos de baile e acessórios dignos da realeza.

Cami sai correndo na direção da loja, deixando-me para trás com Lana, Rowan e Zahra. Em contraste com o terno azul-marinho liso do meu irmão, Zahra usa um vestido amarelo vivo que complementa os tons escuros de sua pele e seu cabelo.

— Cal! — Zahra joga os braços ao redor de mim.

Lana alterna o olhar entre nós com as sobrancelhas erguidas.

Limpo a garganta.

— Ei. Quanto tempo.

— Eu e Iris sentimos sua falta nos últimos *brunches*. Esse cara aqui é um tédio. — Ela aponta na direção de Rowan, que olha feio para ela, o que só faz aumentar o sorriso radiante da mulher.

— Essa é Alana? — Os olhos castanhos de Zahra brilham enquanto ela dá uma olhada em Lana.

Apresento as duas.

Zahra puxa Lana para um abraço.

— Ouvi falar tanto sobre você.

— Ouviu?

Zahra recua.

— Ah, sim. Se der algumas mimosas para Cal, ele não vai parar de falar sobre você.

Minhas bochechas ardem. Lana fica tensa, os músculos de suas costas se enrijecem.

— Mimosas? — Ela ergue os olhos para mim, e vejo uma tempestade crescendo no fundo deles.

— Não acho que vai haver muito mais mimosas para mim no futuro. — Abro um sorriso tenso para Zahra.

Rowan, sentindo a necessidade de mudar de assunto, graças a Deus, estende a mão para Lana.

— Bom ver você depois de tanto tempo.

Ela a aperta, com o nariz franzido.

— Argh. Engomadinho como sempre, Galahad.

Os olhos arregalados de Zahra alternam entre Lana e meu irmão.

— Ela sabe seu nome do meio?

— Ah, sei muito mais que isso. — Lana ri.

Rowan *fica vermelho*, e é uma imagem e tanto. Queria filmar apenas para fins de entretenimento futuro.

Zahra se inclina para a frente.

— Adoraria encher você de perguntas para saber mais sobre o pequeno Rowan.

Meu irmão me lança um olhar.

— Fala para sua namorada que posso revogar aqueles acessos VIPs mais rápido do que você imagina.

— Estou aqui, então fique à vontade para falar na minha cara. — Lana acena com um sorrisinho.

Caramba. Ficar excitado por ver Lana colocando meu irmão em seu lugar é outro patamar de doideira, e estou ansioso para mais. Até os olhos de Rowan brilham com o comentário dela. Se há algo que meu irmão respeita mais do que submissão, são aqueles que o enfrentam quando ele está errado.

— Iris vai te amar muito. — Zahra aponta o dedo para Lana antes de cair na gargalhada.

— Olha o que eu achei! — Cami volta correndo até nós, equilibrando duas tiaras na cabeça, com três vestidos de princesa nos braços e usando saltos de plástico diferentes em cada pé.

— Você só pode escolher uma roupa. — Lana tira os vestidos de suas mãos e os estende para ela decidir.

Eu os pego de Lana e os passo para Zahra, que vai fazer a transformação de Cami.

— Vamos levar todos. Manda a loja enviar tudo que Cami quiser para o nosso quarto.

Lana me lança um olhar.

— Você está mimando a menina.

— E estou amando cada segundo. — Meu sorriso se alarga.

Ela revira os olhos.

— Você não pode comprar tudo que ela quer.

— Por que não? — Cami sorri enquanto inclui não tão sorrateiramente um terceiro par de sapatos à pilha crescente no braço de Zahra.

— *Camila*. — Lana coloca as mãos no quadril.

— *Mamãe*. — Cami imita a postura da mãe, tirando risadas de todos, menos de Lana.

Cami nota algo pelo canto do olho e sai correndo na direção da área de bijuterias, arrastando Zahra consigo. Rowan se ocupa atrás da recepção, deixando-me a sós com Lana, que solta um longo suspiro enquanto observa a filha do outro lado do salão.

Coloco os braços ao redor dela por trás e puxo seu corpo para o meu.

— Pretendo mimar você do mesmo jeito mais tarde — sussurro em seu ouvido. — A noite toda se quiser.

Ela se arrepia toda.

— Isso é uma promessa?

— Depende se você vai me deixar dar para Cami todos os presentes que ela quiser hoje.

Lana faz biquinho.

— Essa não é uma briga justa.

— Prefiro nem brigar. — Ajeito o cabelo dela atrás da orelha antes de passar os dedos na curva de seu pescoço. — Ainda mais se posso ter você em vez disso. — Antes de me afastar, beijo o ponto sensível logo abaixo de sua orelha.

Só temos um minuto livre antes de Cami e Zahra voltarem para levar Lana embora. Ela me dá uma última olhada por sobre o ombro antes de a namorada do meu irmão puxá-la na direção do salão de beleza, deixando-me completamente sozinho.

Lana coloca Cami numa das cadeiras enquanto Zahra ergue os vestidos diante do tronco de Cami. Rio ao ver os outros dois que a danadinha acrescentou à seleção.

Rowan chega perto de mim.

— Então, vocês estão ficando de novo?

— Sim.

Sua bochecha se encova de tanto que ele a morde.

Olho para ele.

— Fala logo de uma vez.

Ele solta uma respiração carregada.

— Estou preocupado com você.

Inclino a cabeça.

— Por quê?

— Sei que ela é o motivo de você ter voltado a beber da última vez.

Meus músculos ficam tensos sob a camisa.

— Não vou pôr a culpa dos meus problemas nela, e você também não deve fazer isso. Se eu decidir ter uma recaída, a responsabilidade é minha, não dela.

— Não a culpo, mas não posso deixar de me preocupar com a possibilidade de vocês dois voltarem a ficar juntos. Você nunca mais foi o mesmo depois que voltou a Lake Wisteria dois anos atrás.

Meus punhos se cerram. Nunca contei que tinha ido para lá, então Rowan deve ter descoberto por alguém.

— Quem te contou?

Seus olhos se voltam para a cadeira do salão em que Zahra está atrás de Cami, enrolando o cabelo dela.

— Declan.

— *Ele sabia?*

Ele engole em seco.

— Você sabe como ele é.

— Um babaca superprotetor que não entende o conceito de privacidade?

— Ele tem boas intenções.

— Tem? Porque parece bem invasivo e opressor do meu ponto de vista. — Durante toda a minha vida, Declan fez as mesmas coisas.

Ele suspira.

— Na época, Declan estava desesperado para descobrir o que estava errado porque ele queria resolver por você.

Bufo.

— Por que você acha que ele tinha alguém engatilhado para comprar a casa? — A pergunta de Rowan surge do nada.

— Porque ele não acreditava que eu poderia vender a casa do lago.

— Não. Ele queria te poupar de qualquer dor que poderia sofrer ao ter que voltar a Lake Wisteria depois da última vez. Era a forma dele de tentar *ajudar* você.

Meus lábios se abrem.

— É o mesmo motivo por que ele ameaçou tirar o fundo que a mãe deixou para você e obrigou você a ir para a reabilitação na primeira vez. — Rowan balança a cabeça com um suspiro. — Se você parasse um segundo para perguntar para Declan por que ele faz as coisas em vez de esperar o pior dele, vocês passariam muito menos tempo brigando.

— Ele ainda é um escroto que fala um monte de asneira.

— É claro que é. Mas também sei que ele está aprendendo a pedir desculpas, o que nunca fazia antes de se casar com Iris. Então talvez você devesse dar uma chance para ele aprender com os próprios erros em vez de ignorá-lo por raiva.

Respiro fundo.

— Ele te falou alguma coisa?

— Não com essas palavras. Você sabe que Declan não é do tipo que se abre sobre os próprios sentimentos.

Nossa. Ele devia ter ficado muito afetado mesmo se conversou até com Rowan.

Suspiro.

— Tá. Vou dar uma ligada para ele depois desse fim de semana.

Rowan se crispa.

— Sobre isso...

Puta que pariu. Rowan é a pior pessoa para guardar segredo, logo depois de Lana.

— Você falou para ele que eu estava aqui, não?

— Surpresa?

Reviro os olhos.

— Quando ele vem?

— Amanhã à noite. Zahra e Iris estão planejando uma festa de aniversário adiantado para você.

Merda.

***

Cami sai do Salão A Varinha Mágica com um sorriso contagiante no rosto. Ela está uma graça com os cachos loiros cobertos de glitter e o vestido roxo de princesa, o tecido brilhante mudando de cor a depender de como a luz do sol atravessa as nuvens.

— Obrigada, da parte de nós duas. — Lana dá um beijo em minha bochecha antes de levar Cami, que sai cambaleando na direção do castelo com seus saltos de plástico.

— Elas vão jantar com a gente amanhã? — Rowan aponta o queixo na direção delas.

Nós três.

Gosto muito dessa ideia.

— Preciso confirmar com Alana e ver o que ela acha. Ela pode não curtir algo assim. — Eu entenderia. Minha família é um pouco demais, ainda mais quando estamos todos juntos.

— Manda mensagem avisando — Rowan diz antes de ele e Zahra saírem andando.

É fácil encontrar Cami e Lana na multidão pela forma como o strass na tiara de Cami brilha sob o sol forte. Os saltos de plástico fazem barulho no caminho de tijolinhos que leva ao castelo da princesa Cara. Lana segura os tênis de Cami na outra mão, pronta para substituir os saltos quando os pés da menina começarem a doer.

Pego o celular e tiro uma foto dela e Cami de mãos dadas antes de alcançá-las. Cami não hesita em pegar minha mão, e nós três saímos rumo à primeira atividade que planejei.

No meio do parque, escondida entre roseiras e sebes altas, está uma mesa pequena ocupada por ninguém menos do que a princesa Marianna. Embora seu vestido seja no mesmo tom e no mesmo estilo que o de Cami, seu cabelo é parecido com as mechas escuras de Lana.

Mesmo ao lado da princesa de Dreamland em pessoa, minha garotinha está fantástica, especialmente com o sorriso estampado em seu rosto.

Minha garotinha.

O termo nunca soou mais certo do que neste momento.

O grito estridente que Cami solta se torna rapidamente meu mais novo som favorito.

Lana pisca, esfrega os olhos, depois pisca de novo.

— Não me diga que você...

— Tá, não vou dizer.

Alguns garçons chegam fantasiados, carregando bandejas com xícaras de chá e lanchinhos. Cami bate palmas e pula na cadeira enquanto a princesa Marianna sussurra algo em seu ouvido.

Lana balança a cabeça.

— Nunca vou conseguir superar este aniversário.

Pego a mão dela e a giro num círculo, fazendo-a rir.

— Parece um bom desafio para mim.

— Qual é a próxima? Uma viagem para a África para ver animais selvagens?

— Dá para organizar. Ajudei Iris a planejar a lua de mel dela lá, então conheço todos os lugares bons.

Ela passa a mão no rosto incrédulo.

— A vida real não é assim.

Eu a puxo junto ao peito.

— Pode ser a sua se você me deixar cuidar de vocês.

Ela me dispara um olhar que rivaliza com toda a beleza ao nosso redor.

— Se você ficar sóbrio, eu deixo.

CAPÍTULO QUARENTA E DOIS
Alana

Sempre soube que trazer Cami a Dreamland seria mágico, mas a realidade é muito mais do que isso. Tudo no parque a empolga. O castelo. A comida. Os personagens vestindo as fantasias que me faziam chorar quando eu era criança. Ela curte tudo, e sua felicidade é uma entidade viva que acho extremamente contagiante.

Eu não poderia ter imaginado um dia melhor. Pelo menos, não até Cal colocar Cami em cima dos ombros para ela poder ter uma visão melhor do show noturno que acontece na frente do castelo.

Nunca tive a mínima chance de sobreviver a esta viagem sem me apaixonar por Cal. Foi um esforço valoroso da minha parte sequer pensar que conseguiria, mas não sou páreo para a energia *pai de menina* que ele emana. Algumas mulheres ao nosso redor parecem notar, embora eu lance um olhar cortante em sua direção até elas se virarem, frustradas e um pouco atrapalhadas.

Aperfeiçoo essa encarada desde que todo mundo da nossa faixa etária começou a cobiçar Cal na adolescência. Não é nada bonito, mas cumpre a tarefa.

Sorrio enquanto tiro uma foto de Cami e Cal por trás para poder imprimir e guardar em minha caixa de memórias.

Cal olha por sobre meu ombro.

— O que você está fazendo?

Aponto para ele e Cami.

— Guardando a memória.

Algo brilha nos olhos de Cal antes de ele abordar a pessoa ao seu lado.

— Pode tirar uma foto minha com minhas meninas?

Suas meninas.

Vão ter que me tirar daqui de maca, porque estou prestes a ter um ataque cardíaco. Pela maneira como meu braço esquerdo formiga e meu coração bate forte, eu não duvidaria.

Cami continua em cima dos ombros de Cal, seu sorriso radiante e pronto enquanto fico parada, em choque e piscando rápido. Sorrindo, Cal balança a cabeça antes de me puxar para si e colocar um braço ao meu redor enquanto mantém Cami segura com o outro.

O homem ergue o celular e começa uma contagem regressiva. Fogos de artifício estouram sobre nós. Eu e Cami olhamos para cima ao mesmo tempo enquanto o clarão dispara, estragando nossa foto.

O homem praticamente joga o celular de volta para ele antes de retornar para sua família.

— Mais! — Cami bate palmas.

— Estão vindo — Cal diz.

Fogos estouram acima de nós, pintando o céu de cores diferentes. Cal mantém o braço ao meu redor durante todo o show. Em algum momento durante as explosões no céu, Cami pega no sono.

— Como é possível? — Ele a tira dos ombros antes de aninhá-la junto ao peito.

Minhas pernas podem ceder de tanto que desfaleço.

— Eu disse que ela consegue dormir em qualquer situação.

Mais fogos estouram acima de nós, provando meu argumento quando Cami nem se mexe.

— Viu?

— Caramba. Quer voltar? — Seus olhos vão de Cami para mim.

Ergo os olhos para o céu, admirando o show por mais alguns segundos antes de fazer que sim. Quando me viro, o olhar de Cal já está fixo em mim, ardente de promessas enquanto ele acompanha as curvas de meu corpo.

Depois que ele encheu Cami de amor e atenção e dos murmúrios baixos dele quando não tem ninguém por perto, estou mais do que pronta para voltar.

Danem-se os fogos de artifício.

* * *

Fecho a porta do quarto de Cami antes de me apoiar lá. Não há uma única parte do meu corpo que não esteja doendo depois de andar pelo parque o dia todo, e nenhum treino poderia ter me preparado para esse tipo de dor no corpo.

— Ela voltou a dormir tão fácil? — Cal se senta no sofá.

— Sim. Está dormindo como uma pedra. — Odiei acordar Cami depois que ela capotou, mas eu me recusava a deixar que a menina fosse para a cama coberta de germes do parque temático e pintura facial de borboleta.

— É impressionante como ela conseguiu dormir durante os fogos, com o choro do bebê na balsa e toda a caminhada até o quarto.

— Se o resto de nós tivesse a mesma sorte. — Caio de cara nas almofadas do sofá à frente daquele em que Cal está sentado.

Ele solta uma gargalhada baixa.

— Está cansada?

— Meu corpo todo dói dos pés à cabeça. — Minha voz está abafada pelas almofadas pressionadas em meu rosto.

O sofá range embaixo dele.

— Acho que tenho uma ideia.

— Se não for uma massagem de corpo todo, não quero.

— Dá para fazer, desde que você retribua o favor. — Ele baixa a voz. — De preferência sem roupa.

Lanço uma almofada às cegas na direção da risada dele.

A porta de seu quarto se fecha logo em seguida. Cochilo por um tempo antes de ser despertada por Cal, que veio para me pegar no colo como se eu fosse uma noiva. Estou cansada demais para me opor e, sinceramente, duvido que eu me oporia em qualquer situação. É gostoso poder ser mimada depois de passar o dia todo em pé.

Ele me carrega até seu banheiro e me coloca em pé. O som de água correndo da torneira afasta meus olhos do rosto dele.

— Um banho de espuma? — A banheira funda está cheia até o topo com bolhas que quase transbordam dela.

Ele estende a mão para fechar a torneira.

— Coloquei uns sais de banho para ajudar com seus músculos doloridos.

Baixo a cabeça com um suspiro.

— Eu te amo. — O pensamento escapa por acidente, e meus olhos se arregalam. — Eu... — Não consigo terminar o resto da frase. Não que eu não ame Cal, mas não quero revelar esse amor tão abertamente. Não sem poder confiar que ele não vai partir meu coração uma segunda vez.

— Não se preocupa. — Ele me abre um sorriso tenso.

— Mas...

Cal me cala com um beijo forte que coloca um fim em nossa conversa constrangedora. Intensifico o beijo, arrancando um gemido doce de seus lábios.

Minhas mãos encontram a barra da camisa de Cal, e ergo o tecido por sobre sua cabeça. Ele interrompe nosso beijo e faz o mesmo com a minha blusa, e ambas caem no chão. A pilha se acumula rapidamente enquanto tiramos o resto da roupa.

— Não sei por onde começar com você. — Seu olhar percorre o meu corpo nu.

— Tenho algumas ideias, se precisar de inspiração.

Suas pupilas dilatam.

— Como o quê?

— Um banho, para começar.

Sua risada breve me faz sorrir.

— Não era o que eu tinha em mente, mas tudo bem.

Ele me ajuda a entrar na banheira antes de se acomodar no lado oposto.

— Com medo de sentar do meu lado? — Jogo água nele com os dedos do pé.

Ele pega meu pé e me puxa para perto, fazendo-me afundar mais na água. Abro a boca para reclamar, mas sou interrompida quando ele começa a massagear os músculos doloridos.

Jogo a cabeça para trás contra a banheira.

— Ai, meu Deus.

A pressão se intensifica.

— Está gostoso?

— Um sonho. — Suspiro.

Um sorrisinho se abre em seus lábios. Meus olhos descem a cada minuto que se passa, e a dor em meus músculos se alivia a cada passada e aperto das mãos de Cal. Depois de um tempo, a dor se transforma em outra coisa.

Prazer.

Cal deve sentir a mudança no clima, porque abandona a massagem e se levanta. Gotículas de água escorrem por seu corpo musculoso, tentando-me a secá-las com a língua. Seu pau grosso está tão altivo quanto ele quando me nota olhando para seu corpo.

Sacudo a cabeça.

— Para onde você está indo?

— Para lugar nenhum sem você. Vem para a frente.

Faço o que ele pede, e ele desliza para trás de mim. Seu membro duro pressiona minhas costas enquanto ele se acomoda e coloca as pernas ao redor das minhas.

Eu afundo mais no banho de espuma e coloco a cabeça na curva de seu pescoço.

— Pode ser que eu nunca saia.

Cal pega uma toalhinha úmida e espreme uma boa quantidade de sabonete líquido em cima dela antes de passá-la por meu corpo. Ele não tem pressa enquanto a percorre por minha pele com carícias leves e provocantes. Pressiono as coxas, mas Cal as abre para passar a toalha entre minhas pernas.

Aperto seu bíceps.

— Cal.

Ele provoca meu clitóris de novo, aumentando a pressão desta vez.

— O quê?

— Você sabe o que está fazendo. — As palavras saem trêmulas.

Ele mordisca meu ombro, tirando uma inspiração abrupta de mim.

— Está funcionando?

Eu me viro e monto em suas coxas, prendendo-o embaixo de mim. Sinto sua ereção me pressionar e me esfrego nela, fazendo um arrepio de prazer descer por minha espinha.

— Isso responde a sua pergunta?

Seus dedos se cravam em meu quadril enquanto me inclino para a frente e lambo uma gotícula de água errante de seu pescoço.

— Lana. — A maneira como ele sussurra meu nome como uma oração vai direto para minha cabeça. Seus dentes rangem quando me esfrego em sua ereção, então me contorço de novo, o que me garante outro grunhido.

Ele aperta minhas coxas com força suficiente para deixar marcas.

— A menos que queira ser comida aqui na banheira, eu diria para você parar.

— Humm. Que ideia tentadora. — Subo as pontas dos dedos por seu pau antes de apertar com firmeza e dar uma única bombada.

Ele pega minha mão e a leva à boca. O beijo que deixa dentro da minha palma é inocente, embora a pulsação entre minhas pernas não seja. Jogo o corpo para a frente e esfrego a buceta em seu pau para aliviar a ânsia crescente.

Traço um caminho de beijos da linha angulosa de seu maxilar à base de sua garganta. Sua respiração fica mais superficial a cada passada de meus lábios em sua pele, seus dedos cravam minha pele como se eu fosse uma tábua de salvação. Meus lábios sugam o ponto abaixo de sua orelha que o deixa maluco enquanto meus dedos dançam por seu peito, descendo com cuidado na direção de seu umbigo sem chegar a tocar seus mamilos.

Ele geme meu nome de novo, fazendo outra onda de prazer atravessar meu corpo.

— Que porra você está fazendo comigo?

— Me divertindo. — Provoco seu peito de novo. A ponta de minha unha pega seu mamilo, e ele inspira fundo.

— Isso não é divertido. *É tortura.*

— É justo se você faz a mesma coisa. — Eu me inclino para a frente, minha língua mal roça o círculo rijo quando algo estoura dentro dele.

— Boa ideia — ele diz, com a voz rouca, enquanto pega meu cabelo e puxa. Minhas costas se arqueiam, dando a ele a posição perfeita para provocar a área que lhe neguei. Sua língua perpassa o pico pontudo, provocando e torturando até eu obrigá-lo a dar a mesma atenção a meu outro seio.

Ele chupa com tanta força que me faz perder o fôlego, e dou um solavanco em seu colo.

— Quer me provocar? — Seus dentes roçam a área sensível, e pontos pretos enchem minha visão enquanto uma onda de prazer me percorre.

— Quer gozar com a minha cara?

— Prefiro gozar com você. Ponto-final. Fim da história — digo em um silvo entre dentes enquanto ele puxa meu mamilo.

Cal me solta antes de sair da banheira com minhas pernas ainda em volta da sua cintura. Ele me coloca em pé rapidamente antes de passar uma toalha em mim, secando a água que escorre por minha pele. Calafrios se espalham por meu corpo, tanto pelo frio repentino como pela adrenalina do que está por vir.

Quando ele acaba, pego uma toalha atrás dele e faço igual. Eu me dedico à tarefa, e ele fica mais ofegante a cada passada da toalha por seus músculos. Quando me ajoelho para secar suas pernas, ignoro sua ereção.

A cicatriz no seu joelho se destaca em sua pele, representando uma das maiores viradas em sua vida. Em *nossa* vida juntos.

Traço a cicatriz enquanto Cal respira fundo acima de mim, seus punhos se cerram ao lado do corpo.

— Cicatrizou bem. — No último verão em que ele estava lá, ele evitava usar roupas que expusessem a cicatriz, então nunca tive muita oportunidade de olhar para ela.

Seu peito sobe e desce.

— Odeio isso.

— Tudo em você é perfeito. — Eu me aproximo e beijo a cicatriz.

Cal solta um suspiro trêmulo.

Mas, quando seco as últimas gotas de água que pingam de seu pau, ele me puxa para ficar em pé e me arrasta na direção do quarto.

— Mas...

Cal joga a toalha na direção do banheiro.

— Cansei das brincadeiras. Ajoelha — ele ordena com aquela voz grossa que só usa durante o sexo. Existem duas versões de Callahan Kane, e essa é minha favorita porque ninguém a conhece além de mim. É aquela que ele mantém escondida, implorando para ser liberta.

Ele aperta um único dedo em meu ombro. Um calafrio desce por minha espinha enquanto me ajoelho no carpete grosso.

Levo a mão ao seu pau, mas ele o tira do meu alcance.

— O que está fazendo?

— Dando o troco. — Ele dá uma bombada com a mão. A cabecinha brilha com uma única gota de baba, e lambo os lábios.

— Pelo quê? — Quando ergo a mão, ele dá outro passo para trás, fazendo-me franzir a testa.

— Sua brincadeira com o vibrador. — Seu olhar percorre meu corpo. — Lembra o que você me mandou fazer?

— Não saia daí e fique bonitinho para mim. — Repito as palavras. Minha temperatura dispara, junto com a frequência cardíaca.

Ele estende o braço para envolver minha bochecha com uma mão enquanto se masturba com a outra.

— Não tem nada mais bonito do que ver você de joelhos.

— Nada?

Seu peito se ergue com uma expiração profunda.

— Humm. Na verdade, talvez tenha, sim.

Estou louca para tocar nele, mas minhas mãos continuam firmes nas coxas.

— O quê?

— Isso. — Seus dedos se cravam no meu couro cabeludo e puxam. Perco o fôlego, e Cal se aproveita da minha surpresa e enfia o pau na minha boca. Meus lábios o envolvem por instinto, e minhas mãos sobem para segurar a base dele enquanto o levo até o fundo da boca.

Passo a língua embaixo de sua pele sedosa, traçando e provocando enquanto subo e desço. Seus dedos entram em meu cabelo e me imobilizam.

Como se eu tivesse a mínima chance de me afastar.

Os músculos de Cal se contraem e ondulam enquanto masturbo, chupo e lambo cada um de seus centímetros sólidos.

Não há nada de doce ou delicado em chupar a pica dele. A maneira como anseio pelo seu gozo traz meu próprio orgasmo à superfície, e meus movimentos se tornam mais desesperados enquanto a pulsação entre minhas pernas se intensifica.

— Pode se masturbar — ele diz, com a voz rouca.

Sigo seu comando, levando a mão entre as pernas.

— Mostra para mim como chupar meu pau te excita.

Ergo a mão, e seu pau se contrai na minha boca, enchendo minha língua com sua excitação.

— Quero que você se masturbe até gozar.

Pisco em concordância.

Os dedos de Cal apertam meu couro cabeludo enquanto ele fode minha boca. Provoco meu clitóris com a palma da mão enquanto meto dois dedos dentro, afundando-os no ritmo de suas estocadas.

Ele geme com a visão, seus olhos me devorando como se eu fosse a última coisa que ele quer ver na vida.

— Puta que pariu, Lana. — Seus movimentos ficam mais erráticos. Menos sincrônicos enquanto ele movimenta o quadril com força suficiente para quase me fazer engasgar.

A pressão em meu ventre se avoluma, aumentando a cada provocação de meu polegar em meu clitóris.

— Isso, amor. — Ele envolve minha bochecha. — Goza para mim.

Seu olhar se crava no fundo da minha alma, com ele derramando, com um único olhar, cada gota de amor que sente por mim.

O mundo ao meu redor desaparece enquanto sou dominada por meu orgasmo. Meu corpo treme, o clímax deixa meus músculos moles enquanto surfo a onda do prazer que me perpassa.

O afeto em seu olhar se transforma em tesão puro, seus olhos me devoram por inteiro enquanto ele goza na minha garganta e enche a minha boca. Engulo várias vezes, mas isso não impede que escorra dos meus lábios.

Cal tira seu pau brilhante. Ele limpa a porra que escorre do meu queixo antes de colocar o polegar de volta na minha boca. Chupo a ponta, limpando-o antes de ele repetir a mesma coisa. Depois que ele está satisfeito, levo a mão ao pau dele e o limpo com a língua. Ele acaricia minha bochecha em sinal de aprovação, e afundo em seu toque.

Mais sangue corre para seu pau, tirando uma risadinha de mim.

Ele parece realmente ofendido quando me coloca em pé.

— Você acha engraçado o que faz comigo? Fico o tempo todo excitado quando estou perto de você.

— Não é culpa minha. — Rio ainda mais.

Ele sorri enquanto me leva de volta à cama. Com um leve empurrão, caio de volta no colchão. Cal vem em seguida, seu peso me pressiona mais fundo na cama enquanto ele rouba um beijo.

Deslizo as mãos por seu corpo e passo os dedos em seu cabelo. A intensidade de nosso beijo aumenta enquanto sua língua ataca a minha, buscando me dominar. Ele morde meu lábio inferior e tira sangue. Sua língua lambe e tira um suspiro de mim enquanto ele chupa a pele inchada em um pedido de desculpas silencioso.

Ele continua a me provocar até estarmos os dois ofegantes. A ânsia em meu ventre cresce a cada passada de sua língua e a cada aperto de seus lábios. Dos seios à vagina, nenhum centímetro de meu corpo deixa de ser tocado.

Cal me nega outro orgasmo, o que me faz gemer de frustração.

— Deus.

— Você sabe que não deve me chamar de outro nome na cama. — Ele bate na minha buceta com força. Uma. Duas. Três vezes até eu estar ofegante e me contorcendo embaixo dele.

A urgência de gozar me faz cravar as unhas em sua pele e roçar meu sexo em seu pau. Ele ri baixo em meu ouvido antes de nos puxar para debaixo das cobertas.

Desta vez, ele me pega por trás, deslizando a perna entre as minhas e metendo em mim com uma estocada prolongada. A posição é íntima, com ele me segurando entre os braços. Cal beija meu pescoço e provoca meu clitóris enquanto mete em mim vezes e mais vezes. O prazer me perpassa enquanto ele sussurra os elogios mais doces em meu ouvido.

Meu clímax vai aumentando a cada arremetida de seu quadril e a cada roçada de seus dedos em minha pele. Com um aperto final em meu clitóris, tenho um espasmo ao redor dele.

Seu pau entra em mim com tanta força que me empurra para a frente enquanto ele me usa para encontrar seu próprio prazer. Meu corpo treme pelos pós-efeitos de meu orgasmo, e seus movimentos se tornam menos coordenados a cada bombada de seu quadril.

Ele me lembra um homem possuído. Alguém à beira de se perder de tanto tesão, com uma ferocidade no olhar que acho inebriante.

Cal geme ao gozar, sem interromper sua tortura em meu corpo até ter terminado. Ele não tira na hora; em vez disso, decide envolver os braços ao redor de mim. Minhas coxas estão viscosas por nossos orgasmos combinados, mas não tenho forças para me mexer.

Acho que não sou nem *capaz* de me mexer.

Ele beija o topo da minha cabeça e suspira. Depois de um tempo, meu coração se acalma, o batimento regular me embalando até dormir.

— Eu te amo — ele sussurra no escuro.

Ouvi essas palavras centenas de vezes de seus lábios, mas elas tiram meu fôlego toda vez.

Abro a boca para dizer o mesmo, mas algo me detém.

Medo.

Não é que eu não o ame, porque amo. Talvez mais até do que pensava ser possível.

É só que, na última vez em que eu disse essas palavras de maneira deliberada, ele foi embora. Meu amor não foi suficiente antes, por que seria agora?

Depois que Cal partiu, tenho medo de compartilhar essa parte de mim. Ao menos não até conseguir confiar plenamente nele de novo.

Se é que vou conseguir.

CAPÍTULO QUARENTA E TRÊS
Alana

— Você quer que a gente vá jantar com sua família? — O garfo escapa de minha mão, e os ovos mexidos espirram no prato.

Cal coça a nuca.

— Não precisa ir se não quiser. É que faz tempo que não vejo Declan, e Iris pegou o avião para cá porque meu aniversário é na semana que vem...

Merda. O aniversário dele!

Eu me esqueci completamente disso. Faz tanto tempo que não comemoro o dia.

— Vocês vão fazer um jantar de aniversário aqui? Em Dreamland? Por quê?

— Porque minha família é enxerida e insuportável.

— Não mudaram nada, não?

Ele ri baixo.

— Não sei... — Hesito, meu olhar se volta para Cami, que ergue o garfo no ar como se fosse um avião antes de espetar um pedaço da panqueca.

— Entendo. — A pele ao redor de seus olhos se contrai. — Não tem problema. Minha família às vezes é um pouco abominável, então eu entendo.

— Não é isso. — Tropeço nas palavras.

— Então o quê?

Pois é, Alana, então o quê?

— Jantar com a família não é meio... sério?

— Só se você quiser que seja. Eu adoraria que você fosse, mas entendo se não quiser.

Ele trouxe sua filha para Dreamland. O mínimo que você pode fazer é ir a um jantar por ele.

Olho para Cami.

— Não posso deixar Cami sozinha.

— Claro que não. Todos estão animados para conhecê-la.

— Estão?

Ele tira o celular do bolso e me mostra um grupo de conversa que compartilha com Zahra e Iris.

Contenho a risada.

— Meninas malvadas?

Ele ergue os olhos para o teto como se precisasse rogar por paciência.

— Não fui eu quem inventou isso.

— Nossa, espero que não.

— É o grupo que elas criaram para irritar Declan e Rowan depois que fomos tomar *brunch* uma vez.

— E irrita?

— Absurdamente, o que é o único motivo por que eu ficaria numa conversa com as duas de livre e espontânea vontade. Mantenho as notificações silenciadas na maior parte do tempo.

Rio enquanto dou uma olhada no grupo. A primeira foto é uma selfie que Cal tirou de nós três comendo bolo de funil na frente do castelo. Estou claramente tentando limpar o rosto de Cami, que está coberto de açúcar de confeiteiro enquanto ela devora a massa frita, já Cal sorri para nós duas com uma expressão que faz meu peito se apertar. Não sei ao certo se já o vi com uma cara tão feliz antes... tão em paz.

Nem mesmo em nossa foto na doca dividindo *cholados* colombianos.

Iris: AI MEU DEUS. Bolo de funil? Encontro particular com princesas? Jantar privado no castelo com um chef exclusivo? Você está mimando essas duas.

É o que elas merecem.

Zahra: Vou desmaiar de tanta fofura.

Zahra: Estou com inveja por ter que trabalhar em vez de passar o dia com vocês.

Iris: E eu com inveja de você já ter conhecido as duas!

> Talvez você possa conhecer as duas amanhã.

Iris: Sério?!?!

Zahra: Eba!!!

Zahra: Deu pra imaginar meu grito?

> Eu disse talvez...

Iris: Como podemos transformar esse talvez num sim?

> Ainda não tive a chance de perguntar para ela.

Iris: Fala para ela que faz anos que sou louca para conhecê-la, desde que você chorou por ela.

Acabo rindo tanto que Cal franze a testa.
— Você chorou por mim? — pergunto, arfando.
Ele arranca o celular da minha mão.
— Eu estava com alguma coisa no olho.
— O quê? Um banho de realidade?
Ele coça a sobrancelha com o dedo do meio, fazendo-me rir de novo.
— Então, a que horas é o jantar? — pergunto.
— Por quê?
— Porque não vejo a hora de ouvir tudo que Iris tem a dizer sobre você.
Ele baixa a cabeça com um suspiro.
— Pior ideia do mundo.

* * *

Cal pede para o motorista do carrinho de golfe parar na frente de uma fileira de depósitos. Cami tira os olhos do celular para assimilar os arredores antes de considerá-los muito menos interessantes do que o vídeo passando na tela.

— Onde estamos? — Protejo os olhos do sol enquanto observo os vários depósitos com pessoas entrando e saindo pelas portas.

— É aqui que toda a magia acontece.

Minha testa se franze em confusão.

— O que isso quer dizer?

— Prefiro mostrar para você. — Ele pula do carrinho e me oferece a mão. Cami vem atrás, com a cabeça baixa enquanto continua a assistir ao programa no celular.

— Mas não íamos para o parque aquático? — Olho para meu look de chinelos, maiô e short jeans.

— Por mais que eu fosse adorar passar o dia todo com você de maiô, isso pode esperar até amanhã.

— Mas Cami...

Ele me interrompe.

— Topou o que planejei. Ela me deu carta branca ontem. Certo, garotinha?

Cami dá um joinha sem tirar os olhos da tela.

— Viu? — Cal ergue uma sobrancelha.

— Ela sabia desde o começo? — Meu queixo cai.

— Surpresa. — Cami olha para cima com um sorriso largo.

— Ela não disse uma palavra quando coloquei o maiô nela hoje cedo.

— Porque ele me deu dinheiro!

Ergo os olhos para Cal.

— Quanto?

— E lá é possível botar preço em discrição?

— Mil dólares! — Cami grita, quase derrubando meu celular.

— Mil. Dólares? — Minha voz fica aguda no fim.

— Negociei bem, mamãe. — Ela ergue o punho para eu dar um toquinho, algo que sem dúvida deve ter aprendido com o homem que sorri ao meu lado.

Pressiono a palma da mão na testa.

— Não sei como vou sobreviver a vocês dois.

— Venha. Vamos nos atrasar. — Ele coloca a mão na minha lombar.

— Atrasar para quê?

— Você vai ver. — Ele nos guia na direção de uma porta azul um pouco longe de onde o carrinho de golfe nos deixou. Basta um empurrão para ela se abrir.

O cheiro de pão fresco e de caracóis de canela me atinge de uma só vez.

— Ai, meu Deus. — Inspiro uma segunda vez. — Que cheiro incrível.

O sorriso de Cal se alarga quando ele pega minha mão e me puxa para dentro. Atravessamos um corredor semi-iluminado que dá para uma cozinha imensa com tudo do mais moderno.

— *Bonjour!* — Um homem de roupa branca de chef acena para nós com a faca no ar.

— Me diga que não é quem estou pensando que é. — Puxo Cal um passo para trás.

— Surpresa. — Ele sorri.

— Você é Alana? — chef Gabriel pergunta com um leve sotaque francês. Ele limpa a farinha da mão numa toalha antes de me estendê-la para apertar. Seu sorriso é ainda mais brilhante pessoalmente do que naqueles programas de TV em que ele é convidado, fazendo-o parecer muito mais acessível do que se esperaria de alguém que é pago para gritar com confeiteiros e criticar seus talentos.

— Oi — digo timidamente enquanto aperto sua mão.

Ai, meu Deus. Você está apertando a mão do Rei do Chocolate.

Minha mão treme na sua, algo que ele não comenta. Nunca me imaginei como o tipo de menina que ficaria deslumbrada, mas aqui estou eu com o coração batendo forte no peito e a palma da mão suada diante do homem cuja carreira sigo desde que eu estava no ensino médio.

O chef solta minha mão.

— Cal me contou que você ama confeitaria.

— Contou? — Minha voz atinge o tom mais agudo da história.

— Sim. Eu e ele achamos que seria divertido fazermos os bolos de aniversário dele juntos.

Pisco duas vezes.

— Desculpa. Você disse bolos? No plural?

Cal tosse numa tentativa fraca de cobrir a risada.

— Sim. Bolos. — Ele enfatiza o som do *s* com um sorriso. — Combinei de ensinar uma das minhas receitas, mas, depois que conversei com

Cal sobre os doces que você faz que ele mais gosta, pensei que poderíamos trocar receitas. Ouvi dizer que seu bolo de *tres leches* é de comer rezando.

Lanço a Cal um olhar por sobre o ombro.

— Não imaginava que você e Cal se conheciam.

Cal encolhe os ombros.

— Nós produzimos o programa dele.

— É claro que produzem. — Existe algum lugar intocado pela Companhia Kane e sua influência?

Quem é você para reclamar? Agora você pode passar o dia com o Rei do Chocolate!

Chef Gabriel me abre um sorriso.

— Podemos começar? Tenho um avião para pegar à tardinha, e Cal me disse que você tem um jantar marcado.

— Claro. Sim! — Dou alguns passos hesitantes na direção da bancada de metal.

— Eu e Cami vamos trabalhar na decoração de alguns biscoitos de açúcar e cupcakes para a reunião da equipe dos amiguinhos de Rowan amanhã. — Cal beija minha bochecha.

Cami me dá meu celular antes de estender o braço e pegar a mão de Cal. Os dois vão para o outro lado do depósito, onde alguns funcionários estão diante de bandejas de biscoitos, cupcakes e materiais de decoração.

— Pronta para começar? — O chef aperta as mãos uma na outra.

— Sim, chef.

Ele ri baixo.

— Por favor, pode me chamar de Gabriel.

Lanço um olhar de esguelha para Cal e faço com a boca *ai, meu Deus*. Seu sorriso se alarga antes de ele se voltar para Cami, que já mergulha os dedos no pote de cobertura. Ela olha para ele com os olhos arregalados e os lábios entreabertos, mas abre um sorriso quando Cal também raspa o dedo na lateral da tigela.

Aqueles dois são parecidos demais para o meu gosto.

Mentirosa.

O chef Gabriel começa a narrar os passos enquanto fala dos ingredientes que está usando. Absorvo cada detalhe como uma confeiteira novata aprendendo a quebrar um ovo pela primeira vez.

Juntos, eu e o chef começamos a trabalhar no bolo de aniversário de Cal. Uma coisa é ver as técnicas de Gabriel na TV, mas a experiência de testemunhar alguém tão talentoso como ele em primeira mão é completamente diferente. O homem é incrível.

A maneira como ele transforma grânulos de açúcar em decorações que rivalizam com os melhores restaurantes de Las Vegas.

Sua técnica de glacê, que faz o que acontece na TV parecer amador.

Ele encontrando o equilíbrio entre paixão e perfeccionismo enquanto transforma o bolo de aniversário de Cal numa obra de arte.

— *Fini.* — Ele vira a bandeja de bolo em um círculo, exibindo sua criação.

— Uau. — Admiro o bolo de Cal de todos os ângulos.

As habilidades que Gabriel desenvolveu durante seus vinte anos assando bolos falam por si, e me coço para ter mesmo que uma fração de sua experiência.

Você poderia se quisesse.

Em vez de afastar o pensamento como normalmente faço, eu o encaro. Parte do dinheiro da casa poderia custear uma formação para mim. Poderia ajudar a financiar algumas viagens pelo mundo para que eu pudesse aprender com chefs de diferentes escolas, embora esse tipo de viagem tivesse que esperar até Cami sair de férias no verão.

Uma ideia começa a se formar. Eu poderia fazer qualquer coisa que quisesse, desde que estivesse disposta a correr o risco.

— O que você acha? — ele pergunta, tirando-me de meus pensamentos.

— Que meu bolo vai parecer feito por uma criança comparado com o seu.

Ele ri consigo mesmo.

— Desde que seja gostoso, quem se importa?

— Diz o homem que acabou de passar a última hora trabalhando em uma única flor de açúcar.

Ele ri consigo mesmo.

— O chef com quem eu trabalhava em Las Vegas era um pouco perfeccionista.

— Você trabalhou em Vegas? Quando? — Não me lembro de isso fazer parte de sua apresentação no programa.

— Ano passado no Dahlia.

— No Dhalia? — Inspiro fundo. É um dos hotéis mais exclusivos em toda a cidade de Las Vegas.

— *Oui.*

— Onde arranjou tempo? Você não tem uns dez restaurantes para gerenciar e um milhão de coisas para fazer?

— Quando eu ainda era estudante, disse a mim mesmo que, depois que ganhasse dinheiro suficiente, passaria um mês numa cidade diferente por ano, aprendendo sobre técnicas e habilidades novas para aprimorar o meu trabalho.

Eu me apoio nos cotovelos.

— Uau. O que inspirou isso?

— Trabalhar com um chef cabeça-dura que nunca quis diversificar suas atividades nem experimentar nada além daquilo em que já era bom.

Eu me ocupo tirando todas as tigelas e utensílios sujos da bancada.

— Sempre quis viajar e comer pelo mundo.

Seu sorriso se abre de orelha a orelha.

— Você precisa fazer isso. Algumas das melhores experiências que tive cozinhando são de meu tempo viajando.

— Sério?

— Ah, sim. Isso trouxe algumas das comidas de que eu mais amava à vida e me ensinou a apreciar a cultura e as pessoas por trás das receitas.

— Ele limpa a estação para preparar meu bolo de camadas de *tres leches,* e fico considerando o que ele disse.

Como seria passar verões viajando pelo mundo, aprendendo receitas novas enquanto exploro cidades e culturas?

Você pode descobrir.

Talvez eu descubra.

CAPÍTULO QUARENTA E QUATRO
Cal

Passo todo o trajeto de carro até a casa de Rowan tamborilando a coxa na batida do meu coração acelerado. Lana me lança alguns olhares, mas mantenho os olhos focados em outros lugares, sem querer sobrecarregá-la com meus pensamentos.

Não é com ela que estou preocupado.

Estou preocupado com a maneira como vou administrar minha família perto dela. Meus dois irmãos adoram me envergonhar e encontrar formas de mencionar meus defeitos o tempo todo. É uma merda esperar o pior de Rowan e Declan, mas passei tempo suficiente de minha vida desviando de suas farpas para esperar algo diferente.

Não demora para chegarmos, o que me obriga a deixar meus pensamentos acelerados de lado.

Lana puxa meu ombro e me para a alguns metros da porta.

— Está tudo bem?

— Vai ficar. — *Depois que eu tomar uma ou duas doses.*

O remorso me atinge no mesmo instante, fazendo meu estômago revirar.

Ela franze as sobrancelhas.

— Qual é o problema?

— Só estou nervoso por ficar perto de todo mundo.

Lana não hesita antes de falar.

— Não precisamos ir.

Pisco.

— Como assim?

— Se você não quiser ir, não vamos. Podemos pegar os bolos e sair de fininho antes que saibam que estamos aqui.

— Simples assim?

Ela abre um sorriso.

— Sim, simples assim.

— E o tempo que você passou se arrumando?

Ela passa os olhos por meu corpo, fazendo minha pele arder sob a camisa de botão.

— Tenho certeza de que você vai fazer valer a pena.

Meu sorriso se alarga ao máximo.

A tentação de largar minha família e passar tempo com Lana é quase impossível de ignorar.

Fugir nunca resolveu nenhum dos seus problemas.

Como se minha família sentisse meu impulso de fugir, Iris abre a porta da casa e sai para o alpendre seguida por Zahra.

Iris nem me cumprimenta, seus olhos pousam imediatamente em Lana. Minha melhor amiga nem hesita antes de jogar os braços em volta dela.

— Oi? — Lana ergue a voz.

Iris a solta.

— Desculpa. É que fiquei muito animada por finalmente conhecer e associar um rosto ao nome de que Cal já falou tantas vezes.

As bochechas de Lana coram.

— Tomara que coisas boas.

— Faça-me o favor. Até parece que Cal falaria coisas além de elogios da sua *Lana*.

Meu rosto fica vermelho.

— Iris.

Sorrindo, ela joga as tranças por sobre o ombro.

— Só estou brincando.

— Ah, por favor, pode continuar. Não tem nada que eu goste mais do que ver Cal todo constrangido e envergonhado. — Lana pisca para minha melhor amiga.

— É o que ele merece pelo que faz todos os outros passarem — Iris brinca.

Você sabia que juntar as duas seria problemático.

E estou amando cada segundo.

— Podemos trocar histórias durante o jantar. — Iris entrelaça o braço com o de Lana e a puxa para dentro da casa. Zahra caminha ao lado delas, deixando Cami alugar seu ouvido sobre tudo que aconteceu ontem em Dreamland enquanto vou atrás delas.

Um cheiro ligeiramente queimado atinge meu nariz, e localizo a origem dele na cozinha, onde Declan se atrapalha com uma nuvem de fumaça saindo do forno. Ele solta um palavrão enquanto fecha a porta e joga no lixo a bola queimada do que parece ser pão.

Ele estende a mão sobre a pia e abre a janela que dá para o quintal dos fundos.

— Precisa de ajuda?

Ele se sobressalta antes de se virar para mim.

— Você não viu nada.

— Nadinha, mas tenho certeza de que todo mundo na casa consegue sentir o cheiro.

Ele suspira.

— Calculei mal o tempo do pão.

— Acontece com os melhores de nós.

Ele dá uma olhada no que está cozinhando em fogo baixo no fogão.

— Então agora você está a fim de falar comigo?

— Você não me deu muita escolha depois de decidir invadir minhas férias.

Ele me lança um olhar.

— Você não deveria estar nem de férias.

— Minha vida inteira são férias. — Abro um sorriso, embora não reflita em meus olhos.

Ele fecha os olhos e respira fundo algumas vezes.

Hum. Ele está pensando antes de falar?

Isso é novo.

Estou intrigado.

Rowan entra na cozinha dando um gole em um copo de uísque. Basta um olhar em nossa direção para fazer com que ele volte andando por onde veio, deixando-me sozinho com Declan de novo.

— Como foi em Dreamland? — Ele volta a saltear alguns legumes.

Pisco.

— Desde quando você se importa?

— Desde o dia em que você nasceu.

— Você tem um jeito estranho de demonstrar.

Sua testa se enruga de tanto que a franze.

— Escuta. Desculpa pelo que eu falei no escritório. Foi uma merda da minha parte perder a paciência daquele jeito e descontar minhas preocupações com o testamento em você. Estou tentando melhorar, até comecei a fazer terapia para explorar minhas... questões.

— Você? — Fico boquiaberto.

Ele baixa os olhos.

— Pois é. Depois de tudo que aconteceu com a Iris, eu não podia correr o risco de voltar a fazer bobagem. — Ele engole em seco. — Estou tentando melhorar algumas coisas.

— Tipo seus pedidos de desculpas? Porque definitivamente precisam melhorar.

Seus lábios se erguem.

— Isso e pensar direito antes de falar.

— Que conceito inovador.

Seus olhos se estreitam.

— Disse o cara que sofre de diarreia verbal a vida inteira.

— Pelo menos tenho meu diagnóstico de TDAH como desculpa. Qual é a sua?

— Nada além de que agir desse jeito funciona para mim. — Sua voz baixa. — Não sou perfeito nem posso prometer que vou ser, mas estou me esforçando. Só me dá uma chance.

Dou um tapinha no ombro dele.

— Beleza, mas só porque a Iris não gosta quando a gente briga.

Ele revira os olhos.

— Para mim, já serve.

∗ ∗ ∗

Cami se senta à cabeceira da longa mesa de jantar, ao lado de Zahra e Rowan. Meu irmão está usando uma das coroas dela na cabeça, como se fosse um membro da realeza, enquanto responde às perguntas infinitas da menina sobre Dreamland e o trabalho dele.

Sua ligação com Rowan é uma graça. Ainda mais quando combinada com Declan olhando feio para ele porque Iris não para de se derreter e comentar que Rowan vai dar um excelente pai algum dia.

O peso típico que surge quando estou com minha família se esvai quando passo o braço ao redor da cadeira de Lana. Sorrindo, ela olha para mim antes de voltar a conversar com Iris, que me lança alguns olhares curiosos ao longo do jantar.

Quando termino de comer, fico mexendo nas pontas do cabelo de Lana, enrolando-as ao redor do dedo vezes e mais vezes.

— Você está quieto hoje — Declan diz do outro lado da mesa.

Porque não sinto a necessidade de disfarçar minha dor e minha solidão com conversas sem fim e risos falsos.

— Só absorvendo tudo — digo em vez disso.

— Absorvendo o quê? — Declan pergunta.

A família que sempre quis, mas nunca achei que poderia ter.

— Rowan ganhando de você como melhor tio. — Acabo dando uma resposta boba, sabendo que é isso que esperam de mim. Sou o irmão divertido. O irmão *feliz*. O cara que quebra a tensão com um único sorriso e um comentário autodepreciativo. Ninguém quer ouvir sobre meus demônios, minha depressão ou minhas malditas inseguranças.

Só noto o que eu mesmo disse quando um silêncio constrangedor cai sobre a mesa. Zahra e Iris trocam olhares por sobre a borda de suas taças de vinho enquanto os olhos de Declan parecem prestes a se arregalar. Não tenho coragem de olhar na direção de Lana, então olho para a frente, como um soldado se apresentando para o serviço.

Rowan aponta para a coroa em sua cabeça.

— Até parece. Declan nunca teve a mínima chance de me vencer.

Cami cobre a boca e ri baixo.

Declan franze a testa.

— Não tive nem chance de ficar com ela, seu cuzão. Você passou a noite toda em cima da menina porque ela alimenta seu ego.

— Você está devendo pro pote de palavrão! — Cami pula da cadeira e caminha até Declan com a mão estendida. — *Billetes, por favor.*

— O que foi? — Ele olha fixamente para os dedos dela como se carregassem uma bactéria comedora de carne.

Iris cutuca as costelas dele com o cotovelo.

— Quer dizer que você tem que pagar sempre que falar palavrão.

— Quanto? — A expressão dele é um misto agradável de pânico e certa curiosidade.

Cami olha Declan de cima a baixo.

— Mil dólares.

Lana engasga com a água que está bebendo. Dou um tapinha enquanto ela inspira golfadas enormes de ar.

— Mil dólares? Para quê? — Declan não pestaneja ao tirar a carteira e dar notas de cem para ela.

— Faca idade. — Ela sorri para ele.

— Faculdade — eu a corrijo quando Declan franze as sobrancelhas, confuso.

Declan encolhe os ombros enquanto deixa a última nota de cem na palma dela.

— Uma boa causa que posso apoiar.

Lana finalmente recupera a capacidade de falar.

— Camila Theresa Castillo, devolva isso tudo agora. Você sabe que não pedimos para as pessoas pagarem mil dólares em casa.

— Mas Cal me deu mil dólares. — A careta que ela faz é tão fofinha que até Declan sorri.

Iris me lança um olhar e faz com a boca: *mil dólares?*

Encolho os ombros. *Valeu muito a pena.*

As sobrancelhas de Lana se franzem.

— Não quer dizer que é certo pedir de estranhos.

Os olhos de Declan se obscurecem.

— *Estranho?* Eu te conheço desde que você tinha a idade dela.

Lana olha para ele de cima a baixo.

— E daí? Não vejo você desde que roubava minhas bonecas porque queria brincar com elas.

Zahra ri baixo diante da taça de vinho enquanto Iris cai na gargalhada, sua mão bate na mesa enquanto ela inspira fundo para tomar ar.

Declan franze a testa, um tom de rosa sobe por suas bochechas.

— Meus bonequinhos de super-herói precisavam salvar a princesa.

Iris dá um tapinha no ombro dele.

— Não precisa ter vergonha. Imaginação ativa é sinal de uma infância saudável.

— Claro que é. — Zahra ergue a taça de vinho num brinde irônico.

Declan olha feio para Lana de uma forma que faz homens feitos se mijarem. Ela ri, e o som enche de ternura todas as fendas de meu coração partido.

A conversa muda, embora o calmo contentamento que percorre minhas veias nunca enfraqueça. Pelo contrário, só se intensifica conforme a noite continua. Iris e Lana ficam de canto, rindo de alguma chantagem que trocam sobre mim.

Depois de um tempo, Zahra e Lana chegam carregando os dois bolos, ambos cobertos de velas acesas. Iris começa a bater palmas e cantar parabéns. Meus irmãos cantam junto de má vontade, o entusiasmo deles é digno de uma marcha fúnebre.

— Faça um pedido, velhinho — Lana sussurra em meu ouvido.

Cera escorre das velas e cai na cobertura. Cami chega ao meu lado e balança nos calcanhares de entusiasmo, então eu a levanto e a coloco no colo.

— Quer me ajudar? São muitas velas.

— Sim! — Ela sorri, seus olhos são duas esferas tão brilhantes quanto o sol.

Juntos, sopramos todas as velas, exceto uma. Respiro fundo e repito o mesmo pedido de antes em minha cabeça.

Desejo vencer meu vício de uma vez por todas.

Uma coisa é não beber, mas me manter sóbrio é outra completamente diferente. Uma batalha que já lutei e perdi.

Fracassar não é uma opção desta vez. Quero triunfar. Vencer. *Evoluir*.

Quero largar o vício que sinto como se fosse uma âncora enrolada em volta do meu pescoço, impedindo-me de superar os demônios que me prendem, quase tanto quanto quero me tornar um homem digno de Lana e Cami.

Mesmo que demore para chegar lá.

CAPÍTULO QUARENTA E CINCO
Alana

Cami empurra o prato vazio na frente dela. Normalmente, não deixo que ela coma doces tão tarde, mas hoje é uma ocasião especial.

— Posso ir brincar agora? — ela pergunta.

— Claro.

Ela sai correndo da mesa, e ouvimos o som dos seus pés batendo na madeira enquanto ela foge com as bonecas.

— Ela é uma graça. — Iris me abre um sorriso caloroso.

Zahra tira a coroa da cabeça de Rowan e a coloca na dela.

— Sério. Vejo muitas crianças todo dia, e a sua está no top cinco.

Contenho um sorriso.

— Você que fez? — Rowan dá uma colherada em sua segunda fatia de bolo de *tres leches*.

— Sim. — Ataco um pouco do glacê de *dulce de leche*.

— Está bom. — Declan fecha os olhos enquanto dá outra colherada.

Para a maioria das pessoas, bom é um comentário básico, mas, vindo de Declan, é um grande elogio.

— *Muito* bom. — Iris lambe o garfo.

Minhas bochechas ardem de tanto que sorrio.

— Falei que minha garota sabia fazer bolo. — Cal coloca o braço ao redor do encosto da minha cadeira.

Juro que toda vez que ele me chama de sua garota meu coração para um pouco antes de voltar à programação normal.

— Bem que poderíamos ter alguma coisa assim em nossas lojas. — Rowan avalia o bolo no suporte de todos os ângulos.

Prendo a respiração.

— Jura?

— Quanto você cobra? — A mudança nele é instantânea quando vai de homem de família a empresário.

— Umm... nada?

— Humm. — O olhar de Declan passa de mim a seu irmão.

— Quê? — exclamo.

— Qual é seu preço? — Rowan coloca a colher com cuidado ao lado do prato.

— Pelo bolo? Por quê? — Olho para Cal em busca de ajuda, mas ele continua indiferente. Se não fosse pela maneira como seus dedos pararam de enrolar meu cabelo, eu pensaria que ele não está prestando atenção.

Os olhos de Rowan encontram os meus.

— Porque estou interessado em comprar sua receita.

— Para quê?

— Estamos considerando expandir nossa seção da princesa Marianna no parque, e quero que isso faça parte dela.

A sala gira ao meu redor enquanto absorvo tudo que ele está dizendo.

— Então, qual é seu preço? — Ele entrelaça as mãos sobre o colo.

Cal me puxa para perto e sussurra em meu ouvido:

— Fala que você vai pensar.

Minha testa se franze.

— Mas...

— Só vai fazer ele querer mais. Confia em mim.

Essa versão calculista de Cal não é uma com que estou acostumada, e é muito excitante. Naturalmente, dou ouvidos a ele.

— Vou precisar responder depois.

Os lábios de Rowan se apertam.

— Te dou um milhão.

Meus olhos se arregalam.

— Por uma receita?

Cal balança a cabeça de leve.

Rowan o encara.

— Para de influenciar a Lana.

— Só quando você parar de fazer ofertas ruins para ela. O parque ganha uns vinte milhões por dia, e uma boa parcela disso vem de comidas e bebidas. Pela quantidade de gente que entra pelos portões dourados prontas para abrir a carteira e a barriga, Alana merece mais. E não pense que esqueci quanto você gastou comprando aquela receita do frozen havaiano.

Meu queixo cai.

Caramba. Onde esse Cal experiente em negócios estava escondido toda a minha vida e como posso dar para ele o quanto antes?

Os olhos de Rowan brilham de admiração.

— Pensei que você não prestasse atenção nas reuniões.

— O pior erro que você poderia cometer é me subestimar. — Cal pisca, fazendo meu estômago revirar pela onda de prazer que gira dentro de mim.

Iris ergue a taça de vinho.

— Ao Kane mais inteligente.

Declan olha feio para ela, e Iris o ignora enquanto toma um gole de sua bebida.

Dou um aperto na mão de Cal antes de erguer os olhos para Rowan.

— Preciso pensar a respeito. A receita está em minha família há anos, e não sei bem como me sentiria em abrir mão dela, ainda mais se não tivesse controle sobre o produto final.

Compartilhar a receita com o chef Gabriel era uma coisa, mas entregá-la para os Kane parece um risco que não me faz sentir o mínimo de segurança.

— Qual é seu número? — Rowan pega o celular.

— Por quê? Para você adicioná-la no grupo também? — Os olhos de Declan se estreitam.

Iris dá um tapa atrás da cabeça dele, fazendo o cabelo perfeitamente penteado do meu irmão se espetar para todos os lados.

Zahra bufa com a cara na taça de vinho.

— Bem-feito.

Recito meu número para Rowan poder salvar.

— Vamos entrar em contato.

Cal suspira.

— Já podemos parar de falar de negócios? Ouvi dizer que Declan comprou uns cubanos para celebrar minhas trinta e quatro primaveras e estou doido para experimentar.

E, de repente, a conversa é adiada, embora o entusiasmo que cresce em meu peito com a ideia de Rowan comprando minha receita não vá embora.

Os meninos saem da casa para fumar os charutos que Declan comprou, deixando-nos a sós para conversar enquanto bebemos. Quer dizer, Zahra e Iris tomam uma taça de vinho enquanto continuo com minha água.

— Então, como está indo a reforma da casa? — Zahra se recosta no sofá e ajeita as pernas embaixo do corpo. Ela me faz lembrar de Delilah, sempre tentando afundar nas almofadas.

— Bem. O empreiteiro está trabalhando duro com a equipe enquanto curtimos o parque.

— Quando vai acabar? — Iris dá um gole de vinho.

— Na verdade, já colocamos a casa à venda. — Minhas mãos apertam o copo d'água com mais força.

— Colocaram? — Iris se empertiga.

— Cal não comentou nada — Zahra diz.

— Sim. Já estava na hora. — No entanto, por mais vezes que eu me diga isso, sinto como se alguém tivesse pegado meu coração e apertado com força suficiente para fazer o órgão explodir.

— Você não está feliz com isso. — Iris franze a testa.

— Não, mas vou superar. — Suspiro.

— Tem certeza? — A pele entre as sobrancelhas de Zahra se franze.

— Se for para ajudar Cal, é melhor assim.

— O que você quer dizer? — As sobrancelhas de Iris se franzem.

— Cal me disse que iria para a reabilitação se colocássemos a casa à venda esta semana, então foi uma escolha fácil. Eu já estava disposta a vender para poder mandar Cami para uma escola particular, então Cal só adiantou um pouco a programação.

Os olhos de Iris se arregalam.

— Ele prometeu ir para a reabilitação?

— Ele não te contou?

— Não. — As sobrancelhas dela se franzem. — Quando ele vai?

— Semana que vem.

— Semana que vem? — Zahra exclama. Ela e Iris trocam um olhar. Os pelos em meus braços se arrepiam pela maneira estranha como elas estão agindo.

— Que foi?

— Nada. É só que parece... — A voz de Zahra se perde.

— Repentino — Iris completa.

— Não vou mais suportar o alcoolismo dele. Ou ele dá um jeito na vida ou sai da minha. — Ergo meu copo d'água no ar.

Qualquer que seja a energia nervosa que se acumula no ar desaparece quando todas caem na risada.

— Já gosto de você. — Os olhos de Iris cintilam.

— Idem. — Abro um sorriso largo.

Zahra ergue a taça.

— Vamos brindar.

— A quê? — pergunto.

Zahra bate a taça na minha.

— A três mulheres fortes que se recusam a aturar as baboseiras de sempre dos Kane.

— Um brinde. — Iris faz o mesmo.

Nós três trocamos histórias sobre cada um dos irmãos. Junto com Zahra e Iris, passo o resto da hora seguinte chorando de rir até minha barriga doer e minha voz ficar rouca. As duas me fazem lembrar de Violet e Delilah, e sei que nós cinco precisamos nos encontrar algum dia.

Depois que Cal ficar sóbrio, claro.

* * *

Iris e Zahra estão esparramadas no sofá, com as taças tão vazias quanto a garrafa de vinho branco caro na mesa de centro. Nenhuma das duas se mexe para buscar outra, embora ambas tenham expressado querer outra taça, então me ofereço para buscar uma na adega climatizada na cozinha. Passo no banheiro antes, e quando estou pegando o saca-rolhas, a voz de Declan chama minha atenção.

Levo um tempo para entender que sua voz está vindo de fora da casa, e não de dentro. A janela da cozinha está aberta com o cheiro tênue de charutos pairando no ar, fazendo meu nariz se franzir.

— Vi que você colocou a casa do lago à venda — Declan diz com sua voz áspera e direta.

— Sim. Duvido que demore mais do que algumas semanas para alguém a comprar. — Cal fala com confiança.

Pare de bisbilhotar e volte.

O saca-rolhas treme em minha mão. Estou prestes a começar a me afastar e dar privacidade para eles, mas algo que Declan diz faz meus pés se colarem no chão.

— Estou surpreso que Alana tenha topado.
Mas. Que. Porra. Topado o quê?
— Foi ela quem sugeriu colocarmos a casa à venda o quanto antes — Cal diz.
— Não deve demorar agora até você receber sua parte da herança, então.
Herança? Que herança?
— Sobre isso... — A voz de Cal se perde.
— Lá vamos nós — Rowan resmunga antes de gelo tilintar num copo.

Dou um passo à frente para dar uma olhada melhor neles. Os três estão sentados em suas respectivas espreguiçadeiras, soprando anéis de fumaça para o alto. Enquanto Declan e Rowan estão com bebidas numa mesa de canto, Cal apenas segura um charuto.

— Não me diga que você vai desistir da sua parte do testamento. — Agitação cobre a voz de Declan.

A comida do jantar pesa como um bloco de chumbo em meu estômago e ameaça subir pela garganta.

Cal lança um olhar para ele.

— Não vou desistir. Só vou... dar uma retificada.
— Puta que pariu. — Rowan suspira para o céu.
— Retificada em *quê*? — O maxilar de Declan se cerra com tanta força que consigo distinguir o ligeiro tique daqui.
— Vou para o Arizona na sexta.
— Para quê?
— Reabilitação.

Meu peito se aperta. Tenho orgulho dele por ser aberto e honesto sobre seus conflitos. Vai ser bom para ele a longo prazo se sentir que pode contar com as pessoas ao seu redor para apoiar o processo.

— Reabilitação? Agora? E o plano? — Declan perde a paciência.
Que plano?
Aquele sobre o qual ele obviamente não te contou. Os pelos em meus braços se arrepiam.
Alana, eres una tonta.
Rowan murmura um palavrão.
— Já conversei com Leo. Desde que eu venda a casa até o fim do verão e me comprometa a me manter sóbrio, isso não vai afetar que eu receba minha parte da herança.

Sinto que meus pulmões podem explodir de tão fundo que inspiro. O saca-rolhas escapa de meus dedos, pousando no piso de madeira com um baque surdo.

Não é difícil montar o quebra-cabeça. Na verdade, é bem simples. Meus olhos marejam quando penso no quanto fui idiota por não ter juntado as peças antes.

A disposição de Cal de voltar a Lake Wisteria quando poderia ter deixado a casa em paz comigo nela.

Sua insistência em vender o imóvel apesar de meus sentimentos, usando meus sonhos e o amor por Cami para conseguir o que queria.

A maneira como ele me fez acreditar que queria ir para a reabilitação quando, na realidade, só estava ficando sóbrio por uma maldita herança idiota.

Ah, Alana, quando você vai aprender?

Posso não ter todos os detalhes, mas tenho o suficiente para entender como foi fácil se aproveitar de mim. Como eu estava desesperada para acreditar que ele queria buscar ajuda depois de passar seis anos bem sem mim e sem a sobriedade. Como devo ter parecido idiota, disposta a colocar a casa à venda mais cedo apenas porque queria que ele buscasse ajuda.

Só mais uma pessoa que mentiu para tirar algo de mim.

Uma única lágrima escorre do meu olho, mas seco rapidamente a evidência.

Você não vai chorar por ele.

Minhas entranhas reviram, e me seguro à pia, tentando não vomitar. Ácido sobe por minha garganta mesmo assim, e respiro pelo nariz para não passar mal.

Declan rompe o silêncio.

— O que aconteceu com o plano original?

— Mudou.

— Então mude de volta. Há muita coisa em jogo aqui para você estar apostando vinte e cinco bilhões de dólares e suas ações na empresa em sua sobriedade. — A voz de Declan sai inexpressiva, como se a questão de ficar sóbrio fosse uma tarefa simples, e não uma conquista.

Os olhos de Cal reviram.

— Obrigado pelo voto de confiança.

— Ei, está tudo bem?

Dou um pulo ao ouvir a voz de Iris. Ela se agacha para pegar o saca-rolhas que derrubei, o que me dá tempo suficiente para me recompor e botar um sorriso no rosto.

— Sim. Só não estava conseguindo entender como sacar a rolha direito, já que não bebo. — Minha risada nervosa beira a histeria, mas Iris não parece notar, porque não me conhece.

— Você deveria ter levado para nós. Poderíamos ter cuidado disso. — Ela pega a garrafa.

Fico paralisada enquanto uma brisa atravessa a janela, e o cheiro dos charutos permeia o ar. Tenho medo de que meu coração disparado me denuncie de tão forte que bate em meu peito.

O nariz de Iris se franze.

— Que cheiro é esse?

Olho ao redor pela cozinha, fazendo o possível para tentar parecer confusa.

O olhar dela pousa na cortina que balança sob a brisa.

— Ahh. Alguém deixou a janela aberta. — Ela estende a mão sobre a pia para fechá-la, mas hesita antes de baixar a vidraça.

— Tudo bem? — pergunto. O sangue em meus ouvidos torna impossível ouvir muita coisa além de meu próprio coração.

Suas costas congelam.

— Sim. É só que pensei que eu tinha ouvido um deles tentando falar merda sobre nós.

Desta vez, minha risada falsa sai mais sincera.

— Até parece que Declan se atreveria a falar mal de você. É justo dizer que ele é obcecado.

Pelo menos um dos irmãos Kane é leal.

Ela se vira com um sorriso.

— Dá para dizer o mesmo sobre você. Acho que não vejo Cal tão feliz desde... nunca.

Tento sorrir. E me esforço muito para isso, meu olho se contrai e minhas bochechas doem.

Ela inclina a cabeça.

— Tem certeza de que está tudo bem?

— Sim. Só estou sentindo os primeiros sinais de uma enxaqueca.

Sua testa se franze um pouco.

— Ah, não. Quer algum remédio?

— Tenho um na bolsa. Daí a água. — Levo a mão ao copo que deixei abandonado no balcão e saio antes da cozinha. Tomo cuidado para manter a cabeça erguida apesar do peso insuportável que cai sobre mim, ameaçando me sufocar.

Você não vai deixar que ele a quebre.

Mas, por mais vezes que eu repita essa frase, pedacinhos do meu coração se partem e se estilhaçam no chão, deixando um rastro invisível do meu desespero.

* * *

Assim que coloco Cami na cama, tranco a porta do quarto e pego meu celular.

> SOS

As mensagens aparecem no mesmo instante.

> **Delilah:** Está tudo bem?

> **Violet?:** O que ele fez?

Violet sempre vai apontar o dedo primeiro e fazer perguntas depois. Hoje, preciso usar um pouco da raiva dela. Pelo menos assim posso sentir alguma outra coisa além de torpor.

Desde que escutei a conversa do lado de fora, estou no piloto automático. Apenas fazendo o que preciso fazer até poder me deitar em posição fetal e processar os últimos meses da minha vida.

> Escutei algumas coisas...

Meu celular vibra em minha mão com uma chamada de vídeo.

— Vou matar esse cara — Violet diz, furiosa.

— O que você escutou? — Delilah, a voz da razão, pergunta.

— Espera. — Entro no banheiro e ligo o chuveiro para abafar qualquer som. — Não sei bem o que ouvi.

Ah, sabe sim. Você só não gostaria de saber.

Escorrego pela parede e aninho o celular junto ao peito. Pânico cresce, então inspiro fundo algumas vezes.

— Alana, fala com a gente.

— Eu me sinto tão idiota. — Minha voz vacila.

— Você não é idiota. Ele que é — Delilah diz.

— Você nem sabe o que aconteceu. — Se Cal guardou segredo para mim sobre a herança, duvido que fosse para outras pessoas saberem.

Por que você ainda está sendo leal a ele?

Porque me apaixonei perdidamente apesar de ter todos os motivos para não fazer isso.

Meu Deus. Como fui me colocar nessa posição de novo?

A pele ao redor dos olhos de Violet se suaviza.

— Não precisamos de todos os detalhes. Se deixa você triste, essa é toda a informação de que precisamos.

Apoio a cabeça na parede.

— O que eu faço? Estou presa com ele aqui.

— Vem para casa. — Os lábios de Violet se comprimem em uma linha branca fina.

Fungo, segurando as lágrimas que ameaçam cair.

— Não. Não posso fazer isso com a Cami.

— Ela vai entender — Delilah oferece.

— Não, não vai. Vocês sabem como ela queria vir nessa viagem. — Não tenho coragem de tirar isso dela por mais que eu esteja sofrendo.

— Como podemos ajudar? — A voz suave de Delilah acalma a dor em meu peito.

— Não sei se vocês podem. Fui eu que me meti nessa confusão.

Não só você.

Porra. Cami.

Se eu não tivesse sido tão ingênua, ela nunca teria chegado tão perto de Cal. Eu poderia ter mantido as defesas em vez de deixar que meu coração dominasse o cérebro.

É sério que você não aprendeu nada com o passado?

A constatação me faz perder a batalha contra as lágrimas. Algumas caem, deslizando por minhas bochechas antes de pousar em meu vestido.

Você deixou que eles formassem um laço.

— Alana — Violet chama.

Olho para o teto. As lágrimas turvam a minha visão, embaçando a iluminação fluorescente.

— Olhe para mim. — Violet fala com mais firmeza desta vez.

Meus olhos se voltam para o celular.

— O quê?

— O que quer que tenha acontecido... não é culpa sua.

Meu peito se aperta.

— Tenho a impressão de que é, sim.

— Vamos fazer com que ele pague pelo que fez. Isso eu prometo.

Minha risada sai fraca e vazia.

— Não quero vingança. Quero que ele suma. *Para sempre.*

— Então é isso que vamos fazer.

O uso dela da palavra *nós* me deixa emotiva por uma razão completamente diferente.

Você não está sozinha nisso.

Violet e Delilah continuam ao telefone enquanto choro tudo que tenho para chorar. Quando chegar o dia de amanhã, vou precisar fingir que nada disso nunca aconteceu, então me permito sentir tudo hoje. Minha raiva. Minha tristeza. Minha *traição*.

Posso não ter resolvido tudo quando paro de chorar, mas de uma coisa tenho certeza: Callahan Kane vai se arrepender por ter achado que poderia se aproveitar da minha generosidade e sair impune dessa.

CAPÍTULO QUARENTA E SEIS
Cal

Lana está agindo estranho. Desde que voltamos da casa de Rowan e Zahra, ela está quieta. Antes que eu tenha a chance de perguntar o que ela achou da noite, ela desapareceu no quarto de Cami, dizendo que precisava colocá-la na cama.

Quando saio do chuveiro, a porta do quarto dela está trancada e ela não atende quando bato.

Ela ainda deve estar no banho.

Eu me sento no sofá e abro o Candy Crush. Minha pontuação mais alta foi batida rapidamente pelo mesmo pivete do outro lado do mundo que conseguiu o primeiro lugar por meros três pontinhos.

Não sei ao certo por quanto tempo jogo. Lana não abre a porta, então perco a noção do tempo. Paro só quando meus olhos começam a ficar pesados.

Eu me levanto do sofá e bato de novo na sua porta.

— Lana. — Os nós dos meus dedos dão toquinhos na madeira.

Nenhuma resposta.

Encosto o ouvido na porta, mas continuo sem ouvir nada.

Em vez de ficar esperando, vou para meu quarto e mando uma mensagem para ela.

> Está tudo bem? Você não atendeu quando bati.

Minha mensagem também não é respondida. Ou Lana pegou no sono no momento em que colocou a cabeça no travesseiro ou está me evitando. Embora a primeira opção seja muito plausível, ainda mais depois do longo dia que tivemos, não posso deixar de considerar a segunda.

Analiso as memórias da noite. Do meu ponto de vista, ela pareceu ter se divertido. Lana se deu bem com Zahra e Iris, e soube se defender de Declan. Ela estava até com aquele brilho nos olhos que amo quando Rowan tentou comprar a receita dela por um milhão de dólares.

Acho que não aconteceu nada de errado. Mas não consigo abandonar a sensação incômoda no fundo da minha mente.

Mando mensagem para Iris individualmente.

> Oi.

O tempo passa de maneira terrivelmente lenta enquanto espero pela resposta dela.

> Oi. O que está pegando?

> A Alana ficou estranha depois do jantar?

Os pontinhos aparecem e desaparecem duas vezes antes de a mensagem chegar.

> Não sei direito. Me pergunta amanhã quando eu estiver sóbria.

Coloco um travesseiro em cima do rosto e resmungo. Embora Iris não tenha muita utilidade hoje, pretendo tirar respostas dela quando ela estiver coerente o bastante para lembrar o que aconteceu.

Não consigo dormir, por mais tempo que eu passe na cama, olhando para o teto enquanto repasso uma segunda vez tudo que aconteceu esta noite. Apesar de considerar cada detalhe, não consigo pensar em nada que possa ter chateado Lana. Minha família se comportou melhor do que nunca, o que é impressionante por si só, então não sei direito o que pode ter dado errado.

É só perguntar para ela amanhã.

É o último pensamento que tenho antes de meus olhos se fecharem e minha respiração se acalmar.

***

— E aí. — Dou um beijo no topo da cabeça de Lana. Ela não se recosta em mim como costuma fazer, o que só aumenta minhas suspeitas crescentes de que há algo errado.

Já mandei mensagem para Iris hoje cedo, mas ela não respondeu ainda. Conhecendo minha cunhada e a dor de cabeça que sente depois de beber tanto vinho, pode demorar um pouco.

— Oi. — Seu olhar se ergue da comida para meu rosto antes de se voltar para o prato.

Eu me sento perto dela e coloco o braço ao redor de sua cadeira. Lana toma cuidado para evitar encostar em mim.

— Está tudo certo? — Enrolo uma mecha de seu cabelo ao redor do dedo.

— Só cansada. — Ela dá um longo gole de seu café.

— Você foi para a cama cedo.

— Eu estava com dor de cabeça. — Os lábios dela se afinam.

— Está se sentindo melhor? Podemos deixar o parque aquático para lá se não estiver.

— Não vou decepcionar Cami mesmo estando mal. — Algo perpassa seu rosto, mas desaparece rapidamente enquanto retoma a expressão vazia que faz o ácido revirar em meu estômago.

— Quer que eu vá buscar remédio para você?

— Às vezes a melhor cura é o tempo. — Ela desvia o olhar numa tentativa fraca de esconder o tique em seu maxilar.

— Pronta! — Cami sai usando um maiô e uma saia por cima que parece uma cauda de sereia.

Lana coloca a xícara em cima da mesa e se levanta.

— Perfeito. Me deixa ajudar você com sua trança.

— Pode fazer uma trança de coroa? Por favorzinho?

— Claro. — Ela dá a volta pela mesa, deixando-me para trás.

Comparada com a interação fria comigo, Lana não é nada além de calorosa com a filha. A tensão em meu peito se intensifica até eu estar massageando o ponto acima do coração, com a testa franzida.

O silêncio ao meu redor aumenta o peso que cai sobre meu peito. Depois de passar semanas com Cami e Lana, fazer refeições sozinho parece insuportável.

Respiro fundo e resisto à tentação de beber enquanto pego o celular e mando mais mensagens para Iris.

> Alana está agindo estranho e não sei por quê.

> Acho que aconteceu alguma coisa no jantar. Declan puxou ela de lado quando eu estava no banheiro ou coisa assim?

Fico sentado prendendo a respiração, à espera de uma mensagem que nunca vem.

Ela ainda deve estar dormindo.

Em vez de ficar sofrendo em silêncio, ficando obcecado com a razão para Lana estar chateada, tomo café da manhã e me preparo para um dia no parque aquático de Dreamland.

Quando estou amarrando o barbante da bermuda, Cami entra correndo no quarto.

— Vamos!

Pego a camisa em cima da cama e a sigo para fora do quarto.

Lana está usando um vestido branco que realça os tons quentes de sua pele bronzeada, e seu cabelo está preso em uma trança elaborada.

Hesito no meio do passo, com a camisa pendurada sobre a cabeça enquanto olho para ela de cima abaixo.

— Você está linda — digo com a voz rouca.

Seu olhar desce por meu corpo por apenas um segundo antes de ela desviar os olhos e começar a procurar algo na bolsa.

Nenhuma resposta. Nenhum aceno. Nada além de um silêncio frio e desolado corroendo a calma que sinto perto dela.

Volto a sentir meu estômago revirando, acompanhado por um enjoo de pavor.

Com um sorriso enorme, Cami pega minha mão.

— Pronto?

Pelo menos o que quer que Lana esteja sentindo não afetou Cami, o que me dá um pouco de esperança. Porque, se não fiz nada para afetar minha relação com a menininha, o que quer que tenha acontecido foi específico com Lana.

Se ao menos eu soubesse o quê...

***

Como meu celular passa o dia todo guardado num armário, só consigo ver as mensagens de Iris quando saímos do parque aquático. Enquanto

Lana está no banheiro ajudando Cami a vestir roupas secas, leio a mensagem de Iris.

> Humm. Parecia tudo certo. E, não, Declan não falou com ela, mas tenho certeza de que Alana teria se saído bem.

> Você não se lembra de ela parecer estranha?

A mensagem dela chega muito mais rápido desta vez.

> Estou começando a conhecer Alana agora, então acho que não. Por quê?

Frustrado, passo a mão no rosto, abafando um grunhido.

> Ela mal falou comigo o dia todo e me trancou para fora do quarto ontem à noite

> Você fez alguma coisa?

> Não.

Pelo menos acho que não. Tudo que fiz foi tentar tornar esta semana especial.

> Tem certeza?

> Sim. Ela parecia feliz antes e até durante o jantar.

> Me deixa pensar...

Eu me sento num banco e baixo a cabeça entre as mãos enquanto espero a resposta dela.

> Depois que Alana pegou a garrafa de vinho ela pareceu um pouco mais quieta, mas comentou que estava com dor de cabeça, então não achei nada demais.

Ela comentou a mesma coisa comigo sobre a dor de cabeça, mas isso não explicava a atitude dela hoje.

> Alguma coisa estranha na cozinha?

> Tirando o cheiro do que Declan queimou vindo da lixeira? Não.

Meu resmungo de frustração chama a atenção de algumas pessoas.

> Por que não pergunta para ela?

> Queria ter todos os fatos antes de tentar de novo.

> Vai me atualizando.

Ela acrescenta um emoji de continência depois da mensagem.

> Se não receber nenhuma mensagem minha em vinte e quatro horas, chame a polícia.

> Pode deixar.

* * *

Tento falar com Lana em particular duas vezes depois da minha conversa com Iris, mas ela faz um trabalho incrível em continuar ocupada com Cami, os parques e tudo mais que Dreamland tem a oferecer. Se ela e Cami não estão no quarto, estão visitando os diferentes recantos e áreas turísticas. Lana não me dá um gelo completo, mas sinto como se ela tivesse erguido um muro impenetrável entre nós.

Sucumbo a beber de novo para aliviar a ansiedade que supura dentro de mim como uma infecção. Eu me sinto um lixo por depender do álcool, mas não sei de que outra maneira lidar com o estresse. Ou é isso ou colocá-la contra a parede. E, conhecendo Lana, ela não vai responder bem a esse tipo de confronto.

Quando estamos embarcando no jatinho particular, ainda não tive nenhuma oportunidade de falar com ela. Minhas mensagens foram ignoradas e minhas batidas na porta não foram atendidas, o que só alimenta minha ansiedade crescente e, com isso, meu consumo de álcool.

Meus ombros afundam enquanto me largo no banco grande à frente do sofá que Cami ama. Ao contrário da última vez, a menina deixa espaço para Lana se sentar. As duas passam o voo todo de volta a Michigan assistindo a filmes de Dreamland e rindo juntas, embora os sorrisos de Lana nunca reflitam nos olhos. É o mesmo sorriso que passou a semana inteira estampado no rosto. Aquele que faz meu peito doer, pois sei que é uma versão barata do seu sorriso verdadeiro.

Prometo nesse momento que vou conversar com Lana à noite, mesmo que isso signifique amarrá-la para conseguir algumas respostas.

CAPÍTULO QUARENTA E SETE
Alana

Eu me esforcei ao máximo para fazer o resto da semana passar sem intercorrências. Quase morri para fingir coragem e seguir em frente, sabendo que tudo que saía da boca de Cal era mentira, mas fiz isso por Cami. Ela sempre quis ir a Dreamland, e eu é que não estragaria a experiência dela deixando que meus sentimentos por um homem atrapalhassem.

Se alguém tem culpa por acreditar em Cal, essa pessoa sou eu, então é justo que eu sofra o resto da semana. E, nossa, como sofri. Cada interação com Cal era como se alguém estivesse perfurando meu peito com mil agulhas.

Ele sabe que tem alguma coisa rolando. Fiz um ótimo trabalho em esconder, mas Cal consegue me ler como se eu fosse seu livro favorito. Cada pequeno destaque memorizado e cada página marcada.

Sua capacidade de reconhecer meus sinais é o que o torna perfeito para me fazer de idiota. Ele sabe quais botões apertar e que palavras mágicas dizer, deixando-me vulnerável às suas manipulações.

Já chega.

Ergo os olhos para o céu noturno. A água bate na doca, preenchendo o silêncio. Além do movimento dos lençóis de Cami que faz a babá eletrônica crepitar, estou sozinha com meus pensamentos.

Que lugar infeliz para estar.

Não sei bem há quanto tempo estou sentada embaixo das estrelas, observando o reflexo da lua dançar sobre a água. Vir aqui era um risco, mas um que achei valer a pena assumir.

Eu sabia que era apenas questão de tempo até Cal me encurralar na doca. Afinal, foi onde nossa história começou.

— Você vai cair aí dentro se não tomar cuidado.

Paro de olhar para a água cintilante. Estico o pescoço enquanto admiro o menino alto com cabelo da cor do sol que brilha sobre nós e olhos azuis tão lindos quanto a água à nossa frente, mais claros do que um céu sem nuvens.

Tudo nele exala dinheiro. Mocassins. Short de cor clara. Camiseta listrada.

Não o vi antes, mas isso não quer dizer muita coisa. Minha família acabou de se mudar da Colômbia.

Meu nariz se franze.

— No hablo inglés.

Seus olhos brilham.

— Que raro. Te he escuchado hablar con tu mamá en inglés antes.

Saco. Pega no flagra.

— Meu nome é Cal. — *Ele sorri.*

— Cal? — *Meu sotaque transparece, acentuando o som de* ah.

Ele ri enquanto se senta na minha frente e cruza as pernas.

— O que você está fazendo? — *Faço meu melhor para pronunciar as palavras conforme aprendi de tanto assistir à TV estadunidense depois da aula.*

— Vovô me falou que você tinha se mudado da Colômbia faz algumas semanas.

Meu peito se aperta ao pensar em casa. Mami *queria um recomeço depois que* papi *nos deixou, então ela ligou para uma prima que tinha se mudado para os Estados Unidos e comprou três passagens de avião só de ida. Anto passou a maior parte dos dias trancada no quarto, enquanto eu fico sozinha à beira do lago, ignorando minha mãe. Se é para protestar por morar aqui, acho melhor aproveitar a paisagem.*

— Pois é. — *Talvez ele vá embora se eu der respostas curtas.*

— Você sente falta?

— Sim.

— Você tem algum amigo por aqui?

Solto um suspiro carregado.

— Por que você está perguntando?

— Você parece solitária.

Porque estou.

— E daí?

— E daí que pensei que a gente poderia ser amigo.

— Não quero amigos. — *Fazer amizade com alguém poderia fazer* mami *acreditar que estou feliz morando aqui. E, se ela achar que gosto daqui, nunca mais vamos voltar para a Colômbia.*

O sorriso dele se alarga, ocupando a metade de baixo do seu rosto.

— Tá. Nada de amizade.

Ele não sai de perto, o que só me irrita mais. Em vez disso, ele fica contemplando o lago e tamborila a tábua de madeira em um ritmo distraído.
Aperto a mão dele para parar o som da batida.
— Dá para parar?
— Desculpa. — *Suas bochechas ficam rosadas.* — Não consigo evitar às vezes.
— Por quê?
Ele desvia os olhos de mim.
— Porque tenho problemas
— Quem disse?
— Meu pai.
Franzo os lábios.
— Ele parece um pendejo.
Um sorrisinho se abre em seus lábios.
— O que isso quer dizer?
Encolho os ombros.
— Não sei, mas acho que é um palavrão. Minha mãe disse para o meu pai uma vez, quando ele a fez chorar. — *Meu peito se aperta com a lembrança, mas faço o possível para afastar o pensamento.*
— Pendejo. Curti. Que outros palavrões você conhece?
Passo o resto da tarde ensinando a Cal um monte de palavrões que já escutei, e ele me ensina o equivalente em inglês. Quando minha mãe nos chama para jantar, eu me dou conta de que o sol já se pôs e que minhas bochechas doem de tanto rir.
— Você vai jantar com a gente hoje? — *Cal me estende a mão.*
Eu a pego e me assusto com o formigamento em meus dedos.
— Você me deu choque!
Ele ri, o que me faz rir.
Pela primeira vez desde que me mudei para os Estados Unidos, considero que fazer um amigo pode não ser a pior coisa do mundo...

— Lana.
A lembrança se esvai, e a versão mais jovem de Cal é substituída pelo homem. O mesmo homem que partiu meu coração de novo, embora desta vez pareça ainda pior do que da última. Antes, eu tinha a esperança

de que ele pudesse melhorar. Que ele deixaria seu egoísmo de lado e escolheria ser uma versão melhor e superior de si mesmo.

Essa esperança não passou de uma mentira que contei a mim mesma para me sentir bem com a nossa situação.

— Posso me sentar? — ele pergunta.

Fico olhando para o lago sem responder.

Ele deixa espaço entre nós enquanto se acomoda ao meu lado. Meu mindinho anseia para se entrelaçar com o dele, mas contenho todo e qualquer impulso de tocar nele e me aferro à minha raiva.

— Qual é o problema? — Ele olha para mim.

— Muitas coisas. — Continuo a olhar para a frente, embora a sensação de seu olhar me tente a me voltar para ele.

— Quer conversar?

Não, mas que escolha eu tenho? Não posso ignorar Cal para sempre, e, agora que Dreamland não é mais uma questão, prefiro tirar esse peso das costas para que ele possa ir embora de uma vez por todas.

— Por que você está vendendo a casa? — Viro e faço a pergunta para a qual já sei a resposta. Pode parecer bobagem, mas tenho esperança de que ele confesse e admita seu plano, mesmo que isso signifique colocar em risco a relação frágil que construímos.

Talvez assim eu consiga aprender a perdoá-lo.

Pelo canto do olho, consigo distinguir a ruga rara que surge em sua testa.

— Já conversamos sobre isso.

Meu coração bate forte no peito, e o ritmo se intensifica a cada batida.

— Então repete.

Diga a verdade. Me dê um motivo para dar outra chance a você.

Ele solta um forte suspiro.

— Quero que possamos seguir em frente sem que a casa nos impeça.

Sua resposta indireta não faz nada para impedir meu peito de afundar. Cada respiração se torna impossível, a tensão em meus pulmões os faz arder a cada inspiração.

Sigo em frente, meu rosto é uma máscara fria de indiferença apesar da batida constante de meu coração.

— E se eu quiser ficar com ela?

Seus dedos ficam tensos em suas coxas.

— Lana... — Ele sussurra meu nome como se eu o estivesse ferindo até a alma, quando sei que não é o caso.

Sou *eu* que estou sofrendo.

Sou *eu* que tenho o direito de ficar brava.

E sou *eu* que vou embora desta vez. Não por causa de seu vício, mas por causa de quem ele é independentemente da bebida. Egoísta. Autocentrado. Autodestrutivo.

Meus dedos apertam minhas coxas.

— E se ficar com a casa me fizer feliz? Afinal, sempre sonhei em criar uma família lá. Eu queria passar os verões à beira do lago, assando bolos e montando navios e nadando com as crianças até elas ficarem com cãibra.

Consigo ver o futuro com tanta clareza que isso pega a dor em meu peito e a multiplica por cem. Porque, mesmo com todas as mentiras, quero esse futuro com Cal.

Você queria esse futuro com Cal. O pretérito existe por um motivo, então comece a usar.

Nossa. Como sou burra.

— Por que essa casa? — Sua voz embarga.

— Porque ela é *nossa*. Você pode querer esquecer toda a história lá, mas eu, não. E, no fim, fugir de uma casa não vai resolver nada quando a verdadeira coisa de que você está fugindo é de si mesmo.

— De onde isso tudo está vindo? — Ele olha para mim com os olhos febris refletindo exatamente o que sente pela herança.

Desespero.

Pela primeira vez, estamos na mesma página. Porque também me sinto desesperada. Desesperada para saber a verdade. Desesperada para me manter forte apesar da vontade de desabar ao lado dele. Desespero para não perdermos tudo que construímos, mesmo que tenha sido construído com base numa mentira.

— Seu avô te deixou uma herança? — pergunto à queima-roupa.

— Deixou. — Cal faz um bom trabalho em manter a expressão neutra, embora a contração de seus dedos o entregue.

— Ele pediu para você vender a casa — digo com segurança.

Um único aceno faz meu coração explodir. Como uma bomba, ele detona, destruindo qualquer chance de eu voltar a confiar em alguma outra palavra que saia da boca dele.

Já sei a verdade, mas tê-la confirmada destrói qualquer calma que me reste.

— Entendi. — Raspo a língua no céu da boca.

— Como você descobriu? — ele pergunta com a voz rouca.

— Escutei sua conversa depois do jantar. Alguém deixou a janela aberta... — Uma risada amarga sobe por minha garganta, fazendo meus ouvidos doerem pelo som estridente.

— Não sei o que você ouviu, mas não é o que está pensando. — Ele titubeia com as palavras.

— Claro que não — respondo com sarcasmo. — Seja como for, entrei em contato com o corretor e falei para ele baixar o preço. Ele disse que é só uma questão de tempo até alguém fazer uma oferta.

— Você fez *o quê*? — Sua voz sai baixa, sua raiva escorre de cada sílaba.

Eu me levanto e espano a terra da legging.

— Parabéns, Cal. Espero que os vinte e cinco bilhões te façam companhia à noite, porque eu é que não vou fazer. — Quando me viro para ir embora, ele se levanta de supetão e segura minha mão, impedindo-me de sair.

— Me deixa explicar.

— Para quê? Não vou confiar em uma única palavra que sair da sua boca. — Solto minha mão, quase deslocando o braço da articulação com o movimento.

Seus punhos se cerram.

— Eu não podia te contar sobre o testamento.

— Por que não?

Ele baixa a cabeça.

— Porque meu avô mandou.

— Desde quando você dá ouvidos para o que as pessoas te mandam fazer? O Cal que conheci e por quem me apaixonei teria me contado sobre o testamento. Independentemente de quem mandou o quê, ele teria sido franco. Direto. *Sincero*. Ele teria argumentado comigo em vez de agir pelas minhas costas, usando meu amor por minha filha a favor dele.

Ele se encolhe.

Não há nada que eu não teria feito por Cal se ele tivesse me pedido em vez de mentir, incluindo vender a casa.

Ele inspira fundo.

— Havia muita coisa dependendo do meu sigilo.

— Não tanto quanto poderia depender da sua sinceridade. — Em um ato de traição, as lágrimas a que resisti aparecem, turvando minha vista.

Ele me puxa para um abraço.

— Desculpa, Lana. Juro que queria contar para você, mas a decisão não cabia a mim. — Sua voz estremece, combinando com o tremor em seus braços entrelaçados ao meu redor.

Se esse é o último abraço que vou receber dele, então é melhor aproveitar. Eu me entrego a seu toque, inspirando fundo seu cheiro, memorizando as notas de frutas cítricas e algo que é distintamente dele.

Encosto o ouvido em seu peito. Escuto o som de seu coração errático e permito que a batida constante me acalme.

Com o indicador, traço o ponto acima de seu coração.

— Você ao menos queria ficar sóbrio ou também estava fazendo isso como parte do testamento?

— O que você disse? — Seus braços se afrouxam antes de ele se arrumar, prendendo-me junto a seu peito como se tivesse medo de que eu pudesse fugir se ele não fizesse isso.

Meus dedos se cravam em sua camisa, apertando o tecido.

— Foi tudo um plano elaborado para me fazer baixar a guarda e vender a casa mais rápido?

— Quê? *Não*. Por que eu... — Suas sobrancelhas se franzem antes de se erguerem. — A conversa fora da casa. Merda... — Ele recua.

— Esquece que perguntei. Não ligo.

— *Eu* ligo.

Meus olhos se fecham pela dor que trespassa meu coração. Quero acreditar nele. De verdade. Mas não sei se um dia vou conseguir voltar a acreditar. Ele tem coisas demais em jogo que dependem do meu consentimento. Com o tipo de pressão que ele deve estar sofrendo, tenho certeza de que pode dizer qualquer coisa para eu não desistir de vender a casa.

Não vou desistir. Quaisquer sonhos que eu pudesse ter com relação à casa não valem a mágoa atrelada ao homem que possui metade dela.

Empurro o peito dele. É um empurrão fraco, mas ele me solta mesmo assim.

— Quero você fora da casa de hóspedes antes que eu acorde de manhã. — Minha voz embarga perto do fim.

Sua testa se franze.

— Podemos dar um jeito nisso juntos. Só me deixa procurar ajuda e nós...

— Não existe *nós*. Você deixou isso bem claro no momento em que decidiu mentir na minha cara várias vezes, me fazendo acreditar numa fantasia que nem era verdadeira.

Em defesa dele, ele leva meu golpe sem pestanejar.

— O que temos é verdadeiro.

— Sim, um verdadeiro erro. Um erro que não pretendo repetir nunca mais.

Ele se encolhe como se eu o tivesse atingido fisicamente.

Eu me viro e me afasto antes que perca a coragem. Cal continua na ponta da doca, com os olhos cravando um buraco em minhas costas enquanto saio andando. Sinto cada passo como se estivesse caminhando por areia movediça. Minhas pernas mal cooperam enquanto deixo para trás o único homem que já amei.

Lanço um último olhar por sobre o ombro.

— E, quando sair de Lake Wisteria desta vez, não precisa voltar. Você não tem nenhum motivo para fazer isso mesmo.

Seu rosto se contorce como uma lata de refrigerante amassada, igual a como sinto meu coração.

Eu me viro e pego o caminho mais longo até a casa de hóspedes. Embora todas as células em meu corpo me implorem para parar, mantenho a cabeça erguida e marcho para dentro da casa como um soldado, ignorando a dor em meu peito, de onde Cal arrancou meu coração.

É só quando me deito na cama que me entrego às lágrimas. Cubro o rosto com um travesseiro que tem cheiro de Cal, o que só me faz soluçar mais ainda. Por Cami. Por mim. E por tudo e todos que se aproveitaram de nós e do amor que somos tão dispostas a compartilhar.

A única pessoa em quem posso confiar para realizar meus sonhos sou eu mesma, e está na hora de aprender essa lição de uma vez por todas.

CAPÍTULO QUARENTA E OITO
Cal

Dou tudo de mim para não correr atrás de Lana. Minhas mãos se contraem e minhas pernas tremem com a necessidade de segurá-la e obrigá-la a me escutar. De provar que a amo o bastante para lutar por nós e pelo nosso final feliz.

Infelizmente, sei que nossa situação não pode ser resolvida com palavras se ela me acha um mentiroso.

É porque você é.

Não. Não menti completamente, embora contar uma história de meias-verdades não me torne muito melhor. Na verdade, só me torna pior, sabendo que, não importam as minhas intenções, o resultado ainda é o mesmo.

Eu a magoei.

Quando sair de Lake Wisteria desta vez, não precisa voltar. Você não tem nenhum motivo para fazer isso mesmo. A voz dela, forte e destemida apesar do tremor em seu queixo, se repete em minha cabeça.

Lana não poderia estar mais enganada, mesmo se tudo a fizer acreditar que está certa. Enquanto ela e Cami estiverem aqui, tenho todos os motivos para retornar e lutar pelas pessoas que amo. Eu faria qualquer coisa para provar que minha herança não tem nada a ver com o que sinto por ela e minha razão para ficar sóbrio.

Mas como?

Passo as mãos no cabelo, puxando os fios para me centrar. A pontada de dor me equilibra por um momento e alivia o pânico que cresce em meu peito. No entanto, o alívio é temporário enquanto encaro uma das últimas coisas que ela disse.

Quero você fora da casa de hóspedes antes que eu acorde de manhã.

Não quero ir, mas ficar e continuar transtornando Lana não é uma opção. Vai ser terrível ir embora sabendo que ela deve pensar o pior de mim, mas não consigo pensar em um castigo melhor por magoá-la.

É o que você merece.

* * *

Meu sono é uma bosta. Minha mente não para de dar voltas, e acabo rolando de um lado para o outro durante a maior parte da noite. Quando dá cinco horas, dou a noite por encerrada e me levanto. Minha cabeça lateja, então tomo alguns analgésicos e me levanto para arrumar meus pertences antes que Lana acorde. Eu me concentro na tarefa até estar completa, e minha bagagem parece prestes a explodir.

Meu quarto está igual a quando cheguei: vazio e sem vida. A única coisa que se sobressai é a foto que deixei em cima da cama.

Antes de sair do quarto, dou uma olhada nas gavetas e no armário para ver se não esqueci nada. Quase deixei para trás a folha dobrada de cartolina amarela que tinha posto em cima da mesa de cabeceira. Com a mão trêmula, abro o cartão de Cami mais uma vez.

Melhoras, Cau-L.

Traço a curva do coração torto antes de guardá-lo na mochila. A porta à frente da minha continua fechada, então puxo a minha com delicadeza logo que saio e vou na direção do quarto de Cami do outro lado da casa. Eu me recuso a não dizer tchau para ela.

Lana pode não gostar, mas não vou embora para a reabilitação fazendo a filha dela pensar que a abandonei. A ideia de que ela pense que desapareci sem me dar ao trabalho de me despedir é um castigo que não consigo suportar.

Cami está encolhidinha embaixo das cobertas, abraçando sua ovelha de pelúcia junto ao peito. Ela parece tão tranquila comparada com sua versão agitada quando está acordada.

A dor em meu peito que não foi embora desde ontem retorna mais forte do que nunca. Vai ser inevitável sentir saudade de Cami. Aprendi a gostar da menina, e sinto como se estivesse deixando um pedaço do meu coração para trás com ela.

Você vai voltar.

Engulo o nó na garganta e acordo a menina com uma chacoalhada. Merlin pula para fora da cama com um chiado antes de correr para debaixo dela.

— Cau-l? — ela diz com a voz rouca. Seu cabelo lembra um comercial de laquê dos anos oitenta, com os fios formando um capacete ao redor de sua cabeça.

— Oi. — Meu sorriso é fraco para dizer o mínimo, mas me esforço ao máximo para me manter forte por ela.

Ela pisca mais algumas vezes para tirar o sono dos olhos.

— O que foi?

— Queria dizer tchau.

Sua testa se franze na hora.

— Tchau? Por quê?

— Vou para longe por um tempinho.

— Aonde?

Levo a mão à mochila e tiro o cartão.

— Lembra quando falei que eu estava doente?

Ela faz que sim.

— Vou ver um médico para eu não ficar mais doente.

Seus lábios formam um pequeno O.

Pego sua mãozinha na minha e dou uma apertada.

— Quando eu estiver me sentindo melhor, vou voltar para ficar com você e sua mãe.

— Quanto tempo você vai ficar longe? — Seus olhos lacrimejantes rasgam qualquer resquício de dignidade que eu tenha.

Você não consegue evitar magoar todos que você ama.

É uma maldição que pretendo quebrar, mas uma maldição mesmo assim.

— Não sei quanto tempo vou ficar longe. — Depende muito de coisas diferentes, todas as quais têm a ver comigo.

Ela me surpreende quando se joga em meus braços e passa os dela ao redor do meu pescoço com um aperto firme.

— Não quero que você vá.

Entre ela e Lana, não sei se meu coração vai sobreviver a esta semana sem se despedaçar.

Acaricio suas costas.

— Eu sei.

Ela funga, fazendo meu peito se apertar.

— Vou sentir saudade. — Sua voz treme.

Nossa, se eu não sair logo daqui, é possível que eu nunca saia.

— Também vou sentir saudade.

— Promete que vai voltar? — Ela ergue os olhos para mim, com os cílios cheios de lágrimas.

Eu as seco, apagando as evidências de sua tristeza.

— Prometo.

Ela solta um forte suspiro, e a tensão em seus ombros relaxa.

— Tenho um favor para pedir para você. — Guardo o cartão de volta dentro da mochila antes de fechá-la.

Seus olhos se arregalam.

— Para mim?

— Sim.

— O quê?

Faço uma cara séria, como se minha vida dependesse dela.

— Pode cuidar do Merlin para mim?

Ela perde o fôlego.

— Você vai deixar o Merlin aqui?

Sinto minha garganta arranhar.

— Sim. Não tenho como levá-lo comigo, então preciso que você fique responsável por ele. — E, desse jeito, tenho um motivo válido para voltar, quer Lana queira quer não.

Estou usando meu gato para convencê-la a me ver de novo? Com toda a certeza.

Eu me sinto mal por isso? Nem um pouco, embora tome cuidado para mandar comida e suprimentos para a casa enquanto eu estiver fora para ela não ter que pagar nada.

Cami se empertiga e bate continência para mim.

— Vou cuidar dele.

— E lembra de cuidar da sua mãe por mim também.

Ela inclina a cabeça, as ruguinhas em seu rosto a fazendo parecer ter mais do que seis anos.

— Você ama *ama* a mamãe?

— Eu amo *amo* a sua mamãe mais do que qualquer coisa. É por isso que preciso procurar ajuda.

O rosto dela se ilumina todo com uma ideia que se forma em sua cabecinha.

— E se a gente for com você?

Merda. Basta eu balançar a cabeça uma vez para o sorriso dela se fechar.

— Não. Queria que vocês pudessem ir, mas é algo que preciso fazer sozinho. — Dou um último abraço nela antes de me levantar.

— Mas você vai voltar — ela afirma.
— Vou voltar, por você e sua mamãe.
— Você jura? — Ela estende o mindinho com um sorriso vacilante. Entrelaço nossos mindinhos e aperto.
— Juro.
Dou um último beijo no topo de sua cabeça antes de me virar. Meu passo vacila quando encontro Lana apoiada no batente, com olhos sombrios e a cara fechada.
— Oi, mamãe!
Ela olha para Cami.
— Você acordou cedo. — O tom não é acusatório, mas a encarada que ela me lança é.
— Cau-l me acordou. — Cami me joga na fogueira.
Também te amo, garotinha.
— Por que não tenta dormir um pouco mais? Você tem um dia longo hoje. — Lana não diz mais nada enquanto sai andando, deixando que eu feche a porta. O peso em meus ombros só se agrava a cada passo que dou na direção da porta da frente.
— Chave. — Lana estende a mão. Há um leve tremor nos dedos dela que me fode por dentro.
— Lana...
— Nem começa. — Sua voz vacila como se ela estivesse prestes a chorar.
Merda.
Pego meu chaveiro e começo a tirar a chave da casa. Quando a coloco na mão de Lana, ela a guarda no bolso de trás.
— Boa sorte na reabilitação. — Sua voz soa distante. Meio como se eu estivesse embaixo d'água, lutando contra a corrente que ameaça me levar para longe dela.
— Vou voltar.
Ela estende a mão por trás de mim para destrancar a porta.
— Voltar não vai mudar nada entre nós.
— Então o que vai mudar?
— Nada. Você conseguiu o que queria. Até você sair da reabilitação, tenho certeza de que vamos ter um comprador engatilhado.
— Não estou falando da porra da casa — retruco.

Ela pisca.

— Sei que você espera o pior de mim. Tudo bem. Eu até que mereço. Mas saiba que não escolhi ir para a reabilitação pela herança.

Ela bufa enquanto cruza os braços.

— Por mim é que não foi.

— Não. Escolhi procurar ajuda por *mim*.

Seu queixo cai.

— Se eu só quisesse a herança, eu teria ficado por mais trinta dias e cumprido a exigência que me foi pedida. Mas, em vez disso, escolhi a reabilitação porque quero me amar tanto quanto você me ama.

Ela inspira fundo, mas fica em silêncio.

— Quero ser o homem que você e Cami merecem. Acredite você ou não, esse é o motivo por que vou para a reabilitação. Já passei pelo processo vezes suficientes para saber que são trinta dias do mais absoluto inferno, qualquer que seja o viés. Mas cada dia que eu passar sofrendo na prisão da minha mente vale mil dias felizes com você. — Eu me inclino para a frente e dou um beijo no topo de sua cabeça. Ela não se dissolve em mim com um suspiro como de costume, mas seus ombros se curvam uma fração.

Passo os nós dos dedos na bochecha dela.

— Desculpa pela casa. Queria contar para você toda vez que o assunto vinha à tona, mas não podia correr o risco de fazer meus irmãos perderem a herança deles depois de todos os sacrifícios que fizeram. Eles nunca teriam me perdoado, e eu não suportaria saber que destruí a vida de todos ao meu redor. Já me odeio o bastante sem esse peso.

Ela desvia os olhos e seca a bochecha com a manga.

Seguro o queixo dela e a obrigo a me olhar nos olhos.

— Vou encontrar um jeito de consertar isso.

Seus olhos se fecham.

— Não dá.

— É um desafio? — Provoco, sem entusiasmo.

Seu lábio inferior tremula.

— Não. É uma realidade.

As garras invisíveis ao redor do meu coração apertam até eu ficar sem ar e dolorido.

Dou um passo para trás antes que tire a cara triste em seu rosto aos beijos.

— Vou voltar para buscar você. Considere esse seu único alerta.

Seus lábios se comprimem. Dou um sorriso meia-boca antes de andar até meu carro sem olhar para trás.

Não posso olhar para trás e correr o risco de ver a desconfiança estampada em seu rosto.

Só me resta torcer para que o que eu disse a influencie até eu poder voltar e provar que não há nada que eu queira mais neste mundo do que ela e a família que podemos ter.

Por mais que eu sofra no processo.

CAPÍTULO QUARENTA E NOVE
Alana

A única coisa que me impede de cair de cara na cama depois que Cal vai embora é o fato de que Cami precisa ir para a colônia de férias. Depois que ela passou uma semana longe dos amigos, está mais do que animada para voltar, o que me motiva a me mexer.

É só quando finalmente a deixo que consigo processar tudo. Pelo menos, é o que eu tinha planejado até minhas amigas aparecerem a minha porta, cada uma carregando um monte de sacolas de mercado.

— O que vocês estão fazendo aqui? — Encaro Violet e Delilah enquanto elas entram na casa de hóspedes.

— Fomos convocadas. — Violet deixa as sacolas dela em cima da bancada.

— Por quem?

Delilah começa a tirar as coisas das sacolas.

— Cal.

Levo um susto.

— *Cal* pediu para vocês virem? Por quê?

— Porque ele pode ser um idiota, mas pelo menos é um idiota atencioso que sabia que você ficaria chafurdando na tristeza por alguns dias até nos dar uma ligada.

Eu afundo no sofá e seguro a cabeça entre as mãos.

— Ai, meu Deus. — Meu peito se aperta a ponto de doer.

Ele ligou para suas duas melhores amigas porque sabia que você evitaria todo mundo até conseguir olhar na cara delas.

A maneira como ele consegue prever todas as minhas atitudes... Me faz sentir felicidade e repugnância ao mesmo tempo. Felicidade porque encontrei alguém que me entende num nível celular, e repugnância porque essa pessoa tem todo o poder de abusar disso.

E como ele abusou.

Meus olhos ardem.

Não ouse chorar.

Esfrego os olhos até as lágrimas desaparecerem, embora o peso nos ombros persista.

— Ele contou para vocês sobre... — Minha voz se perde enquanto penso duas vezes antes de revelar a questão da herança.

— O testamento? — Violet completa para mim. — Sim, depois que nos fez jurar guardar segredo.

— Ele contou para vocês?

— Ele não queria que você se sentisse obrigada a guardar um segredo como esse de nós.

Ai, Deus. Meus ombros afundam. Por que ele colocaria em risco a possibilidade de perder sua herança por mim?

Porque ele se importa.

Balanço a cabeça.

— Não consigo acreditar que ele contou para vocês sobre o testamento.

— Ele deixou bem claro que não poderíamos contar para ninguém, senão os irmãos dele muito provavelmente destruiriam nossa vida. — Os lábios de Delilah se comprimem.

— Mesmo assim, não acredito que ele contou.

— Ele estava um pouco nervoso, mas acho que só porque não gostava da ideia de deixar vocês para trás.

Meu queixo treme.

Delilah afunda no sofá do meu outro lado e me dá um abraço.

— Vai ficar tudo bem.

Violet também coloca os braços ao redor de mim.

— Você vai superar.

Tomara, porque agora a ideia de superar Cal parece impossível.

Ainda mais se ele pretende voltar.

***

Foi um jantar bem tranquilo. Passei a maior parte da refeição de cabeça baixa, falando apenas para fazer perguntas a Cami que a fazem desembestar a falar, sua boca se movendo com mais rapidez do que um motor de avião.

— A gente pode assistir a um filme hoje? — Cami pergunta no meio do jantar.

— Claro — digo distraidamente enquanto enrolo o macarrão ao redor do garfo sem a menor intenção de comê-lo de verdade. Meu apetite diminui a cada coisa que me faz lembrar de Cal.

O jogo americano vazio ao meu lado.

A pia cheia de pratos que ele teria se oferecido para lavar sem que eu pedisse enquanto eu ajudava Cami a lavar o cabelo.

Merlin deitado embaixo da mesa, logo ao lado dos meus pés, fazendo-me companhia constante.

— Estou com saudade de Cal. — Cami suspira.

Meu coração se parte ao meio.

— Está?

— Sim — ela responde. — Ele disse que voltaria.

Meu garfo cai com um estrépito no prato.

— Disse? — A palavra sai arfada. Só ouvi Cami pedir para ele jurar, então eu não fazia ideia do que Cal tinha dito enquanto ele estava no quarto dela.

Ela se empertiga.

— Sim. Depois que ele melhorar.

O aperto em minha garganta não se alivia por mais fundo que eu respire.

— O que mais ele disse?

— Ele me pediu para cuidar do Merlin por ele. — Seus olhos brilham. — E de você.

Meus lábios se apertam para reprimir o soluço que ameaça escapar.

— Você acha que ele vai voltar logo, mamãe?

— Não sei. — Minha voz embarga no fim da frase.

— Você ama *ama* o Cal?

Minhas sobrancelhas se franzem.

— Por que você está perguntando?

— Porque ele me falou que ama *ama* você.

Uma pontada cortante de dor atravessa meu peito.

— Eu sei.

— Ele vai ser meu novo papai?

— Não sei. — O ar escapa de mim como um balão perdendo todo o gás hélio.

Seu sorriso vacila.

— Falei para ele que desejei que ele fosse.

Pisco.

— Falou? Quando?

— No meu aniversário.

Ah, Camila. Dou um abraço apertado nela.

— É isso que você quer?

Ela faz que sim com a cabeça junto ao meu peito.

Eu sabia que Cami amaria Cal. É impossível não amar, mas ouvi-la admitir que queria que ele virasse o pai dela corta meu coração, ainda mais porque não sei se isso vai chegar a acontecer.

Cal pode até voltar, mas quanto tempo vai demorar até ele retornar aos hábitos destrutivos? Eu me recuso a deixar que Cami seja afetada por ele, por mais que eu deseje que nós três possamos ficar juntos. Se ele quiser ficar sóbrio por uma herança, não vai durar. Disso eu sei.

E não vou ficar esperando sentada desta vez e assistir à pessoa que mais amo fazer mal a si mesma de novo, mesmo que eu perca um pedacinho de mim quando deixar que ele parta de vez.

***

É só quando Cami vai dormir que a ficha da partida de Cal cai para valer. A lembrança dele perdura em cada canto da casa, lembrando-me do quanto estávamos felizes até ele estragar tudo.

Mesmo Merlin parece triste com a ausência do seu tutor. Ele fica sentado no sofá no mesmo lugar que Cal sempre ocupava durante as noites de filme. Tento relaxar do lado oposto e assistir a alguma coisa, mas minha mente continua a voltar a tudo relacionado a Cal.

Será que ele está se sentindo mal em relação a tudo que aconteceu?

Ele foi sincero ao dizer que estava indo à reabilitação porque queria, e não por causa da herança?

Ele vai voltar sóbrio e disposto a fazer o que for preciso para voltar comigo ou vai desistir no momento em que eu apresentar alguma resistência?

Perguntas dão voltas na minha cabeça, tornando impossível me concentrar em qualquer coisa na tela a minha frente.

Com um grunhido, desligo a TV e abandono meu lugar no sofá. Vou na direção do quarto, hesito diante da porta e me viro para a que está fechada do outro lado do corredor.

Nem pense nisso.

Mas não estou pensando quando entro no quarto vazio que Cal estava ocupando. Ele se esforçou para arrumar a cama, o que nunca fazia a menos que eu pedisse.

Começo a tirar os olhos da cama tão rapidamente que quase não noto o retângulo branco que não combina com a cor mais clara do edredom. O desconforto fundo em meu peito se transforma em uma dor lancinante enquanto o pego e leio a mensagem escrita no verso com a letra confusa de Cal.

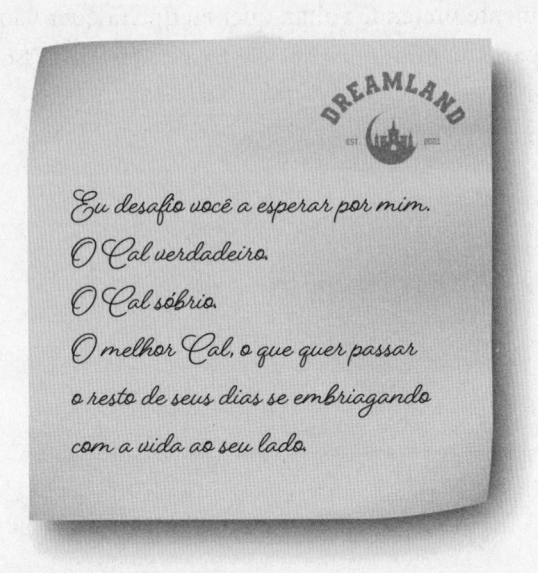

> DREAMLAND
>
> *Eu desafio você a esperar por mim.*
> *O Cal verdadeiro.*
> *O Cal sóbrio.*
> *O melhor Cal, o que quer passar o resto de seus dias se embriagando com a vida ao seu lado.*

Ele desenha um placar que se equipara à tábua que tínhamos, exceto que este tem um registro a mais do meu lado que não estava lá antes.

Viro a foto. Minha visão se turva enquanto assimilo nós três em Dreamland. Eu e Cami olhamos para a câmera com sorrisos radiantes, mas é Cal quem rouba o show com seu sorriso. Ele parece sóbrio. Vivo. *Feliz.*

Perco a batalha com a gravidade e afundo no colchão, segurando a foto junto ao peito como um bote salva-vidas no meio de um oceano. Uma margem se amassa pelo meu descuido, então a coloco rapidamente em cima da mesa de cabeceira.

Tudo tem o cheiro dele. A cama. Os lençóis. O travesseiro que acabo aninhando junto ao peito enquanto me deito em posição fetal.

Eu desafio você a esperar por mim.

Sete palavras que tiram o meu fôlego e alimentam as minhas lágrimas. Elas escorrem por minhas bochechas antes de encharcarem o travesseiro. Não sei bem por que estou chorando. É por tristeza? Esperança? Medo de que o que ele diz pode não ser verdade?

Talvez um misto de todas as três, para ser sincera.

Prometo a mim mesma que vou sair daqui a um minuto. Mas um minuto se passa, e continuo incapaz de sair da cama dele.

A certa altura, Merlin se enrodilha junto a mim. O fato de que Cal o deixou aqui me diz uma coisa.

Ele realmente pretende voltar, quer eu queira quer não.

E uma parte de mim quer que ele faça exatamente isso.

CAPÍTULO CINQUENTA

Cal

O trajeto para longe de Lake Wisteria foi um borrão. Só paro de dirigir quando estaciono na frente da casa de Iris e Declan, que fica no fim de um bairro elegante.

— Cal? — Iris me encara. — O que você está fazendo aqui?

— Meu voo é amanhã — digo.

— Não era na sexta? — Suas sobrancelhas se franzem.

Balanço a cabeça.

— Adiantei meu voo.

— Por quê?

— Porque Lana me botou para fora da casa de hóspedes.

— Ah, merda. Entra. — Iris me puxa para dentro e fecha a porta.

Eu a sigo até a sala de estar deserta.

Olho ao redor.

— Cadê todas as coisas?

— Vamos nos mudar para a casa nova na semana que vem.

— Mas já?

Ela ri.

— Faz meses já.

— Uau. — Um suspiro escapa de mim enquanto Iris me coloca na frente da TV, em um sofá improvisado.

— O que aconteceu? — Ela se senta do outro lado do colchão de ar.

— Lana sabe sobre o testamento.

As sobrancelhas de Iris se erguem.

— Como?

— Ela me ouviu conversando com Rowan e Declan.

Os olhos arregalados dela só aumentam a ansiedade crescente que se avoluma dentro de mim.

— Merda. Isso explica por que ela estava com aquela cara assustada.

— Fiz cagada.

— O que vocês falaram exatamente?

Explico o que Lana escutou.

Iris franze a testa.

— Ela escutou o que você tinha a dizer, pelo menos?

— Quase tudo, mas isso não muda nada. A confiança dela em mim já estava por um fio, e agora...

— Ela não tem motivo nenhum para confiar em você — Iris completa por mim.

Baixo os olhos.

— Não. — Ela pode não confiar em mim, mas vou encontrar uma maneira de reconquistar a confiança dela sem colocar minha herança em risco.

Iris me pede mais informações, então conto tudo que aconteceu nos dias que se passaram desde o jantar.

— Posso conversar com ela — Iris se oferece depois de me ouvir.

Ergo a cabeça.

— E isso ajudaria em quê?

— Em fazê-la entender por que você guardaria um segredo como esse?

— Não — respondo. — Por mais que eu ame que você queira ajudar, não acho que Lana esteja disposta; prefiro que você não faça isso, a menos que ela te procure.

— Tem certeza?

— Sim. Já causei estrago suficiente. Mandar você lá... prefiro não correr o risco de chateá-la ainda mais.

Iris ergue um ombro.

— É você quem a conhece melhor.

O exato motivo para eu estar preocupado.

— E se ela não me perdoar? — Expresso meu medo em voz alta.

Ela coloca os braços em volta de mim.

— Duvido que você vá desistir antes de ela te perdoar.

Retribuo o abraço. Por mais que minha vida esteja indo pelos ares, sei que Iris vai me apoiar.

— Só quero que saiba que estou muito orgulhosa por você tomar a iniciativa e procurar ajuda.

Engulo em seco o nó na garganta.

— Nem fui para a reabilitação ainda.

— Não, mas a disposição para ir já mostra muito progresso.

Ergo o queixo.

— Vou fazer por mim desta vez.

— É por isso que vai dar certo. Você vai ficar muito melhor, e vou estar torcendo a cada etapa do caminho. — Seu sorriso sincero combate o frio constante que está presente em minhas veias desde que deixei a casa do lago para trás.

Com a ajuda de Iris e as amigas de Lana ficando de olho nela, falta apenas uma última coisa para eu entrar com confiança na reabilitação e dar um jeito na minha vida de uma vez por todas.

* * *

Nunca pensei que passaria meu aniversário de trinta e quatro anos dando entrada voluntariamente na reabilitação. É justo, pela maneira como minha vida está indo nos últimos tempos, passá-lo sozinho, sem nada para me fazer companhia além de meus pensamentos infindáveis sobre Lana e um bando de outros alcoólatras passando por estágios variados de abstinência junto comigo.

Ninguém na clínica me parabeniza pelo aniversário, o que não é problema para mim. Sinceramente prefiro desse jeito; não sou a companhia mais agradável no momento. Não ter nenhum mecanismo de enfrentamento para me distrair de meus pensamentos me deixa nervoso e estranhamente agitado com todas as pessoas com quem entro em contato.

Sem Candy Crush. Sem álcool. Sem Lana e Cami para me fazer companhia enquanto passo pela terapia, sessões em grupo e tantas aulas de artesanato que me deixam maluco.

Embora tenham me dado minha dose aprovada de Adderall, meu cérebro não para de dar voltas até muito depois da hora de dormir toda noite. Sou atormentado pelas decisões que tomei e por imaginar como Lana deve estar sofrendo por causa delas.

Não queria deixá-la sozinha com as consequências das minhas escolhas, mas não tive opção. Ficar a teria magoado mais. Partir era a melhor opção, por mais transtornado que eu fique por estar longe dela e de Cami.

Vai valer a pena.

A dor. A falta de álcool para usar como escape. Os lembretes constantes de como falhei com todos ao meu redor por causa do meu vício.

Não mais.

Faço o mesmo pedido que fiz em Dreamland, embora não tenha vela nem bolo para torná-lo oficial.

Desejo vencer meu vício de uma vez por todas.

CAPÍTULO CINQUENTA E UM
Alana

A dor latejando em meu peito não diminuiu desde que Cal foi embora há duas semanas. Pelo contrário, só piora com o passar dos dias. Minhas tentativas de me manter ocupada não duram muito. Com Cami na casa dos amigos e Violet e Delilah ocupadas no trabalho, não tenho ninguém para me distrair.

Até o corretor e o empreiteiro não andam falando da casa. Quando expressei minha preocupação com a falta de compradores interessados, os dois me garantiram que tudo estava correndo conforme o planejado.

O silêncio na casa de hóspedes se torna insuportável, deixando-me a sós com meus pensamentos. Minha cabeça é um lugar patético esses tempos. Um lugarzinho triste e desolado que me lembra de um fato que odeio admitir a mim mesma.

Sinto saudade de Cal.

É impossível não sentir se tudo me lembra dele. Fazer compras. Dirigir pela cidade com os pneus cantando. Passar trinta minutos procurando por algo novo para assistir e acabar escolhendo uma competição de confeiteiros qualquer a que já assistimos umas cem vezes.

Cada dia se arrasta a passo de lesma. Como não estou trabalhando, meus dias consistem em levar Cami para a colônia de férias e esperar na casa de hóspedes para o caso de Ryder e a equipe precisarem de mim.

Uma parte minha gostaria que Cal voltasse, ao menos para eu ficar brava com ele. É um pensamento egoísta que descarto em questão de segundos, sabendo que ele está exatamente onde precisa estar. Mesmo assim, considero como deve ser passar pelo processo.

Ele está sofrendo por causa da abstinência?

Está se arrependendo de ter ido?

Está falando de seus problemas e entendendo por que tem dificuldade para se manter sóbrio?

Quanto mais penso em tudo que ele disse antes de ir, mais considero que ele esteja falando a verdade. Ligar para o advogado para descobrir colocaria a herança em risco, então decido pela segunda opção: Iris e Zahra.

Trocamos números antes de eu sair na noite do aniversário de Cal, mas não os usei até agora.

Antes que eu amarele, mando mensagem.

> Oi.

A resposta delas chega ao mesmo tempo.

> **Iris:** Como você está?

> **Zahra:** Oi!

Solto uma respiração trêmula enquanto aperto o botão para enviar a mensagem que levei dez minutos para compor.

> Queria saber se vocês podem me explicar algumas coisas sobre o testamento.

A resposta de Iris é instantânea.

> **Iris:** Consigo chegar aí em quarenta minutos.

Quarenta minutos? Como isso é possível se ela está em Chicago?

> **Zahra:** Aff. Queria poder ir!

Eu me ocupo limpando a casa já impecável enquanto espero. A vibração alta de hélices me interrompe enquanto esfrego o cooktop, e saio correndo a tempo de ver um helicóptero pousar no meu quintal.

— Que porra é essa? — Fecho a porta ao passar.

Acho que é ilegal pousar no quintal das pessoas.

Você está mesmo surpresa? Aqui é Lake Wisteria. Qualquer um pode ser comprado pelo preço certo.

No momento em que as hélices param de girar, Iris sai às pressas do helicóptero. Ela corre até os arbustos mais próximos, tapando a boca com a mão.

— Ai, meu Deus. Você está bem?

Ela vomita numa resposta pavorosa. Eu me encolho enquanto seguro as tranças dela para impedir que caiam na frente de seu rosto.

Ela vomita duas vezes antes de conseguir ficar em pé.

— Bom, foi muito pior do que eu imaginava.

— Tenho refrigerante e sal de frutas lá dentro.

— Parece ótimo. — Ela limpa a boca com a testa franzida.

Eu a levo para a casa e encontro uma escova de dentes reserva para ela. Enquanto a cunhada de Cal escova os dentes, separo alguns lanchinhos que minha mãe sempre disse que ajudavam quando se está mal do estômago.

— Você é minha heroína. — Iris se senta na banqueta e leva uma bolacha de água e sal à boca.

— Está se sentindo melhor?

— Muito. Eu queria vir de carro, mas Declan insistiu em me mandar de helicóptero.

— Por quê?

Ela ergue um ombro.

— Ele achou que era mais seguro.

— Mais do que dirigir?

Ela revira os olhos.

— Pois é. Ele anda um pouco superprotetor nos últimos tempos.

Lanço um olhar para ela.

— Sinto dizer, mas ele sempre foi assim.

Ela gargalha.

— Entendo por que Cal te ama.

Fico tensa.

Os olhos dela se estreitam.

— Ele te ama de verdade, sabe?

Fico fascinada com as minhas cutículas.

— Eu sei.

— Mas você não confia nele — ela afirma.

— Ele não me deu muitos motivos para isso.

O sorriso suave reflete em seus olhos.

— Embora eu estivesse numa posição diferente da sua em relação ao testamento, entendo o que você está sentindo.

— É?

— Você acha mesmo que eu e Declan nos casamos por que a gente se amava?

Minhas sobrancelhas se erguem tanto que tenho medo de que fiquem fixadas assim para sempre.

Ela bufa.

— Eu me casei com Declan por causa do testamento. Me apaixonar por ele foi uma consequência conveniente que eu não estava prevendo.

Meu queixo cai.

— Você se casou com ele por causa da herança?

— Entre outras coisas. — Ela passa a mão na barriga distraidamente, com um pequeno sorriso.

Ela está...

Não se atreva a fazer essa pergunta.

Mordo a bochecha para não fazer a pergunta que arde no fundo da minha mente.

Ela ergue os olhos para mim, lembrando-se de que ainda estou aqui.

— Sei que parece loucura...

— Porque é!

Ela ri.

— Bom, eu me casei com Declan porque gostava dele e não queria que ele perdesse para o babaca do pai.

— O que o pai dele tem a ver com isso?

— Bom, é aí que a coisa se complica. Se os irmãos não completarem suas tarefas individuais, o pai deles fica com as ações deles da empresa.

— Como assim? Por quê?

Ela encolhe os ombros.

— O avô deles decidiu assim.

Merda.

— Então, se Cal não vender a casa...

— O pai deles recebe dezoito por cento da empresa, mais os seis por cento que ainda não têm dono.

— Você acha que o pai dele tem seis por cento?

— Não por enquanto pelo menos. O que quer que Brady tenha pedido para ele fazer ainda não foi realizado.

— E Declan?

Um sorriso se abre em seus lábios.

— Ele está perto de conseguir as dele, mas o que acontecer com Cal e a tarefa dele colocará as ações de Declan em risco.

Meus olhos se fecham.

— Cal não chegou a mencionar isso.

Provavelmente porque você não deu a ele a chance de se explicar.

A culpa substitui a raiva que guardo desde que descobri sobre a herança.

— Ele não tinha opção antes. Mas agora que está tudo às claras...

— Não contei para ninguém.

Ela ri.

— Imaginei que não. Você se preocupa tanto com Cal quanto ele com você, por mais raiva que você sinta dele.

— Sou tão previsível assim? — Há um tom cortante em minha pergunta.

Ela ergue as mãos em um gesto irônico de rendição.

— O amor faz as pessoas fazerem coisas altruístas.

Puxo um banco ao lado dela e me sento antes que minhas pernas fraquejem.

— Como vender a minha casa?

Ela cutuca meu ombro com o dela.

— Cal vai dar um jeito.

Minhas mãos param de se inquietar.

— Como você sabe?

— Porque, se ele quer alguma coisa, não vai parar até fazer acontecer.

— Simples assim?

Ela estala os dedos.

— Simples assim.

* * *

— O que acha, srta. Castillo?

Ergo os olhos do piso de madeira que parece novo em folha depois que Ryder o restaurou. A memória de Cami dando seus primeiros passos perto da escada se esvai quando sou atingida pela notícia de que a casa vai estar pronta daqui a algumas semanas para ser mostrada a compradores em potencial.

Tenho certeza de que Cal ficaria impressionado com o resultado da reforma. O designer de interiores que Ryder contratou está fazendo um serviço fenomenal, deixando a casa igualzinha a nossos *boards* do Pinterest. Embora ainda haja alguns retoques de última hora que precisam ser feitos, está tudo exatamente como eu queria.

— Srta. Castillo? — o corretor repete enquanto olha para mim como se eu tivesse perdido a cabeça.

Talvez eu tenha. A falta de sono, a preocupação com Cal e a abertura iminente da casa para visitação fizeram um trabalho esplêndido em me manter acordada até tarde a ponto de delirar.

— Oi? — Sacudo a cabeça.

— Ouviu alguma coisa do que eu disse?

Calor sobe por minhas bochechas.

— Não. Desculpa. Pode repetir?

Ele bufa enquanto empurra os óculos de aro grosso sobre o nariz.

— Eu só estava mencionando que temos muitas pessoas interessadas no imóvel, e olha que ainda nem abrimos a casa para visitação.

— Uau. Que ótimo. — Minha voz não poderia soar mais dura nem se eu tentasse.

O corretor ergue uma sobrancelha grossa.

— Como deve saber, quando temos múltiplas ofertas, isso normalmente eleva o preço.

— Fantástico. — Balanço para trás sobre os tênis.

Ele franze a testa.

— Está tudo bem?

— Claro. Por que não estaria?

Ele fecha a pasta.

— Se estiver mudando de ideia sobre vender a casa...

— Não! — Ergo a mão. — Só estou impressionada por termos tantas pessoas interessadas no imóvel.

Sim, impressionada de tanta náusea.

O sorriso dele não acalma meu estômago embrulhado.

— Se tudo correr conforme o planejado, a senhora e o sr. Kane vão vender o imóvel para a melhor oferta no dia de visitação.

— Que ótimo. — O frio em minha barriga se intensifica com a ideia.

— Foi o que pensei. Duvido que a casa dure até o fim do dia da visitação.

Inspiro fundo.

— Vamos começar com a visitação e partir daí.

O corretor recapitula os detalhes do que planejou, e minha atenção vai e volta para a conversa com um aceno de confirmação aqui e ali.

— Gostaria de estar presente quando os compradores vierem olhar o imóvel?

Balanço a cabeça com firmeza.

— Não.

Prefiro pular da doca usando um par de tênis de concreto a ficar horas sentada enquanto pessoas admiram a casa que tanto amo, deixando que meu coração se despedace sabendo que uma delas vai comprá-la de mim.

Até parece.

Não é porque vou vender a casa para ajudar Cal e sua família que tenho que gostar disso.

***

O som estridente do toque do meu celular me acorda. Pensei que dormir na cama de Cal poderia ajudar a curar minha insônia, mas a ligação de Rowan destrói minha teoria antes que eu tenha a chance de experimentá-la.

Volto a me deitar e atendo o telefone.

— Alô?

— Alana. — A voz rouca de Rowan enche meu ouvido. — Tudo bem?

— Tudo maravilhoso, ainda mais agora que você me acordou.

Ele solta um bufo.

— Desculpa por isso. Não achei que você estaria dormindo às nove da noite.

Nove da noite?!

Merda. Devo ter capotado logo depois de Cami.

Pego o travesseiro que não tem mais o cheiro tão forte de Cal e o coloco embaixo da cabeça.

— Não ando dormindo muito bem nos últimos tempos.

— Como você está?

— Melhor impossível depois de descobrir que seu avô se empenhou em me fazer sofrer por algum motivo, embora eu não saiba bem por quê. Eu era legal com ele. Até ouvia as histórias que ele contava sobre a Irlanda como se já não as tivesse ouvido umas cem vezes antes.

A risada dele sai suave e baixa, o que arranca um sorriso de mim.

— Ele era um cretino manipulador, não?

— Argh. De marca maior. O que ele obrigou você a fazer?

— Dirigir e renovar Dreamland por seis meses.

Bufo.

— E eu aqui achando que estávamos jogando no mesmo nível.

— Não foi tão fácil quanto parece, ainda mais para alguém como eu.

— O que isso quer dizer?

— Que eu era um idiota que precisava de umas boas palmadas.

Meu sorriso se alarga.

— Zahra mencionou que ajudou você a meter um pouco de juízo na sua cabeça.

— Ela fez muito mais do que isso.

Consigo praticamente ouvir o sorriso na voz dele. Uma amargura cresce, pronta para explorar minhas inseguranças com meu próprio relacionamento, mas a contenho.

— Imagino que você não tenha me ligado para ficar falando da sua namorada.

— Não, mas quem disse que preciso de um motivo para ligar?

— Você é um Kane. Vocês não dão telefonemas a menos que haja alguma coisa que querem.

Ele ri mais desta vez, fazendo-me sorrir.

— Queria conversar com você sobre a receita da *tres leches*.

— Sério? — Pensei que ele ligaria para ver como estava a venda da casa ou me fazer uma pergunta sobre Cal.

— *Sério* — ele repete em meu tom, o que me faz morder a língua para não gargalhar. — Queria tentar chegar a um acordo razoável com você.

— Por que você quer tanto a receita?

— Porque sei reconhecer talento, e o seu é genuíno.

Um ardor sobe por meu pescoço antes de subir até minhas bochechas.

— Jura?

— Juro. Cal comentou que você tem interesse em abrir sua própria confeitaria, e respeito esse tipo de ambição. Tenho certeza de que você vai longe com seus talentos.

O celular escorrega da minha mão de tão suada que ela fica. Não respiro nem o interrompo no que ele continua:

— Mas estou interessado em desenvolver uma área nova que inclua a princesa Marianna e alguns outros personagens sobre os quais ainda não posso compartilhar muito a menos que você aceite ajudar.

— Por acaso algum desses personagens vem da Colômbia?

— Isso convenceria você a dizer sim?

— Depende. Você ainda vai me oferecer um milhão pela receita?

— Vamos fechar em cinco.

— *Cinco milhões?*

— Cal estava certo quando chamou minha atenção por oferecer só um milhão. Eu só queria ver se ele prestava mais atenção do que demonstra, e ele provou que eu estava certo.

Meu queixo cai.

— Você fez aquilo de propósito?

Ele ri.

— Pois é.

— Qual é o seu problema?

— Zahra ainda está tentando descobrir, mas, comparado com Declan, eu sou o irmão bonzinho.

Fecho os olhos para me concentrar.

— É muita coisa para assimilar.

— É melhor eu não mencionar o trabalho, então?

— Que trabalho?

— Gostaria de trazer você como uma espécie de consultora de confeitaria.

— Consultora de confeitaria? — questiono com a voz aguda.

— Estou vendo que você e Zahra têm o mesmo hábito de repetir tudo o que digo.

— Isso fala mais sobre você do que sobre nós.

Sua risada grave faz o som do meu celular crepitar.

— Você está disponível para o trabalho?

— Tenho que estar em Dreamland para isso?

— Só por uma minoria do tempo. Podemos trazer você de jatinho um fim de semana por mês, se estiver tudo bem para você.

Não. Não vou comentar sobre o jatinho particular, por mais que eu queira.

Uma vez por mês parece viável, ainda mais se for apenas um emprego em tempo parcial.

— Quanto você vai me oferecer? — pergunto em tom sério.

— Se você me der mais algumas receitas, vai poder se aposentar amanhã.

Dane-se a aposentadoria. Posso abrir minha própria confeitaria e viajar o mundo, tirando o melhor de dois universos.

Minha resposta é fácil.

— Quer saber? Claro. Por que não?

— Eu estava torcendo para você topar.

Sorrio.

— Quando começo?

— Pode ser no mês que vem?

Com a opção de passar o fim de semana todo em casa ou ir para Dreamland, faço a escolha lógica que qualquer pessoa em meu lugar faria.

— Claro, desde que Cami possa ir comigo.

— Óbvio. Minha assistente vai mandar todos os detalhes e informações de viagem para você.

Fico olhando para o teto depois que Rowan desliga e processo o que acabou de acontecer. Trabalhar com os Kane pode não ser o que eu esperava para mim, mas uma experiência como essa me ajudaria a crescer enquanto me dá a oportunidade de aprender com outras pessoas. Posso transformar isso na aventura que sempre quis.

E você conquistou tudo isso sozinha.

Talvez os sonhos se tornem realidade, afinal.

CAPÍTULO CINQUENTA E DOIS
Cal

Passei trinta dias refletindo sobre minhas decisões, começando pela primeira vez que tomei meu primeiro gole de álcool. Não foi como a maioria dos jovens que tomam sua primeira bebida numa festa, sob a influência de amigos demais e com neurônios de menos.

Não havia ninguém para me pressionar a beber. Na verdade, não havia absolutamente ninguém. Meus irmãos estavam sempre ocupados fazendo as coisas deles, e meu pai quase nunca estava em casa antes das nove da noite, o que significava que não havia ninguém para intervir.

Naquela primeira noite, bebi porque estava com raiva de mim mesmo por errar um lance e fazer meu time perder a partida.

Na semana seguinte, bebi porque meu pai me chamou de imbecil de merda por não passar numa prova.

A vez seguinte foi o aniversário de morte da minha mãe.

Aos poucos, beber se tornou uma forma de anestesiar os problemas. Abafar o ruído até eu estar melhor para conseguir lidar com os estressores ao meu redor. Só que isso nunca aconteceu. Quando eu me deparava com qualquer adversidade, corria e repetia os mesmos hábitos que me arranjaram problemas antes.

Nunca aprendi com meus erros. Estava perdido demais em minha doença para me importar o bastante para ir além de conter a dor, e todos ao meu redor, especialmente eu mesmo, pagaram o preço.

Agora não mais. Vou fazer o que for preciso para ficar sóbrio, não apenas por mim, mas pelas pessoas que amo também.

Meu avô estava certo. A sobriedade é *sim* uma jornada, mas, para chegar ao destino final, precisei passar por um sofrido voo turbulento de um mês de duração, sem nenhuma pista de pouso à vista.

É isso que é a reabilitação. Mas, ao contrário da última vez, eu me entreguei cem por cento, porque *eu* merecia meu todo. Eu queria melhorar por mim e pelo futuro que vou ter quando fizer isso.

Quando pouso em Chicago, vou direto para a reunião do AA que Leo recomendou, porque não tenho tempo a perder. Todas as cadeiras estão posicionadas em um círculo, expondo-nos uns aos outros. Pego um dos últimos lugares vagos, deixando a cadeira ao meu lado vazia.

O responsável começa, e, uma a uma, cada pessoa se apresenta. É uma reunião intimista composta por advogados, executivos e profissionais de alto escalão. Reconheço alguns de vista de eventos, mas ninguém comenta. Porque, nesta sala, somos todos iguais.

Alcoólatras em recuperação.

Já passei por esse processo duas vezes, então sei exatamente o que dizer quando todos se viram para mim.

Eu me levanto e respiro fundo.

— Oi, meu nome é Callahan, mas prefiro que me chamem de Cal, e sou alcoólatra.

— Oi, Cal — diferentes tons e vozes respondem.

Ignoro o impulso de cerrar os punhos.

— Hoje é o primeiro dia oficial em que decido ficar sóbrio. — A reabilitação pode ter me ajudado a começar com o pé direito, mas não ter acesso a álcool não é o mesmo que decidir ficar sóbrio. Ao menos não para mim.

Quero ser tentado por álcool e resistir.

Quero sentir e superar a dor sem uma única gota de vodca.

Quero provar para mim mesmo que consigo vencer no mundo como um homem sóbrio em vez de um homem movido pela necessidade de afogar as emoções e as inseguranças numa solução temporária.

As pessoas batem palmas como se eu tivesse acabado de ganhar a Copa Stanley.

Mais alguns indivíduos se apresentam. Enquanto um homem está compartilhando que agora está sóbrio oficialmente há um ano, a porta atrás de mim se abre. Todos se viram na direção do som.

A única pessoa que nunca pensei que veria numa dessas reuniões entra, chacoalhando um guarda-chuva numa mão enquanto segura uma maleta com a outra.

Os olhos do meu pai encontram os meus. Ele não parece nem um pouco surpreso em me ver ali, mas eu, por outro lado?

Estou pasmo.

— Olha só quem finalmente decidiu aparecer — o condutor do encontro comenta.

Acho que ele se apresentou como Jeff? Jim? Não me lembro, exceto que o trabalho dele é defender os piores criminosos de Chicago.

Não me admira que o filho da mãe beba.

— Desculpa o atraso.

Desculpa o atraso? Meu pai não pede desculpas por porra nenhuma.

Porque ele está fingindo.

Como o destino não poderia ser mais sacana, ele se senta no único lugar vazio disponível: bem ao meu lado. Fico grato por ser mais parecido com minha mãe, porque odiaria que as pessoas nos associassem como algo mais do que dois estranhos.

Afinal, nunca vamos ser mais do que isso.

O grupo se vira para olhar para meu pai, que se levanta com um suspiro.

— Oi, meu nome é Seth, e sou alcoólatra. Estou sóbrio há seiscentos e quarenta dias.

Mas. Que. Porra.

Devo ter dito essas palavras em voz alta, porque todos se voltam em minha direção com uma variedade de expressões. O olhar sem vida de meu pai pousa em mim, fazendo minha pele se arrepiar.

— Tem alguma coisa a dizer? — Seu tom baixo é um alerta parecido com o de uma cascavel.

— Muitas, começando com por quê?

— Pelo mesmo motivo que você deve estar aqui. — Ele se senta e desabotoa o blazer.

Maldito Brady Kane.

Se meu avô já não estivesse morto, eu faria questão de que ele não vivesse para ver o dia de amanhã.

Passo o resto da reunião processando o motivo dele para estar ali. Meu avô devia querer que ele ficasse sóbrio por alguma coisa, mas pelo quê? Seis por cento da empresa? Vinte e cinco bilhões de dólares?

Mas ele não pediu para você ficar sóbrio. Apenas para ele.

Não consigo entender por que meu avô teria todo aquele trabalho de destacar a importância de a sobriedade ser uma jornada, apenas para obrigar meu pai a frequentar o AA.

Não importa. Se eu ganhar minhas ações, as porcentagens nunca vão ficar a favor dele mesmo que ele ganhe seus seis por cento.

Reflito sobre cada detalhe, buscando pistas ao longo dos dois últimos anos, mas sou puxado de volta para o momento pela pessoa das fichas, que coloca uma em minha mão.

— Parabéns por ficar sóbrio por vinte e quatro horas. — O encarregado de distribuir as fichas com base no nível de sobriedade de cada um passa para a pessoa seguinte.

Passo o resto da reunião virando a ficha entre os dedos. É só quando os pés de metal das cadeiras raspam o chão que olho para cima e descubro que quase todo mundo já foi embora.

Meu pai se levanta, agindo como se eu nem estivesse ali.

— Você, em algum momento, quis ficar sóbrio antes do testamento? — Faço a pergunta que está fervilhando no fundo do meu cérebro.

Os olhos redondos dele cravam um buraco na minha cabeça.

— Nunca tive motivo para isso.

A pontada em meu peito se intensifica.

— Nenhum?

— Não — ele diz num tom inexpressivo.

— E seus filhos?

— O que tem eles?

E pensar que você já achou que era parecido com esse homem.

Na realidade, a única coisa que eu e meu pai temos em comum é o vício. Porque, enquanto ele pensa que sua família é descartável, eu acho que a minha é insubstituível. Não há nada que eu não faria para que eles fossem felizes, o que é algo que esse homem não consegue nem começar a entender, que dirá retribuir.

— Por que você bebia? — pergunto antes que tenha a chance de pensar melhor.

— Porque eu não sabia parar.

— E agora você sabe?

— Fui fortemente motivado a aprender.

— Por causa do dinheiro. — Não me dou ao trabalho de disfarçar a repulsa em minha voz.

— Quem é você para julgar? Você não é muito melhor do que eu. — Ele me dá uma olhada de cima a baixo que faria qualquer um se sentir cinco centímetros menor.

— Estou aqui porque quero estar.

— Por causa do dinheiro. — Ele repete minhas palavras para mim.

— Não — respondo e me levanto. — Porque eu valho o esforço.

Seu olhar de esguelha não poderia ser mais desdenhoso nem se ele tentasse.

— Tem certeza?

Uma risada amarga escapa de mim.

— Você sempre me achou insuficiente, mas tenho uma coisa que você nunca vai ter.

— Um coração? — Seu sorriso irônico merece levar um murro.

— Uma vida que vale a pena viver. — Saio andando. O peso em meu peito se alivia a cada passo na direção oposta.

— Tenho uma vida que vale a pena viver — ele grita com um ar de desespero transparecendo na voz.

— Então aproveite enquanto ela dura.

Depois que Declan se tornar CEO e todos tivermos nossas ações da empresa, meu pai vai se tornar o que sempre passou a vida inteira me fazendo sentir.

Insignificante.

***

Espero até entrar no carro para ligar para Lana. Não tenho muitas esperanças de que ela atenda, mas seguro a respiração.

O frio em meu estômago só aumenta a cada toque. Meus dedos pairam sobre o botão vermelho de encerrar a ligação, mas paro com o som da sua voz.

— Cal? — A voz ligeiramente rouca de Lana aperta meu peito.

Nossa. Como senti falta do som da voz dela.

— Lana.

— Você saiu — ela diz antes de uma porta se fechar do outro lado da linha.

— Sim. Saí hoje cedo.

— Como foi?

— O mais próximo que espero chegar da cadeia.

Sua risada é baixa, mas alivia a tensão em meus ombros melhor do que qualquer massagem.

— Como você está? — pergunto antes de pensar melhor.

— Bem.

— E como está a nossa garotinha?

O silêncio que vem depois da minha pergunta é insuportável, mas me seguro para não o preencher. Não há nada que eu não faria para mostrar para ela que quero estar com ela e Cami, mesmo que seja preciso lembrá-la disso toda chance que eu tiver.

Lana solta um suspiro carregado.

— Ela está com saudade de você.

Meu peito se aperta.

— E você? — É uma pergunta idiota, mas não consigo me conter.

— Eu também estou com saudade. — Ela sussurra como se fosse uma confissão sórdida.

Só percebo o quanto eu precisava ouvir essas palavras de sua parte quando ela as disse.

— Pretendo voltar para casa.

— Quando? — Sua voz tem um certo tom cortante.

— Não sei direito. — Mordo a língua. Não quero voltar antes de ter resolvido meus problemas. Lana merece coisa melhor. Ela merece o melhor que tenho a oferecer, e uma ficha de sobriedade de vinte e quatro horas não é suficiente.

— Então por que ligou?

— Porque eu queria avisar a você que vou dar um jeito de resolver tudo. — Minha versão pós-reabilitação é motivada por um único objetivo: mostrar a Lana e Cami que vou passar o resto da vida provando o quanto as amo.

— Só isso?

— E dizer que te amo — acrescento.

Ela suspira.

Minha mão aperta o telefone com mais firmeza.

— Só me dá um tempo para resolver tudo, tá?

Sua respiração constante preenche o silêncio.

— Tá — ela diz antes de a ligação ficar muda.

* * *

— Você voltou! — Iris passa os braços ao redor do meu pescoço e chora.

Assim que mandei mensagem no grupo da família dizendo que estava em Chicago, ela respondeu que estava a caminho com Declan.

Eu me solto e dou uma boa olhada em seu rosto.

— Você está chorando?

— Sim. Não consigo evitar. — Ela seca o rosto com frustração. — Acontece.

Lanço um olhar para Declan de *que porra é essa*. Ele só encolhe os ombros como se isso acontecesse o tempo todo.

Espera um minuto... Declan nunca desprezaria as lágrimas de Iris assim sem um bom motivo...

— Você está grávida. — As palavras saem voando de minha boca.

Ela faz que sim com algumas lágrimas escorrendo por seu rosto.

— Puta merda. Parabéns!

Eu a puxo de volta para um abraço.

— Desde quando? — Olho para meu irmão por sobre a cabeça de Iris.

— Descobrimos uma semana depois que você foi embora.

— Eu queria te contar, mas você não estava aqui. — As lágrimas de Iris encharcam minha camisa.

— Ela ficou muito chateada por isso. Chorou um dia inteiro — Declan murmura.

— Isso está fazendo maravilhas pelo meu ego.

Rindo, Iris me dá um tapa no peito.

— Estou muito emotiva.

— Está arrasada, isso sim — corrijo.

Ela empurra meu peito, e eu a solto.

Seu nariz se franze.

— Você está com cheiro de avião.

— Deve ser porque pousei há poucas horas e ainda não tive tempo de tomar banho.

Declan tira Iris de cima de mim e me abraça.

— Como foi na reabilitação?

— Igual a uma festa, exceto que ninguém quer estar lá.

— Uma sexta-feira como qualquer outra para mim. — Os lábios de Declan se contraem.

Iris revira os olhos.

— Você conseguiu a ficha? — Declan pergunta.

Eu a tiro do bolso para mostrar para ele.

— Ela e uma boa conversa com nosso pai.

— As sobrancelhas de Declan se franzem.

— Nosso pai?

— Parece que a herança dele depende de ele frequentar as reuniões do AA também.

Meu irmão afunda no sofá de couro.

— Merda.

— Pois é. Foi o que pensei.

— Isso não é... um gatilho? — Iris se senta ao lado de Declan e dá a mão para ele.

Encolho os ombros.

— Passei trinta dias superando meus traumas paternos.

— E?

— Parece que a única pessoa que eu estava machucando era eu mesmo, e posso afirmar que masoquismo não é mais minha tara.

O sorriso de Declan é discreto, mas intenso.

— Como você conseguiu?

— Ah, pode deixar que eu conto assim que reconquistar Lana. — Até lá, nada mais importa.

— O que você acha que seu avô ofereceu para ele? — Iris pergunta.

— Ainda falta localizar seis por cento da empresa.

— Eu sabia que o vovô não o deixaria de mãos abanando. Ele sempre teve um fraco por aquele bosta. — Declan coça a barba rala enquanto fica com o olhar distante.

— Vamos dar um jeito. — Tiro o celular do bolso. — Vocês estão com fome? Estava pensando em pedir delivery.

— Espera. Você vai ficar? — Iris franze a testa.

— Ainda tenho algumas coisas para resolver antes de voltar a Lake Wisteria.

— Como o quê?

— Como o que fazer para ficar com a casa do lago. — Já conversei com o corretor de imóveis e falei para ele esperar antes de aceitar qualquer oferta, então é só questão de tempo até eu encontrar uma solução.

A testa de Declan se franze ainda mais.

— Você não pode ficar com ela.

— Tenho uma reunião com Leo amanhã para ver se é o caso.

Seu peito afunda com um forte suspiro.

— E se ele disser que é impossível?

— Então vou encontrar uma forma de provar que ele está errado.

— Cal...

— O quê?

Declan se apoia nos cotovelos.

— Não precisa encontrar uma solução sozinho. Estamos aqui para apoiar você.

A pressão em meu peito se esvazia como um balão estourado.

— Não vem ficar sentimental comigo agora que estou sóbrio.

Seus lábios se contraem.

— Babaca.

— Agora sim.

Os olhos lacrimejantes de Iris me fazem dar risada.

— Sério? Você está chorando de novo?

Ela funga.

— Desculpa, tá? É que é muito fofo ver vocês dois se dando bem como irmãozinhos.

Finjo que vou vomitar enquanto Declan fecha a cara, restaurando mais uma vez o equilíbrio entre nós.

Os dois me fazem companhia durante minha primeira noite de volta da reabilitação. Ao contrário de antes, não sou atormentado por uma solidão intensa que quero afogar no álcool. Em vez disso, aproveito meu tempo com eles enquanto me lembro de que eu também posso ter o que eles têm.

Desde que eu me esforce.

CAPÍTULO CINQUENTA E TRÊS
Cal

— Callahan. — Leo me dá um tapinha no ombro. — Como você está?
— Melhor.
Ele faz sinal para eu me sentar antes de fazer o mesmo.
— Como foi a reabilitação?
— Quer a resposta educada ou a sincera? — Mordo a bochecha.
— Pode ser direto, rapaz.
— Foi um puta de um inferno. Não acredito que paguei dezenas de milhares de dólares para passar por um sofrimento daquele.
A pele fica ainda mais franzida ao redor de seus olhos.
— Sinto muito por ouvir isso, mas estou muito orgulhoso de você, e tenho certeza de que seu avô diria o mesmo se estivesse aqui conosco.
— Gostaria de pensar que sim, ainda mais porque tudo isso foi parte do grande plano dele.
A risada rouca de Leo faz meus lábios se curvarem para cima.
— Tudo que ele queria era que você fosse feliz.
Pisco duas vezes.
— Sério? — Com todas as merdas que ele me fez passar com a herança e o testamento, é ridículo ouvir isso. Meu avô sabia o tipo de situação em que eu seria colocado com Lana. O mínimo que ele poderia ter feito era me dar uma segunda opção, ainda mais se o homem se importava tanto com ela quanto fazia parecer.
Leo faz sua cadeira ranger enquanto se recosta.
— É tão difícil de acreditar?
— Depois de tudo que ele pediu de mim nesse verão, sim.
Leo ri baixo.
— Sei que a maneira como ele abordou as coisas parece... pouco convencional.
— É porque é. — Tudo no testamento do meu avô está longe do convencional. Como se o homem não pudesse suportar a ideia de ser considerado algo além de excepcional, decidiu fazer seu legado continuar

vivo depois dele. A tarefa de Rowan de trabalhar em Dreamland. A exigência de Declan se casar e ter um filho. Eu tendo que passar o verão na casa do lago antes de vendê-la por mais que meu avô soubesse o quanto Lana a ama.

— Seja como for, ele só queria o melhor para você. Isso posso garantir.

— Mesmo se isso significar vender a casa apesar do que eu e Lana queremos?

Ele se apoia nos cotovelos.

— Posso te dar um conselho?

Meus músculos viram pedra embaixo da camisa.

— Qual?

Ele torce a ponta do bigode.

— Existem muitas formas de comprar uma casa.

Minhas sobrancelhas se erguem.

— Quem falou sobre comprar uma casa? Já está sendo difícil vender uma.

— Não precisa ser. — Seus lábios se curvam para cima por um segundo antes de voltarem a se fechar.

Eu me inclino para a frente.

— O que você quer dizer com isso?

— Tenho certeza de que você vai descobrir. — Seus dedos se entrelaçam. — Que outras perguntas você tem para mim?

Meu cérebro não consegue acompanhar a partir do pingue-pongue emocional pela qual esse homem está me fazendo passar.

Pego a ficha que ganhei e mostro para ele.

— Pretendo retornar à reunião do AA hoje à noite.

— Que bom. Tenho certeza de que você vai conseguir aquela ficha azul daqui a pouco.

— Quanto a isso... Queria saber se posso dividir meu tempo entre esse grupo do AA e um que se reúne em Lake Wisteria.

Ele inclina a cabeça.

— Não vejo por que não.

Meus ombros se curvam.

— Ótimo.

O telefone fixo em cima da mesa toca.

O olhar de Leo vai do aparelho para meu rosto.

— Você tem mais alguma pergunta?
— Sobre a casa...
— Tudo que posso dizer é para seguir sua intuição.
— Que intuição? Estou só improvisando porque não faço ideia do que estou fazendo.
— Todas as escolhas que você fez até agora provam o contrário. — Ele tira o telefone do gancho. — Agora, se não se importa, esse cliente acabou de receber a extrema-unção...

Jesus.

— Já estou saindo. — Dou alguns passos na direção da porta.
— E Callahan?

Olho para Leo por sobre o ombro.

— Oi?
— Confio que você vai encontrar um jeito de resolver isso tudo. — Ele volta à ligação, e fecho a porta atrás de mim.

Confio que você vai encontrar um jeito de resolver isso tudo?

— Que palhaçada.

* * *

Depois de mais um encontro pavoroso com meu pai na reunião do AA, tudo que quero fazer é ligar para Lana e ouvir sua voz. Então, em vez de manter distância, é exatamente isso que faço.

— Oi. — Equilibro o celular entre a orelha e o ombro enquanto me deito na cama.

Lana solta um suspiro fundo antes de falar.

— Cal.
— Como você está?
— Bem.

Pelo visto, vamos ficar com respostas monossilábicas agora.

— E como Cami está?
— Bem. — Seu tom é tão inexpressivo quanto sua resposta.

Meu coração bate mais forte.

— Está tudo bem?

Ela solta um suspiro alto.

— Não muito.

— Qual é o problema? — Eu me sento na cama.
— Fizeram uma oferta pela casa.
— Ah. — Meu peito se aperta.
— Pois é. *Ah.*
— Vou dar um jeito nisso. — Ainda não sei como, mas vou encontrar uma saída.
— Se você diz. — Lençóis farfalham do lado dela da linha.
— Estou trabalhando nisso.
— Eu e Iris conversamos.
Engulo em seco.
— E aí?
— Eu e você sabemos que não existe outra opção em relação ao testamento do seu avô. E, por mais que eu ame aquela casa, eu é que não vou deixar que você ferre com todo mundo para ficar com ela.
Meu peito se aperta.
— Lana...
— Preciso ir dormir. Amanhã é um longo dia e ainda tem a noite de volta às aulas.
— Você já vai voltar?
— Sim. E Cami começa na escola nova na segunda.
— Posso ir com você? — A pergunta sai às pressas.
— Para levar Cami à escola?
Meu pulso acelerado não me ajuda em nada.
— Sim.
— Não acho que seja uma boa ideia.
— Por que não?
— Porque não quero você passando tempo com ela.
Sinto meu peito se partir ao meio como se ela o tivesse atingido com um pé de cabra.
— Certo. Eu entendo.
— Não quero magoar você...
Eu a interrompo.
— Eu sei.
— É só que...
Não deixo que ela termine.
— Você não confia em mim.

— Não, não confio.

— Então não vou parar até te dar todos os motivos para confiar. — Desta vez, sou eu que desligo. Prolongar esse tipo de conversa não vai ser útil para nenhum de nós, e prefiro passar meu tempo encontrando formas de provar que ela está errada.

Em vez de ir dormir como eu tinha planejado, pego o notebook e começo a pesquisar diferentes formas de comprar uma casa.

Pelo visto, Leo não estava falando merda, afinal.

Ele estava *sim* certo. Existem diferentes formas de comprar uma casa – tanto legais como ilegais.

Confio que você vai encontrar um jeito de resolver isso tudo?

Leo não estava tentando me encher de falsa confiança, mas sim me dar uma pista. Pelo visto, meu avô não era o único sacana espertinho.

Leo também é.

* * *

Aguento uma semana até desistir da ideia de ficar longe de Lana. Mesmo que ela me odeie por isso, não posso passar mais uma noite sem vê-la. Agora que tenho um bom plano para a casa, não há mais nada para me manter longe dessa mulher.

Ao menos nada além dela.

Antes de passar na casa de hóspedes, faço um desvio rápido até a casa de Wyatt e Delilah.

Delilah abre a porta.

— O que você está fazendo aqui?

— Seu marido está? — Tento espiar por sobre a cabeça dela, mas a mulher estala os dedos na minha cara.

— Por quê?

— Preciso conversar com ele sobre uma coisa.

Ela cruza os braços.

— Se o motivo para você vir até aqui é porque quer arranjar confusão...

— Não é. — Wyatt tira Delilah da porta e a puxa para baixo do braço. Ele me cumprimenta com o queixo.

— Você está de volta.

— Pois é.

Sua sobrancelha esquerda se ergue.

— Permanentemente?

— Se Lana quiser, sim.

Delilah franze a testa.

— Você está sóbrio?

Mostro a ficha para ela. Os olhos de Wyatt se estreitam antes de ele se voltar para a esposa.

— Pode nos dar um minuto?

Ela fica na ponta dos pés e dá um beijo na bochecha dele.

— Tá.

Wyatt dá um tapa na bunda dela, recebendo uma encarada insincera por sobre o ombro dela.

— Quer dar uma volta? — Ele aponta para a rua.

— Pode ser. — Coloco as mãos nos bolsos e saio da varanda.

— Como foi a reabilitação?

— Tão boa quanto eu imaginava.

Ele solta uma risada.

— Mentiroso.

— Foi uma tortura, mas estou feliz por ter ido.

Ele aperta meu ombro.

— Espero que vingue desta vez.

— Eu queria saber se... — Minha voz se perde, a coragem que eu tinha se evapora.

— Eu seria seu padrinho?

— Se a oferta ainda estiver de pé, sim.

Ele olha para mim pelo canto do olho.

— Depende se você me contar por que Lana está brava com você por ir embora.

Minhas sobrancelhas se erguem.

— Ela falou alguma coisa?

Eu entenderia se ela tivesse falado.

— Não, e Dee não abriu o bico sobre o assunto nenhuma vez que perguntei.

Caramba.

— Não?

— Pois é. E, como eu não queria colocar Dee numa posição de ter que escolher entre mim e as amigas, não enchi o saco dela por isso.

Inspirei fundo.

— É complicado.

— Complicado o bastante para fazer você beber?

— Não — respondo. — Estou encontrando outras formas de lidar com os problemas.

— Por exemplo?

— Bom, não me deixaram montar nenhum barco na reabilitação porque tinham medo de que eu ficasse chapado com a cola ou coisa assim, então eu lia. *Muito.*

Ele ergue a cabeça.

— Espera. Você sabe ler?

Dou um empurrão nele com o ombro, o que o desequilibra. Ele ri, o que me faz rachar o bico também.

— De que livro você gostou mais?

— *O apanhador no campo de centeio.*

Ele coça o queixo.

— Acho que não entendi tanto esse livro quanto deveria quando li no ensino médio. Talvez eu devesse dar uma relida agora que sou um adulto com mais experiência de vida.

— Com certeza. Acho que é um dos meus mais novos favoritos.

— Com o que você se identificou mais?

— É difícil escolher um tema em particular, mas talvez que eu precise cuidar mais de mim mesmo antes de priorizar os outros.

Ele concorda com a cabeça.

— E como está sendo isso?

— É dez vezes mais difícil se apaixonar por si mesmo do que por qualquer outra pessoa, ainda mais se não gosto tanto de quem eu sou.

— Você vai chegar lá.

— Você se sentia assim? — pergunto.

Seu olhar perpassa meu rosto.

— O tempo todo.

— Como você superou isso?

— Me tornando alguém de quem me orgulho.

Continuamos a caminhar em silêncio. Delilah e Wyatt não moram no lago como nós, mas o bairro deles é charmoso e pacato, o que torna fácil para mim me perder em meus pensamentos.

Não sei bem por quanto tempo andamos, mas minhas panturrilhas estão queimando quando voltamos para a casa deles. Nunca tive um padrinho antes, então não sei bem o que esperar do processo, mas uma caminhada tranquila não era a primeira ideia que eu tinha em mente.

Se bem que me sinto mais em paz do que nunca.

— Vejo você amanhã no AA? — Wyatt coloca as mãos nos bolsos do short esportivo.

— Com toda a certeza.

CAPÍTULO CINQUENTA E QUATRO
Alana

Uma batida na porta me faz pausar o programa a que eu estava assistindo. Fico na ponta dos pés e espio pelo olho mágico.

Ai, meu Deus.

Minha mão treme enquanto abro a porta. Cal não me dá uma chance de olhar para ele: no mesmo instante, me levanta do chão, tirando o ar de meus pulmões.

— Caralho, como eu estava com saudade de você. — Seus braços ao redor de mim tremem.

Meu coração se aperta. Empurro seu peito, precisando de espaço para pensar.

— Só me dá mais um segundo.

— Um. — Bato no ombro dele.

Ele suspira no que me coloca no chão, sem pressa nenhuma.

— Desculpa por isso. Não consegui me controlar depois de passar os últimos trinta e sete dias sonhando com voltar para casa.

Casa.

Qualquer controle que eu tivesse sobre minhas emoções se perde facilmente. Coloco a mão trêmula em sua bochecha e ele se recosta nela.

— Estou orgulhosa de você por ter ficado sóbrio. Mesmo que tenha sido só por...

Ele me interrompe.

— *Mim.* Foi por *mim.*

Solto uma expiração trêmula. Não é que eu não queira acreditar no que ele diz, mas fui decepcionada vezes demais por ele para fazer qualquer coisa além de duvidar.

Ele tira algo do bolso.

— Queria te trazer isto. — Ele estende uma única ficha. O tremor na palma de sua mão faz meu peito se apertar. — Sei que não é muita coisa, mas pretendo ganhar todas por nós três.

Nós três.

Calor inunda meu coração como uma barragem rompida, espalhando-se do peito até os pés. Não há nada que eu queira mais dele do que provar que estou errada, mas uma grande parte de mim tem medo de acreditar em Cal. Medo de ter esperança. De sonhar. De confiar que ele finalmente vai procurar a ajuda de que precisa.

Cal coloca a ficha na palma da minha mão e fecha meu punho ao redor dela.

— Vou estar no hotel se precisar de mim.

— Pensei que você odiasse aquele lugar.

— Não tanto quanto odeio ficar longe de você.

Apoio a mão no batente da porta para não desabar. Seus lábios se abrem num sorriso pequeno, mas ele sai andando antes que eu tenha a chance de admirá-lo de verdade.

Olho para a SUV amarela reluzindo na entrada. Parece algo saído de uma história em quadrinhos, de tantas linhas retas e cromo.

— É uma Lamborghini?

Ele me lança um sorriso por sobre o ombro.

— Sim.

— O que aconteceu com seu antigo carro?

Ele coça a nuca e desvia o olhar.

— Me falaram que não é seguro para criança.

Fico encarando.

Ele comprou um carro novo porque você achava que o outro não era seguro o suficiente?!

Minha mão aperta o batente com mais força, realmente acho que minhas pernas podem não aguentar mais.

— Vejo você por aí? — Seu sorriso é hesitante.

Não consigo fazer nada além de acenar.

Ela sai dirigindo a SUV zero bala que comprou para nós enquanto fico encarando o espaço que ele antes ocupava. Pensei que sentiria alívio se Cal fosse embora, mas, em vez disso, a decepção pesa em meus ombros.

Não era isso que você queria? Que ele fosse embora?

Pode até ser, mas e se ele estiver falando a verdade? E se ele realmente estiver ficando sóbrio porque quer ser melhor?

Só o tempo dirá.

***

Estou dirigindo de volta para casa depois de deixar Cami na aula de dança quando me distraio com a SUV amarela da Lamborghini na frente da loja que passei o último mês ignorando.

Será que é Cal?

Minhas suspeitas se confirmam quando o avisto na frente da loja, olhando para o prédio. Paro o carro e ligo o pisca-alerta. Com as pernas bambas, vou até o homem parado na frente da loja onde sempre sonhei em abrir minha confeitaria.

— O que você está fazendo aqui? — pergunto.

Ele olha para mim com os olhos escondidos pelos óculos escuros.

— Olhando o prédio.

Eu me viro para olhar para a loja. O cartaz vermelho de *Vem aí* não está mais nas janelas.

— Eles foram embora? — Vou até a vitrine e espio do lado de dentro. O espaço está completamente vazio, exceto por algumas latas de tinta abandonadas e uma lona protegendo o chão.

— Acho que sim — Cal diz atrás de mim.

Olho para ele por sobre o ombro.

— Por quê?

— Ouvi alguém comentar na livraria que o novo proprietário aumentou o valor do aluguel.

Merda! Como vou bancar este lugar agora?

— O que aconteceu com o Vinny? — A família de Vinny fez uma pequena fortuna alugando seu pedacinho da Main Street por gerações, então é uma surpresa que eles tenham aberto mão do lugar.

— Ouvi dizer que compraram deles.

Meus ombros afundam.

— Queria saber quanto o novo proprietário está cobrando agora se isso os fez desistir do restaurante antes mesmo de abrir.

— Você pode ligar para o escritório deles e perguntar. — Ele coloca os óculos de sol em cima da cabeça.

Mordo a bochecha. A verdade é que fico tentada a ligar. Com todo o dinheiro que vou ganhar do negócio que fechei com Rowan, é provável que eu consiga pagar o aluguel.

Mesmo assim, algo me impede; a boa e velha insegurança, sempre surge quando menos espero.

Quantas lojas não tentaram fazer negócios aqui, mas acabaram fracassando? O que torna minha ideia tão diferente da última confeitaria que abriu aqui? Ou da loja antes dela?

— Vou dar uma ligada para eles amanhã — digo.

Amanhã parece bom. *Seguro*.

Ele aponta para a placa presa na porta.

— Desafio você a dar uma ligada para eles agora e perguntar.

Meus olhos se arregalam.

— Como assim?

— Você me escutou. — Seu sorriso se alarga.

Balanço a cabeça com tanta força que meu rabo de cavalo bate na minha cara.

— Não.

— Não me diga que está com medinho — ele provoca.

— Não estou com medo. É só que...

Inferno. Estou com medo, *sim*.

E ele que se lasque por chamar minha atenção.

Seu sorriso arrogante me faz tirar o celular do bolso e digitar o número.

— Quer saber? Vou ligar só para provar que não estou com medo. — Golpeio a tela como se ela tivesse me ofendido. Meus dedos tremem tanto que digito o número errado duas vezes até acertar.

Uma mulher atende o telefone.

— Alô?

— Oi, estou ligando para perguntar sobre o número sete na Main Street.

— Ahh, sim. A unidade de locação. É a da esquina?

— Sim.

Cal chega perto, mas dou um passo para longe, sem querer que ele me escute receber a notícia aterradora.

— O imóvel está disponível.

— Por quanto?

— Quinhentos dólares.

— Quinhentos dólares? — Esfrego os olhos. — Como isso é possível?

— Segundo o proprietário, o imóvel tem toda uma família de camundongos morando dentro dele. Como você deve imaginar, não é exatamente um bom argumento de venda.

— Toda uma família de... — Tudo se encaixa.

Vinny vender a propriedade que está em sua família há anos. Cal parado na frente do prédio, desafiando-me a ligar para o número e perguntar sobre o aluguel.

— Com licença, surgiu uma coisa aqui. — Desligo e me volto para o novo proprietário. — Você comprou o prédio.

Ele nem pestaneja.

— Sempre tive interesse em imóveis.

— Banco Imobiliário não conta.

Ele resiste a um sorriso, sem sucesso.

Meus olhos se estreitam.

— Você é o novo proprietário?

— Tecnicamente falando, sim.

— Por que você faria isso?

— Porque realizar seus sonhos me faz feliz.

— Faz você feliz. — Repito as palavras dele, processando-as.

Ele franze a testa.

— É tão difícil assim acreditar?

— Nem sei em que acreditar agora. — A ficha de sobriedade. O carro novo. A loja vazia pronta para ser alugada se eu quiser. Parecem coisas demais de uma única vez, e não sei bem como lidar com isso tudo.

— Só quero que você saiba que, se quiser a loja, é sua. Sem segundas intenções.

Fecho a cara.

— Odeio ser comprada com presentes.

— Não é um presente, pretendo cobrar aluguel de você.

Solto uma gargalhada.

— Quinhentos dólares por mês não é nada por um ponto como esse e você sabe disso.

Seu olhar queima enquanto segue as curvas do meu corpo.

— Bom, se sexo for uma opção, eu aceito também.

Acotovelo suas costelas antes de dar alguns passos na direção do meu carro.

— Aonde você vai? — Um tom de desespero transparece em sua voz.

— Para longe de você. — Preciso pensar, e não consigo fazer isso com ele sorrindo para mim e falando sobre sexo.

— Mas e a loja?

— Er. É um gesto fofo, mas talvez eu queira explorar minhas opções para além de Lake Wisteria.

Quem estou querendo enganar? Ele comprar o prédio todo para salvar a loja que quero é algo saído de um conto de fadas de Dreamland.

Ele dá um passo à frente.

— Onde?

Sorrio para Cal pela primeira vez em semanas.

— Não sei ainda.

— Não me faça sair por aí comprando todos os imóveis em que você tem interesse.

— Você ficaria falido.

— Longe disso, mas causaria um bom estrago na minha conta bancária. — Seus olhos me atraem como um farol no meio de uma tempestade.

Balanço a cabeça, incrédula.

— Você é maluco.

— Não, Lana, sou apaixonado. Tem uma grande diferença.

* * *

— O que ele está fazendo aqui? — Violet vira a cabeça para a porta da frente do Last Call.

Eu e Delilah seguimos o olhar dela. Fixo os olhos em Cal, que não nos notou sentadas em nosso lugar de sempre nos fundos.

O frio em minha barriga se torna um iceberg quando Cal acena para um dos bartenders e pede sua vodca tônica de sempre. Ele se senta sozinho do outro lado do balcão, ficando de costas para todo mundo. Ainda não consigo distinguir se ele está ou não bebendo, mas meu estômago revira mesmo assim.

— Não era para ele estar aqui. — Meus dedos apertam o banco de couro, deixando marcas para trás.

— Tenho certeza de que ele tem uma boa explicação. — Delilah olha fixamente para a bebida dela.

Fico olhando para a cara dela sem entender.

— Uma boa explicação?

Ela não responde.

— Ele não estava sóbrio?

— Ele jurou para mim que estava. — Pego a ficha que guardo comigo o tempo todo.

Até parece.

— Só me escuta... — Delilah tenta chamar minha atenção, mas estou fora de mim.

Minha frustração transborda e, antes que eu tenha a chance de me conter, vou até a mesa dele.

— Alana! — Delilah me chama, mas não consigo ouvi-la com o sangue que lateja em meus ouvidos.

Cal ergue os olhos ao ouvir o meu nome, e seus olhos se arregalam quando ele me vê chegando à sua mesa. Algumas pessoas se viram para olhar para nós, e as encaradas indesejadas fazem minhas bochechas arderem.

— Toma, babaca. Pode ficar com isto. — Jogo a ficha de sobriedade em cima da mesa. Ela gira algumas vezes antes de cair ao lado da sua bebida.

Os músculos das costas dele ficam rígidos embaixo da camisa.

— Dei isso para você.

— Não quero.

— Por quê?

— Porque não significa nada. — Aponto para a bebida dele.

Ele empurra a ficha de volta na minha direção.

— Não estou bebendo.

— Então explica essa merda.

— Senta que eu explico. — Com o maxilar cerrado e a voz áspera, ele faz um bom trabalho em controlar a raiva.

O que me irrita ainda mais. O único motivo para eu me sentar é porque sinto que minhas pernas podem me deixar na mão a qualquer momento.

A dureza em sua expressão se suaviza quando ele dá uma boa olhada em mim.

— Não é o que você pensa.

Um riso amargurado me escapa.

— É claro que não.

— Só me dá um voto de confiança. Não vou colocar tudo entre nós em risco por vodca barata e soda sem gás.

Olho no fundo dos olhos dele.

— Então por que pedir um drinque?

— Porque quero provar para mim mesmo que sou mais forte do que minha maior fraqueza. — Ele fita o copo entre nós como se fosse o inimigo.

Meu queixo cai.

A raiva se esvai dele com um único suspiro profundo.

— Como posso esperar que você confie em mim se eu mesmo não confio? — Sua voz embarga. Há um leve tremor em sua mão, e a pego por instinto, querendo aliviar parte de sua dor.

Nossos dedos se entrelaçam. Calor se espalha por meu braço como um incêndio, faíscas subindo por minha pele como as brasas de uma chama.

Empurro a bebida para longe de nós.

— Você está fazendo isso porque não confia em si mesmo?

— Reaprender a confiar em mim mesmo é um processo.

— Então encontre um processo diferente, esse é tortura.

Ele olha para cima.

— Não tanto quanto saber que você ainda não acredita em nada do que digo.

Meu peito afunda.

— Você espera o quê? Você escondeu um segredo bem grande de mim.

— Vou dar um jeito nisso.

— Como?

— Pode demorar alguns anos, mas tenho certeza de que consigo reconquistar você.

Meus olhos se arregalam.

— *Anos?*

— Tenho todo o tempo do mundo.

— Você pretende morar no hotel por anos?

Ele se encolhe.

— Meu Deus, não.

— Então o quê?

Ele leva minha mão aos lábios e dá um beijo na cicatriz em cima do nó do meu dedo antes de soltá-la.

— Você vai ver. — Ele se levanta.

— Aonde você está indo?

— Vou sair com o Wyatt.

Minhas sobrancelhas se erguem.

— Você e Wyatt são amigos?

— Ele é meu padrinho.

Fico encarando. Isso explica por que Delilah tentou me impedir de fazer papel de tonta.

Se ao menos você tivesse esperado para escutar o que ela tinha a dizer.

— Você vai estar presente no dia da visitação amanhã? — A pergunta me surpreende.

— O dia de visitação? Por que eu estaria?

— Porque pretendo dar uma olhada na casa e ver o que Ryder fez com ela.

Eu me levanto com as pernas trêmulas.

— Bom, não. Eu tenho planos.

Seu sorriso é fraco e não cai bem em seu rosto.

— Ah. Que pena.

— Por quê?

— Não se preocupa. — Ele beija minha bochecha antes de sair do bar, deixando a vodca tônica e a ficha de sobriedade para trás. Sua ausência só faz o buraco em meu peito crescer ainda mais.

Vá atrás dele, a romântica incurável sussurra.

Ignoro a voz que não fez nada além de me arranjar problemas, e pego a ficha da mesa antes de voltar para minhas amigas. A noite continua, mas meus pensamentos permanecem parados no tempo, repetindo as palavras de Cal vezes e mais vezes até o ponto da obsessão. A única coisa que me parece estranha foi ele perguntar se eu estaria no dia da visitação.

A pergunta veio do nada, e ele pareceu desapontado por minha resposta.

Queria saber por quê.

CAPÍTULO CINQUENTA E CINCO
Alana

O corretor de imóveis me manda atualizações de trinta em trinta minutos sobre a casa. Segundo ele, três compradores estão envolvidos numa disputa acirrada pelo imóvel. Eu sabia que isso poderia acontecer se eu abaixasse o preço o bastante para atrair vendedores, mas ouvir isso da boca do corretor torna todo o processo de venda da casa muito real.

Resisto à tentação a ir lá e ver se Cal apareceu. Em vez disso, eu, Violet, Delilah e Wyatt decidimos ficar na casa de hóspedes e na doca privativa nos fundos. Quero aproveitar os últimos momentos que vou ter para curtir o lago com meus amigos antes de o verão acabar e a casa ser vendida.

Ninguém comentou sobre Cal desde a ida ao bar ontem à noite.

Cami e Wyatt brincam na água enquanto eu, Delilah e Violet ficamos sentadas na doca, tomando sol.

— Você não está nem um pouco curiosa sobre a disputa de compradores? — Delilah me cutuca com o ombro.

— Não muito. — Guardo o celular. No fim das contas, é irrelevante quem vai comprar a casa.

— Eu estaria. — Violet reaplica protetor solar no rosto.

Meu celular vibra com uma mensagem nova. Penso que é o corretor com mais uma atualização, mas o nome de Cal aparece na tela.

> Ainda quer ver o comprador interessado em adquirir a casa para ver se vale a pena?

Considero. Quando falei para Cal que queria alguém que amasse a casa tanto quanto eu, pensei que suportaria a ideia de falar com essa pessoa. Mas, quanto mais penso na possibilidade, menos me sinto capaz de fazer isso.

> Não. Pode cuidar do assunto.

Chega uma mensagem do corretor antes que eu trave o celular, avisando que ele já pediu para todos darem suas melhores ofertas.

Mas já? Como é possível?

Ligo para ele na mesma hora.

— Alana! Você não vai acreditar.

— O quê?

— Acabaram de oferecer dois milhões de dólares.

— Dois? — Coloco a mão no ombro de Violet para me estabilizar. Quando baixei o preço para um milhão, pensei que receberia pouco a mais do preço de venda, mas ter alguém que ofereceu o dobro?

Posso acabar desmaiando.

Consigo sentir o entusiasmo do corretor pelo celular.

— Sim! Pedi para os outros compradores interessados no imóvel darem suas ofertas finais dentro da próxima hora.

— Mas...

— Essa é a melhor hipótese possível.

Para ele ou para mim? Com base em quanto ele está cobrando, o corretor vai sair com uma grana boa quando toda a papelada estiver finalizada, ainda mais se os compradores estiverem aumentando os preços.

Meu celular vibra com uma mensagem nova de Cal.

> Acabei de ouvir um dos compradores mencionar que planeja demolir a casa toda e reconstruí-la do zero porque prefere uma planta aberta e moderna. Tem certeza de que não quer conhecer essas pessoas?

Eu me levanto de um salto.

De jeito nenhum. Eu me recuso a deixar que alguém que queira comprar a casa a derrube.

Violet olha para mim.

— Qual é o problema?

— Vocês podem ficar de olho na Cami por um tempinho? Preciso resolver uma coisa com um comprador lá na casa.

Wyatt faz que sim, como se não fosse nada demais.

— Vamos comprar sorvete daqui a pouco se não tiver problema por você.

— Claro, podem ir. Ela tem uma muda de roupas limpas separada em cima da cama — respondo por sobre o ombro antes de sair na direção da casa principal.

Nem por cima do meu cadáver vou deixar demolirem a casa. Eu e Cal não passamos por todo o processo de reformar o imóvel para alguém apagar toda a história e o charme que nos esforçamos tanto para manter.

Prefiro escolher a pessoa que deu a menor oferta e que pode realmente amar o lugar a entregá-la a alguém que não dê valor ao imóvel.

Entro na casa com toda a expectativa de encontrar um monte de gente vagando pelo imóvel. Mas, quando chego pela porta dos fundos, a única pessoa lá é o corretor, que está diante do balcão da cozinha com o celular na orelha e uma pasta com planilhas abertas diante dele.

— O que está acontecendo? — Paro para recuperar o fôlego depois de andar rápido até aqui.

Ele desliga o telefone com um sorriso.

— Acabamos de receber mais uma oferta.

— Jura?

— Sim.

Argh.

— Então, são quatro ao todo?

— Correto. — Suas palmas animadas me dão nos nervos.

— Onde eles estão?

— Dois tiveram que ver outra casa que está tendo um dia de visita no mesmo horário, mas os outros dois estão esperando na sala pela nossa decisão final.

— Perfeito. — Passo pelo corretor, ignorando seus gritos.

Atravesso o longo corredor na direção dos murmúrios baixos de duas pessoas conversando, embora eu não consiga distinguir o que estão dizendo.

Entro na sala.

— Cal? Aonde o outro comprador foi?

Ele se vira com o som da minha voz.

— Você veio.

— É claro que vim. Eu é que não vou deixar um babaca demolir a casa.

Um homem alto, quase da mesma altura de Cal, aparece por detrás dele. Ele usa um terno de aparência cara e um relógio igualmente chique, parece deslocado se comparado com a calça jeans e a camisa de linho mais informais de Cal.

— E quem é você?

— O babaca que quer demolir a casa. — Ele estende a mão. Seus dedos são compridos como os de um pianista, sem nenhum calo que sugira trabalho árduo. — Mas prefiro atender por Lorenzo Vittori.

Lorenzo Vittori. O nome me soa familiar, mas não consigo identificar de onde. Ele não lembra ninguém que conheço, mas há algo em seu olhar escuro e no formato de seus olhos que desperta reconhecimento.

— Vittori? — Pego sua mão e dou um aperto rápido.

— Sim.

— Por acaso era sua mãe que trabalhava na casa dos Hawthorn?

Seu maxilar se cerra.

— Sim.

— Vocês dois se conhecem? — Cal inclina a cabeça.

— Nossas mães eram amigas antes de minha família ter que se mudar — Lorenzo responde.

— Como ela está? — pergunto por educação.

— Morta. — Sua voz sai inexpressiva e desprovida de qualquer emoção.

Os olhos de Cal se arregalam enquanto ele se volta para mim.

— Lamento pela sua perda — ofereço.

Lorenzo nem pestaneja.

— Teve tempo de considerar minha oferta, srta. Castillo?

Certo. Dá para supor que Lorenzo gosta de ir direto ao ponto.

— Não muito, considerando que você quer destruir a minha casa.

— Prefiro descrever isso como explorar o verdadeiro potencial de um imóvel. — Ele sorri com uma expressão que parece treinada, como se tivesse praticado para encantar os outros. Se não fosse pelos seus olhos sem vida, eu teria acreditado.

— Vou ter que recusar.

Suas sobrancelhas se franzem por um segundo antes de relaxarem.

— E se eu igualar a oferta mais alta?

— Que é?

— Três milhões. — Cal coloca as mãos nos bolsos.

Espera. Quê? Na última vez que falei com o corretor, ele disse dois milhões.

Lorenzo pisca duas vezes na demonstração de emoção mais humana que já vi.

— Você está de brincadeira.

Cal sorri.

— A menos que você queira fazer uma contraproposta, acho que a minha oferta é a melhor e a final.

A minha oferta é a melhor e a final?

Minha?

Minha?!

Cal fez uma oferta para comprar a própria casa? Por que ele faria isso? A sala gira ao meu redor enquanto tento assimilar o que está acontecendo.

O olho de Lorenzo se contrai.

— Você é maluco de pagar tanto num lugar como esse.

Cal ergue um ombro.

— Fazemos loucuras pelas pessoas que amamos.

O lábio de Lorenzo se curva.

— Tomara que eu nunca descubra isso. — Ele me cumprimenta com a cabeça. — Bom dia, srta. Castillo. Desejo toda a sorte do mundo para vocês dois, porque vão precisar.

Ele sai desfilando da sala, levando seu ar de superioridade consigo.

— Babaca — digo.

— Concordo plenamente — Cal resmunga. — Pensei que ele não iria embora nunca.

Eu me viro para ele.

— O que é que está rolando, e por que você está fazendo uma oferta por uma casa que já é sua?

O sorriso de Cal vacila.

— Porque não sou eu que estou comprando a casa.

— Como assim?

— Estou falando em nome de um fundo.

— Que fundo?

— O que criei para nossos futuros filhos.

O ar escapa de mim.

— Você abriu um fundo para nossos *futuros filhos*? — Engasgo com as duas últimas palavras.

— Sim.

Levo a mão à cornija da lareira para não desmaiar.

— Mas por quê?

— Porque queria provar para você que a herança não significa nada para mim pessoalmente.

Ai. Meu. Deus.

— Quanto tem nesse fundo, Cal?

Ele hesita.

— Importa?

Lanço um olhar para ele.

Ele não hesita ao dizer:

— Vinte e seis bilhões depois que vendermos a casa.

— Para Cami e quaisquer filhos hipotéticos que você pensa que vamos ter algum dia.

— Para o *fundo* deles. É toda uma brecha legal complicada, mas funciona. Eu e o advogado do meu avô resolvemos tudo.

Meus joelhos fraquejam, mas Cal coloca um braço ao meu redor antes que eu caia.

— Vinte. E. Seis. Bilhões. De. Dólares. — Belisco meu braço, e me crispo com a dor antes de repetir o gesto.

Cal bate na minha mão e esfrega o ponto vermelho.

— Eles não vão ter acesso à coisa toda de uma vez.

— Bom, que alívio. Estava com medo do que poderia acontecer se as crianças tivessem o impulso de torrar vinte e seis bilhões de dólares por extravagância.

Seus olhos se estreitam.

— Não estou conseguindo entender como você se sente em relação a isso tudo.

— Nem eu sei.

— Você está feliz?

— Sim. — Meus olhos se turvam.

Feliz para caramba. Não por causa do dinheiro, eu é que não deixaria Cal abrir mão de toda a sua herança, mas porque podemos ficar com a casa.

Seus braços me envolvem.

— Então vale a pena.
— Como isso é possível?
— Você queria a casa, então encontrei um jeito de ficar com ela.
— Iris estava mesmo certa.
Ele inclina a cabeça.
— Sobre o quê?
— Ela disse que, se eu quisesse alguma coisa, você encontraria um jeito de fazer acontecer.
Ele sorri.
— Você deveria saber que eu faria tudo por você.
Meu peito se aperta.
— Tudo?
Ele segura meu queixo.
— Absolutamente qualquer coisa. Embora eu não possa levar todo o crédito por esse plano. Se o advogado do meu avô não tivesse dado uma pista vital, eu nunca teria pensado em abrir um fundo.
— Ainda estou tentando assimilar.
— Que parte?
— Por que você abriria mão de tanto dinheiro, para começo de conversa.
— Não é por qualquer pessoa. É pela nossa *família*. — Seu sorriso se reflete em seus olhos.
Minhas pernas ameaçam perder as forças, mas Cal me segura.
Merda. Não tenho a mínima chance de resistir agora que ele ficou sóbrio. Quer dizer, eu mal tinha a mínima chance quando ele ainda estava bebendo, o que só prova como eu estava ferrada desde o princípio.
Ele roça os dedos em minha bochecha.
— Falei que vender a casa nunca teve a ver com a herança.
— Então você decidiu abrir mão de tudo para provar um argumento?
— Se você não concordasse em vender a casa, não haveria herança nenhuma, para começo de conversa.
— Podemos mesmo ficar com a casa? — pergunto de novo para confirmar.
Seu sorriso se abre ainda mais.
— Só se você aceitar a minha oferta.
Olho ao redor da sala.

— Cadê os outros compradores?
— Botei todos para correr.
— *Você?* — Uma risada escapa de mim, fazendo o sorriso de Cal se alargar.
— À base de suborno?
— Não.
— Ameaça? — insisto.
— Não. Não sou Declan.
Seguro o riso.
— Então o quê?
— Expliquei minha situação e que estava tentando reconquistar a mulher que amo.
Um calor brota em meu peito, logo acima do coração.
— Então o que aconteceu com Lorenzo?
— O babaca se recusou a desistir. Disse que não sabia o que era mais decepcionante: eu fazendo más escolhas por algo tão fugaz quanto o amor ou todos os outros desistindo depois que confessei que estava perdidamente apaixonado por você e que precisava desesperadamente comprar a casa.
— Perdidamente apaixonado por mim, você diz?
O friozinho em minha barriga aumenta quando ele envolve meu queixo.
— Sempre amei você, mesmo que no começo fosse platônico e inocente. Mas o amor cresceu junto conosco e virou algo mais maduro. Algo forte a ponto de resistir ao teste do tempo e da distância ano após ano. Um amor construído à base de memórias do passado e de esperança para o futuro. — Ele ajeita uma onda de cabelo atrás da minha cabeça. — Um futuro que não consigo ver com ninguém além de você.
Meu coração bate furiosamente no peito como se quisesse ser ouvido. Ele continua falando enquanto segura meu queixo trêmulo.
— Adquirir a casa não tem nada a ver com comprar seu amor ou confiança nem nada do tipo. Sei que isso só vai vir com trabalho árduo e provando para você que estou comprometido a ser a melhor versão de mim por nós dois. O único motivo para eu querer comprar a casa é porque quero investir no futuro que você quer, seja comigo ou com outra pessoa.
Sua voz embarga.

— Embora eu queira desesperadamente que você deseje esse futuro comigo. Um com filhos e a doca e todos os modelos de barco que você quiser construir a cada verão. Quero passar a vida te desafiando a fazer as coisas de que tem medo, e ter você para fazer o mesmo comigo. Assim como quero me tornar o homem que você sempre sonhou que eu poderia me tornar quando eu colocasse minha vida em ordem.

Meu coração se enche com suas palavras.

— Pensei que você odiasse este lugar.

Ele balança a cabeça.

— Eu odiava ser lembrado como a pessoa que eu poderia ter sido se tivesse melhorado antes.

Ergo a mão e envolvo sua bochecha.

— E agora?

— Agora vejo a casa pelos seus olhos e não consigo me imaginar em nenhum lugar do mundo que não ao seu lado, quer você esteja no lago, quer esteja do outro lado do mundo. Aonde quer que você vá, quero ir atrás. A cada conquista sua, quero estar lá para parabenizar você. E, sempre que tiver dificuldades, quero estar lá para juntar os cacos e abraçar você até se sentir forte o suficiente para se levantar sozinha.

Uma lágrima escorre por minha bochecha.

— O que mudou?

— Eu mudei. — Ele segura minha nuca e me puxa para a frente. — Ficar sóbrio vai ser um processo. Trinta dias na reabilitação é um bom começo, mas não é uma cura instantânea para um vício de uma vida. Vou ter que me esforçar e me comprometer a me aprimorar dia após dia. Só me resta torcer que você esteja disposta a participar dessa jornada comigo porque, nossa, quero muito ter você comigo. Sei que não mereço uma segunda chance, mas estou implorando que me dê uma mesmo assim. Só me dê uma última chance para mostrar a você que posso ser o homem com quem você quer passar o resto da sua vida. Que posso ser aquele que pode realizar seus sonhos.

Observo o homem que amo desde antes de entender o que essa palavra significava.

— Uma última chance?

Ele faz que sim.

Seguro seu rosto e coloco os lábios nos dele.

— Se você partir meu coração de novo, vou meter uma bala em você de verdade.

Ele sorri em minha boca.

— Lembra de mirar no coração, porque vai ser o único jeito de me manter longe.

Passo os braços ao redor do seu pescoço e fico na ponta dos pés para nossos lábios ficarem a centímetros de distância.

— Combinado.

CAPÍTULO CINQUENTA E SEIS
Cal

Um barulho alto faz Merlin pular do meu colo com um chiado e disparar para a escada. Lana não tem a chance de levar a mão à maçaneta antes de a porta da frente bater na parede e Cami entrar correndo.

— Cau-l! Você voltou! — Cami joga a mochila no chão e vem correndo na minha direção.

Eu me ajoelho e abro os braços.

— E aí, garotinha?

Cami coloca os braços ao redor do meu pescoço.

— Senti saudade de você.

Meu coração sobe pela garganta enquanto dou um abraço apertado nela.

— Eu senti mais. — Minha voz trepida, o leve tremor faz os olhos de Lana se encherem d'água. Ela se agacha ao meu lado e se junta ao nosso abraço. Wyatt cumprimenta com a cabeça antes de fechar a porta da casa do lago.

— Você está cem por cento agora? — Cami ergue os olhos para mim.

Meu sorriso vacila.

— Sim.

— Jura? — Seus olhos azuis ganham um brilho impossível.

— Sim. Você cuidou do Merlin enquanto eu estava longe?

O sorriso dela se alarga ainda mais.

— Sim! Dei comida para ele. Muita.

— Eu vi. Vou ter que colocar o rapazinho numa esteira pequenininha de tanta comida que você deu para ele.

Cami ri, fazendo meu peito se encher de ternura.

— E dei água para ele. Tentei dormir com ele, mas mamãe pegava para ela.

— Ah, é? — Lanço um olhar para Lana.

Ela me dá um empurrãozinho com o ombro.

Cami faz beicinho.

— Ela não gostava de dividir.

Finjo um susto.

— Quê? Como ela ousa?

Lana mostra a língua.

— Gosto, sim, de dividir. Só precisava de uma conchinha.

— Vou ser sua conchinha. — Dou uma piscadela.

Cami aperta a palma da mão na minha bochecha.

— Você vai ficar?

Minha garganta se aperta enquanto coloco o braço ao redor de Lana e a puxo junto a mim.

— Claro.

— Para sempre? — Cami pergunta.

— Sim.

— Para *todo* o sempre?

Dou risada.

— Esse é o plano, pelo tempo que vocês me quiserem.

Ela dá um gritinho enquanto coloca um braço em volta de cada um de nós e aperta. Uma sensação de leveza toma conta de mim, substituindo o peso que estava presente em meu peito desde que deixei Lake Wisteria para ir à reabilitação.

Cami abre um sorriso.

— Você e mamãe vão se casar agora?

O sangue se esvai do rosto de Lana.

— *Camila.*

— Quê?

Lana lança um olhar para ela.

— Você não pode perguntar essas coisas para as pessoas.

— Por que não? — Ela cruza os bracinhos diante do peito.

— Porque é falta de educação.

Levo a mão esquerda de Lana aos lábios.

— Um dia eu pretendo.

Cami comemora enquanto Lana fica encarando. Sorrio com a boca encostada na pele dela, meus lábios tocam os arrepios em sua pele. Até Merlin volta para roçar o corpo em nós com um ronronado.

— Você ama minha mamãe? — Cami pisca os cílios escuros para mim.

— Eu a amo mais do que tudo — respondo enquanto olho no fundo dos olhos castanho-escuros de Lana.

— E você, mamãe? Você ama o Cal? — Cami aperta as mãos no peito.

— Eu o amava desde muito antes de entender o que era amor.

Cami comemora quando dou um selinho nos lábios de Lana.

Ter minha própria família me faz me sentir completo de uma forma que nunca pensei ser possível. Demorei muito tempo para entender que não havia álcool, drogas ou dinheiro no mundo que seriam capazes de proporcionar a sensação de estar rodeado pelas pessoas que amo.

E não vou parar por nada até garantir que eu nunca as perderei de novo.

***

Passear pela Main Street com Cami e Lana é uma experiência completamente diferente desta vez. Normalmente, os locais ou me ignoram ou me olham com raiva sempre que ando pela cidade.

O dia de hoje é tudo que eu queria, mas nunca pensei que seria possível. As pessoas realmente param para falar com a gente, tratando-me como se eu não fosse um pária social. Fico tão chocado que me pego sem palavras em mais de uma ocasião, incluindo quando Meg me para na frente da livraria dela para me dizer que guardou um exemplar de um lançamento novo de ficção científica que ela achou que eu poderia curtir.

É quase como se eu tivesse entrado em uma realidade alternativa em que as pessoas de Lake Wisteria não me odeiam mais pelos erros que cometi seis anos atrás.

Eu, Cami e Lana entramos na Holy Smokes BBQ com a intenção de comer alguma coisa rápida. Mas as pessoas da cidade juntando as mesas com a nossa e criando uma mesa longa digna de um banquete medieval nos fazem desviar desse plano.

— Então o Cal finalmente voltou. — Isabelle se senta no banco ao meu lado.

Eu me viro para ela com os olhos estreitados.

— Então você se lembra do meu nome.

Ela brinda o copo d'água dela no meu com uma piscadinha.

— Não deixe subir à cabeça.

— Tarde demais. Já estou me achando.

O filho de Isabelle, Ernie, deixa uma bandeja cheia de carnes no centro da mesa antes de voltar para trás do balcão para pegar mais uma rodada.

— Qual é a ocasião especial? — Lana pergunta.

— Você não está mais sofrendo e choramingando por aí enquanto espera esse aqui voltar. — Isabelle sorri.

Lana franze a testa.

— Eu não estava choramingando.

— Você com certeza estava. — Isabelle se vira para mim. — Todos na cidade ganharam peso este mês enquanto tentavam dar conta da quantidade de doces que saía da cozinha dessa mulher. Minha bunda está enorme graças a ela e àquelas malditas tortas de Nutella.

— E cookies! — Cami ergue o punho que segura um giz de cera.

— Isabelle! — Lana joga as mãos no ar.

Abro um sorriso.

— Não precisa ficar com vergonha por minha causa.

Os olhos dela se estreitam.

— Não estou com vergonha.

— Não é para contar para ele que você usou o moletom dele por uma semana?

— Quer saber? Vou pular no lago agora, muito obrigada. — Lana faz menção de se levantar do banco, mas seguro a mão dela.

— Acho fofo que você sentiu minha falta.

Seus lábios se afinam.

— Fofo? Porque Isabelle não é a única que está com a bunda enorme.

Dou uma piscadinha.

— Do jeito que eu gosto.

Mais pessoas começam a se sentar à nossa mesa, e Lana logo deixa de ser o centro das atenções. Assim como no jantar com minha família, eu me contento em ficar em segundo plano e escutar enquanto todos os outros falam. As histórias que eles trocam variam de duas professoras e uma guerra constante de pegadinhas a como as pessoas estão irritadas com Julian Lopez e sua empresa por comprar imóveis ao redor do lago.

Sinto como se eu não fosse mais um intruso olhando de fora, mas sim alguém cujo lugar é aqui. Isso me dá uma sensação de plenitude da qual eu não sabia que precisava. Em Chicago, sou o irmão Kane que não tem iniciativa, ambição nem nenhum objetivo além de ser o problemático da família. Mas aqui em Lake Wisteria sou apenas Cal, um cara relativamente normal que gosta de ler livros, dar boas gorjetas e passar tempo com a família.

Posso ser um bilionário, mas ninguém aqui me trata como um. Eles tiram sarro da empresa da minha família, do meu carro chique e me provocam sem parar por eu ser apaixonado por Lana.

Não me importo nem um pouco enquanto passo a maior parte do jantar rindo até minha barriga doer. É só quando Cami boceja e Lana dá a noite por encerrada que me dou conta de uma coisa.

Voltar para Lake Wisteria não tinha a ver apenas com me encontrar, mas com encontrar uma família. Uma família imensa de trezentas pessoas que largaria tudo para ajudar um dos seus, incluindo minhas meninas.

E, quem sabe um dia, a mim também.

CAPÍTULO CINQUENTA E SETE
Cal

Viro a ficha azul, estudando a gravação na borda curvada. Depois de passar três meses no AA, sinto que estou mais forte do que nunca. Tudo parece estar correndo bem para mim. Depois que eu mostrar a ficha para Leo, vou estar pronto para seguir em frente com minha vida e deixar o testamento no passado.

— Ainda dedicado a ficar sóbrio? — Meu pai se levanta ao meu lado. As últimas pessoas vão saindo da sala de reunião, deixando-me a sós com ele.

— Por que você se importa?
— Não me importo.

Solto uma risada baixa enquanto me levanto. Minha cabeça fica alguns centímetros mais alta do que a dele.

— Sabe o que eu acho engraçado?

Seu olhar sombrio me perscruta.

— O quê?

— Passei a maior parte da minha vida arranjando desculpas para você. Pensei que, se você ficasse sóbrio, seria melhor. Mais *bondoso*. Mas pelo visto você é exatamente a mesma pessoa deplorável com ou sem álcool. E sabe por quê?

Seus olhos se estreitam.

— Tenho certeza de que você vai me dizer quer eu queira quer não.

— Você se odeia, e não tem álcool suficiente que mude isso. Você é uma pessoa patética com desejos igualmente patéticos que nunca vai encontrar a felicidade nem no fundo de uma garrafa nem numa herança que você não merece. — Com uma última olhada em meu pai, saio andando, deixando que ele crave um buraco em minhas costas.

Foi só quando confrontei minha autoaversão que me dei conta de que eu e meu pai temos o mesmo problema. Que eu e ele éramos dois lados da mesma moeda, usando nosso ódio contra nós mesmos como arma; ele contra o mundo, e eu contra mim mesmo.

Mas, ao contrário dele, estou aqui porque me recuso a desistir de mim. Nem hoje. Nem amanhã. Nem nunca mais.

* * *

Como estou em Chicago para a reunião do AA, decido passar a noite e participar da reunião da diretoria no dia seguinte. Por mais que eu queira voltar para Lake Wisteria, tem algumas coisas que preciso fazer antes disso.

Declan está sentado à cabeceira da mesa, ocupando o lugar habitual do meu pai.

— Cadê Seth? — o chefe de Desenvolvimento de Produtos pergunta.

— Vou assumir como CEO por ora. — Declan não tira os olhos do celular.

— Por quanto tempo? — alguém pergunta.

— Indefinidamente. — Declan nem pestaneja.

Rowan me lança um olhar confuso. Pressiono os lábios para conter um sorriso. Declan queria surpreender Rowan com a gravidez depois da reunião de hoje enquanto Iris toma um *brunch* com Zahra agora para dar a boa-nova.

A reunião é curta. Os negócios vão bem e tudo está correndo como deveria, exceto que Seth não está mais sentado à cabeceira da mesa.

Quando Arnold, o chefe de Aquisições e Vendas da Divisão da DreamStream, levanta-se e dá seu relatório anual, mantenho a boca fechada. Rowan me cutuca uma vez, mas o ignoro. Passei os últimos três meses falando com Arnold em particular, não que meu irmão esteja sabendo.

Ao que parece, a solução não era tentar me adaptar a um cargo na empresa, mas sim desenvolver um cargo que se adaptasse a mim, minhas necessidades e meus interesses. Embora eu queira ajudar a empresa de streaming a se tornar a melhor versão dela, não quero estar encarregado da coisa toda. Liderança não é meu estilo. Virar um consultor ou algo menos compulsório tem mais a ver comigo, ao mesmo tempo que me dá o poder de falar em nome da empresa e assumir novos projetos.

Depois que a reunião é encerrada, puxo Arnold de lado para marcar nossa próxima reunião com sua equipe. Não tenho um assistente nem nada tão chique, então coordeno tudo sozinho.

Meus irmãos esperam, sussurrando pelas minhas costas. É só quando a sala esvazia que finalmente os encaro.

Eu me viro e cruzo os braços.

— Já cansaram de falar de mim?

— O que foi isso? — Declan aponta para o lugar que Arnold ocupava há pouco.

— Não esquenta.

Os olhos dele brilham.

— Já está guardando segredos de seu novo CEO?

O queixo de Rowan cai.

— É oficial?

Declan lança um olhar para ele.

— Só quando o advogado providenciar a papelada final.

Sorrio.

— Parabéns, papai.

Rowan engasga com a inspiração.

Os olhos de Declan se estreitam.

— Se me chamar assim de novo, não vou hesitar em arrancar sua língua e pendurá-la atrás da minha mesa nova como se fosse uma obra de arte.

Os olhos de Rowan alternam entre nós dois.

— Alguém pode me atualizar do que está acontecendo?

Declan pega a carteira e mostra uma foto do ultrassom para Rowan.

— Toma.

— Puta merda. Você vai ser pai. — Rowan traça o círculo. — Parece uma jujuba.

— Diz oi para seu sobrinho. — Declan se apruma como um pavão exibindo as penas. É o comportamento menos Declan que já vi na vida, o que só me faz rir ainda mais.

— Pode ser menina — provoco.

Declan bate no peito.

— Tenho uma boa intuição, e ela me diz que é menino.

Rowan revira os olhos.

— E se *for* menina?

— Já tenho um cardiologista entre os contatos favoritos e todos os capitães de polícia de Chicago recebendo dinheiro meu para prender qualquer pessoa que chegue a dois metros dela.

— Você não pode prender todo menino ou menina por quem ela se interessar — digo.

Ele tira as fotos da mão de Rowan enquanto me encara.

— Veremos.

* * *

Minhas malas estão no carro, e eu pronto para voltar para Lake Wisteria quando recebo uma ligação de Leo me pedindo para ir a seu escritório para uma reunião de emergência. Antes de sair na direção do escritório dele do outro lado da cidade, mando mensagem para Lana para avisar que surgiu um imprevisto e que não sei se vou conseguir chegar em casa hoje à noite.

Passo o caminho todo me agitando de ansiedade. Quando entro na sala dele, meu nervosismo é ampliado quando encontro meus irmãos encarando meu pai de lados opostos da área de estar.

Leo está sentado atrás da mesa com uma expressão neutra.

— Callahan. Por favor, sente-se.

Ele aponta para o único lugar vazio disponível ao lado do meu pai. Eu me sento, praticamente me dependurando na ponta do sofá de couro para evitá-lo.

— Que bom que vocês todos estavam livres hoje para se encontrar comigo. — Leo abre uma pasta.

Como se tivéssemos outra opção.

— Para que tudo isso? — A voz de meu pai indica sua raiva crescente.

— Solicitaram que eu lesse uma última carta de Brady.

— Mais uma carta? — Rowan se empertiga.

Leo confirma com a cabeça.

— Essa era dirigida a vocês quatro.

Declan continua em silêncio, seu olhar fixo em Leo, que tira a carta de um envelope.

— *À minha família* — Leo começa. — *O legado de um homem não deve ser determinado pelo dinheiro que ele ganhou ou pelo sucesso que alcançou, mas sim pela memória que deixou para trás e por como ele fez as pessoas se sentirem.* — Leo pausa para olhar para cima.

— Quê? — Declan resmunga.

— Desculpa. Seu avô anotou que eu deveria fazer uma pausa dramática.

Caio na gargalhada. Rowan e Declan riem também, nós três enchemos o escritório com os sons de nosso bom humor. Meu pai continua rígido ao meu lado, completamente sem emoção.

Leo continua, seus lábios se erguem.

— *A maneira como abordei a herança de vocês quatro foi inusitada. Leo me avisou quando liguei para ele às duas da madrugada depois de um sonho maluco, e lhe informei que eu precisava revisar o testamento.* — Ele faz outra pausa para erguer os olhos. — Avisei mesmo. Que fique claro.

— Pare de conversa fiada e leia a maldita carta — nosso pai vocifera.

Leo não se encolhe nem retruca, embora um pequeno tique apareça em seu maxilar. Ele se recusa a dar qualquer atenção a meu pai enquanto volta à leitura.

— *Cada um de vocês recebeu uma missão que escolhi com base em seus pontos fortes e fracos. Como Leo está lendo esta carta para vocês, e não a outra que escrevi, imagino que vocês quatro tenham satisfeito os requisitos solicitados para receberem suas heranças.*

Leo tira uma segunda folha de papel do envelope.

— *A meu filho, Seth. Dei a você duas opções sobre a herança. Embora eu tivesse esperança de que você estivesse à altura do desafio e escolhesse o caminho mais difícil, você tomou o caminho mais fácil.*

Que duas opções? Eram como as minhas e se baseavam em contingências ou foram apresentados dois caminhos claros para ele escolher desde o começo e ele podia decidir?

O pé de meu pai treme, seu único sinal de nervosismo.

— *Entendo por que você decidiu ficar sóbrio para receber suas ações da empresa. Entendo de verdade. Assim como entendo que não posso em sã consciência dar essas ações para você, sabendo que você fez essa escolha para se beneficiar.*

Mas. Que. Porra? Partes da nossa herança são revogáveis agora?

O sangue do rosto de Declan se esvai. Trocamos um olhar por um momento antes de voltar a atenção a Leo, que continua a ler a página.

— *Se você mudou de verdade, são seus filhos quem vão fazer a escolha certa que reflita essa transformação. Se não tiver se redimido pelos erros que cometeu* e pela mágoa que causou, você nunca vai aprender nada de verdade mesmo com minhas cartas e apelos e, portanto, é indigno de receber sua herança.

— Filho da puta — meu pai sussurra. — Boa jogada, pai.

Leo ignora seu comentário.

— *A meus três netos. Além de receberem suas porcentagens da empresa e sua herança, concedo a vocês uma última coisa que lhes neguei antes. Uma escolha. Vocês podem escolher negar a seu pai os seis por cento dele da empresa e redistribuí-los entre os investidores ou podem escolher dar a ele as ações.*

Puta merda.

Puta. Merda. Do. Caralho.

Meu olhar se volta a Rowan e Declan. Os dois estão sentados com os cotovelos apoiados nos joelhos e o queixo nas mãos entrelaçadas.

— *Independentemente do que vocês três decidirem, espero que aprendam com o exemplo de seu pai. O que pode ser dado pode ser tirado facilmente. Fortunas. Amores. Família. Não cometam os mesmos erros egoístas que nós cometemos porque posso garantir que não vão gerar nada além de uma vida vazia e um coração igualmente vazio.*

"E, a meu filho, espero que você mude pela bondade de seu coração antes que seja tarde demais para você."

Leo dobra a carta e a devolve ao envelope.

— Posso ficar com a outra carta que ele escreveu? — meu pai pergunta, chocando todos com a pergunta.

Leo ergue uma sobrancelha.

— Ela não tem nenhum valor legal.

— Eu sei disso.

Leo tira uma terceira folha de papel dobrado e a entrega para meu pai. Ele não a lê em nossa presença, preferindo guardá-la dentro do terno com a mão trêmula.

Leo entrelaça as mãos.

— Cada um de vocês vai votar sim ou não a respeito da herança de seu pai. Vamos começar pelo filho mais velho.

Declan se levanta e abotoa o terno. Em vez de compartilhar seus sentimentos em voz alta, meu irmão se inclina para cochichar algo no ouvido do nosso pai. A cor se esvai do rosto dele. Não sei ao certo o que Declan diz, mas meu pai faz cara de quem viu um fantasma.

Declan volta a se empertigar.

— Voto não. — Ele sai do escritório, deixando-nos para trás para tomar nossas decisões sozinhos.

Meu pai se vira uma fração de centímetro em minha direção.

Não estou pronto para dizer minha verdade ainda, então tropeço nas palavras.

— Rowan pode ser o próximo?

Leo olha para meu irmão.

Rowan dá de ombros antes de se levantar.

— Estou sinceramente desapontado por você não ter escolhido o caminho mais difícil. Depois de nos agredir por anos e usar nossas fraquezas contra a gente, parece que você é o mais fraco de todos nós. — Rowan balança a cabeça para Leo. — Voto não. — Ele sai do escritório e fecha ao passar.

Meu pai se levanta da cadeira e se agacha para pegar a maleta.

Não fico chocado por seu desprezo em relação a mim. Passei os últimos trinta e quatro anos da minha vida sendo submetido ao mesmo tratamento, mas estou mais bem preparado para lidar com isso agora.

— E o meu voto?

Ele se empertiga.

— Não importa.

Meu sangue se aquece embaixo da pele, alimentando a raiva que cresce dentro de mim. Entro em seu espaço e olho no fundo dos seus olhos.

— Apesar das suas tentativas de me tratar como se eu não existisse, eu importo tanto quanto os outros dois.

— Não é nada pessoal.

— Talvez esse seja seu problema. Se você agisse como um ser humano de verdade, talvez tudo pudesse ter sido diferente.

Seu maxilar se cerra.

— Ou vota ou sai da frente.

— Vou fazer isso quando você contar qual era a primeira opção.

Seu olho direito se contrai.

— Por quê?

— Porque eu quero saber, e você me deve isso.

Ele desvia os olhos, seu maxilar se cerra enquanto ele considera meu pedido.

Seu suspiro resignado preenche o silêncio, mal dando para ouvir pela batida forte do meu coração acelerado.

— Ele me pediu para buscar o perdão de cada um de vocês e colocar minhas ações em uma votação exatamente como a de hoje. — Meu pai dá um passo na direção da porta, mas estendo a mão para impedi-lo.

— Por que você não escolheu essa opção?

— Eu não queria colocar em risco as ações por algo que sabia que era impossível depois de tudo que eu tinha feito.

— Tentar e fracassar é melhor do que nem tentar. — Eu preferia fracassar vezes e mais vezes a limitar minhas opções e fracassar do mesmo jeito.

Levei muito tempo para pensar dessa forma, mas cansei de escolher o caminho mais fácil. Basta olhar para meu pai e para o que isso deu a ele.

Nada além de sofrimento.

O homem vai ter que passar o resto da vida se perguntando o que poderia ter acontecido se ele tivesse buscado ajuda e conquistado nosso perdão. Enquanto seguimos o resto da vida felizes com nossa família, ele vai afundar em sofrimento e fracasso, sabendo lá no fundo que havia uma pequena chance de podermos ter aprendido a perdoá-lo caso ele se esforçasse.

Mas acho que nenhum de nós nunca vai saber.

Olho para Leo.

— Eu voto sim.

As sobrancelhas do advogado se erguem, e os olhos de meu pai se arregalam. Sei que meu voto é nulo, mas prefiro foder com a cabeça dele uma última vez, fazendo-o se questionar o que ele poderia ter feito para merecer mais um sim.

Responda com bondade, minha mãe sempre dizia.

Espero que meu pai caia morto com essa resposta.

CAPÍTULO CINQUENTA E OITO
Cal

Meu pai sai do escritório de Leo com a cabeça erguida apesar de sua perda monumental. Meus irmãos olham feio para ele até o homem desistir do elevador e desaparecer pela escada, a batida da porta ecoa pela sala de espera.

— Vou entrar em contato com a papelada da casa. — Leo me dá um último tapinha no ombro antes de fechar a porta às minhas costas.

Meus irmãos se viram para mim.

Os olhos de Rowan brilham apesar da linha dura de seus lábios.

— A gente estava pensando em jantar em algum lugar, se você estiver a fim.

— Claro. Estou morrendo de fome. — Dou um passo na direção do elevador, mas hesito ao ver Declan olhando fixamente para a porta por onde meu pai saiu.

— Acabou mesmo — ele murmura.

Rowan aperta o ombro dele.

— Não me diga que está triste.

— Só estou... — Seus lábios se apertam.

— Desapontado? — sugiro.

Meus dois irmãos se viram para olhar para mim.

— Exatamente. — Declan desvia o olhar. — Parece idiota me sentir assim depois de conseguir tudo que queríamos...

— Eu me sinto igual, ainda mais depois que ele me disse que o vovô deu uma escolha para ele de se redimir com a gente e mesmo assim ele escolheu a si mesmo.

— Não me surpreende. — Os lábios de Rowan se curvam.

Os ombros de Declan ficam tensos.

— Mesmo depois de todo esse tempo e tudo que passamos, é difícil aceitar que seu pai é um filho da puta egoísta.

— Nem me fala. Fui eu que passei metade da vida na terapia tentando aceitar isso. — Meu sorriso não se reflete nos olhos.

Rowan solta uma risada.

— Pelo menos um de nós buscou ajuda para os traumas com o pai.

— Dois. — Declan tira a mão de Rowan de seu ombro e segue para o elevador.

O queixo de Rowan cai.

— *Você* está fazendo terapia?

— Não me diga que não considerou fazer também. — Declan lança um olhar para ele.

Rowan abana a cabeça.

— Prefiro fazer isso indiretamente através de vocês.

— Covarde.

Durante o trajeto de carro até um restaurante italiano que Declan adora, ele compartilha todas as informações sobre bebês que aprendeu ao longo das últimas semanas. Nunca na minha vida pensei que ouviria meu irmão animado por ter um filho, mas estou feliz por ele e Iris. Depois de todas as merdas pelas quais Declan passou, ele merece uma chance de ser o tipo de pai que desejávamos ter.

E você também.

A lembrança me faz ligar para Lana do banheiro para poder dar boa-noite para ela e Cami.

Quando a garçonete deixa as águas que pedimos e tira nossos pedidos, Rowan começa a conversa sobre a futura reforma de Dreamland e a área nova que ele e Zahra idealizaram junto com a equipe de criadores.

Faço mais perguntas a Rowan do que o normal, tirando um sorriso brilhante dele.

Declan se vira para mim.

— Estou orgulhoso de você.

— De mim? Por quê?

Seus olhos castanhos brilham.

— Por muitas coisas diferentes, mas sobretudo por todas as que você conseguiu em tão pouco tempo. Fico feliz por ver você tão feliz e... livre.

Minha garganta se aperta.

— Quem imaginava que você era tão sentimental?

— O que quer que eu diga? Os hormônios da gravidez da Iris devem estar me contagiando.

Rowan bufa.

— Não acho que seja assim que funcione.

— Vai se foder. É exatamente por isso que nunca digo nada gentil. — Declan joga a embalagem de canudinho enrolada na cara de Rowan.

— Tá. Minha vez. — Rowan ergue a água no ar. — Gostaria de fazer um brinde a finalmente realizarmos nossos sonhos.

Bato o copo no dele.

— E às mulheres que nos ajudaram ao longo do caminho.

***

Depois do jantar com meus irmãos, só paro de dirigir quando chego à casa do lago à meia-noite. Tomo cuidado para não fazer muito barulho enquanto desativo o alarme e subo os degraus. Eu e Lana pegamos o quarto principal recém-reformado como nosso, longe do de Cami.

Lana está deitada no meio da cama, abraçada com um travesseiro entre os braços. O luar entra pela cortina que ela deixou aberta, iluminando as curvas de seu rosto. Eu me abaixo para dar um beijo no topo de sua cabeça. Ela não se mexe, então aproveito a oportunidade para tomar um banho antes de me deitar.

O colchão afunda sob meu peso enquanto me ajeito embaixo das cobertas.

— Oi — ela diz com a voz rouca ao se virar para mim. — Que horas são?

Passo os braços ao redor dela e a puxo junto a mim.

— Tarde.

— Pensei que você fosse ficar em Chicago. — Ela se aconchega em meu peito.

— Não queria esperar. — Passei uma boa parte da vida longe de Lana, então a última coisa que quero fazer é perder mais tempo.

Além disso, prometi a Cami panquecas com gotas de chocolate de manhã, e realmente não quero decepcioná-la.

— Deu tudo certo com o advogado? — Ela pisca ao olhar para mim, tirando o sono dos olhos.

— Foi… interessante.

Ela franze a testa.

— O que aconteceu?

— Parece que o vovô havia preparado uma última reviravolta.

Seus olhos se arregalam.

— Como assim?

— Ele nos deu a opção de votar se nosso pai deveria ou não receber as ações dele.

— Ai, meu Deus. — Ela fica boquiaberta.

— Pois é. Ficamos surpresos, para dizer o mínimo.

— Então é isso? Vocês estão livres dele?

Faço que sim.

— Declan acabou de conduzir a primeira reunião da diretoria dele hoje.

— Que demais. — Ela sorri para mim. — E como foi a conversa com Arnold?

— Ele quer que eu faça uma reunião com ele e a equipe na semana que vem para repassar algumas das ideias que tenho.

Seu sorriso se alarga.

— Estou muito orgulhosa de você.

Desvio o olhar.

— Nem fiz muita coisa ainda.

— Como assim? Você é o motivo pelo qual a Companhia Kane tem um aplicativo em vez de quatro agora. Tenho quase certeza de que você é o herói de metade dos Estados Unidos agora.

Minhas bochechas ardem.

— Só porque você ajudou.

Ela envolve minhas bochechas.

— Não fiz quase nada. Foi você que passou semanas vasculhando dados e fazendo reuniões com as equipes para falar da aquisição de mais conteúdo.

— O trabalho só está começando.

— Assim como nós. — Ela sorri.

Não consigo resistir a dar um beijo nela neste momento. Lana se dissolve em mim, intensificando o beijo até estarmos os dois tirando as roupas um do outro. Eu a provoco, e ela revida, deixando-me maluco com o desejo de trepar com ela.

Ela lambe. Eu mordisco. Ela chupa. Eu mordo. Ela me provoca com a língua. Eu chupo a buceta dela com a minha.

Não demora para eu estar entre as pernas dela. Ela guia meu pau para o centro de seu corpo, e nós dois gememos quando afundo. Pela força com que ela aperta minha bunda, eu me pergunto se ela vai deixar marcas permanentes em minha pele como deixou em meu coração.

Toda vez que transamos é sempre desesperado. Como se estivéssemos tentando compensar o tempo perdido. Como se eu quisesse afundar dentro dela e nunca mais sair.

Eu a torturo pelo que parece uma hora, levando-a à beira do orgasmo antes de recuar.

A certa altura, ela nos vira e assume o controle, girando até sua bunda e suas costas curvadas para trás serem tudo que vejo enquanto ela senta em meu pau. A posição é um sonho, e Lana parece concordar pelos gemidos que emite.

Com algumas dedadas e apertos no clitóris sob meu comando, ela goza, levando-me ao clímax junto com ela. Só paro de meter quando meu corpo deixa de tremer de tantas estrelas que vejo.

Lana sai de cima de mim, deixando-nos melados por nosso orgasmo. O nariz dela se franze com a sujeira.

— Banho ou toalha?

Ela boceja.

— Toalha. Estou cansada demais para fazer qualquer outra coisa.

— Espera aí. — Volto com uma toalha úmida para nos limpar o melhor possível antes de desabar na cama.

Ela se aconchega em mim e coloca a cabeça na curva do meu pescoço.

— Eu te amo.

Meu peito se aperta. Demorei muito tempo para me sentir digno de ouvir essas palavras dela, mas estou me acostumando aos poucos com elas.

— Também te amo. — Meus lábios roçam o topo de sua cabeça. Não há nada que eu não faria para garantir que Lana passe o resto da vida sendo tratada como a dádiva que é.

Ela mudou minha vida e provou para mim que me amar importa tanto quanto amar os outros. Porque, para apoiar os outros, preciso me apoiar primeiro.

O futuro não vai ser fácil. Não sou ingênuo de pensar que não vou ser testado e tentado a voltar a cair nos velhos hábitos prejudiciais. Mas, com Lana, Cami e nossa família ao meu lado, tudo parece possível. Até os fracassos.

E acho que é isso que meu avô estava tentando me ensinar desde o começo.

EPÍLOGO
Alana

UM ANO DEPOIS

— Pode fechar para mim hoje? — Tiro o avental.

Gabby, minha funcionária fantástica, para de varrer para olhar para cima.

— Sem problemas, chefe. Pode deixar.

Tenho três funcionários, todos são incríveis a sua maneira. Além de seu amor pela confeitaria, são apaixonados por experimentar receitas novas para ver quem consegue criar a próxima melhor sobremesa de Dreamland. Pelo visto, minha receita de *tres leches* foi um sucesso, e Rowan já está me pressionando para outros doces.

Ele é o motivo por que tenho trabalhado até mais tarde do que o normal esta semana. Se não fosse ele me pedindo uma receita nova para as festas de fim de ano, eu é que teria ido buscar Cami na escola. Em vez disso, Cal anda cuidando dela enquanto trabalho obsessivamente no doce que pretendo apresentar para Rowan no fim de semana quando formos visitar a família em Dreamland.

Meu telefone toca em minha mão.

— Merda. Tchau, Gabby!

— Cadê você? — Cal pergunta quando atendo.

— Estou a caminho. — Aperto o interruptor da placa de néon antes de sair pela porta da frente. As luzes da placa da Confeitaria Doces e Gostosuras se acendem sobre mim.

Era o mesmo nome que eu e minha mãe inventamos certa vez, quando estávamos paradas nesse mesmo lugar. Tenho certeza de que ela estaria orgulhosa, sabendo que finalmente realizei o sonho de abrir minha própria confeitaria.

— Você ainda está na loja, né? — A pergunta de Cal me tira de meus pensamentos.

— Estou saindo, juro! — Equilibro o celular entre o ombro e a bochecha enquanto reviro a bolsa atrás das chaves do meu carro.

Alguém resmunga ao fundo.

— O que foi isso? — pergunto.

— A televisão. Até mais. Te amo. Tchau. — Ele desliga.

Hum. Que esquisito.

As estrelas já estão no céu quando estaciono na casa do lago. Penso que vou encontrar Cami e Cal na sala montando o barco novo que ele comprou, mas o lugar está um breu. Levo a mão ao interruptor perto da porta corrediça, mas paro quando algo chama minha atenção.

A doca está cercada com lanternas de vidro com velas acesas iluminando um caminho na direção da ponta.

— Ai, meu Deus. — Minha mão treme enquanto abro a porta corrediça e saio para o deque que cerca a casa. Desço os degraus e atravesso o gramado imenso, indo na direção da sombra na beira da doca. A grama faz barulho sob meus pés, rompendo o silêncio.

Cal olha para trás. A lua brilha no céu, iluminando seu rosto inteiro.

— Oi — ele chama tão alto que dá para ouvir de longe.

— O que é isso tudo? — digo em voz alta. Acho que tenho uma boa ideia do que está acontecendo, mas só porque Cal escolheu um péssimo lugar para esconder um anel de noivado. Faz semanas que estou esperando ele fazer o pedido. O homem até me provocou duas vezes, ficando de joelhos para amarrar os sapatos em duas ocasiões diferentes.

Juro que ele sabe que eu sei.

Ele se vira para olhar para mim. Algo longo e largo está aninhado em seu peito, mas não consigo distinguir daqui. A doca range sob meus tênis enquanto corto a distância entre nós. Meu coração bate tão forte que tenho medo de que uma costela se quebre de tanto que ele quer saltar para fora do peito.

— O que é isso? — Paro na frente dele e aponto para o pedaço de madeira em suas mãos.

Ele vira o pedaço de madeira.

Meus olhos se arregalam. *Não pode ser.*

— Isso é... — Estendo a mão trêmula e traço o *L* gravado na madeira ao lado do *C*.

— Você não achou que eu realmente deixaria os operários jogarem fora, achou?

Sinto minha língua pesada.

— Por que você não disse nada?

— Eu tinha planos para ela, e não queria correr o risco de você botar fogo ou coisa assim.

Ergo os olhos marejados para ele.

— Que tipo de planos?

— O tipo para sempre. — Cal ergue a tábua em uma mão enquanto leva a outra ao bolso de trás e tira... *seu canivete suíço?!*

— Cal... — Aperto a palma da mão diante da boca.

Ele se ajoelha e apoia a tábua na coxa. A lâmina afiada brilha enquanto ele encosta a ponta embaixo da coluna *L*, logo abaixo dos meus outros riscos.

— Desafio você a passar o resto da vida comigo. — Ele risca a ponta do canivete para baixo, formando uma linha firme. — Desafio você a deixar que eu ame e proteja você e Cami e todos os outros filhos que tenhamos, com todo o meu coração. — Ele acrescenta um segundo risco. — Desafio você a apostar em mim, sabendo que as coisas nem sempre vão ser as mais fáceis e que vou passar por momentos difíceis, embora eu tenha todas as intenções de ser o homem que você sempre vai merecer. — Um terceiro risco é adicionado. — Desafio você a confiar em mim como seu companheiro, seu amor e seu melhor amigo. A me deixar ser a pessoa que mais vai torcer por você e o ombro em que você vai chorar quando as coisas ficarem difíceis, confiando que serei eu que vou secar as lágrimas e resolver o que quer que machuque você.

Seus dedos envolvem a faca enquanto ele traça o quarto risco.

— Desafio você a se casar comigo.

Lágrimas escorrem por minhas bochechas enquanto ele acrescenta uma linha diagonal sobre as outras quatro.

Ele coloca a tábua em cima da doca antes de tirar um anel do bolso. É ainda mais bonito do que me lembro, o diamante resplandecente cintila mais do que a superfície do lago ao meio-dia. A joia é de um tamanho elegante; grande o bastante para ser vista de longe, mas pequena a ponto de não correr o risco de ser roubada.

É absolutamente perfeita, e tudo que eu queria para mim.

— O que me diz, Lana? — Ele sorri. — Você é doida o suficiente para aceitar o desafio?

Meu queixo treme.

— Como se eu tivesse alguma chance de dizer não para você. — Estendo a mão.

Cal coloca o anel em meu dedo antes de se levantar e me puxar para seus braços. Coloco sua cabeça entre as mãos e o beijo com todo o amor e adoração que sinto. Seus dedos afundam em meu cabelo, fundindo minha boca com a dele e tirando um suspiro de mim.

Ele se afasta rápido demais.

— Eu te amo.

— Também te amo. Sempre te amei e sempre vou te amar, por toda a minha vida.

Ele rouba mais um beijo antes de recuar outra vez.

— Ela disse sim! — ele grita para o escuro.

Meu queixo cai quando as pessoas surgem de seus esconderijos. A cidade inteira, mais a família de Cal e meus amigos, sai para o gramado e vem na nossa direção. Música sai das caixas de som e uma festa começa ao redor da piscina.

Meus olhos se estreitam para o homem com um sorrisão enorme no rosto.

— Você estava tão confiante assim de que eu diria sim?

Ele dá uma piscadinha.

— Flagrei você experimentando o anel com um sorriso bobo na cara enquanto treinava sua cara de surpresa.

Ai, meu Deus. Minhas bochechas ardem.

— Por que não fez isso antes? — Meus olhos se arregalam.

— Foi divertido ver você ficar nervosinha toda vez que eu fingia que ia pedir você em casamento.

Bato no ombro dele enquanto solto uma risada.

Cal pega minha mão e beija meu dedo, logo acima do anel.

— Foi fofo.

— Fofo? Eu devia estar parecendo uma maluca experimentando esse anel.

— Não. Você parecia minha.

Sinto um frio na barriga com o olhar voraz em seus olhos.

— Mamãe! — Cami vem correndo pela doca, apertando a ovelha de pelúcia junto ao peito. Ela se joga em cima de nós, e Cal a pega no colo antes de passar o braço ao meu redor.

Sorrio para eles. Cal estava certo. Eu nunca diria não ao casamento porque não há nada que eu queira mais do que passar o resto da vida com eles.

Nossa família para sempre.

EPÍLOGO ESTENDIDO

Cal

TRÊS ANOS DEPOIS

Todo mês de julho, eu e Lana convidamos a família para ficar em Lake Wisteria conosco. Além das festas de fim de ano, é uma das poucas vezes que conseguimos reunir todos no mesmo lugar. Agora que meus irmãos têm a própria família, a vida é mais agitada.

Devagar, a família Kane foi se expandindo. Rowan se casou com Zahra logo depois que Iris deu à luz a bebezinha Ilona e Declan se tornou CEO. Não demorou muito para Rowan e Zahra terem sua primeira filha, Ailey. A garotinha é o máximo, puxando à mãe em personalidade e ao pai em aparência.

Eu e Lana demoramos um pouco mais para ter um filho. Nós dois queríamos um bebê, mas o processo não foi dos mais fáceis. Fiquei destroçado ao ver minha esposa sofrer pela perda de um e pelas decepções contínuas mês após mês. Não havia nada que eu pudesse fazer para ajudar, e isso colocou à prova nossa relação, além de meu compromisso em me manter sóbrio.

Sem Wyatt, não sei se eu teria sido forte o suficiente para resistir à vontade de beber. Ele e Lana me garantiam que eu seria, mas vai saber.

A sobriedade é mesmo uma jornada, da qual, porém, eu não queria ninguém além de Lana ao meu lado. Com o apoio dela, sei que consigo passar por qualquer coisa.

Fico contente por não ter saído dos trilhos, porque aí tivemos Esmeralda. A bebezinha Esme com seu sorriso banguela, olhos azul-escuros e cabeleira castanha farta. Cami ficou felicíssima por ter a irmãzinha com que sempre sonhou, e eu e Lana estávamos contentes por ser uma família de quatro para sempre, ainda mais depois das dificuldades que enfrentamos para ter Esme.

Portanto, imagine nossa surpresa quando, apenas dois meses depois que Esme veio ao mundo, Lana engravidou de novo.

Pelas nossas contas, a data de concepção foi em nossa viagem à Irlanda, quando visitamos a cidade onde meu avô nasceu. A probabilidade de ter gêmeos concebidos na Irlanda quase parecia boa demais para ser verdade. Como uma intervenção divina de algum tipo. Ou, melhor ainda, uma intervenção de Brady.

Sinceramente, eu não descartaria que Brady Kane tenha feito um acordo com algum poder superior no além, realizando o sonho de Lana de ter uma família grande.

Ela coloca o bolo de aniversário na minha frente antes de se aproximar da minha cadeira e cochichar em meu ouvido:

— O que você vai desejar este ano?

Olho feio para ela.

— Até parece que eu te contaria.

Ela sorri. Mesmo depois de viajar o mundo e visitar os lugares mais lindos, nada se compara ao sorriso de Lana. Ilumina o rosto todo dela, fazendo sua pele resplandecer e seus olhos brilharem.

Esme é uma boa concorrente, porém. Nossa filhinha não tem nenhum dente ainda, mas isso só torna seu sorriso ainda mais fofo.

Lana me espia com os olhos estreitados.

— Está desejando um menino desta vez, não está?

— Sou tão previsível assim? — pergunto.

— É — Declan e Rowan respondem ao mesmo tempo.

Reviro os olhos.

— Juro, é só mandar algumas fotos de criancinhas de roupa de hóquei...

— E meninos jogando golfe. — Rowan coloca Esme nos braços abertos de Lana.

— Sem falar no menino andando de motinha. — Zahra afivela Ailey na cadeirinha. A menina bate palminhas ao ver o bolo.

Ergo as mãos em rendição.

— Não é um crime se manifestar.

— Meninas podem jogar hóquei e golfe e andar de moto, sabia? — Lana ergue o punhozinho de Esme para enfatizar.

— Quer dizer que posso comprar uma moto para Cami de Natal? — Rowan sorri como o instigador que ele adora ser.

— *Não* — eu e Lana respondemos ao mesmo tempo.

Ela ri enquanto começa a acender as primeiras das trinta e oito velas. Pego a acesa e a ajudo a acender o resto enquanto ela embala Esme.

Ilona entra correndo na sala, seguida por Iris. Com base na cobertura de goiaba na boca e nas mãos de Ilona, dá para imaginar que ela já experimentou meu bolo de aniversário. Basta uma olhadinha para o lado para confirmar minhas suspeitas.

— Desculpa. — Iris se crispa.

— Não se preocupa. Sempre gosto que vejam se não tem veneno na minha comida antes de eu comer.

— Lana nos ama demais por isso. — Zahra sorri.

Declan aponta para mim.

— Você, por outro lado… sei não.

Iris tenta limpar o rosto de Ilona com um guardanapo, mas ela sai correndo na direção oposta. Declan segura a menina antes que ela saia da sala e a coloca no colo. Ilona sacode a cabeça para resistir, fazendo as continhas nas pontas de suas tranças tilintarem, mas Iris a ignora enquanto limpa os restos da cobertura no rosto dela.

— Achei! — Cami entra correndo na sala de jantar e coloca uma coroa em minha cabeça.

— Perfeito. Exatamente do que eu precisava. — Dou um beijo na bochecha dela.

Ela franze o nariz enquanto limpa a boca.

— Pai — ela resmunga. — Que nojo.

Por mais vezes que eu escute o nome na boca de Cami, meu peito quase sempre se aperta ao ouvi-lo. Cami começou a me chamar de pai um ano depois que eu e Lana ficamos juntos, e nunca mais parou.

Espero que nunca pare.

Faço cócegas nela.

— Saudade de quando você não achava que os meninos tinham piolhos.

— Argh. Fique longe de todos os meninos. Eles estão infestados com bactérias comedoras de carne que vão fazer sua pele cair — Declan diz com a cara séria.

Qualquer dia desses, vou matar esse cara.

Cami arregala os olhos.

— Quê? — Ela limpa a bochecha com ainda mais força.

Coloco um braço em volta dela e a puxo junto a mim.

— Ele só está brincando.

— Será que estou? — Declan ergue as sobrancelhas para Cami, fazendo-a rir. É estranho ver meu irmão baixar a guarda perto das crianças. Ele fica mais humano.

Lana ri enquanto me dá Esme antes de tirar uma foto de mim, das crianças e do bolo. Metade das velas já derreteu, então ela apressa todo mundo para começar a cantar parabéns para você. Meus irmãos não conseguem cantar afinado por nada nessa vida, mas as meninas salvam o dia com seu tom animado e sua noção de ritmo.

— Faça um pedido. — Cami sorri para mim.

Fecho os olhos e sopro as velas.

Desejo um bebê saudável e uma esposa saudável.

Por mais que eu brinque sobre ter um menino, não dou a mínima para o gênero, desde que Lana e a criança estejam seguras.

Todos batem palmas e comemoram. Lana começa a cortar o bolo.

— Psiu. — Cami pega minha mão. — Quero te mostrar uma coisa.

Lanço um olhar para Lana enquanto Iris pega Esme dos meus braços. Minha esposa apenas me abre um sorrisinho antes de voltar à tarefa.

— O que foi, garotinha? — Deixo Cami me levar para fora da sala de jantar.

— Tenho um presente para você.

— O que é?

Seus olhos reviram tanto que tenho medo de que possam se alojar atrás da cabeça. Rio enquanto ela me guia para dentro da cozinha e me entrega um envelope pardo.

— O que é isso?

— Abre. — Ela aponta para o envelope.

Há um leve tremor em minhas mãos enquanto tiro uma folha de lá. Minha visão se turva quando leio a primeira linha.

— Você quer que eu te adote? — Olho de novo para os papéis de adoção, para confirmar.

Ela faz que sim, seus olhos estão tão marejados quanto os meus devem estar.

Deixo os papéis de lado e a pego no colo. Ela pode estar ficando um pouco grande demais para ser carregada, mas não consigo evitar. Ainda me lembro dos tempos em que ela me implorava colo.

— Quer ser meu papai? De verdade? — Cami olha para mim.

Repito as palavras que eu disse para ela há três anos.

— Não há nada no mundo que eu queira mais do que isso.

Com Esme no colo, Lana sai do corredor de onde estava gravando a coisa toda em segredo. Lágrimas escorrem de seu rosto, estragando sua maquiagem.

Puxo as três em um abraço.

Eu pensava que não tinha como ser mais feliz do que era com Cami e Lana, mas estava errado. Não tenho como ser mais feliz do que sou neste momento com a família com que sempre sonhei e o futuro que sempre quis.

Fim

NOTA DA AUTORA

Dizer adeus aos Bilionários de Dreamland é ambivalente. Embora eu tenha orgulho de cada um dos irmãos Kane por seu crescimento pessoal, também fico triste por me despedir dos Kane e suas heroínas. O mundo de Dreamland mudou minha vida em muitos sentidos. Me trouxe leitores novos que amo muito e editores que apostaram em mim. Mas essa série também me fez companhia durante momentos muito difíceis de minha vida. Me trouxe consolo quando me senti sozinha e me ofereceu uma válvula de escape para compartilhar uma parte do meu coração.

Espero que você tenha gostado desse mundo. Espero que ele também possa te trazer consolo quando precisar e uma válvula de escape sempre que o mundo real for um pouco caótico demais para suportar.

Obrigada por fazer parte dessa jornada e ser parte do motivo por que segui em frente quando duvidei de mim. Obrigada por ler, compartilhar e me apoiar. E, do fundo do meu coração, obrigada por acreditar em mim.

Até o próximo mundo!

Lauren

AGRADECIMENTOS

É preciso um time de pessoas incríveis para me ajudar a escrever um livro.

Mãe, escrever sobre uma mãe dedicada foi fácil porque sempre tive o melhor exemplo, e alguém que sempre torceu por nós. Obrigada por me ajudar durante meus bloqueios criativos e por me inspirar a escrever sobre algo diferente.

Sr. FOF, obrigada por me lembrar de que os pequenos gestos românticos são tão importantes quanto os grandiosos.

A Christa, Pam e o resto da equipe da Bloom Books, obrigada por tornarem este lançamento tão especial para mim. Vocês não apenas me ajudaram a elevar a história a outro patamar como também ajudaram a compartilhá-la com os Estados Unidos e o Canadá. Ver meus livros em lojas físicas foi uma experiência que vou guardar com carinho para sempre.

Anna e a equipe da Piatkus, obrigada por me ajudar a compartilhar minhas histórias não apenas com o Reino Unido e a Commonwealth, mas o mundo todo. Foi uma experiência muito incrível encontrar edições da Piatkus dos Bilionários de Dreamland pelo mundo.

Kimberly, Joy e todos da Brower Literary & Management, agradeço por sua dedicação a ajudar meus livros a encontrarem leitores novos e me guiar por esse mundo editorial maluco.

Nina, Kim e todos da Valentine PR, vocês simplificaram muito o processo de lançar um livro. Sempre posso contar com vocês não apenas para me fazerem me sentir parte de uma família, mas para organizarem tudo para mim.

Becca, ligar para você quando eu estava com 75% do manuscrito de *Amor nas entrelinhas* pronto e me sentindo insegura com o resultado foi uma das melhores decisões que já tomei. Sou grata por Erica ter me salvado e nos colocado em contato, porque valorizo não apenas seu feedback incrível de edição, mas também seu coração. Estou feliz por ter você do meu lado, estimulando-me em todos os melhores sentidos.

Erica, não acredito que estamos encerrando mais uma série juntas. Essa me trouxe muitas risadas com você, desde Henry Ford a Pizza Cal (e as mensagens de voz de Matt sobre *aquelas cenas*). Sou grata por ter você não apenas como editora, mas também como amiga.

Sarah, trabalhar com você em meus livros é a melhor experiência. Você é alguém para quem eu sempre quis mandar e-mail quando estivesse com um rascunho pronto, sabendo que sempre posso contar que você vai dar tudo de si a meu manuscrito e meus personagens.

Mary, desde o primeiro dia, obrigada. FOF tem razão ao dizer que você é a maior de todos os tempos, e não apenas por causa de seu talento como designer gráfica, mas também por sua dedicação em dar vida a minhas histórias.

Jos, sempre posso contar com o fato de que você está a uma mensagem ou ligação de distância. Você nunca pestanejou diante dos meus pensamentos caóticos, e valorizo sua amizade e apoio constante durante esse processo.

Nura, valorizo você por muitas coisas. Seu entusiasmo com meus casais e com a leitura de cada um dos manuscritos dos meus livros me mantém motivada a seguir em frente; por isso, obrigada!

A meus leitores, obrigada por apostarem numa cópia antecipada do meu livro e me darem feedback sobre como melhorar as histórias dos personagens e os panos de fundo. Suas recomendações ajudaram muito a fazer a história crescer.

A meus leitores beta, obrigada por fazerem parte do processo desde o primeiro rascunho. Essa história avançou muito graças a vocês e sua atenção incrível aos detalhes.

LEIA TAMBÉM

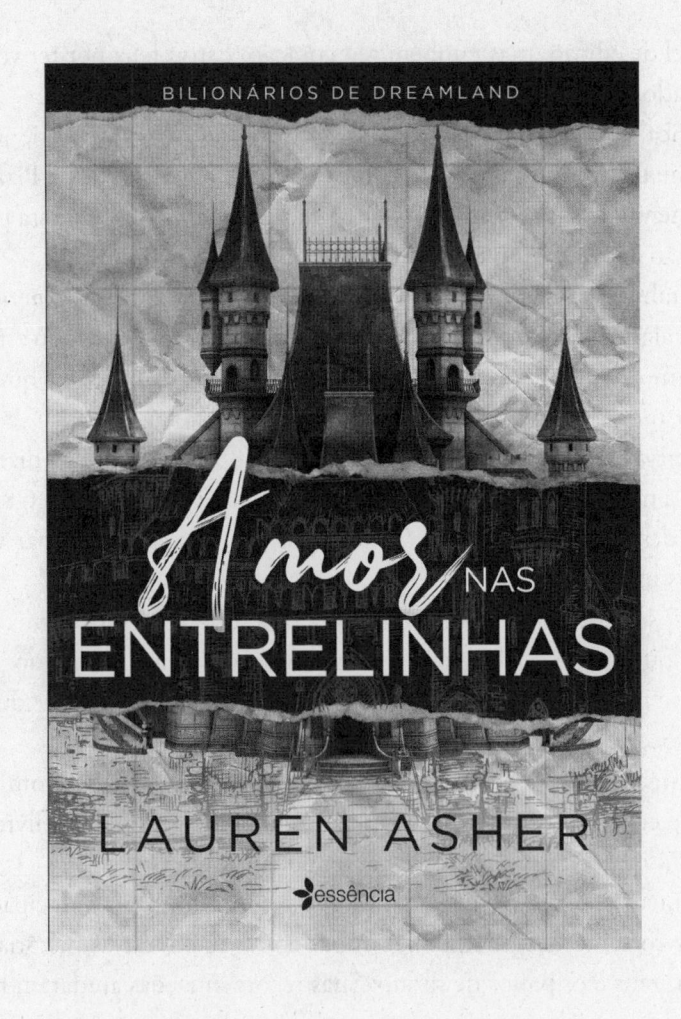

Rowan é um homem de negócios cuja principal preocupação é assegurar sua herança bilionária. No entanto, seu avô – que foi o responsável pela criação do império da família – deixou uma exigência diferente para cada um dos três netos. A de Rowan é que ele assuma as rédeas do parque de diversões Dreamland e revitalize o ambiente com ideias inovadoras.

Zahra, uma funcionária do parque, acredita fielmente no impacto positivo que Dreamland tem na vida das pessoas e sempre busca manter uma atitude otimista e bem-humorada. Mas tudo acaba virando de cabeça para baixo quando, após uma noite de bebedeira, ela submete um projeto ao comitê da empresa – no documento, ela não poupa críticas à atração mais cara do parque.

Mas o que deveria ser motivo para uma demissão por justa causa acaba se tornando uma proposta para o seu emprego dos sonhos: fazer parte do time de criação de Dreamland, apesar de, para isso, ter de trabalhar com o chefe mais difícil do mundo... Rowan Kane.

Zahra e Rowan vêm de mundos muito diferentes, e a vida real está bem longe de ser um conto de fadas. Será que ela conseguirá ensinar ao herdeiro bilionário que dinheiro não é tudo e que, no meio do caos, há espaço para o amor?

BILIONÁRIOS DE DREAMLAND

Termos E CONDIÇÕES PARA O AMOR

LAUREN ASHER

essência

Declan tem o destino muito bem definido: ser o CEO do império da família Kane. Mas, para conseguir isso, precisa cumprir a cláusula da herança que seu avô deixou, exigindo que o neto se case e tenha um filho.

Constituir uma família é a última coisa que Declan quer. Só que, quando tudo parece perdido, sua assistente chega com uma proposta irrecusável, se candidatando à função de esposa perfeita e mãe exemplar.

Iris já dedica boa parte de sua vida ao chefe mal-humorado, então qual seria o problema de fazer mais esse favor? Algumas regras de convivência são estabelecidas, e elas não devem ser quebradas – mesmo que Declan seja o homem mais tentador de Chicago.

O casamento era para ser objetivo: assinar um contrato, fingir ser um casal apaixonado para as pessoas e conseguir o império que Declan tanto deseja. Mas o que acontece quando um relacionamento de mentirinha faz com que sentimentos reais apareçam? Será que Iris e Declan vão conseguir superar os obstáculos e se permitir viver um grande amor?

**Acreditamos
nos livros**

Este livro foi composto em Adobe Garamond Pro e
Mr Eaves XL San OT e impresso pela Geográfica para
a Editora Planeta do Brasil em abril de 2024.